동학혁명과 소설

동학혁명과 소설

채 길 순 著

한국학술정보㈜

머리말

필자가 동학혁명사를 첫 대면하게 된 것은 1988년 충청일보에 역사소설 〈동트는 산맥〉을 쓰기 위해서였다. 당시 필자는 두 가지 사실에 놀랐다. 첫째는 조선조 말기 전국적으로 퍼져나간 위대한 혁명적인 사건이라는 사실이고, 둘째는 허술한 역사 연구에 놀랐다. 우리 민족 최초 전국에 걸쳐 일어난 민중혁명이라는 비중 있는 역사가 한낱 '1백년 전 전라도 전봉준에 의해 주도된 사건' 정도의 이해에 머물러 있었던 것이다.

이때부터 필자는 이런 잘못된 역사관을 바로잡기 위해 전국 여러 지역에 흩어져 있는 동학혁명사의 현장을 답사하고 글을 쓰는 데 많은 시간을 보냈다. 역사 자료를 발굴한 답사기(충청일보·1994)와 동학혁명을 소재로 한 문학작품에 대한 논문을 쓰고, 소설을 썼다. 대하소설 〈동트는 산맥〉①~⑦, 장편소설 〈흰옷이야기〉①~③, 중편소설 〈나비이야기〉가 동학혁명사를 소재로 쓴 소설이다.

112년 전 민중들의 피가 이 강산을 물들이고 미완의 혁명으로 막을 내리고 나서 우리 민족의 역사는 어떤 도정(道程)을 거쳤던가. 일본제국주의의 침략으로 이어져 일제 강점기를 거쳤고, 세계사의 큰 줄기인 동서 냉전 대립의 산물인 6.25 동족상잔의 아픔까지 겪었다. 그리고 독재라는 기나긴 터널과 마침내 광주민주항쟁까지 뼈아픈 역사로 이어졌다. 그동안 동서 냉전 체제가 붕괴되어 모두 제자리로 돌아갔지만 우리 민족만큼은 아직까지 분단 상태로 남았다. 이런 왜곡의 현실 앞에 미완의 동학혁명사는 여전히 우리에게 '말 걸기'를 해오고 있는 것이다.

그동안 연구논문집을 묶고 답사기를 정리하려던 계획을 세워놓고 별이유 없이 어정대고 있었는데 이번에 "한국학술정보(주)"의 출판 제안으로 용기를 냈다.

책을 묶는다는 것은 마침표가 아니라 정리하고 새롭게 출발한다는 점에서 새로운 시작이다. 이제 답사기 출판이 과제로 남은 셈이다.

내용을 2부로 나누어 실었다. 제1부 〈동학혁명의 소설화 과정〉은 박사학위논문을 골격으로 보완 정리한 것이고, 제 2 부 〈동학혁명사와 문학〉은 그동안 발표했던 역사적인 글과 문학적인 글로, 동학혁명사와 문학에 대한 이해를 위해 내용을 보충하였다. 일부 내용이 중복되기도 했지만, 이는 논문 한 편을 독립해서 접할 때 배경사에 대한 이해가 필요하기 때문에 불가피했다.

이 글이 연구자들에게 참고가 될 수 있다면 더없이 즐거운 일이겠다.

동학혁명이 일어나고 112년이 지난 2006년, 초여름

저자

목 차

표 목차

그림 목차

제 1 부 동학혁명의 소설화 과정

I. 동학혁명과 문학

1. 역사와 문학의 관계

동학혁명[1]은 우리 역사에서 민중들의 의식을 바꾸어놓은 일대 변혁적인 사건이다. 당시 민중들은 이 사건을 통하여 오랫동안 이어온 봉건사회의 모순을 극복하는 동시에 일제 및 서구 열강의 침략 위기로부터 벗어나려 했다. 그러나 청·일군의 개입으로 '아래로부터의 개혁'은 "20만 혹은 50만여 명의 민중이 희생"된 채 좌절되었으며, 결국 국권이 일제에 넘어가게 되었다. 그러나 동학혁명의 반봉건 반외세에의 저항적 전통은 일제 강점기에서도 계승되어 3·1민족해방운동·광주학생운동 등으로 맥을 이어왔다. 그렇지만 해방 후 최근까지 우리의 역사는 여전히 외세의 영향 아래에서 진행되어 국토가 분단되었고, 한국전쟁이라는 동족상잔의 비극을 치러낸 뒤 분단체제는 더욱 고착화되었다. 이후의 역사진행은 냉전 논리에 의지한 독재정권과 원조경제에 의존한 천민적 관료독점자본 형성으로 민중의 수탈을 더욱 구조화시키는 방향으로 나갔다. 여기에 맞선 민중들의 저항적 전통은 4월혁명·부마민중항쟁·광주민중항쟁 등으로 이어졌다. 즉 동학혁명은 역사의 고비

---

1) '동학혁명'이란 갑오년(1894)을 중심으로, 밖으로 외세의 침략에 맞서 대항하고 안으로 부패한 봉건세력에 억눌려 더는 견딜 수 없는 절박한 생존의 갈림길에서 새 세상을 맞고자 동학 조직에 의존하여 정신적·육체적으로 수행한 개혁운동의 총칭이다. 여기서는 우리 민족사에서 최대 변혁의 사건이라는 인식에서 '동학혁명'이라 칭하기로 한다.

때마다 정신적 지주로 인식되었던 것이다.

문학도 이런 역사적인 흐름에 엄밀하게 대응하였는데, 동학혁명이 민중·민권운동의 전경(前景)으로 제시되곤 했다. 즉 민중들의 현실적 삶이 안팎의 모순으로 억압될 때, 또 이 같은 시대적 조건으로 인하여 작가의 표현이 제한될 때 작가들은 동학혁명의 역사를 결핍된 현실에 대한 대안적 문학소재로 활용해왔던 것이다. 이런 역사·문학적 여정을 보여주는 예가 바로 동학혁명을 소재로 한 문학작품들이 될 것이다. 대략 신동엽의 서사시 『금강』, 역사소설로 박경리의 『토지』와 송기숙의 『녹두장군』에 이르기까지 우리 문학사에서 일정한 문학적 성과를 거두고 있다. 특히 동학소설2)은 일제 강점기인 1910년대부터 '자주적 열망'을 담아낼 문학양식으로 생겨나 일제 강점기를 풍미하고 최근까지 천도교 기관지 〈천도교회월보〉와 〈신인간〉을 발표지로 맥을 이어왔다. 이처럼 우리 문학에서 동학혁명을 소재로 한 문학작품이 새로운 변혁기를 맞을 때마다 새로운 모습으로 현실을 일깨워 왔으며, 이런 적층이 우리문학의 풍부한 토대를 이루어 왔음에도 불구하고 이에 대해 체계적이고 실증적인 연구가 이루어지지 않았다. 또, 동학혁명 이후 서구화 물결에 휩쓸렸고, 우리의 고대 및 근·현대 문학의 전통 계승과 단절 문제에 핵심적인 사건으로 거론되면서도 동학혁명에 대한 정신사적 의의를 정의해내지 못하였다. 이는 우리 문학사의 허약한 토대를 보여주는 예가 될 것이다.

문학 연구의 궁극적인 목표가 총체적인 문학사 정립에 있다면, 우리 문학사에서 아직 다루어지지 않은 동학소설과 동학혁명 소재의 역사소설에 대한 종합적인 검토는 의미 있는 일일 것이다. 이 연구는 이런 문학사적 의의 해명을 통하여 장차 동학혁명을 소재로 한 문학적 형상

---

2) 동학소설은 "동학(천도교) 및 동학 계통의 교단에서 포교 목적이거나 또는 동학의 사상이나 교리를 선양할 목적으로 교인 혹은 교단에 우호적인 작가에 의해서 씌어진 소설"을 말한다.

화 방향에도 작은 바탕이 되고자 한다. 연구의 목적을 요약 제시하면
다음과 같다.

첫째, 동학소설의 유형과 계보를 살펴본다.

둘째, 동학혁명을 소재로 한 역사소설의 흐름을 밝힘으로써 문학적
　　　의의를 규명한다.

셋째, 동학혁명 소재 소설의 민족문학적 의의를 고찰한다.

2. 동학을 소재로 다룬 문학작품들

지금까지 동학소설 및 동학혁명을 소재로 한 소설을 한자리에 모아
종합적으로 살펴본 연구는 아직 없다. 일찍이 동학의 포교 목적으로
씌어진 〈용담유사〉가 가사 양식을 띠고 있어서 가장 먼저 문학적 관심
대상이 되었다. 주종연이 이종린의 동학소설을 연구하였는데, '형식에
서는 신소설 양식과 닮아 있으며 내용에서는 동학 교단의 신문화 운동
과 같은 사회 활동과 교리 전달 및 포교 목적에 두고 있다'고 보았다.

최원식은 1910 · 20년대의 동학소설을 종교 · 사회적 관계를 중심으로
비교적 정밀하게 분석하여 동학소설의 문학적 의의를 규명함으로써 문
학적 위치를 한 단계 높여 놓은 것으로 높이 살 만하지만, 앞뒤 시대
의 연결고리를 제시하지 못한 한계를 지적할 수 있다.

또 조동일은 동학소설이 지닌 당시의 국문학적 환경을 환기하면서
"동학소설이 일정하게 우리 문학사에 기여하고 있는 점은 인정하면서
도 전문 작가에 의해서 씌어진 작품이 아니라는 점"에서 본격적인 관
심을 보이지 않았다. 그러나 문학이 전문적인 작가가 담당하는 문단의
문학과 누구든지 창작에 관여할 수 있다는 이중적인 구조를 지니고 있
다고 본다면 이 같은 견해는 모순으로 지적된다.

이런 동학소설 연구와 달리 김윤식과 최원식이 '이광수와 동학의 관

계'를 연구하여 동학과의 영향 관계를 해명하였다.

　그 후로 강인수가 앞의 연구를 진전시켰는데 동학소설의 시간 폭을 일제 강점기까지 확장시켰다. 즉, 1910년에 발표된『모란봉』(이종린·李鍾麟)에서부터 1936년에 발표된『동천초월(東天初月)』(구봉산인·九峰山人)에 이르기까지 35편을 중심으로, 동학소설의 성격과 국문학적 의의를 규명하였다. 그러나 연구의 폭을 늘려 잡은 것은 큰 성과로 꼽을 만하지만 역시 시기를 일제 강점기로 국한하였고, 양적으로도 많지 않았다. 게다가 천도교에서 시천교가 분화되어 나가 발표된 작품이 제외되었다던지, 때로는 사회적 조건에 따른 작품 분석보다 천도교 교리 반영의 문제에 치우쳐 문학 연구의 본질이 흐려진 감이 없지 않다. 그나마 동학소설 연구는 뒤를 이은 것이 없다.

　동학혁명을 소재로 한 역사소설 연구에 대한 사정도 크게 다르지 않았다. 동학혁명의 역사가 본격적인 문학적 소재로 수용되기 시작한 것은 1960년대 말 특히 시와 소설에서 두드러졌는데, 그때마다 연구가 개별 작품을 중심으로 이루어졌다. 그러나 이 같은 연구는 동학혁명이라는 역사를 총체적 안목으로 보기보다는 작품 자체에 주목하여 서평 관점에 그쳐, 작품을 구조적인 안목에서 파악하지 못하였다. 그리고 학술단체나 문학지를 중심으로, 대개 한두 작품을 대상으로 연구가 활발하게 이루어졌다. 그리고 동학혁명1백주년에는 특집행사를 마련하여 일반의 관심을 환기시켰고, 동학혁명을 소재로 다룬 역사소설이 나올 때마다 작품별로 활발하게 논의되었지만 그 작품이 거둔 성과를 중심으로 서평 수준에 그쳤다. 특히 박태원의『갑오농민전쟁』은 북한에서 씌어진 본격적인 동학혁명 소재의 역사소설인데, 정작 남쪽의 역사소설에 대한 연구보다 사회주의에서 동학혁명이 어떻게 해석되고 있는지 호기심 차원에서 앞 다투어 연구 대상으로 삼는 기현상마저 보였다.

　살펴본 바와 같이 동학혁명을 소재로 한 문학작품을 한자리에 모아 소설화 과정을 살펴서 국문학적 의의를 종합적으로 규명한 연구는 없다.

3. 문학소재로서의 동학혁명사

이 글은 동학혁명을 소재로 한 소설에 국한되지만, 동학혁명이라는 역사적 사건의 표면적 범주뿐 아니라 당시 동학혁명의 토대가 되었던 동학과 관련된 사건이나 인물, 심지어 종교·사상을 다룬 소설까지, 광의의 의미를 지닌다. 왜냐하면 역사적인 사건의 본질적인 이해는 전후 사적 문제를 종합적으로 조망함으로써 가능하기 때문이다. 따라서 앞에서 밝힌 대로, 대략 최제우가 동학을 창도한 1860년대에서 최제우의 순도(殉道) 후 동학의 도통을 전수 받은 최시형에 의한 포교 활동기, 탄압을 받는 과정과 교조신원운동, 동학혁명 중심 시기인 '3월 기포'와 '9월 재봉기', 혹독한 토벌 대상이 되었던 탄압 시기, 2대 교주 최시형이 교수형에 처해진 사건까지를 말한다. 그러나 이는 동학혁명을 소재로 한 역사소설의 경우이고, 동학소설의 경우는 앞의 범주 외에 일제 강점기에 교단이나 교단 인물이 수행한 저항적 사건을 포함하기도 한다.

동학소설은 일반적으로 천도교 교단에서 발행하는 기관지(機關誌) 〈천도교회월보(天道敎會月報)〉나 〈신인간〉을 통해 발표된 소설을 가리키는데, 일반적으로는 일제 강점기에 한시적으로 나타났다가 사라졌다고 보고 있으나 최근까지 발표되고 있는 것이 사실이다. 그러나 최근의 동학소설은 포덕 목적보다 동학혁명이라는 역사적인 사건이 지닌 정통성을 드러내려는 의도로 기울어지면서 문학적 성격이 한층 짙게 나타났다. 따라서 최근으로 내려오면서 동학소설과 동학혁명을 소재로 한 역사소설의 경계가 자못 애매하기도 하다. 이런 경우는 양쪽에 포함시켜 고찰하였는데, 그 이유는 이 연구가 양자의 본질적 특성을 밝히기보다는 소설화 과정을 보여주는 데 그 목적을 두기 때문이다.

동학소설에 대한 연구는 1910년 이종린의 「모란봉」에서 1992년 「선구자」까지 90여 편[3]을 대상으로 한다. 동학혁명을 소재로 한 최초의 역사소설은 1935년 야뢰(夜雷) 이돈화(李敦化)의 「동학당(東學黨)」으로 본다. 1930년대의 역사소설들이 대개 역사와 허구가 서로 다른 바퀴처럼 조화를 이루지 못하는 반면에 「동학당」은 역사와 허구가 한데 어우러져 본격적인 역사소설의 모양새를 갖추었다는 점에서, 또 일반 독자를 겨냥해 집필하여 포덕 목적이 거의 배제되었을 뿐만 아니라 문학적 가치도 높기 때문이다. 그러나 「동학당」이 발표된 뒤로 동학혁명을 소재로 한 역사소설은 오랫동안 공백을 보이다가 1967년 최인욱의 『전봉준』에서야 비로소 나타난다. 본고에서는 동학혁명1백주년의 해에 완간된 송기숙의 『녹두장군』(1994), 졸저 『흰옷 이야기』(부분·1997)에 이르기까지 장·단편소설 약 19편[4]을 고찰 대상으로 한다.

이러한 동학소설과 동학혁명을 소재로 한 역사소설의 소설화 과정을 살피기 위한 논지 전개 방법론 설정을 위해 먼저 몇 가지 기본 전제를 검토하고자 한다.

1894년 갑오년에 일어난 아래로부터의 개혁을 요구한 역사적인 사건을 '혁명'으로 인식하는 데 있다. 우리 민족의 특성이 우리 풍토 안에서 찾아지듯이, 우리 민족사에서 가장 혁명적인 사건에 마땅히 '혁명'이라는 명칭을 부여해야 한다는 관점이다. 지금까지 우리의 사학계나 문학계에서는 서구의 프랑스대혁명을 '혁명'의 표준으로 삼아온 바람에 우리의 동학혁명은 한낱 '난(亂)'이나 '전쟁', '운동'으로밖에 파악되지 못하였다. 문학계에서 '동학혁명'이라는 인식에서 형상화되었더라도 프랑스대혁명의 요건에 걸맞은 사건이나 인물로 허구화하려는 경향을 보이고 있다.

문학의 궁극적인 목표가 다수 공동체적 삶의 질을 향상시키는 데 있다고 볼 때, 역사의 주체가 누구인가는 자명해진다. 특히 소설이 당대 현실 사회의 상층과 하층의 토대를 함께 아우르는 총체성 획득에 있다

---

3) 〈표-1〉 동학소설 목록 참조.
4) 〈표-2〉 동학혁명을 소재로 한 역사소설 목록 참조.

면, 소설이 하층민의 삶을 위해 어떻게 복무하는지의 문제에 주목하고자 한다. 즉 '아래로부터의 전체상'을 통해 고찰하려 한다.

또 동학혁명을 소재로 한 소설에 대한 이해의 핵심은 동학혁명이라는 과거 역사를 통해 '오늘의 무엇을 조망하려는지'를 규명하는 데 있다. 역사란 역사가에 의하여 단절되는 것이 아니라 역사가와 역사적 사실 사이의 상호작용의 계속적인 과정이며, 현재와 과거의 끊임없는 대화라 규정함으로써, 역사란 지나간 과거가 아니라 현재를 향해 의미 있는 말 걸기를 해오는 실체라는 것이다. 이렇게 볼 때 동학혁명의 소설화 과정에서는 당대의 현실을 향해 던지는 '말'에 귀 기울이지 않을 수 없게 된다. 이는 결국, 역사소설이란 역사인 동시에 소설이므로 일차적으로 소재를 역사에서 가져오지만 단순한 과거 사실의 재현에 있는 것이 아니라 현실과 어떤 관계를 맺고 있는지 작가의 의도를 주목해야 한다는 것이다. 비록 표현이 닫힌 시대라 하더라도 작가의 현실과 관련된 역사의식은 어떤 수단을 통해서라도 그것을 드러내려 하기 때문이다.

위와 같은 역사·문학적 인식을 전제로 이 연구에서는 다음과 같은 방법으로 논의를 전개하고자 한다.

첫째, 현재의 작가가 동학혁명이라는 과거 역사적 사실을 통해서 무엇을 구체화하려 하는가.

둘째, 과거 역사의 현재화 인식이 작가의 소설화 과정에서 어떤 특징으로 나타나는가.

셋째, 민족 정서를 얼마만큼 충실하게 형상화하는가. 이는 고유변혁의 과정으로 발생한 동학혁명을 소재로 한 소설이므로, 풍속·언어·민속 등 우리 민족의 정서를 얼마만큼 충실히 형상화해내었느냐는 중요한 요건이 되기 때문이다.

본고는 위의 연구 방법으로, 선행의 연구 성과를 수렴하되, 기존의 연구가 작품이 지닌 속성 해명이나 지나치게 개별 작품 중심으로 이루어진 논의를 보다 구조적인 안목으로 접근하고자 한다.

이 글은 다음과 같은 순서로 전개하고자 한다. 문학적 소재가 된 동학의 출현과 사상적 배경 및 동학혁명의 전개과정을 통하여 민족문학적 성격을 규명하며, '동학소설'과 '동학혁명을 소재로 한 역사소설'의 소설화 과정을 각각 살펴보고, 이를 바탕으로 문학적 의의를 정리하고자 한다.

Ⅱ. 동학혁명과 민족문학적 성격

1994년은 동학혁명1백주년 기념의 해로, 사회 여러 분야에서 다채로운 행사가 치러져 동학혁명에 대한 관심을 환기했다. 특히 역사나 문학을 통해 그동안 가라앉아 있던 사회적 관심을 일시적으로 불러일으키기는 했지만 역사에 대한 성격조차 확립시키지 못했을 뿐만 아니라 행사가 치러진 뒤까지 관심이 이어지지 못하였다.

동학혁명이 시대를 넘어 오늘날까지 문학적 소재로 꾸준히 수용되어 온 이유를 해명하기 위해서는 동학이 나타나게 된 사회적 배경, 그리고 동학사상의 특성, 그리고 동학혁명의 전개과정 등을 총체적으로 살피지 않으면 안 된다. 이런 역사의 과정이나 바탕을 이해함으로써 동학혁명의 역사적 성격과 민족문학적 성격을 규명할 수 있기 때문이다.

1. 사회와 민중생활의 변화

조선 후기는 '백성'이 '민중'으로 잠을 깨어 가는 시기였다. 7년 동안 전국을 휩쓸었던 임진왜란(壬辰倭亂 · 1592-1597)과 2년간의 병자호란

(丙子胡亂・1637-1638)은 농촌경제에 엄청난 타격을 입혔다. 토지는 황폐해져서 경작 면적이 1/3로 감소하였으며 이농민(離農民)이 급증했다. 그러나 봉건 지배층은 양란을 치른 뒤에도 민생에 대한 대안도 제시하지 못한 채 권력투쟁에만 급급했다. 이런 절망의 시기에 전쟁의 아픈 상처를 복구하고 침체된 생산력을 높이는 데 주력한 것은 직접 생산을 담당했던 민중들 자신이었다. 특히 논에다 직접 씨를 뿌리는 직파법 대신 이앙법(移秧法)으로 생산량을 높였는데, 이는 침체된 민중생활에 큰 활력을 불러일으켰다. 이와 함께 수공업과 광업이 발달하고, 상품화폐경제가 발달했다. 이 같은 상공업 인구 증가와 경제력 향상은 18세기 후반 계급 구성에 커다란 변화를 가져왔다. 대부분의 양반층이 권력으로부터 멀어졌으며, 일부 특권층화된 소수 지배층에 맞서게 된 새로운 계층으로 서민지주, 부농, 반실업인 빈농, 특권적 독점상인인 도고(都賈), 소상인, 수공업자 등 다양한 계층이 성장했다. 그러나 소수 특권층은 이들을 상대로 여전히 수탈을 일삼았지만 경제적으로 성장한 층이나 몰락한 층 그 어느 쪽도 문화와 종교 의식을 가지면서부터는 더 이상 봉건 지배층의 무능과 부패를 허용하려 하지 않았다. 이는 조선 후기 사회가 안고 있는 구조적 모순에 대항하는 동인(動因)이 되었고, 실제로 이런 이해와 권익을 지키려는 갖은 형태의 민란이 빈번하게 일어나는 사회가 되었다. 그러나 이 같은 민란은 번번이 실패를 거듭했다. 이런 과정에서 민중들은 통일된 지도 이념이 없는 지도력은 지속될 수 없다는 한계를 뼈저리게 느끼게 되었다. 이렇게 사회의 불안이 차츰 가중되어 가던 조선 후기 사회에 통일된 지도 이념을 갖춘 동학이 등장하면서 민중의식은 강력한 투쟁 조직의 단계를 밟게 되었던 것이다.

이처럼 안으로 봉건 지배층의 지배질서가 강력한 민중세력의 도전에 직면해 있을 때 일본 및 서구 열강의 침략은 민중들의 삶을 한층 불안하게 하였다. 1860년 영・불군에 의해 북경이 함락되어 동양의 문호가 개방됨으로써 사방으로 열려진 한반도의 국경을 한층 압박해 왔으며, 결국 우리나라는 세계 여러 나라의 각축장이 되었다.

이 같은 안팎의 급박한 상황은 봉건적 지배체제를 온존시킨 채 자생적인 부르주아적 계급의 성장을 방해하면서 민중들의 자주적 역량에 의한 근대화를 교묘하게 굴절시키는 방향으로 전개되어 나갔다. 대원군 정권은 이런 대내외적 위기를 내부적으로는 왕권강화 및 민중세력과의 타협으로, 그리고 대외적으로는 강력한 쇄국정책으로 해결하려 하였다. 이는 일시적으로나마 서구 열강들의 직접적인 조선 침략을 주춤하게 만들기는 했지만, 대원군도 신분제와 지주 전호제를 기초로 한 기층 민중을 수탈하는 봉건제도의 모순을 해결하지는 못하였다. 대원군의 정권을 무너뜨리고 등장한 민 씨 정권은 내부적으로 훨씬 더 취약한 정권이었으며, 민중들의 내부 개혁 요구에 겁을 먹은 봉건정권은 외세를 이용해 민중들을 한층 가혹하게 탄압하기에 이른다.

위와 같은 조선 후기의 사회 변화와 함께 문화 영역 또한 예외가 아니었다. 무능하고 무력한 지배체제의 고답적인 한문학으로는 임·병 양란과 같은 전쟁에서 겪은 민중들의 처참한 현실과 실추된 민족적 자존심을 표현해낼 수 없었고, 기존의 문화를 향유하던 지식인들에게서마저도 기존의 문화권으로부터의 일탈이 시작되었다. 명문 양반 출신인 허균이 최초의 국문소설 『홍길동전』을 지어 모순투성이의 지배질서와 맞서 싸우는 민중적 영웅을 만들어낸 것은 좋은 예다. 조선 후기 문화의 특징적인 변화는 무엇보다도 문화 담당층이 확대되어 민중들이 직접 문화를 향유하고 자신들의 문화를 창조하여 기존의 양반문화에 대립할 수 있게 되었다는 점이다. 말하자면 평민들의 문화 욕구도 시대의 흐름과 함께 증대하여 주로 국문을 사용하여 자신들의 실제적인 욕구를 표현한 작품을 만들어내게 되었다는 것이다. 또, 마냥 천민으로만 여겨지던 판소리꾼 광대와 같은 예인(藝人)도 민중들의 지지에 따라 그에 상응하는 대우를 받는 사회가 되었다. 이 같은 대중문화의 변

화는 당시 상품화폐경제의 발달 속에서 상업성을 띠면서 빠른 속도로
보급되었다. 가령 국문소설은 방각본이나 필사본의 형태로 보급되는
과정에서 이에 필요한 직종을 전문화시켰다. 이렇게 문화가 민중성을
띠게 되자 급속한 전파력을 지니게 되었고, 민중의 의식 변화에 커다
란 영향을 미쳤다. 이 같은 급박한 사회문화적 변화는 문화의 중심이
피지배자 쪽으로 옮겨졌음을 의미하고 있다. 동학혁명을 전후한 시기
의 문화 환경은 대략 다음과 같다.

  ㉮ 최제우의 동학가사(용담유사) 창작 유포(1860-1863)
  ㉯ 천주교 가사(1850-1860) 17편(최양업)의 창작
  ㉰ 신재효에 의한 판소리 가사 정리
  ㉱ 방각본 국문소설의 본격적인 유행

 이는 동학혁명을 전후한 시기 민중문화의 한 단면으로, 혼란한 사회
여건 속에서도 오히려 풍부한 문화를 유지하고 있음을 보여준다.

2. 동학의 민족성과 민중성

 앞에서 살펴본 바와 같이 조선 말기 민중들의 당면한 문제는 계급적
불평등으로 인한 궁핍한 삶과 외세의 침입으로 인한 불안이었다. 민란
같은 사건에는 흔히 승려, 무당, 풍수 등이 깊이 관련되어 있으며, 그
지도자가 미륵신앙이나 정감록 등의 예언서를 이용했던 것도 불안한
사회에 나타나는 현상의 일단이다. 이 같은 사실은 사회경제적으로 억
압 받는 민중들에게 지배질서의 모순에 대항할 이념적 정서적 정당성
을 나름대로 부여해주는 기능이 필요했음을 의미한다. 조선 후기에 널
리 전파되기 시작한 천주교 역시 이런 기능을 수행했다고 보아야 할

것이다. 이는 민중들의 요구에 부응될 만한 요소가 있었기 때문이다. 말하자면 이런 신앙이 민중들을 기아나 질병 혹은 신분의 질곡으로부터 스스로를 해방시키는 현실적 대안들을 제시했다기보다는 초월적인 힘에 의거하여 이상사회가 구현되리라는 비현실적 측면에 의존했음을 보여준다. 극도로 불안한 시대에는 이런 이상사회 제시 자체만으로도 혼란기의 민중들에게 일정한 방향을 제시해준 셈이다. 이와 같은 현상은 향약과 같은 지배체제의 통제 망에 대항할 수 있는 민중들의 조직이 나름대로 필요한 시기에 이르렀다는 점에서도 동학의 등장은 어느 정도 예견이 가능한 일이었다.

이 시기에 몰락한 양반 출신 지식인이었던 최제우가 오랜 천하주유를 거쳐 전통적인 민간신앙을 바탕으로 완성한 동학이 민중들 속으로 급속히 확산되어 나간 것도 이런 시대적 조건에 맞아떨어졌기 때문이다. 동학은 민간신앙에 도교와 불교, 그리고 천주교적 요소까지 흡수하고, 또 조선 후기 몇 차례에 걸친 민란의 실패를 통해 얻어진 현실적 요소를 보태면서 현실 변혁의 사상으로까지 발전해 나갔다. 여기에는 몰락한 지식층이나 정권으로부터 소외된 중인, 서얼 등이 참가하여 사상의 체계화에 커다란 역할을 수행했다. 곧, 조선 후기의 새로운 종교 등장은 지배질서에 대한 민중들의 불만을 총체적으로 결집하여 그것에 저항할 수 있는 이념을 제공함으로써 민중의식의 성장에 일대 전환기적 국면을 맞게 된 것이다.

전환기적 국면의 예로 당시 지배계층에 억눌려오던 민중들에게 있어서 동학의 종지(宗旨)인 "사람이 곧 한울"이라는 평등사상은 실로 혁명적인 것으로 받아들여질 수밖에 없었다. 지배계급과 가난으로부터의 해방은 민중들의 숙원이었으니 민중적 성격을 지닐 수밖에 없었던 것이다. 여기에 차츰 외침에 대한 경계를 내세운 사회운동으로 발전해가니 민족적 저항운동이라는 명분 또한 적절하였다.

여기서, 민족종교에 대해 정리할 필요가 있겠다. '민족종교'란 민중의 처지에서 우러난 생각을 표현한 종교를 이르는데, ① 한국의 자생 종교로서 ② 민족 공동체 의식을 지니고 있고 ③ 민족 고유 얼의 계발을 기도하며 ④ 고난으로부터의 해방과 민족의 영광을 약속하는 종교를 이른다. 이를 당시의 동학에 적용하면 안으로 학정에 시달리는 민중을 구제하자는 것이며, 외적으로는 날로 심화되는 제국주의 열강의 침략을 물리치고 지상천국을 건설하자는 것이다. 결국 동학은 민중들이 겪는 현세의 고통을 내세로 미루지 않고, 현세에서 혁신하겠다고 함으로써 당시 민중들의 전폭적인 지지를 받게 된 것이다.

역사학자나 일부의 작가들은 당시 동학 지도자와 혁명 주도 세력인 민중과의 관계에 대해 어느 정도 영향 관계는 수긍하지만 밀접한 관계로는 인정하지 않으려는 경향이 있다. 이는 우리의 전통적 생활양식이나 종교에 대한 진지한 고찰이 없었기 때문이다. 말하자면 우리의 전통적인 동학사상을 서구의 종교적 패러다임으로 파악했기 때문인데, 다음과 같은 몇 가지로 확인된다.

첫째, 한국의 중요한 종교 전통 중의 하나로, 종교가 사회의 여타 제도와 분리되어 개별화된 이념이나 제도로서 존재한 적이 없다는 점이다. 일테면 '유교'를 종교의 개념으로 보아 한국 사회 자체와 유교를 서로 별개의 것으로 보는 관념은 다분히 서양적 사고방식의 소산이라는 것이다. 따라서 조선시대의 유교는 정치·사회·문화 등 모든 영역에 영향력을 미치고 있었기 때문에 새로운 종교의 출현은 체제에 대한 강력한 도전으로 간주되었고, 마땅히 경계의 대상이 될 수밖에 없었던 것이다.

둘째, 사회학적 관점에서 볼 때 민족주의적 경향이다. 삼국시대 이후 근세조선에 이르기까지 불교가 '호국불교'의 성격을 띤 것처럼, 당시 동학은 다분히 호국적·민족적인 특성을 지녔다. 동학의 지도자든 단순한 원민이든 집단 안에서는 뚜렷한 민족적 자각이 있었던 것이다. 따라서 "동학 지도층(동학 교단)과 당시 혁명의 주된 세력인 민중이 동학사상과 거리가 있었다"는 견해는 고려되어야 한다.

셋째, 당시 민중들에게 있어서 종교적 관념은 그다지 체계적이지 못하였다. 그 시기 민중들은 호열자와 같은 예고 없고 원인도 모르는 병마의 공포에 시달리고 있었고, 원시적 신앙에 의지할 수밖에 없는 무속의 환경이었다. 따라서 당시 민중들에게 있어서 동학이 새로운 사상체계를 갖춘 합리적인 종교라서가 아니라 불안한 현실 때문이었다는 것이다. 당시 민중들은 한 장의 부적만으로도, 한두 마디 떠도는 소문으로도 동학도인이 될 수 있었던 것이다. 교단의 교조신원운동과 같은 취회(聚會) 때 민중들이 구름같이 모여든 것은 투철한 종교적 이념 체계를 갖춰서가 아니라 불안한 현실에서 비롯되었다는 것이다.

그리고 무엇보다도 동학이 민중들의 실생활에 뿌리를 두고 있었기 때문이다. 동학을 가리켜 유·불·선 3교의 혼융체(混融體)라는 사실은 널리 알려진 사실이다. 유·불·선교는 동학이 형성되기 훨씬 이전부터 민중들의 생활에 뿌리를 내리고 있었으며, 동학이 자생적으로 태어났다면 마땅히 이를 토대로 삼았을 것이기 때문이다. 일찍이 지배체제의 이념 강화를 위해 받아들여진 유교는 우리에게 있어서 종교라기보다 지배와 피지배층을 막론하고 일상생활의 윤리 규범이었고, 불교도 비록 조선 초에 숭유척불(崇儒斥佛) 정책에 밀려 위축되었다고 하지만 광범위한 신도를 확보하고 있었으며, 도교 역시 재래의 샤머니즘에 밀착되어 소외계층 사이에 널리 퍼져 있었다. 말하자면 이런 종교들은 이미 토착화된 유·불·선 및 샤머니즘의 형태를 지니고 있었다. 이런 내적 요인은 물론 외적 요인을 부인할 수 없다. 당시 새로운 인간 구원의 원리로 등장한 서학(천주교)의 전파, 그리고 정신적 지주였던 청나라의 수도 북경 함락, 점차 가중되는 일본 및 서구의 무력 침략 위협은 민중들에게 주체적 탐색을 갖게 하는 요인이 되었던 것이다. 동학은 이 같은 내외적 조건에서 배태된 종교였다. 따라서 유·불·선, 샤머니즘, 그리고 천주교를 분리시켜 동학의 종교적 특성을 설명할 수는 없을 것이다. 이 같은 사실은 창도 주 최제우의 말을 통해서도 확인된다.

㉠ 오도(吾道)는 원래 유도 아니며 불도 아니며 선도 아니다. 오도
는 유·불·선 합일이니라. 즉 천도(天道·동학-인용자)는 유·불·선
이 아니로되 유·불·선은 천도의 한 부분이다.(이돈화, 『천도교창건
사』, 천도교중앙종리원, 1933. 『동학사상자료집 Ⅰ』, 아세아 문화사,
1979, 47쪽)

㉡ 무슨 진리든지 그 시대 사람에게 생혼을 넣어 줄 수 없게 되고
그 시대의 정신을 살릴 수 없게 되면 그는 죽은 송장의 도덕이지요. 이
시대는 불법이나 유법이나 기타 모든 묵은 것으로는 도저히 새 인생을
거느려 나갈 수 없는 시대이지요. 다만 요할 것은 죽은 송장의 속에서
새로 산 혼을 불러일으킬 만한 무극지도(無極之道)를 파지하고 신천
신지 신인(新天 新地 新人)을 개벽해야 하지요.(위의 책, 33-34쪽)

㉠을 통해서 동학은 우리 민족의 종교로 유·불·선이 큰 테두리로
묶였다는 사실을 확인할 수 있다.

㉡은 최제우가 노승 송월당과의 대화에서 한 말로, 동학의 독창성과
아울러 기왕의 유·불·선은 죽어 있어서 시대를 구제할 수 없다는 말
이다. 즉 유·불·선의 합일이라기보다 아이러니하게도 이들에 대한
거부를 바탕으로 새로운 구제의 원리로 "무극지도"를 내세우고 있다.
이는 "유도 불도 누천년에 운이 역시 다했던가(교훈가)" 또는 "내가
받은 도는 지금도 들어보지 못하고 옛날에도 들어보지 못한 일이며 지
금도 비할 것이 없고 옛날에도 비할 것이 없던 가르침이다(吾道今不聞
古不聞之事今不比古不比之法也)(논학문)", 혹은 "만고 없는 무극대도
여몽여각 받아내어(修道詞)"라 함으로써 곳곳에서 동학의 독창성을 강
조하고 있다. 이는 당시 천도교와의 관계에서도 확인된다.

㉢ "나는 역시 동쪽에서 나서 동쪽에서 도를 받았으니 도는 천도지
만 학은 동학이다. 더욱이 땅이 동쪽과 서쪽으로 구분되어 있는데 어찌

서쪽을 동쪽이라 하고 동쪽을 서라고 하겠는가……도는 이 땅에서 받
았으며 또 이 땅에서 펼 것이니 어찌 서학이라고 부르겠는가"(論學文)

위에서 서학이란 천주교를 지칭한다. 일찍부터 우리나라에서는 서학
을 경계하는 과정을 거쳤다. 그러면 최제우는 당시 서학에 대하여 어떻
게 인식하고 있었을까. 그는 "……이상한 풍설이 떠돌아다니고 있어서
서양인이 오덕을 닦아 체득함으로써 그 조화를 부리게 되어 못하는 일
이 없고 그 쳐부수는 무기에 당해내는 사람이 없어 중국이 없어져버린
다(논학문)"라고 함으로써 천주교를 비종교적이며 근대 과학의 산물인
서양의 무기쯤으로 인식하여 적대적 관점으로 보고 있다. 이런 측면은
여러 곳에서 확인된다. 최제우가 자신의 종교를 학(學)이 아닌 「동학」
이라 부른 것도 천주교가 「서학」이라는 이름으로 통용되고 있었기 때문
에 별 고심 없이 자연스럽게 채택된 듯하다. 또 당시 경상감사 서헌순
의 장계에서 "양학(=서학, 인용자)은 음이오, 동학은 양이므로 양으로
써 음을 제압하려고 하였다"라고 함으로써 당시 세상에 떠돌던 불안한
요소인 동점서세(東漸西勢)에 대항하려는 적대적 관념이나 주체의식의
일면으로 엿볼 수 있다. 이는 세상에 떠도는 풍설과 당시 조정에서 서
학을 사학(邪學)으로 규정한 배경과 밀접한 관련이 있다. "지금 세상에
서 말하는 서학은 아버지도 없고 임금도 없다 하니 이것은 인륜을 헐어
없애고 교화를 외면하여 스스로 되놈과 금수(禽獸)로 돌아가는 것이
다."(순조실록)라 함으로써 서학에 대한 공격을 통해 동학에 대한 당위
성을 아울러 주장하려는 의도가 깔려 있음을 엿볼 수 있다.

아무튼 이런 바탕에서 창도된 동학은 당시 어지러운 세상 풍조를 타
고 포교가 순조롭게 진행되는 듯하더니, 아이러니하게도 최제우가 부
정했던 동학이 서학이라는 풍문이 돌았다. 이는 동학 포교에 치명적이
었다. 따라서 최제우는 "……양학(서학)은 내도와 비슷하면서 다르다.
즉 하느님을 위하는 듯하면서 사실은 그렇지 않다. 運은 一이요 도는

같으나 그 理는 다르다.(논학문)"라 하여 서학이 아니라는 것을 극구 변명해야 했다.

다음은 최제우가 한울님의 가르침을 받는 과정인데, 여기서 동학의 종교적 특성을 엿볼 수 있다. 창도 주 최제우는 한울님의 말씀을 듣기 직전에 "몸이 몹시 떨리고 마음도 매우 이상(異常)한 상태(「心寒身戰疾 不得執症言不得難狀之際……」(포덕문))"에 있었다고 한다. 이는 곧 우리의 오랜 민속 신앙인 무속적인 것이라고 보아야 한다. 그리고 "한울님의 영부(靈符＝靈妙한 符籍)와 주문(呪文)을 받아 이 어지러운 세상을 건져내려 하였다"는 것은 다분히 민간 신앙인 주술적인 것이다.

동시에 "유도 불도 누천년에 운이 역시 다했던가(교훈가)"라 하여 유교 불교와의 정면 대립을 보여준다.

이상에서 보는 바와 같이 동학은 밖으로부터 들어온 서학에 맞서고 지배계급이 향유하는 기존의 낡은 유교 불교에 맞서면서 민간 신앙에 바탕을 둔 민족사상을 갖춘 종교인 셈이다.

이 같은 특성과 함께 최제우가 지은 「동경대전」, 「용담유사」를 보더라도 유·불·선 또는 천주교의 영향을 받아 독특한 종교를 창시했다는 것은 일반화된 견해. 대체적으로 유교에서는 근본 윤리를, 불교에서는 견성을, 도교에서는 양성(養成)을, 무교(巫敎)에서는 제천의식(山祭 등)을, 그리고 비록 배척을 했으면서도 자신이 순교(殉敎)를 함으로써 천주교의 영향을 받은 것으로 파악할 수 있다.

동학의 사상체계를 정리하면 다음과 같다.

㉮ 평등사상 : '사람이 곧 하늘'이라는 천인합일(天人合一)을 설파함으로써 평등사상을 내세우고 있다. 이는 당시의 반상(班常) 적서(嫡庶)의 차별, 남녀·빈부의 차이를 부정하는 인권의 평등사상이다. 이 같은 시천주(侍天主) 사상은 2세 교주 최시형에 이르러서는 '사람 섬기기를 하늘같이 하라(事人如天)' 하였으며, 3세 교주 손병희에 이

르러 '사람은 하늘이다(人乃天)'이라 했다.

　㉯ 후천개벽(後天開闢) 사상 : 말세적인 혼란의 현실을 부정하며 새로운 이상세계가 도래한다는 것이다. 당시 타락한 사회의 희망 없는 민중들에게 현실 타파와 같은 실천적인 혁명사상이다.

　㉰ 민족주체사상 : 동점서세의 서학에 맞서 창도된 동학은 주체적인 종교다. 특히 보은취회 때부터 기치로 내세워 혁명전을 치르는 동안 절실하게 다졌던 민중들의 호국적 민족주체사상이다.

　㉱ 치병과 유문상자사상 : 신령스런 부적과 영부(靈符)를 통해 정신을 맑게 하며, 가난한 자를 돕고 사는 상생(相生)의 사상이다. 이는 민족의 전통적인 두레 삶을 뜻한다.

　㉲ '정감록'적 민중사상 : 당시 불안한 현실에서 민족적 영웅을 기다리는 민중사상으로, 전통적으로는 미륵사상 혹은 민중 영웅관과 깊은 연관이 있다.

　동학사상은 창도 초기에는 개인적 수도(修道) 성격을 지니다가 차츰 사회 집단적 사상으로 변모해 가는 경향을 보인다. 주지하다시피 최제우의 시기에는 교조의 순도(殉道)로, 최시형에 이르러서는 교조신원운동과 함께 교도 탄압에 대한 저항은 차츰 사회 개혁 이념으로 변모해 갔다. 최제우의 검결(劍訣)이 창도 당시 수심(修心) 혹은 양기(養氣)의 수단으로 수용되다가 뒷날에는 개혁의 직접적인 수단으로 수용된 것이 대표적인 예다. 이런 변모는 항상 당대의 민중들 편에 있었다.

　안으로는 봉건적 수탈로 인해 민중들의 삶이 극도로 황폐해져가고, 밖으로 외세의 거센 바람 속에 등장한 동학은 민중 속으로 급속히 확산되어 나갔다. 비록 초기의 동학사상체계가 수도의 성격이 강했다고 하더라도 본질적으로는 봉건 지배체제에 대한 정면 도전으로 간주되었고, 이 때문에 동학은 관의 탄압 대상이 되었다. 최제우가 대구장대에서 처형당한 뒤 도통을 전수 받은 최시형이 관의 지목을 피해 잠행(潛行)으로 동학을 전파시켜 나갔으며, 1894년 동학혁명 당시에는 한반도

북쪽 일부 지역을 빼고 전국적인 분포를 보이게 되었다.5)

동학혁명 전개과정은 여러 사건으로 나누어 볼 수 있는데, 여기서는 당시 민중들의 총체적 삶에 던져준 의미를 살필 목적이므로 동학혁명을 중심으로 앞뒤의 사건까지 아울러서 고찰하기로 한다. 사학계와 천도교 교단 측 사건을 바탕으로 정리하였는데, 이는 동학혁명을 소재로 한 문학작품들이 주로 다루는 사건들이기도 하다.

① 창도기 : 최제우가 1860년 4월 5일, 어지러운 세상을 바로잡고 도탄에 빠진 창생을 건질 동학을 창도, 경주를 중심으로 교세가 번져 나갔다. 그러나 조정에서 이를 탄압, 1864년 교조가 대구장대에서 순도하자 교단의 지도자들은 지하로 잠적했다.

② 교조신원운동기 : 제2대 교주 최시형에 의해 다시 교세가 일어나자 1871년에 이필제(李弼濟)가 첫 교조신원운동을 폈다. 이필제의 지휘로 영해 관아를 습격했으나 이내 흩어지고, 이로 인해 관의 혹독한 탄압을 받아 많은 희생자를 내게 된다.

③ 교세 확장과 정비 : 최시형은 1874년부터 강원·충청·경기·황해·전라도로 차츰 교세를 확장시켜 나갔다. 동경대전(1880)과 용담유사(1881)를 필사하는 한편 목판으로 인쇄하여 교리를 정리했다. 1886년에는 보은 장내리에 동학 본부를 두고 육임제를 만들어 교단의 조직과 운영에 새로운 전기를 마련했다.

④ 2차 교조신원운동 : 1892년 공주와 삼례에서 충청·전라감사에게 교조 최제우의 신원을 풀어주고 동학도인 탄압을 중지해 줄 것과 종교 활동의 자유를 요구했으나, 지방 관찰사들은 중앙 정부로 미루고 대책을 마련해 주지 않았다. 이듬해(1893) 봄에 천여 명이 광화문에 엎드려 상소했으나 역시 해결되지 않았다.

⑤ 보은 장내리 집회 : 1893년 충청도 보은 장내리에 각 처에서 2만 7천여 동학교도들이 모여 보국안민(輔國安民) 척양척왜(斥洋斥倭)의 기치를 내걸고 사회운동을 전개했다. 동학의 접조직을 포(包)조직

---

5) 자료-1 동학혁명 봉기 지도.

으로 확대 개편하고 대접주제(大接主制)를 도입했다.

⑥ 고부민란 : 1894년 정월, 고부 군수 조병갑의 탐학에 불만을 품은 동학농민들이 말목장터에 모여 전봉준을 장두로 삼아 고부 관아로 쳐들어갔으나 박원명의 효유로 곧 해산하게 된다.

⑦ 동학혁명운동 전기 : 안핵사로 들어온 장흥부사 이용태가 민란 주모자들에게 갖은 만행을 저지르자 3월 21일 전봉준, 김덕명, 김개남, 손화중 등이 백산에서 기포(起包)했다. 동학혁명군은 황토현 황룡촌 전투에서 연이어 관군을 물리치고, 4월 27일에는 전주성을 점령했다. 그러나 조정에서는 동학혁명군을 토벌하기 위해 청국 군대를 불러들였고, 이에 맞서 일본이 군대를 이끌고 들어와 청일전쟁이 일어났다. 이에 동학혁명군은 전주화약을 맺고 53개 군·현에 집강소를 설치하는 등 폐정을 바로잡기로 하고 해산한다.

⑧ 동학혁명운동 후기 : 청일전쟁에서 청군을 물리친 왜가 무력으로 경복궁을 침입하고 동학 두령들을 탄압하는 등 침략 야욕을 드러내자, 2대 교주 최시형은 9월 18일 무력봉기를 선언하고, 각 처에서 교도들이 일제히 일어나 남·북접 연합군이 논산에서 합류한다. 토벌에 나선 관·왜군의 막강한 화력에 밀려 연합군은 11월 공주 우금티에서 패함으로써 동학혁명의 대세가 기울게 된다.

⑨ 갑진개혁운동 : 1898년 2대 교주 최시형이 손병희에게 도통을 전수하고 순도하자, 손병희는 일본으로 망명했다가 1904년 러일전쟁이 일어나자 진보회(進步會)를 조직하여 사회개혁운동을 전개했다. 18만여 교도들이 각지에 모여 상투를 자르고 흑색 옷을 입는 등 대대적인 개화운동을 전개했다.

⑩ 동학을 천도교로 개칭 : 1905년 국내에서 총책을 맡던 이용구(李容九)가 일진회와 합동하여 매국 행위를 하자 손병희가 급거 귀국하여 이들을 출교 처분하고 동학을 천도교로 개칭한다. 서울에 중앙총부를 설치하고 지방에 72개 교구를 세워 교단을 정비한다. 이어 〈만세보〉(일간신문), 〈천도교회월보〉를 간행, 820여 개 지방강습소를 설치, 보성학원과 동덕여학교를 인수하는 등 문화·교육 사업에 주력한다.

⑪ 3·1민족해방운동 : 1919년 3월 1일을 기해 3·1민족해방운동을 주도했다. 독립선언서 인쇄와 자금조달을 전담하는 등 천도교 측 대표

15명이 서명하였다. 이 사건으로 천도교인 1천4백61명이 투옥되었다.

⑫ 애국계몽운동 : 3·1민족해방운동 뒤로 일제가 문화정책을 쓰자 애국계몽운동에 주력했다. 전위단체 천도교 청년당(뒷날 천도교 청우당)을 만들어 종합잡지 〈개벽(開闢)〉, 〈어린이〉, 〈학생〉, 〈신여성〉, 〈농민〉 등 여러 계층별 월간 잡지를 간행하는 등 어린이운동, 농민운동, 여성운동을 전개하였고, 지방에서는 야학운동을 폈다. 1934년 오심당 비밀결사와 1938년 멸왜기도(滅倭 祈禱) 사건이 발각되어 간부들이 투옥되는 등 독립운동을 지속하였다.

⑬ 민족통일운동(3·1재현운동) : 1948년 남북 간에 독립정부를 수립하려는 움직임을 보이자 천도교 중앙총부에서는 북으로 밀사를 파견하여 3·1민족해방운동 기념일을 기하여 정부수립을 저지하라는 밀명을 전달했다. 당시 막강한 교세를 누리고 있던 북한의 천도교단에서는 3월 1일을 기하여 미·소 양군 철수와 UN 감시하의 총선으로 통일 정부를 세우기 위한 운동을 벌였다. 이 사건으로 북한지역에서는 1만 7천여 천도교 간부가 체포되었으며, 187명이 처형되었다.

위의 사건에 대해, 동학혁명을 소재로 하는 역사소설의 경우는 일반 사학계의 역사적 범주(①~⑧)를 바탕으로 삼는다. 동학소설은 주로 당시의 삶에서 교리 실천의 문제를 다루기도 하지만, 동학혁명의 역사를 다룰 경우에는 전 과정(①~⑬)을 소재로 삼는다. 동학소설은 교단의 중요 인물인 창도 주 최제우의 생애나 2대 교주 최시형의 일대기, 3대 교주 손병희의 전기를 다룰 때 등 교단사(①~⑬)를 중심으로 다루기 때문이다.

동학혁명이라는 역사는 조선 후기에 우리의 풍토에서 성장해온 민중들에 의해 촉발된 우리 민족사의 가장 변혁적인 사건으로, 우리의 사상과 정서를 바탕에 둔 정신혁명이었다. 따라서 동학혁명의 역사는 여전히 외세의 영향 아래 전개되고 있는 오늘날의 사회가 안고 있는 문제를 이해하는 기본 틀로 제시되곤 한다. 즉 외세의 영향은 일제를 거쳐 여기서 그치지 않고 해방과 함께 맞이한 국토분단으로, 또 '400만여 명의 사상자를 낸 한국전쟁이라는 동족상잔의 비극'으로 이어졌다. 이와 같은 외세의 묵시적 영향 아래에서 진행된 우리의 참혹한 역사는 여기서 그치지 않았다. 4월혁명. 5·16쿠데타. 부마항쟁. 10·26사태 및 광주민중항쟁 등 긴박한 역사적 사건은 모두 외세와 결부된 내부 통치에 의해 굴절된 역사적 사건들이다.

이때마다 동학혁명을 소재로 한 소설들이 등장하여 당시 그 역사가 지닌 함의(含意)를 일깨우려 했던 것이다. 즉 동학혁명은 외세에 대항하고 아래로부터의 개혁을 요구한 최초의 민중혁명으로 항상 역사의 맨 윗자리에 놓인 역사의 이정표, 혹은 근원적 생명력을 지닌 문학적 소재가 되었던 것이다.

소설이 그 시대의 산물로 이상을 추구하는 양식이라면, 동학혁명이라는 역사는 절망의 시대를 밝히는 등불로 제시되었으며, 이상세계를 꿈꾸는 작가들에게 문학적 소재가 되었다. 물론 동학혁명 당시 민중들의 투쟁이 고스란히 오늘의 현실적 대안이 될 수는 없다. 그러나 동학혁명이라는 역사를 통하여 오늘날의 '외세에 대한 대처 방안'과 '현실적 모순의 대안'을 찾게 될 때 이는 작가의 역사의식이 된다. 이처럼 작가의 현실적인 대안으로 형상화되는 과정에서 역사는 다양하게 변형되지만, 대체로 다음과 같은 몇 가지 측면에서 만족할 만한 문학적 소재가 된다.

첫째, 생명력을 지닌 전통적인 역사로의 인식이다. 우리 민족사에서 최초의 조직적인 아래로부터의 개혁운동이었던 동학혁명은 민중들의 아쉬움과 열망 속에 살아남아 뒷날 전개된 투쟁적인 역사적 사건의 모태가 되었다는 것이다.

둘째, 계급투쟁의 역사로 수용되었다. 인간 대접도 받지 못하는 하층민의 굴레를 벗기 위한 투쟁이나 특히 수탈을 일삼는 탐관오리에 대항한 투쟁이 그것이다. 작가는 이런 계급의 모순을 오늘의 문제로 유추한다.

셋째, 외세를 맞아 민족의 주체성을 수호한 근대 민족투쟁의 한 전형이다.

넷째, 평등사상의 한 전형으로 수용되었다. 일제에서 오늘날까지 민중의 삶을 속박하는 갖은 형태의 굴레가 이어져 내려왔다.

다섯째, 민족 정서가 풍부한 소재이다. 동학은 민족 고유 신앙을 수용했으며, 조상들의 다양한 삶 속에서 드러나는 정서적 핵심을 되돌아볼 시대적 사건으로 인식되고 있다.

여섯째, 우리 민족 고유의 '혁명 상'을 제시해 주었다. 살상과 말살로 바꾸려는 서양혁명이 아니라 '공생공존의 새로운 혁명상'을 제시하고 있다.

일곱째, 남북 어느 사회에서나 민족적 공감대를 풍부하게 지니고 있는 시대의 사건이라는 점이다.

여덟째, 진정한 민족문학의 방향제시다. 민족문학이 다수 계층의 행복을 추구하고 이들을 대상으로 한다면, 진정한 민족문학에 대한 전형을 찾을 수 있을 것이다. 최제우에 의해 가사 양식으로 씌어진 〈용담유사〉의 국문 표현은 수신자가 누구냐에 따라 한문뿐 아니라 국문을 선택함으로써 진정한 민족문학 시대가 되었음을 알렸다.

아홉째, 전환기적인 시대마다 요구되는 강력한 구국적 지도자에 대한 열망이다. 조선 후기에 이르러서 진인(眞人) 출현설과 결부된 민란이 자주 일어났고, 구체적으로 이 시기에 동학교조 최제우나 2대 교주 최시형, 전봉준과 같은 구국적 영웅이 나타났다.

동학혁명이 역사적 사건으로서는 '미완의 혁명'으로 존재했지만, 문학적 소재로서는 우리의 왜곡된 민족사에 끊임없이 '완성된 혁명을 위한 말 걸기'를 해오고 있다. 그런 점에서 동학혁명은 오늘의 삶을 풍부하게 할, 우리의 전통적인 사상이나 정서를 풍부하게 드러낼 민족문학의 소재로, 근원적 생명력을 지닌 역사임에 분명하다.

Ⅲ. 근현대기 동학소설의 전개과정

동학소설이 지금까지 우리 문학계에 생소하게 이해되어온 것이 사실이다. 이는 동학소설이 특정 종교의 포교 목적으로 씌어진 소설이라거나, 또 비전문인에 의해 씌어져 문학성이 떨어진다는 점 등 때문에 문학계의 관심 밖으로 밀려나 있었던 듯하다. 그러나 동학소설은 1910년대에 나타나 일제 강점기를 거쳐 오늘날까지 맥을 이어왔다는 사실만으로도 동학소설이 지닌 문학적 가치는 각별하다. 따라서 이 소설들이 시대마다 어떻게 나타났다가 사라졌는지 그 부침의 과정을 통해 동학소설의 문학적 가치를 살피고자 한다.

필자가 파악한 동학소설은 약 90편인데,[6] 이외에 많이 있을 것으로 추정된다. 또 최근에 발표된 소설 중 동학소설로 구분하는 데 좀 더 정밀한 논의가 뒷받침되어야겠지만, 이 연구의 목적은 동학소설이 지닌 문학적 계보 및 의의를 규명하는 데 있으므로 자료 발굴 문제에는 연연하지 않기로 한다.

1. 동학소설의 문학적 환경

동학소설이 배태한 종교·사회나 문학적 환경을 고찰하는 일은 그 본질적 특성을 이해하는 중요한 요건이다.

1894년 동학혁명 이후 일제의 지속적인 탄압을 받아오던 동학은 1898년 2대 교주 최시형이 교수형에 처해진 뒤 1904년 진보회 또는 일진회를 통해 동학의 조직을 유지해오다가 일진회가 친일 행각을 벌이게 되자 일본에 망명 중인 손병희가 1905년 12월 급거 귀국하면서 12

---

6) 〈표-1〉 동학소설 목록 참조.

월 1일 천도교로 개칭, 종교기관으로 새 출발을 하게 된다. 손병희에 의해 출교(黜敎) 처분당한 이용구(李容九)는 1906년 9월 시천교(侍天敎)를 창립하여 이에 맞섰다. 의병전쟁이 치열하게 고조되는 이 시기에 일부 동학세력은 식민세력에 타협하거나 이용구처럼 적극적인 친일 행각에 나섬으로써 동학혁명 당시 일제의 토벌에 맞섰던 전통적인 민족주의적 입장에서 일정하게 후퇴하는 일면을 보였다. 뒤에 천도교의 민족운동이 부르주아적 탈민족적인 형태로 나갔던 것은 '갑진개혁운동'과 천도교로의 개편과정에서 어느 정도 예견된 것이었다.

이후에 천도교 내부에서는 크게 두 번의 내분과 분화가 일어났다. 첫 번째는 사회주의 사상이 확산되면서 천도교연합회가 떨어져나간 것이었고, 두 번째는 자치운동을 둘러싼 신파와 비타협적인 구파의 분화였다. 이런 분화와 분규는 교단 내적으로는 인내천의 종지화 이후 사인여천주의를 사회 문제 해결의 논리로 강조하면서 미신적인 종교 형태를 배격하는 천도교연합회의 입장으로 갈려졌다. 후에는 교단의 주도권 장악을 둘러싼 신파의 조직 우선 논리와 구파의 전통적 종교 형태 유지와의 대립 등으로 나타났던 것이다.

그러나 동학이 식민통치 아래에서 종교적으로 살아남기 위해서는 교묘한 상황논리에 놓일 수밖에 없었다. 동학혁명 당시 주된 토벌 대상이었던 동학의 지도자들에 대해 뚜렷한 대외명분이 될 만한 변화가 없는 한 동학과 일제의 관계가 결코 매끄러울 수는 없었던 것이다. 그렇지만 이보다는 본질적으로 종교가 지닌 양면성을 먼저 이해하지 않으면 안 된다. 일제 통치세력 입장에서 보면 종교는 신민(臣民)을 순화시킬 수 있는 순 작용의 기능을 하는가 하면 이와 반대로 동학혁명 당시와 같은 민족운동을 내세우는 일은 식민통치 체제를 위협하는 역작용에 놓이기도 한다. 이러한 양면성은 고스란히 일제 강점기에서 천도교가 놓이는 상황논리가 될 것이며, 이는 동학소설에 반영될 수밖에 없었을 것이다. 동학소설에 대한 이해는 이같이 종교가 놓이는 교묘한 자리와 일제라는 시대적 조건을 바탕으로 이해되어야 한다.

　대략 동학소설이 등장하는 시기를 1910년대라고 볼 때, 동학소설의 배경은 1860년 동학창건에서 3·1민족해방운동 이전인 1918년까지를 임의대로 설정하기로 한다. 조동일은 이 시기를 "중세문학에서 근대문학으로의 이행기"로 보았는데, 동학소설은 이 시기의 한가운데 포함되어 전후시대의 영향을 받고 있기 때문이다. 이 시기는 특히 정치현실을 비판하는 목소리가 어느 시기보다 적극적으로 수행되었다. 1860년에서 1918년까지의 정치·사회의 변화가 조선왕조에서 대한제국으로, 대한제국이 일제 식민지로 바뀌었지만, 문학은 일관된 흐름을 이루면서 창조적인 역량을 다양하게 발휘했다.

　조동일은 이 시기 문학의 특징을 "교술문학이 커다란 구실을 하고 있다고 보았으며, 이를 중세문학과의 접맥의 증거"로 들었다. 사회의 어려운 과업을 둘러싸고 벌어진 거국적인 논란이 서정이나 서사보다는 교술로 표현하기 적합하다고 보았으며, 이 같은 과정에서 교술을 서정이나 서사와 결합시키고자 하는 시도가 여러 가지 형태로 나타났다. 구체적으로는 민중 종교의 경전이나 노래, 활성화된 구비문학, 여러 내용을 담은 가사, 우국적인 한문학, 의병 투쟁의 체험과 그 주변의 문학, 역사·전기문학과 몽유록, 신소설, 민속극·창극·신파극, 신체시와 이광수의 현대소설 등으로 이 시대의 상황에 걸맞게 각성된 의식을 나타내는 데 앞장섰다. 이 시기는 서정문학이나 서사문학이 대부분 교술적 성향을 지니게 된 것도 하나의 특징이다. 학자에 따라 더러 다른 견해가 있기는 하지만, 이 두 시기를 각각 개화기와 계몽기 문학이라 하면서 근대문학이 정착되는 시기로 보고 있다. 여기서는 특히 동학소설 양식과 직접적인 관계에 놓여 있었을 것으로 추정되는 역사소설 전기소설 신소설과의 관계를 중심으로 살피기로 한다.

　먼저, 이 시기의 소설에 대한 인식에 대해 살펴보면, 소설이란 '하찮은 잡담에 지나지 않는다'는 어원적인 뜻을 완전히 청산하고 근대적

의미의 소설로 인식되고 평가하는 데 획기적인 전환이 마련되었다고
볼 수 있다. 박은식과 신채호의 소설에 대한 인식이 이를 뒷받침하고
있다. 박은식은 1907년 「서사건국지(瑞士建國誌)」를 내놓으면서 "동시
대에 공존하는 수많은 문학 갈래 중 한 문화의 수준을 가늠할 수 있게
하는 것이 오직 소설"이라 했으니 이는 우리의 전통적인 소설무용론에
획기적인 전환을 마련한 셈이다. 그는 이에 대한 근거로 "소설은 사람
을 감동시키는 가장 쉽고, 감동이 마음속에 들어오는 정도가 가장 깊
다"라는 점을 들었다. 신채호도 "소설은 남녀 관계를 다루어 인기를
얻은 상업적인 문학으로 성장해왔는데 이는 아무런 의의가 없다"고 단
언하면서도, "계몽적이고 애국적인 내용"으로 감동을 주는 소설의 출
현을 고대했다. 이에 대한 대안으로 먼저 자신이 「을지문덕」이라는 전
기소설을 내기도 했으나 역사적 사실을 다소 윤색한 정도에 그친데다,
한문 투의 국한문 소설이라 독자층을 널리 수용하지는 못하였다. 어쨌
건 박은식, 신채호 두 사람은 이미 퇴보한 유학적인 한문 투의 어떤
종류의 글보다 "애국적이고 계몽적인 소설이 많이 나와 위기에 처한
민족을 구할 소설"을 기대했던 것이다.

　이런 소설에 대한 인식 변화를 바탕으로, 1890년대 중반에 이르러
역사소설과 전기소설이 크게 성행하게 된다. 역사소설과 전기소설의
문학사적 위치를 고대소설과 신소설의 중간 단계인 과도기적 양식이라
보는 견해가 지배적인데, 양자 모두 소설에서 '이야기성'이 지니는 흥
미 위주의 설화성・오락성・상업성 등을 완전히 배제한다는 공통된 특
징을 지니고 있었다. 또, 역사 전기류 소설이 허구적 상상력에 바탕을
둔 서사 구조를 외면하고 '역사 또는 소설은 역사적 진실에 대한 탐구'
라는 인식을 지니고 있었다. 이는 당시 작가들의 인식을 엿볼 수 있는
부분인데, 일제 침략으로부터 벗어나야 한다는 민족 최대의 과제 앞에
서 국력을 배양하고 민지(民智)를 일깨우기 위해서는 민중들을 일깨우
기 위한 소설을 많이 보급시키는 일이 무엇보다도 시급하고 유용한 방

법으로 인식하고 있었던 것이다. 실제로 국권과 민권운동으로서의 민족주의 운동은 사실상 국권을 침탈당한 1905년 이후부터는 사회 각 분야에서 한층 강경한 성격으로 변모되어 가고 있었다. 이들의 특징으로는 자주 국권과 민권사상의 전파, 당쟁의 피해와 외세 의존 경계, 구국 영웅의 출현 기대, 새로운 혁신 사상의 수용 등으로 다양하게 표출되었다. 이런 사상적 흐름은 지식을 갖춘 민중들로 하여금 먼저 민족적 자아가 형성되도록 했고, 실제로 그것이 자연스럽게 민족주의 사상으로 발전되었다고 할 수 있다. 주로 이 시기에 생산된 전기류 소설들이 소설적 대상으로 설정한 인물들로는 김유신·을지문덕·강감찬·이순신·김덕령·곽재우·권율·서산대사·사명대사 등 대체로 우리 민족의 자존과 관계된 인물들이었다. 당시 외세에 밀려 힘을 펴지 못한 민족의 정신을 고양해야겠다는 의도가 전기소설을 통해 나타났던 것이다. 이런 역사 전기류 소설의 등장은 민중 계몽을 목적에 두고 있다는 공통점을 가지고 있다. 이런 역사전기소설의 문학적 환경은 동학소설과 엄밀하게 대응하고 있었을 것이다.

동학소설의 첫머리에 '신소설(新小說)'이라는 용어를 쓰거나 '장편소설(掌篇小說)', '강화(講話)' 등의 명칭을 사용하고 있는 것으로 보아 형식적 측면에서 동학소설과 신소설은 일정하게 영향을 받아온 것으로 보인다. 그러나 신소설은 역사소설이나 전기소설에 비해 민족주의적 정의가 훨씬 약화되어 나타났고, 문명개화와 같은 소극적이고 추상적인 계몽주의적 성향을 지녔다. 신동욱은 신소설에 대해 "일본의 침략에 대한 위기의식은커녕 친일적인 의도를 배제할 수 없다"고 보았으며, 근대성 문제에 있어서도 "구소설의 상투성에 근거하고 있는 양장한 고대소설"이라고 지적하고 있다. 조동일은 "신소설이 구소설에서 일어난 의미 있는 변화, 즉 가장 가깝게는 판소리계 소설을 발전시키지 못하고 봉건적 성격이 강한 귀족적인 영웅소설의 계승임을 삽화·유형·인간의 구조주의적 대비를 통해 증명하였다"고 함으로써 신소설의 평가를 부정적으로

깎아내렸다. 이는 결국, "갑오농민전쟁으로 나타난 민중의 항거를 억압
하면서 이루어진 위로부터의 개화", 그리고 "외래 세력에 힘입은 밖으
로부터의 변화라는 반역사적 성격에서 비롯된다"고 주장하였다. 이 때
문에 신소설에 표현된 개화론은 "표면적인 주제와는 달리 민족적 허무
주의 내지 투항주의로 떨어지고 말았다"고 지적한다. 따라서 신소설에
서 동학혁명이 폭력과 미개의 존재로, 개화와 문화라는 패러다임의 반
대 자리에 놓이는 것은 당연한 일인지도 모른다. 이해조의 「화의 혈」,
최찬식의 「춘몽」이 대표적인 예다.

이렇게 볼 때 전기소설 및 역사소설과 신소설이 시기적으로 동학소
설의 중요한 문학 환경이 되었을 것으로는 보이는데, 한결같이 풍전등
화와 같은 나라의 운명 앞에서 위기의식을 전하려는 교술적 의도를 담
고 있다. 그러나 역사소설, 전기소설에서 국권수호나 자주 독립은 실제
적이며 구체적인 행동의 지표를 통해 제시하는 데 비해 신소설에서는
계몽주의적 요소가 관념적 차원에 머물고 있어서 신소설보다는 역사
전기소설이 시대적 소명의식을 충실히 수행했다고 보아야 할 것이다.
요컨대 이 시기에 소설은 전통적인 소설무용론에 획기적인 전환을 가
져왔을 뿐만 아니라, 절대적인 위치를 지닌 문학장르로 인식되었으며,
나라의 위기에 대처할 문학양식으로 '애국 계몽적 사명을 담당한 전사'
로 평가되었다.

또 종교 내부에서 동학소설의 발생요인을 찾을 수 있다. 우리 문학
사에서는 전통적으로 시대마다 지배계층의 지배논리에 따른 관념문학
양식에 의한 소산물들이 많았다. 일찍이 가사문학이 경기체가의 붕괴
로 태어났고, 시조 양식이 고려 말에 발생하여 조선시대로 이어진 것
은 주지의 사실이다. 이는 모두 지배계층이 필요로 하는 관념적 문학
양식이라는 점에서 지배계층의 이해와 맞아떨어졌기 때문이다. 그런데
아이러니하게도 지배자들의 통치 이념을 전달하기 위해 태어난 가사
양식이 고스란히 민중들을 교화할 목적으로 1860년대 최제우의 동학창

도와 함께 나타났다. 〈용담유사〉가 운문 양식을 빌어 교화하려 했다면, 산문 양식으로는 〈동경대전〉이 동학대전을 대신한 동학소설인 셈이다.

그러면 이러한 사회·종교적인 환경과 문학적 환경 속에서 배태된 동학소설은 어떤 본질적 특성을 지니는가. 먼저 동학소설은 종교적인 환경으로 인하여 일반 문학이 지닌 여건보다 자유롭지 못했다고 볼 수 있다. 즉 '애국 계몽적'인 내용도 자유롭게 담을 수 있는 요건이 온전히 보장되지 못하였다. 그렇지만 동학이 소외된 자들 속에서 배태된 종교이고, 교단의 많은 인물들에 대한 신원(伸寃)의 문제가 남아 있어서 순종교적인 입장에 머물기보다는 항상 사회 저항적인 처지에 놓여 있을 수밖에 없었다. 따라서 동학소설의 일반적인 유형은 사회·종교적인 환경에 따른 변화 안에서 파악될 수밖에 없다. 가령, 교단의 활동이 위축될 때는 교리 전달 목적의 둔 포덕소설이 발표되다가, 사회 이념적인 투쟁이 어느 정도 보장될 때는 박해소설이 나타나고, 이보다 더 자유로운 환경이 되면 동학혁명의 전통적인 투쟁을 보여주려는 동학역사소설이 나타나곤 했던 것이다. 이 문제는 동학소설의 전개과정을 통해서 논증과정을 거치기로 한다.

여기서는 먼저 동학소설의 내용에 따른 세 가지 유형을 정리한다.

⑦ 포덕소설 : 교리를 전달할 목적으로 교인 및 비교인의 신비한 종교적 체험이나 감화를 내용으로 하는 소설.
⑭ 박해소설 : 동학(천도교) 및 동학계통의 교단의 인물들이 주도적으로 수행한 동학혁명이라는 역사적 사건에서 받은 박해를 다룬 소설.
⑭ 동학역사소설 : 동학혁명이라는 역사적인 사건을 허구적인 인물을 통해 밝히려는 소설.

2. 일제 강점기의 동학소설

1) 포덕소설 중심의 동학소설

1910년대의 동학소설은 한일합방이라는 사회사적인 조건 아래서 검토되지 않으면 안 된다. 이의 전후시기를 조망할 필요가 있겠는데, 손병희(孫秉熙)에 의해 천도교 종단이 성립되고, 출교당한 이용구(李容九)는 적극적인 친일로 나서 1906년 9월 시천교(侍天敎)를 창립하여 천도교에 대항했다. 선교(宣敎)의 자유를 보장받는 과정에서 이루어진 일정한 변질을 바탕으로 1910년대의 동학운동은 순 종교운동으로 제한된 성격을 지니게 된다. 그렇지만 천도교와 시천교의 지도층에 의해 경쟁적으로 창작된 이 시기의 동학소설은 비교적 활발한 활동을 보인다. 작품 편수로는 27편7)이 발표되어 양으로 치면 융성기로 볼 수도 있다.

이 시기 발표지로는 천도교계에서 발행하는 〈천도교회월보〉와 시천교에서 발행하는 〈시천교회월보〉, 〈구악중보〉 등이었다. 작가는 천도교 및 시천교의 교단 인물로, 이종린에서 김명호에 이르기까지 다양하다.

(1) 초창기 포덕 목적으로 출발한 이종린의 동학소설

최초의 동학소설인 이종린의 소설은 교리 전달이나 포교 목적에 충실한 일제 강점기의 전형적인 포덕소설이다.

작자 이종린은 천도교 교령을 지낸 당시 교단의 최고 지도자로, 일제 강점기에 언론인 학자로 알려지기도 했다. 뒷날의 역사는 이종린을 친일파로 분류하고 있으나 이에 대한 일부 천도교 측 주장은 좀 다르다.

---

7) 〈표-1〉 동학소설 목록 참조.

즉 일제의 천도교 와해 공작에 의해 천도교 교단이 만주로 쫓겨 갈 형편에 놓이게 되자 친일행각에 나섬으로써 희생양이 되었다는 것이다.

작품으로는 「모란봉(牡丹峯)」, 「해당화하몽천옹(海棠花下夢天翁)」, 「가련홍(可憐紅)」, 「감추풍별정우(感秋風別情友)」 등 네 작품은 초기에 발표된 작품으로, 비교적 고대 소설적 요소가 짙은 비현실적 요소가 많은 내용으로 짜여 있다. 네 작품 중에서도 뒤에 두 작품은 더 현실적인 내용으로 발전했다. 이보다 이태 뒤에 나타나는 「일성천계(一聲天鷄)」는 비교적 현실적인 내용으로 사실적 표현을 통해 천도교 교리를 전한다. 길이도 원고지 10매 내지 20매 내외로 비교적 짧으며, 이야기 구조도 긴장된 사건이나 갈등을 갖추지는 못하였다.

「모란봉(牡丹峯)」 : 〈천도교회월보〉 제1호에 실린 동학소설로, 최초의 동학소설이다. 평양 대동강가의 어느 가난한 집. 새벽에 며느리가 대동강으로 청수를 길러 나갔는데 물동이가 떠내려가다가 물속에 가라앉더니 이상한 광채가 났다. 시어머니와 남편이 나와서 함께 물동이를 건져 올리니 그 안에 황금이 가득하였다는 내용으로, 정성이 지극한 천도교인이 복을 받는다는 줄거리다.

이종린의 동학소설에 대해 주종연은 "신소설적 요소보다 한문소설이나 고대소설과 연관된 자생적인 부분이 문학적 의의를 지니게 한다"고 평가함으로써 동학소설이 신소설보다 고유 양식적 측면을 많이 지니고 있다고 보았다. 바로 '황금이 그득한'과 같은 허황된 과장이나 '착한 사람이 복을 받는다'는 식의 고대소설의 관념적인 주제인 권선징악의 특성에 접근된다. 특히 포교 목적에서 이루어지는 행위이므로 일단 그것이 지닌 진위 문제보다 엄숙한 '종교적 권위'로 수용될 만하다. 이러한 고대 소설적 과장은 연극 무대와 관객(독자＝교인)의 사이처럼 자연스럽다.

「해당화하몽천옹(海棠花下夢天翁)」 : 내용상으로 보아 도교적인 성격이 짙고, 꿈의 구조로 보아서는 몽자류 소설의 모양새를 갖추고, 가사의 홍을 지니고 있어서 마치 한낮의 단꿈 같은 작품이다.

한 남자가 강가에서 하나님(뒤에 천도교에서는 '한울님'으로 통일 – 필자)께 영감(靈感)이 있기를 기도하고 나서 헤진 옷을 벗어 목욕재계하고, 강물을 청수 삼아 하나님께 기도하다 깜빡 잠이 든다. 꿈속에서 상제님이 굽어보고 이름을 천민보록(天民譜錄)에 올리려 했으나 성품이 밝게 열리지 못함을 알고 예비천민으로 기록한다. 상제가 "포덕천하 광제창생의 천도교를 믿어 근본 성품을 찾으라" 하여 천도교를 믿어 '예비천민(天民)'이 아닌 '천민'이 되라 했다는 것이다. 잠을 깨고 보니 십리사장에 해당화 속이다. 날이 저물어 잠 잘 집을 목동에게 물으니 '열두어 호 중에 제일 크고 좋은 집'이라 하여 천도교를 믿는 집을 가리켜 준다.

이 소설이 지니는 양식적 특징은 고대소설의 몽자류 소설적 특징을 지니면서 가사의 홍이 있다는 것이다.

㉠ 천국산이 뚝 떨어져 도인봉이 둘러 있고 태평강이 휘돌아서 극낙촌이 여기로다.
저 – 목동아 처사가가 어디메뇨 나도 세상시비로다. 던저치고 저곳에……

이 작가의 뒤에 발표되는 「가련홍(可憐紅)」, 「감추풍별정우(感秋風別情友)」 등에서도 이런 가사체적 음악적 홍이 있어서 창도 주 최제우가 민중들에게 교리 전달 및 포교 목적으로 쓴 가사 〈용담유사〉와 맥을 같이한다.

㉡ 지극히 어지신 하나님 / 지금 이후로다.
일절 그르고 악하고 / 탐하고 액색하고
거만한 버릇을 / 다시난 아니 하기로
맹세를 고하옵내다 / 지극히 밝으신 하나님……

이 같은 가사체의 흥은 최제우가 도를 펼 당시 글 모르는 민중을 위해 가사체로 〈용담유사〉를 써서 도를 폈던 행적과 흡사하다. 그러면서 "나의 도를 너의 창생에게 하나도 빠지지 않고 일일이 주었건만은 지금껏 교를 주장할 사람을 못 만나 전 개벽 오만 년에 원원한 저 창생은 고해 중에 그르쳤더니 다행히 천도교가 나의 오만 년 근로 무공함을 민망히 여기어 포덕천하 광제창생의 주의로 신성이 삼세를 상전하니……"라 하여 '포덕천하'와 '광제창생'이라는 포교 목록을 바탕에 둔 가사의 양식적 특징을 보이고 있다. 이와 같은 가사체의 특징이나 꿈처럼 비현실적이거나 신비스러운 구조가 신소설 쪽보다는 고대소설로 보게 하는 요소인 듯하다.

「가련홍」: "요사이 여자들은 열이면 아홉은 외양으로는 제 서방과 인연하고 속으로는 제 서방의 흉계로 남의 사내들을 치는 악습이 하도 많은" 세상 풍속을 바로잡을 의도로 씌어진 소설이다. 우선 내용이 위의 소설과 달리 사실적인 소재에서 찾고 있으며, 주제에 있어서도 포교 목적을 전면에 내세우지는 않았다. "사람이 착한 도리를 닦으면 한울이 반드시 복을 내리시고 사람이 악한 일을 행하면 한울이 반드시 화를 내리시나니 그 보응하시는 것이 예컨대 거울이 물건 비침과 같아서"와 같은 관념적 주제가 소설 끝에 붙어 있다.

어느 날, "간밤에 부던 바람 일진추풍"이 일 때 천일옹 집에 영감을 버리고 집을 나갔던 아내인 김 의관 댁이 찾아온다. 김 의관 댁은 "일시라도 못 보면 죽을 듯하던 영감(천일옹)"을 권련갑 과자부스러기에 팔리어 그 잘난 놈을 따라 산도 설고 물도 선 천리타방으로 끌려 다니며 고생만 하다가 영감이 장만해준 세간사리 다 팔아 없애고 여섯 일곱 해 만에 "하도 기가 차고 답답하여", 또 "장안 천문만호에 돌아갈 곳이 바이없어 생각사로 꼭 죽고 싶은 심정"이 되어서야 옛 영감 천일옹을 찾아온 것이다. 그러나 천일옹은 "자네 지금 저 모양 저 지경된 것이 자기가 자작한 일인가 남이 시켜서 한 일인가." 하고 조용히 꾸짖고 나서 "세상공론으로 말할지라도 사내대장부가 천하에 여자가 그리 귀하여서 하필 배반하고 나갔던 여자를 다시 불러들이는가 할지라." 하며, 김 의관 댁을 받아들일 수 없다고 냉담하게 거절한다. 김 의관 댁은 "그동안 여기저기 싸다니며 외인을 농락하던 수단으로", "아리따운 모양과 측은한 말씀으로 한번만 잘 수작하면" 받아들일 줄 알았다가 "솟구쳐 나오는 울음을 삼키며" 자신의 잘못에 부끄러움을 느끼고 황급히 돌아간다는 내용이다.

이 소설 역시 소설적 사건이나 갈등을 갖추지 못한 채, 차분한 이야기를 들려주는 듯한 문체에 "야, 신자동아, 저 낙엽을 함부로 쓸지 마라……", "슬프다. 양귀비 같은 절색으로 겸하여 혼천동지하던 당 명황의 세력을 가지고도 악한 일을 많이 한 고로 마침내 마의 역 일부 토에 청춘이 묻혀 있고……", "……서리에 취한 단풍잎새가 산허리에 걸친 석양을 밖에 띄워 가련히 볼 것 없더라." 등 고대소설의 상투적 표현을 보여주고 있다. 그러나 소재가 현실적인 삶을 통해 보여주듯이 주제도 종교적 교리를 직접 제시하기보다 '스스로 부끄러움을 느끼게' 하여 한층 간접화되었다. 그러나 사회의 어지러운 풍습을 나무랄 뿐, 그 원인이 일제 강점기의 현실이라는 인식을 보여주지는 못한다.

「일성천계(一聲天鷄)」: 이는 위 작가의 작품들보다 2년 뒤인 1912년에 씌어진 작품인데도 앞에 발표했던 동학소설과 시대적 배경이나 수법에 있어서 판이한 차이를 보인다. 물론 집필 의도는 여전히 포교 목적이지만 수법에 있어서 훨씬 사실적인 표현을 써서 한층 진전된 모습을 보여주고 있다. 등장인물도 현실적인 인물이 등장한다. "모자가 서울 중앙총부 인일 기념식에 간 남편이 가지고 올 선물을 기다리고 있었고, 밤에 배편으로 돌아온 남편이 선물 대신 천인장(天人狀)을 내보이자 온 가족이 기뻐한다"는 줄거리다. 비록 소재나 표현 수법을 현실적인 것에서 찾아 한층 진전된 모습을 보이고는 있지만 앞서 발표한 동학소설이 지닌 옛적 정감이나 흥이 없다. 게다가 "그러하나 만일 천

48

인장을 탔다고 조금이라도 정성을 간단하면……모죠록 청수 주문 시일 성미기도 범절 지성으로 하면 삼 년 내에 한울님이 천훈장(天訓狀)을 또 나리신다오" 하여 천도교인의 교리가 더 장황하게 나타난다.

⑵ '박해'를 통하여 소설적 긴장을 갖춘 오상준의 「화악산」

「화악산」은 앞서 발표한 이종린의 소설에 뒤를 이어 나온 작품이지만 제목 앞에 '신소설(新小說)'이라고 밝힌 점이 특이하다. 아마 당시 유행하던 신소설의 전개방식을 염두에 둔 소설로 보인다.

서사 구조도 다분히 신소설의 모양새에다 극적인 장면들이 소설적 긴장감이나 허구의 미덕을 획득한 작품이다. 특히 박해를 받는 동학도(천도교)의 모습을 보여주어 인상적이다. 표현도 다분히 사실적 묘사와 서술을 바탕으로 하고 있으며, 6회에 걸쳐 연재를 할 정도로 원고 분량도 80여 장에 이르러 앞 시대의 동학소설보다 한층 발전적이다.

작가 오상준은 이종린과 마찬가지로 천도교 간부다. 그리고 당시 〈천도교 역사〉를 연재할 만큼 동학사(東學史)에 해박한 사람이다.

줄거리 : 1900년 여름, 최만옥의 집에 춘천 관속들이 들이닥쳤다. 최만옥은 젊어 한때는 난봉꾼이었으나 천도교를 믿으며 건실해진 도인으로, 끌려가면서도 가족에게 수도 잘 하라고 당부한다. 최만옥은 연루자를 대라는 고문을 받으나 끝내 입을 열지 않는 바람에 더욱 심한 고문을 받은 끝에 거의 죽을 지경이 되어 인적 드문 숲에 버려진다. 그러나 어떤 도인이 최만옥의 생명을 구해준다. 한편 최만옥의 아내와 두 아들은 관에 끌려가 문초 받을 것이라는 소문을 듣고 집에 불을 지르고 야반도주를 한다. 며칠 피해 다니다가 동학 난리에 3대 독자를 잃은 김 진사 집에 묵게 되나 밤중에 주문 외는 잠꼬대 때문에 동학도인

이라는 사실이 탄로나 내쫓기게 된다. 세 모자는 밤중에 개울을 건너다가 급류에 휩쓸려 동생 흥봉이를 잃는다. 아내는 아들 잃은 슬픔을 달래며 산으로 들어가 낮에는 농사짓고 밤에는 수도에 전념한다. 한편 급류에 휩쓸려 떠내려가던 흥봉이는 이 접주 부인의 도움을 받아 목숨을 구하고 그 집에서 살게 된다.

한편 최만옥은 건강을 회복한 뒤 밤에 집으로 찾아갔으나 가족이 체포되었다는 말을 듣고 수도와 포덕에 전념하기 위해 함경도 장진으로 떠나간다. 최만옥은 거기서 수천 명의 도인을 얻는다. 흥봉이는 이 접주 집에 살면서 그 집 딸과 결혼을 한다. 그때 각 지방에서 인일 기념식에 참석하기 위해 교인이 모여드는 장소에서 온 가족이 재회하는 기쁨을 맞는다.

이 소설의 전개는 전반부와 후반부로 나누어볼 수 있다. 전반부의 최만옥 가족에게 닥치는 고난, 즉 최만옥이 잡혀 들어가고, 세 모녀가 집을 태우고 유리걸식에 나서고, 김 진사에게 쫓겨나며, 개울을 건너다 가족이 뿔뿔이 흩어진다. 후반부는 흥봉이를 잃은 모자가 회양산으로 들어가 수도에 전념하며, 최만옥은 기적적으로 살아나 함경도 지방 포덕에 전념하며, 흥봉이는 이 접주의 도움으로 학업과 수도를 하다가 천도교 행사 때 온 가족이 재회한다.

인물로 보면 주인공 최만옥과 그의 아내의 행적 두 갈래로 전개된다. 아내는 아들(흥봉이)을 잃음으로써 한결 복잡한 구조로 가지만 모두 천도교의 끈을 놓지 않음으로써 가족 재회의 기쁨을 누린다는 구조다.

비록 개연성이 다소 떨어지긴 해도 숨 가쁜 서사 전개는 분명 전대의 이종린 동학소설과 다르고, 끊임없이 탄압을 받는 과정을 통해서 동학혁명 시대의 투쟁을 보여주려는 작가의 의도를 엿볼 수 있다. 소설의 플롯 구조인 발단, 전개, 위기, 절정, 결말의 단계를 갖추고 있다는 점도 전대의 소설보다 한결 진전된 일면이다.

이 소설의 시대적 배경에서 유추 가능한 것은 동학혁명 이후에도 계속된 동학도(천도교인)에 대한 탄압이다. 동학혁명 시기에 삼남의 동학세력이 초토화된 대신 1910년대에는 관서 관북으로 교세가 증가했고, 그런 중에도 동학에 지속적인 탄압이 행해졌음을 보여준다. 그러나 4년 뒤 갑진개혁 때 20만이 동원되어 흑의(黑衣) 단발(短髮)로 구국투쟁을 벌였던 신문화운동의 사건만 보아도 교세는 탄압 속에서도 급속도로 증가하고 있음을 단적으로 보여주는 대목이다. 이 소설은 계속되는 탄압 속에서도 수도에 전념하는 열렬한 '도인의 모습'을 본보기로 제시함으로써 일정하게 포교 목적을 수행하였고, 고난 속에서도 투쟁을 벌여온 동학의 전통을 보여주려는 의도가 엿보인다. 또 앞에서 군수가 최만옥을 끌어다 핍박하는 장면은 고부 군수에 대한 징치와도 닮은 장면이며, 최만옥의 지하 포덕은 기나긴 세월 동안 잠행 포덕 한 2대 교주 최시형의 행적에서 유추되었다. 즉, 과거의 동학이나 현재의 동학(천도교)이나 여전히 박해를 받는 시대임을 보여주는 전형적인 '박해소설'의 일면이다.

(3) 시천교 계통의 동학소설

1906년, 시천교는 천도교에서 출교당한 일진회의 이용구가 창립하고, 1908년 김연국(金演局)을 대도주로 맞아들인 동학의 한 분파다. 1910년 한일합방과 함께 이에 앞장섰던 일진회가 해산되고, 이용구가 죽자 이른바 송병준 파(宋秉畯派)와 김연국 파(金演局派)로 분열하여 맞서다가 1913년에 두 파는 완전히 갈라섰다. 이런 와중에도 동학소설은 이들의 기관지 「시천교월보」(1911. 2-1913. 4, 통권 27호), 「구악종보」(龜岳宗報, 1914. 6-1916. 4, 통권 8호), 「중앙시천교회종보」(1915. 9.-1916. 3. 통권 2호)를 통해서 꾸준히 발표되었다. 작가는 대개의 천도교 계통 동학소설이 그랬던 것처럼 교단 잡지 편집에 관여하거나 교단의 지도층에 있는 인물이다.

시천교 계통의 동학소설들은 일상적인 삶에서 종교적인 감화를 받는다는 식의 투쟁적 의지는커녕 무기력한 삶만 보여주어 소설적 긴장감이나 표현의 구체성이 떨어지는 작품들이다. 소설이 씌어진 동기나 시대가 같으므로 천도교 계통의 동학소설과 크게 다르지 않으나, 변별적 요소로 최원식은 이를 "자력신앙(自力信仰)에서 타력신앙"으로 변질되고 있다고 보았다. 이 같은 이유로는 깊은 정치적 좌절에 시달리던 시천교의 유사 종교화 징후를 드러내는 것으로 보았다. 그렇다고 종교적 감화가 직접적이고 건강하게 제시되는 것도 아니다.

「일성종(一聲鐘)」, 「벽운천(碧雲天)」 : 위의 두 소설은 나른한 인생에 대한 권태로운 삶을 보여주며, 이해조의 신소설에 나타나는 세태소설이나 뒷날 박태원의 세태소설과 비슷한 특징을 보인다.

「일성종(一聲鐘)」은 왕십리 근처에 사는 김 진사 부인이 교인 한 주사 마누라의 인도로 시천교에 입교한다는 내용이고, 입교 동기도 직선적으로 '남편 잃고 딸 잃고, 단몸 단신으로 죽도 사도 못하는 한심한 처지'라서 의지할 곳을 찾아 입교했다는 식이다.

「벽운천(碧雲天)」은 지게꾼 김춘팔이 시천교 전도 부인의 말에 먼저 눈뜬 아내의 하소연에 참회하여 입교함으로써 부부가 모두 시천교 교인이 된다는 간단한 구조의 내용이다. "……에그 정말 그렇지 성인군자 되기도 나 할 탓이요 지지하등 사람 되기도 나 못한 탓이지 누구로 원망해요……진작 시천교에 입도를 하여서 정성으로 수도나 하였으면" 하여, 문제의 근원이 자신의 마음에 있음을 설교하고 있다. 여기서 사회 구원의 이념이 쇠퇴한 1910년대 시천교 교단의 몰락한 단면을 보게 된다. 특히 주목할 만한 것은 김춘팔의 몰락과정이다. "조부 대에는 천 석꾼의 지주였으나 주색잡기"로 뒷날에 지게꾼 신세로 전락되었다는 것이다. 이 소설의 특징은 김춘팔의 가난한 살림살이 장면이 능란한

구어체로 그나마 실감나게 그려져 있는 것이다.

이상에서 보는 대로, 시천교 계 포덕소설은 비신도가 교인의 인도로 착실한 신도가 되는 과정을 보임으로써, 독실한 믿음으로 응보를 받는다는 천도교의 포덕소설과 약간 다른 모형을 보여주고 있지만 시천교의 교단 존폐의 위기감을 미리 예견이라도 한 듯이, 몰락과정을 통하여 보여주고 있다. 결국 시천교 계통의 동학소설들은 1910년대를 넘기지 못한다. 경쟁적인 동학소설 창작은 당시 동학소설 창작에 활기를 불러일으켰다고 볼 수 있겠으나 특별한 의미를 부여할 만한 가치가 돋보이는 수준이나 특징은 보이지 않는다.

⑷ 그늘진 삶을 보여주는 낙천자(樂天子)의 소설들

이 소설은 1910년대 후반에 발표된 작품으로, 포덕을 위한 목적이 한층 뚜렷이 드러났지만 앞의 시천교 계통의 동학소설이 보여준 나른한 세태 소설적 분위기를 잇고 있다. 이 같은 사정은 대체적으로 내분에 휘말린 교단의 사정과 깊은 연관이 있어 보인다.

작가인 낙천자는 천도교 관계자로 알려져 있으나 원명은 알 수 없다. 「옥동춘」, 「농고자평」: 위의 두 소설의 주인공 행적을 보면 방탕한 생활을 청산하고 입교한다는 내용으로, 구조가 단순하고 내용도 활기가 없다. 그리고 삶에 대한 의욕이 상실되어 마냥 짙은 그늘이 보일 뿐이다. 물론 이런 그늘 속의 사람들을 활기 있는 세계로 끌어들이기 위한 소설이라 할 수도 있지만 삶이 어둡고 긴 터널 안에서 벗어나지 못하는 듯한 느낌이다. 「옥동춘」의 김 참판은 주색잡기에 빠져 생활이 극도로 곤궁해져서 옥동(玉洞)의 사글세 살이 신세가 된다. 그래도 부인은 남매에게 신학문을 가르치기 위해 학교에 보낸다. 김 참판은 집세 독촉을 받는 딱한 처지가 되자 친구 이 승지 집을 찾아간다. 천도교인인 이 승지는 김 참판에게 술대접을 하면서 한울님 모시기를 권유한다. 그 끝에 김 참판은 더위를 식히기 위해 남산에 올라가 장안의 활기찬 모습을 내려다보며 유난히 낙후된 자신을 깨닫고 집으로 돌아와 입교하기로 작정한다. 그저 활기찬 생활을 위해서는 오직 천도교 입교뿐이라는, 관념적인 종교적 감화과정을 보여준다.

「농고자평」은 농왈(聾曰) 고왈(瞽曰)의, 즉 귀머거리와 소경의 대화체 소설이다. 두 사람은 다 같이 젊은 한때 주색잡기의 방탕한 생활 때문에 귀머거리가 되고 소경이 되었다. 이런 불행한 지경에 이르고야 뒤늦게 참회하고 천도교를 믿어 귀가 조금 밝아지고 눈이 밝아졌다는 내용이다. 개화기 초에 나왔던 토론체 소설 「소경과 앉은뱅이 문답」과 흡사한데, 이와 비교해 보더라도 소설적 기교는 없다.

같은 작가의 「동천명월」은 「옥동춘」보다 8개월 뒤에 나온 소설이다. 여기서는 김 참판 대신에 김춘팔, 이 승지 대신에 꿈속에 나타나는 부모로 대체되었고, 주색잡기로 패가망신한 점과 그런 가난 속에서도 착실한 아내와 꿈속에 나타난 부모의 입교 권유 같은 구조가 흡사하다. 또 이같이 간단한 변화는 「감선록」에서도 잘 나타난다. 「농고자평」보다 3개월 뒤에 발표된 「감선록」에서는 소경 맹 지팡이와 귀머거리 용 고집의 대화체로, 용 고집이 천도교 중앙총부 앞을 지나다가 시일에 모여 기도하는 도인들을 보고 "심신이 황홀해지면서 들릴 것 같거늘……도인의 열 석자 주문을 외워 삼칠간 공부하여" 귀가 열렸다는 말을 한다. 이를 들은 맹 지팡이도 "참말로 할 만한 교일세" 하며 자신도 공부하겠다고 결심한다. 이렇게 새로운 전망을 보여주지 못하는 까닭은 움츠린 교단의 사정이나 작가의 소재 빈곤을 보여주는 일이다.

「제비」, 「한소리쇠북(一聲鐘)」: 낙천자와 신천옹은 앞뒤 작품의 관계로 보아 동일인인데, 두 소설은 〈신인간〉 89호부터 102호까지 14개월여 동안 연속해서 발표하고 있다. 「제비」는 천도교인인 남편이 아내에게 "우리 사람의 주인인 성령은 한울로부터 왔으니 한울을 내 몸에 모시고 성령을 잘 수련하면 저 제비와 같이 나의 주인을 아는 것처럼 한울나라 백성이 되어 무궁복록을 누릴지니” 하여 입교를 설득한다는 내용이다. 「한소리쇠북(일성종, 一聲鐘)」은 구룡산 마을 김 진사 댁이 일찍 남편을 잃고 자식들마저 잃어 “죽도 사도 못하는 처지”의 가련한 여인상을 그리고 있다. 마침 교당에 가려다 이웃집 한 주사 댁(이숙화)이 찾아와 교당에 갈 것을 권유 받고 교당에 간다는 내용이다.

이런 내용은 이 시기 동학소설의 한 전형으로, 「동천명월(東天明月)」에서도 이어진다. 김춘팔은 조상 대대로 이어온 재산을 주색잡기로 탕진하여 밥을 굶고 냉골에 누워 있는 딱한 신세가 되었다. 친구에게까지 멸시를 받은 춘팔은 냉골에 누워있는 제 아내에게 분풀이를 하려다가 뚜렷한 동기 없이 ‘왠지 봄눈 녹듯이’ 마음이 풀어진다. 춘팔은 그저 “다 내 못한 탓이지 누구를 원망하리요” 하는데, 냉골에 누웠던 아내가 “에 그 서방님이나 내나 진작 천도교에나 입도를 하여 정성 수도하였으면 이 지경은 아니 되었을 것을” 하며 후회를 한다. 아내는 남편 춘팔이에게 “천도교에서는 기십 년 된 병이라도 능히 뿌리째 빼어 고치는 신령한 약이 있답디다.” 하며 천도교에 들기만 하면 신비한 일이 벌어질 것으로 기대하며 “나는 삼순구식을 못하고 쪽박을 차고 빌어먹는 한이 있더라도 서방님께서 천도교에나 입교하는 마음이나 잡는 모양을 한번 보았으면 원이 없겠다”며 울음을 터뜨린다. 춘팔은 급기야 천도교라는 말만 들어도 죄과를 뉘우치는 모양이 얼굴빛에 그득 나타나게 되며, 남산에 올라가 나무나 해다가 불이나 넣을 양으로 남산에 올라간다. 춘팔은 복숭아꽃이 핀 양지에서 졸고 있으니 꿈속에서 죽은 부모가 나타나 호령한다. 먼저 부친이, “그 좋은 교와 착한 교인을 원수같이 미워하였더니 상계에 올라와 본즉 지목과 곤란을 당하든 교인들은 인간에서 보지 못하던 좋은 상좌에서 무한한 복락을 누리고 나같이 내로라하고 자존하며 반대하든 사람들은 감히 그 자리를 바라보지도 못하는 하등인물이 되었다.”는 것이다. 모친이 부친 말에 동조를 하면서 “그전에 우리 행낭

에 살던 춘동이란 놈을 동학하지 말라고 말리다 못해 내쫓았더니 갑오
년 동학 통에 죽었는데 지금은 상좌에 있다"는 식으로, 어설픈 종교적
감화를 드러낸다. 춘팔이 천도교에 입도하리라는 결심을 하게 되니 입
밖으로 "시천주 조화정……"의 주문소리가 부지중 수풀 사이에 어지러
이 우는 새소리를 놀라게 하고 마침 동천에 밝은 달이 떠오르더라. 이
같은 나른한 한낮의 꿈에 의존한 어설픈 종교적 교화를 보여준다.

「월하청수」는 한병순(韓炳淳)의 동학소설로, 동학군 딸이 지극한 정
성으로 시집 식구를 입교시킨다는 내용으로 앞에서 보여주는 포덕소설
의 모형과 다른 면을 보여주는 박해소설이다. 동학군 도용의 내외와
딸 성녀는 금강산에 피신하여 살아간다. 마침 성녀는 청일전쟁을 피하
여 숨어 사는 학자의 아들과 결혼을 한다. 도용 부부가 성녀에게 "학
자 집의 천도교 입교는 너의 정성에 달렸다"는 유언을 남기며 죽는다.
성녀가 동학군의 딸임을 알게 된 학자는 성녀가 몰래 모시던 청수 단
을 헐어내지만 지성으로 시부모를 모시자 마침내 심성에 감화되어 입
교하게 된다는 내용이다. 「월하청수」는 지난날 동학군에 대한 핍박을
통하여 핍박이 엄존하는 현실을 유추하여 보여주는 박해소설이다.

이렇게 개화기의 동학소설은 아픈 시대에 교단이나 사회에 대한 개
화 계몽과 같은 교술적 기능으로 비교적 의욕적인 출발을 보였다. 하
지만 내용에 있어서 비록 교리 전달이나 포교 목적의 한계를 드러내기
도 했지만 나름대로 어두운 현실이 반영되기도 했다. 동학소설의 초기
성향은 고대소설 같은 낭만적 요소가 짙게 나타났다가 차츰 현실적 요
소가 가미되었다.

2) 3·1민족해방운동기의 다양화된 동학소설

1919년 1월 22일 고종이 독살되었다는 소문과 2월 8일 일본 유학생 수천 명이 동경에서 독립선언서를 발표하고 반일 데모를 감행했다는 소문은 전 민족의 가슴에 내재되어 있던 반일감정을 들끓게 했다. 특히 천도교의 주요 지도자들이 동학혁명 때 일제 토벌군을 맞아 처절한 싸움을 벌인 경험과 달리 비록 비폭력으로 갈 수밖에 없었다는 한계에도 불구하고 거사에 중추적으로 기여했다는 사실을 인정하지 않으면 안 된다. 어쩌면 동학혁명의 폭력 노선에 대한 자성적 선택인지 모르지만, 어쨌건 동학혁명 이후에 한동안 침체되어 있던 민족정기를 불러일으켜 그동안 국내외의 민중들을 새로운 단계의 민족해방운동으로 진전시키는 계기가 되었다. 그 핵심적인 변화는 19세기 말부터 이어 내려오던 민족 부르주아의 역할이 차츰 사라져가고 그 대신에 노동자, 농민, 지식인을 중심으로 한 식민지 민중이 차츰 역사의 무대에 등장하게 된 것이다.

이들은 과거 민족부르주아가 미처 해결하지 못한 역사적 과제인 반제 반봉건적인 과제를 새롭게 떠맡아 민중에 의한 민주주의를 수행하면서 일본 제국주의로부터 우리 민족을 해방시켜야 한다는 중차대한 임무를 맡게 된 것이다. 이들은 과거 부르주아의 이념이 아닌 노동자 계급의 이념을 자기 이념으로 하면서 당대의 제반 민주적 과제와 민족해방의 과제를 동시에 수행해야 하는 시대적 요구에 부응하게 된 것이다.

교단 측면에서 보면 분파된 시천교가 퇴각하고 3·1민족해방운동에 주도적 역할을 한 천도교가 교인 1,461명이 투옥되는 등 시련을 겪으면서 명실 공히 동학을 대표하게 되었다. 이 시기의 천도교 교세는 민족 종교로 터전을 다졌고, 나라 밖으로는 북으로 만주, 중국 본토, 남으로 일본 동경에까지 교세가 뻗쳤던 것으로 나타난다. 이 시기 천도교의 주요 문화 사업으로는 〈만세보〉(일간신문), 〈천도교회월보〉 간행, 교육 사업으로는

820여 개의 지방 강습소 설치, 20여 개의 사립학교에 보조금을 주는 한편 보성학원 인수와 동덕학교 운영 등 교육활동에 주력한다. 또 당시에 발행된 잡지는 무려 16종[8]에 이르러 신문화운동에 주도적인 역할을 해왔다.

그러면 문학계의 변화는 어떤가. 3·1민족해방운동 이후에는 교술문학이 문학의 범위에서 거의 밀려나고 서정·서사·희곡 셋이 원칙적으로 대등한 비중을 가지게 되면서 근대문학이 시작되었다고 보았다. 이는 1920년대의 역사·문학적 조건이 3·1민족해방운동과 깊은 친연성이 있음을 뜻한다.

이 시기에 동학소설은 천도교 혁신운동과 함께 민족문화운동을 전개한 신파에 의해 전대보다 많은 약 34편이 창작 발표되었다. 1926년 4월 신파의 기관지로 창간된 〈신인간〉을 무대로 한 동학소설이 앞 시기의 포덕소설의 성향을 이어가면서, 한층 진보된 내용을 담고 있는 박해소설이 전면에 등장하는 등 변화를 보인다.

(1) 3·1민족해방운동을 반영한 소설들

3·1민족해방운동은 짧게 끝나고 고통은 길었다. 3·1민족해방운동에 가담한 천도교 지도자들과 교인들이 속속 구속되어 교단은 거의 초

---

8) 이 시기는 일반 문학계에서도 문예지 춘추전국시대라 할 만큼 다양한 잡지들이 발행되었다. 천도교 계통에서 간행된 잡지는 다음과 같다. 〈당성(黨聲)〉(1931. 4-?), 〈개벽(開闢)〉(이돈화, 1920. 5-1926. 8), 〈부인(婦人)〉(이돈화, 1922. 6-1923. 9), 〈신여성(新女性)〉(박달성·방정환, 1923. 9-1934. 4), 〈어린이〉(방정환, 1923. 3-1934), 〈조선농민(朝鮮農民)〉(이돈화, 1925. 12-1930. 1), 〈농민(農民)〉(박사직, 1930. 5-1934. 1), 〈농민순보(農民旬報)〉(1934. 2-?), 〈농민시보(農民時報)〉(1934. 2-?), 〈농민(農民)〉(청년당농민부, 1923. 10-1930. 11), 〈별건곤(別乾坤)〉(이을·차상찬, 1926. 11-1934. 3), 〈학생(學生)〉(방정환, 1929. 3-1930. 11), 〈혜성(彗星)〉(차상찬, 1931. 3-1932. 3), 〈제일선(第一線)〉(차상찬·박달성, 1932. 5-1935. 3), 〈개벽(開闢)〉(복간)(김기전, 1934. 11-1935. 3), 〈동학지광(東學之光)〉(1927. 10-1933. 11).

토화되다시피 되었다. 1919년은 교단 인물들의 재판이 진행되던 시기 혹은 재판 끝에 형살이를 하고 있을 때다. 이들에 대한 교단의 응원이 무엇이었을지에 대한 물음이 당대의 아픈 현실이며 동학소설의 한계가 될 것이다.

「동정(同情)의 루(淚)」(박달성(朴達成)), 「동원춘풍(東園春風)」(한병순), 「문제(問題)의 몸」(春坡生), 「깨달았다」(하심자·何心子), 「미신(迷信)」(하심자·何心子), 「민과(憫過)」(가자봉인茄子峯人), 「애(哀)의 혼(魂)」(金明昊) 등 한 해 남짓한 시간에 여러 작가들의 작품이 씌어졌다.

「미신(迷信)」, 「애(哀)의 혼(魂)」 : 3·1민족해방운동의 실패라는 현실을 반영하듯이 냉소적이고 죽음과 같이 극단적으로 처절한 모습을 보여준다. 「미신」은, 대학까지 졸업한 주인공 광호가 미개한 고향에 돌아오니 보이는 것마다 한심했다. 그중 이쁜이라는 아이가 죽었다는 말을 듣고 '귀신 들렸으면 기도하고 약을 쓰지 그랬느냐'는 말끝에 논란이 벌어지는 중에 한 사람이 '귀신이 데려갔다'고 하니 한 사내아이가 나서서 "사람이 한울인데 귀신이 다 무엇 말라죽은 것이야" 하는 말에 광호는 감동한다. 광호가 사내아이에게 "무슨 교를 믿느냐"고 물으니 "천도교를 믿어요"라고 대답한다. 이처럼 미신의 어리석음을 한탄하고 천도교를 믿음으로써 과학적인 신앙생활을 할 수 있었다는 줄거리다. 이런 미신에 대한 배척은 다분히 계몽적이지만, 광호의 미개한 고향에 대한 냉소적인 눈은 염상섭의 「만세전」에서 묘지를 바라보는 주인공의 냉소적인 눈과 닮아 있다. 나약한 지식인 '광호'의 나른한 모습은 당시 지식인의 이미지여서 자못 씁쓸하다.

「애(哀)의 혼(魂)」에는 긴 죽음의 그림자가 전면에 드리워져 있다. 주인공 광선은 그동안 일본 유학에서 돌아와 무슨 경영을 위해 떠난 가족과 떨어져 잡지사에서 사회사업을 하고 있다가 아버지와 형제가 마적단에게 참살을 당했다는 어머니의 편지를 받고 북간도로 간다. 북간도에 도착한 광선은 어머니마저 자살한 것을 보고 인내천(人乃天) 석 자를 거듭 외며 따라 죽는다. 친구인 상일도 광선을 찾아 북간도로 갔으나 시체를 수습하여 묻고 나서 따라 죽으려다 비로소 '내가 인내천주의를 선전하고 포덕도 하고 창생(蒼生)도 건지리라' 결심한다는 내용이다. 곳곳에 죽음의 참혹한 그림자가 드리워져 있으며, 이런 피눈물이 밴 죽음은 3·1민족해방운동의 참상과 연결된다. 하지만 절망의 사회를 벗어나려는 건강한 삶의 의지는 어디에서도 찾아보기 어렵다. 더구나 교인인 광선이마저 죽음을 선택함으로써 몰락이 있을 뿐, 어떤 종교적 구원 의지마저도 철저하게 함몰되어 버리고 만다. 다만 친구인 상일이의 행동이 간신히 종교적 구원을 보여주고 있을 뿐이다. 하지만 이 소설에서는 지식인이나 무식한 민중 그 어떤 층도 각성을 보여주지 못함으로써 극도의 절망적인 풍경만 있을 뿐이다. 소설의 일차적인 존재 의의마저 상실된 듯하다.

(2) 포덕 목적으로 닫힌 문

1920년대 초기는 3·1민족해방운동 실패로 인한 깊은 좌절의 시대였다. 따라서 초기에는 동학소설의 테두리가 가정의 종교 생활로 국한되는 한계를 보여주고 있다.

「부부(夫婦)」: 이 소설은 강영호(姜永鎬)의 소설로, 실명으로 창작된 드문 경우이다. 이 시기의 '가정 포교'의 성격을 보여준다. 일본 유학에서 돌아온 남편이 종교 생활이 필요하다며 천도교에 입교한 뒤에 아내에게 입교를 권유한다. 그러나 아내는 친정아버지가 갑오년에 동학도인으로 죽었으므로 절대 천도교만은 안 된다는 것이다. 남편이 연원주(淵源主) 김 씨에게 찾아가 이를 상의하니 최시형의 부지부순(夫知婦順)을 말하면서 무턱대고 아내에게 절할 것을 권면한다. 남편이 집에 돌아와 두 눈 딱 감고 절을 하고 보니 정작 아내가 아닌 아들 앞이었다. 한바탕 가족들의 우스개가 되고 난 뒤에 그 사정을 들은 아내가 마침내 천도교에 입교하게 된다. 끝에 해학적인 내용이 있어 다소 이 소설에 생기를 불어넣고 있다. 그렇지만 아직 포덕의 굴레를 벗지 못하는 한계를 보여준다. 그러나 전대에 비해 포덕과정만큼은 상당히 사실적이다. 이는 아직도 종교의 도덕성에 접근할 수밖에 없는 사회·종교 환경을 보여주는 대표적인 예다. 하다못해 연원주의 대답도 논리적인 교리에 입각한 포덕이 아니라 '무턱대고 절을 하는' 2대 교주 최시형의 '부지부순을 무조건 따라야 한다'는 식의 종교적 관념성에 머물고 있다.

「애(愛)의 부활(復活)」 : 이 소설은 소파 방정환의 작품으로, 사실적이면서 섬세한 소설적 기교와 긴장감을 잘 갖춘 플롯 구조를 지니고 있다. 일테면 잔치 준비하는 장면이나 조상굿을 하는 장면들이 손에 잡힐 듯 섬세하고 풍부하게 묘사되었다. 대략 다음과 같은 내용이다.

고등여학교를 중도에 퇴학한 정화는 청수를 지성으로 모시는 처녀다. 어머니는 점을 쳐보니 정화 팔자에 살이 세다고 하여 새문 밖 전당국을 하는 사람의 첩으로 정한다. 그러나 정화가 장래를 약속한 의학교(醫學校) 학생인 영환과 결혼하겠다고 하자 '네 아버지가 동학하다 죽었는데 천도교 집안으로 시집을 간다고 하니 말이나 되느냐'고 펄쩍 뛰며 반대한다. 드디어 혼인날이 되자 집안은 잔치 준비로 분주하고, 밤이 되자 정화는 몸을 빼어 ○菴長(천도교 교구장) 댁으로 피신한다. 그러자 정화 어머니는 정화가 도망친 것이 조상신을 노하게 했기 때문이라고 조상신을 달랠 굿을 하다가 집에 불이 나고 타 죽을 위기에 극적으로 영환이 달려들어 구한다.

이 소설의 주제가 미신 타파처럼 보이지만 결국 정화가 마음속에 그리던 영환과 결혼을 하게 됨으로써, 정화의 승리는 곧 자유연애의 승리가 된다. 소설적 긴장감이나 흥미가 살아 있는, 그런대로 플롯 구조를 잘 갖춘 소설이다. 특히 풍속이나 시정을 풍부하게 묘사해낸 것은 동학소설에서 드문 소설미학이다. 따라서 이 소설의 경우 문학적인 성취까지 이룬 작품이다.

「미아(迷兒)」: 엽주(葉舟) 장재문(張載文), 장소류(張小流)는 역시 교단의 인물로 모두 동일인인데 「미아」, 「가을」, 「소년봉훈」, 「십오전」, 「세파」 등 여러 편의 동학소설을 발표한다.

「미아」는 착한 사람이 복을 받는다는, 지극히 관념적이고 필연성이 약화되어 우연한 사건이 남발되는 소설이다. 부모도 없는 순복이는 거지 노릇을 하던 중 밥 도둑질을 하다가 얻어맞고 마을 앞 나무에 묶이는 벌을 받게 된다. 한밤중에 천도교인인 최 부인이 풀어주고 집에 데려다가 양아들을 삼는다. 최 부인이 병사하자 순복이가 그 집 주인이 된다. 순복이가 집주인이 되는 행운은 순전히 우연적이고, 그렇다고 도인 최 부인의 도력을 드러내고자 한 소설도 아니다. 다만 착한 교인의 모습이 간접적으로 나타날 뿐이다.

「소년봉훈(少年奉訓)」: 「미아(迷兒)」의 속편으로, 어느 날 한 노인이 서울서 살다가 40년 만에 동생을 찾아 고향에 찾아오나 이미 동생은 죽고 없었다. 조카에게마저 문전박대당하고 마을 이장에게도 박대를 당했는데 오직 순복이만이 따뜻이 맞아들여 할아버지로 삼는다. 얼마 후 할아버지는 그동안 자신의 행려병자 행세는 거짓이었다면서 순복이와 마을 사람들에게 돈을 나눠준다. 노인은 순복이에게 전해들은 천도교와 사인여천에 대해 말하자 동리 사람들이 감복하여 모두 입교하게 됨에 따라 순복이는 일약 소년봉훈(少年奉訓)이 된다.

위의 「소년봉훈(少年奉訓)」과 「미아(迷兒)」는 마치 천도교인만 되면 미아의 처지도 면하고 돈도 생긴다는, 아직도 지난 시대의 포덕소설처럼 치졸한 내용이다. 다음에 보는 「금패(金牌)」도 이런 부류에 속하는 작품이다.

「금패(金牌)」: 금패란 성실한 신자에게 내리는 훈장(訓狀)인데, 정원, 정화 부부는 오 도사의 권유로 오로지 금패를 얻기 위해 모든 재산을 처분하여 오 도사에게 금패를 주문했다. 천일 기념식에 서울 간 정원을 기다리는 아내 정화는 애를 태우며 '화수분 같은 금패'를 기다린다. 그러나 남편은 잔뜩 풀이 죽어 돌아온다. 막상 끼니 걱정으로 곳곳을 다녀도, 심지어 전당국에 가 보아도 금패를 알아주지 않더라는 것이다. 총부에서 내려온 청년당원이 이는 오 도사의 잘못이라고 하면서, 천도교에서는 그런 '계급의 존재'를 허용치 않는다는 것이다.

작품 전면에 넘치는 골계미가 마치 김유정의 「금 따는 콩밭」을 연상케 하는 작품이다. 일제라는 절망의 시대에 겨우 그릇된 사행심에 휩쓸리는 이들이나 꾸짖어야 하는 것은 어두운 사회의 단상이다.

이 같은 위축된 내용은 교단의 처지와 밀접한 관련이 있어 보인다. 오로지 포덕 목적에만 매어있는 셈인데, 여전히 동학혁명 때에 아버지를 잃었기 때문에 도인이 될 수 없다는 인물들이 등장하고, 이를 극복하는 과정을 보여주고 있지만 전대(前代)의 위축된 어조를 크게 넘어서지 못한다.

이외에 『세파(世波)』는 한 소년이 은시계를 탐내어 도둑질을 한 뒤 양심의 가책을 받지만, 결국 퇴학을 맞아 어려운 세파 속으로 내몰린다는 내용이고, 『십오전(十五錢) 은화(銀貨)』는 부잣집 소년이 가난뱅이 소년에게 십오 전 은화를 주었으나 집에 불을 지르고 감옥으로 들어가는 비참한 이야기다. 결국 위기나 비참한 세파(世波)를 극복할 대안이 천도교밖에 없다는 식이다.

(3) 농촌계몽운동 소설 「궁을촌」

필명의 작가 하심자(何心子 또는 何心)는 천도교인이며 〈개벽〉사의 기자이다. 「궁을촌」, 「깨달았다」, 「눈물!사랑!」이라는 동학소설이 있고,

시와 시조도 발표했다.

「깨달았다」, 「눈물!사랑!」, 「궁을촌」 세 작품은 전형적인 포덕소설이다. 「눈물!사랑!」은 서울에서 공부를 하던 소녀가 방학을 맞아 고향으로 내려오다가 여비를 잃고 천신만고 끝에 천도교인을 만나 은혜를 입어 무사히 귀가하여 입교한다는 식이다. 이 중 「궁을촌」은 〈천도교회월보〉에 3회에 걸쳐 연재한 소설로, 양적으로나 구조에서 비교적 소설의 모양을 잘 갖추고 있고 특히 계몽운동을 내용으로 하고 있어서 주목을 끈다. 이는 1920년에 천도교 기관지 〈개벽〉에서 전개한 농업개선운동과도 무관치 않다. 역시 같은 천도교 기관지였던 〈조선농민〉, 〈농민〉지가 이 문제를 집중적으로 논의했으며, 1925년에는 개신교가 YMCA 및 YWCA 회원을 농촌계몽운동에 참가시키면서 더욱 진전되었다. 이런 사회적 움직임이 소설의 한 양상으로 나타나는 셈인데, 이 같은 계몽운동은 기존의 포교 목적 동학소설보다 한 걸음 진전된 모습을 보여준다.

궁을촌(弓乙村)이란 천도교 기념일에 집집마다 궁을기를 다는 까닭에 마을 이름이 되었다. 장유성이란 청년이 평소의 이상을 실천하기 위해 고향으로 내려온다. 마침 마을은 천도교 교인과 비교인 사이의 불화로 반목이 대단했다. 먼저 집회 장소인 교당을 짓기로 작정하고 성금에 나서지만 기껏 1백 원밖에 들어오지 않자 장유성은 모금을 포기하고 약장사로 나섰다. 드디어 3천 원을 벌어 마을 한복판에 성화실을 짓고 강습소도 짓는다. 장유성은 단옷날 낙성식에서 미신 타파와 진리 강화를 하는데, 이에 마을 사람들이 감화하여 모두 천도교인이 되었다. 천도교의 기념일인 '천일 지일 인일'에 온 마을의 교인들이 집집마다 궁을기를 달고 성화실에 모여 예식을 올리는 이상촌이 되었다.

당시 현실 반영이라면 '미신 타파'인데, 「궁을촌」에는 추상적인 계몽개화의 이념이 있을 뿐, 주인공의 농촌계몽에 대한 구체적인 체험과정이나 뼈아픈 좌절이나 각성 등 소설적 갈등이 결여되어 있다. 따라서 이 소설이 핵심적으로 드러내고자 하는 농촌계몽의 이념도 한낱 종교적 이념에 실려 추상적으로 제시되었을 뿐이다.

⑷ 춘원의 포덕소설 「거룩한 죽음」

일찍이 현대문학의 첫 시대에 등장하는 춘원 이광수가 동학도인이었다는 사실은 앞에서 살펴본 바와 같다. 이광수가 동학소설을 발표한 시기는 1922년 〈개벽〉에 '민족개조론(民族改造論)'으로 필화 사건을 겪은 뒤 '의지할 곳이 없던 때'로 「거룩한 죽음」은 이때 쓴 소설이다. 32대의 앞날이 창창한 이광수가 조선의 문필 사회에서 제외되자 당시 그의 다급한 입장에서는 오직 최제우가 '거룩한 이'였을 것이다. 한때 동학도인이었던 까닭에 그가 접할 수 있는 행적이나 사상이 낯설지 않았을 것이다. 따라서 최제우는 이광수에 의해 인간이 지닌 능력 이상의 신이(神異)한 존재로 형상화될 수 있었다. 그런 점에서 「거룩한 죽음」은 민족이 어려움에 처했을 때 등장했던 전기소설이 갖는 관념적 목적에 부합되었으며, 결국 틈 날 때마다 강론을 펴는 등 강한 포덕소설의 성격을 지니게 되었다.

「거룩한 죽음」의 줄거리는, 경주의 동학도인 박대여 가에서는 부부가 밤중에 동학의 창도 주 최제우 선생이 오기를 기다렸는데, 드디어 선생이 와서 강론을 펴고 나서 자신의 죽음은 천명(天命)이라 장차 최시형에게 도통을 전수하니 수도에 힘쓰라는 말을 남기고 잡혀 들어가 처형을 당한다는 내용이다.

일찍이 '이광수와 동학'의 관계를 연구한 김윤식에 의하면 "이광수는 열두 살 적부터 고아가 되었는데, 이를 데려다 키운 승이달(承履達)과 박찬명(朴贊明) 같은 동학 두령에 의해 동학도가 되었다"는 것이다. 이광수 자신의 고백에서도 "동학에서 겸손과 친절 평등사상 민족주의를 배웠다"고 적고 있다. 김윤식은 이광수의 삶의 변화를 정신적 지주인

'아비상'의 변이(變移)로 설명하고 있다. 즉, 열두 살 적에는 승이달이나 박찬명이 '아비상'이 되었고, 뒷날 동학이 파견한 28명의 유학생 중 하나가 되어서는 손병희로, 그리고 도산 안창호로 '아비상'이 차례로 옮아갔다는 것이다. '민족개조론'으로 곤궁에 빠진 이광수에게 신문연재의 기회가 주어졌을 때 도산 안창호의 전기적 성격의 소설을 쓸 수 있었다면 결국 이광수를 지켜준 것은 결국 '여러 아비'의 덕인 셈이다.

이광수가 동학을 알고 의지하게 된 시기를 12세(1903)에 유학생으로 선발되어 떠났던 때(1905)까지라고 보면 겨우 3년 남짓이었다. 그러나 이광수는 「거룩한 죽음」을 통해 오랜만에 동학이라는 옛 품으로 돌아온 셈이다. 그렇지만 이광수는 「거룩한 죽음」에서는 일방적이고 관념적인 교리 전달의 다급한 목소리밖에는 찾을 것이 없다.

ㄱ "내가 세상을 떠날 날이 갓가왓소. 포덕천하 광제창생의 오만 년 무극대도를 그대들에게 맛기고 가는 것이니 그대네들은 한울의 뜻을 어그래지 마시오" 하고 창연한 빗을 보인다.(〈개벽〉 33호, 34쪽)

ㄴ "창생이 도탄 속에 든 것을 볼 때에는 통곡하지 아니할 수 없소. 이 창생을 보고 통곡할 줄 모르는 이는, 텬성을 일허버린이오. 댁네는 무슨 일에도 놀라지 말고, 겁내지도 말고, 두려워하지도 말되 오직 창생을 위하야 울으시오. 이것은 셩인의 말이오"(앞의 책, 34쪽)

ㄷ "나는 무극대도를 텬하에 펴서 창생을 구하고자 함이니 이 도가 세상에 난 것은 한울이 명하신 바요, 또 내가 이 몸을 도를 위하여 죽어 덕을 후텬오만년에 펴게 하는 것도 한울이 명하신 바니 공은 맘대로 하오" 할 때에는 감사는 모골이 송연하야 등골에 어름랭수를 끼언는 듯 하였다.(앞의 책, 64쪽)

ㄹ "포덕텬하 광제창생 보국안민지대도, 무극대도, 자기금지원위대강……"(앞의 책, 68쪽)

당시 이광수의 인식에서는 최제우가 이 '민족의 아비'가 분명한데, 구체적인 이념이나 행동 제시가 아니라 관념적이고 추상적이다.

㉠에서 핵심이 '천명'이라면 ㉡-㉣은 모두 '포덕천하 광제창생 보국 안민 무극대도' 등 지극히 추상적인 종교적 관념어 나열에 그치고 있을 뿐이다. 이 소설이 시작되는 박대여 가의 강론에서 등장한 '광제창생', '포덕천하', '보국안민지대도', '무극대도'는 순도 직전까지 이어진다. 말하자면 당시 이광수에게는 민족이나 민중들에게 제시할 구체적인 인식이나 행동이 없었던 것이다. 이광수는 이렇게 어떤 것도 밝혀내지 못한 채, 열두 살 나이에 유학을 떠났다가 지원이 끊기자 삶을 찾아 떠나듯 홀연히 동학으로부터 다시 떠난다.

(5) 동학혁명의 연장선에서 제시한 '개혁', 「개회(開會)하던 때」

비로소 싸우는 동학의 모습을 보여준다는 점에서 「개회(開會)하던 때」(1926)는 의의가 있다. '천도교의 개회'는 동학혁명 당시 교조신원 운동 혹은 전쟁터로 나가기 위한 동학혁명군의 집회 등을 말하는 것으로, 이 소설에서 사뭇 역동적이다. 또 동학혁명군이 왜군의 우수한 병 장기에 참혹하게 쓰러지던 때의 참담한 비극이 결말에 있어 섬뜩하다. 그것은 무식한 민중을 계도하는 당시 지식인의 서툴고 일관되지 못한 어설픈 '개회'나 '개화'가 우스꽝스럽게 진행되면서, 그 끝에 사냥당하듯이 민중들이 죽어가니 연민의 정과 함께 참담한 비극이 느껴진다.

(줄거리) : 장에 갔던 일선은 날이 어두울 무렵 이웃집 학득이, 김 접주와 함께 돌아왔다. 급히 밥을 먹으며, 병정이 잡으러 오니 도망해야 한다며 아내에게 상투 자른 종이 뭉치를 주며 잘 숨겨두라고 한다. 일선이와 학득이는 마을 뒷산에서 불타는 마을을 내려다보며 김 접주

가 잡혀가지 않았을까 걱정을 한다. 과연 걱정대로 김 접주 부자가 잡혀갔으며, 병정들이 소와 돈을 가져갔고 마을의 도인들이 구타당한 사실을 알게 된다. 일선이와 학득이는 닷새 동안 산에 숨었다가 개회를 해도 좋다는 상부의 소식을 듣고서야 집으로 돌아와 '개회'에 참석할 준비를 한다. 머리를 깎고 개화장(開化杖)을 짚고 양복을 입고 옷에는 검정 물을 들인다. 드디어 향교 뒷산에 수백 명이 모이고 동학간부 문 회장이 연설을 한다. 여기서 일선은 총대, 학득이는 사찰이 된다. 그러나 연설 도중에 총소리가 나고 모두 도망을 친다. 일선은 총에 맞아 죽고, 학득이는 부상당하고, 김 접주는 고치강에 빠져 죽는다.

　동학혁명 이후 천도교의 교세는 관서 · 해서 지방으로 확장되었고, 주된 투쟁적 움직임도 북으로 치우쳐가는 듯한 추세를 보이고 있다. 이 소설은 태천 지방의 갑진개화운동을 사실적 바탕에 둔 소설이다. 집회와 탄압의 상황은 작가 자신의 체험임을 밝히고 있다. 그러면서 동학혁명기의 탄압을 인상적으로 연결시켜 참혹한 비극적 사건임을 보여준다. 당시 평북 태천 지방의 '민회사건'을 일진회일지는 다음과 같이 전하고 있다. "……음본년(陰本年) 9월 초3일 평안북도 태천군 개회시에 해(該) 군수 조정윤(趙鼎允)이 이포군 수백 명(以砲軍數百名)으로 회원을 난방(亂放)하야 중환사자(中丸死者) 11인이요, 구이부강(驅而赴江)하야 익수사자(溺水死者) 21인이옵고……" 따라서 이 사건은 역사적 사실이고, 소설은 이런 비극을 바탕에 두었다. 병정들의 총에 쓰러지는 '개화꾼'들의 참상은 동학혁명군이 공주전투에서 왜군의 신예 병장기에 의해 살육당하는 처참한 모습을 환기한다. 역사적 사실에 비해 '동학꾼'들의 핍박과 투쟁이 좀 과장된 듯한데, 이는 1904년의 개화사건을 동학혁명과 동일시하려는 의도에서 비롯되었다고 볼 수 있다. 말하자면 교단에서 내세우는 '동학혁명의 빛나는 전통이 갑진개화운동으로 이어지고 있음'을 보여주려는 소설인 셈이다. 그러면서도 종교적 관념은 변함이 없다. 온 동네가 병정들에게 쑥대밭이 되는 지경이 되자 "고진감래라니 이 일을 겪고 나면 좋은 때가 오겠지요……포덕천하 광제창생지대도가 그저 없어지기야 하겠소. 현도 될 때가 있겠지요."라며 어려움 속에서도 '종교적 구원'을 통해 극복하려는 의지를 결코 잃지 않는다.

그러나 여기서 주목할 만한 문학적 성과는 인물 창조다. 일선이와 학득이는 "양복을 사 입고", "개화장(開化杖)을 짚고", "저고리 바지에다 검정 물을 들이며", "자기네 천하가 된 듯이 야단법석이었다"는 식으로 '우스운 꼴'을 보여준다. 최원식의 지적처럼 "이 선량한 인물들은 1900년대 조선이 산출한 '아큐(阿Q)'"라 할 수 있다.

이를 상론하자면, 이 소설에서는 '개회'는 당시 천도교가 지닌 '종교사회적 존폐 위기 국면'과, '민중계도의 사명'이라는 두 축을 사이에 놓고 '우스꽝스러운' 줄타기를 하지 않으면 안 되었던 시대적 아픔이 찾아진다. 실제로 동학혁명과 갑진개화 두 사건을 비교하면 '집단학살'이라는 참혹한 비극이 공통적으로 존재한다. 이런 집단 참살의 비극이나 투쟁은 「홍의소년」으로 이어지면서 시대적 공분(公憤)을 핵심적으로 제시한다.

⑹ 동학혁명 역사의 형상화, 「홍의소년」

작가 이학인(李學仁)은 필명이 우이동인(牛耳洞人)으로 동경에서 시와 수필, 교리, 논설 등을 〈신인간〉지와 「천도교리월보」에 투고해온 천도교인 문필가다. 그의 또 다른 동학소설로는 「소녀의 주검」이 있다.

「홍의소년」에는 숨 가쁜 싸움과정과 함께 흥미 있는 이야기 전개가 있고, 소년장수가 가뭇없이 사라져 단군신화나 허생전의 결말과 같은 여운이 있다. 그러나 이 소설의 핵심은 갑오년 동학혁명에 대한 회고

와 시운(時運)이 닿지 않은 실패라는 인식에 있다.

어린이 대장 시운이 홀어머니를 모시고 농사를 지으며 살아가는데, 싸움 연습이 제일이다. 시운은 드디어 때가 되어 싸움터로 나가게 되는데 이는 한울님의 명이라 한다. 예산군 신례원 동학군은 관군보다 수도 적었는데, 시운은 붉은 옷을 입고 관군과 용감히 싸워 관군을 크게 무찔렀다. 관군 3천 중에 시체가 2천 3백이었다. 전봉준의 부하가 신분을 묻자 '오직 한울님의 덕'이라면서 사는 곳도 이름도 밝히지 않은 채 홀연히 종적을 감추어 버렸다. 청일전쟁이 일어나 일본이 승리하게 되었다. 이때 시운이 말하기를 '한울님이 저에게 이르기를 관군과 일군이 합동하여 동학군을 물리치려하니 동학군은 망하게 되었으며, 따라서 동학당 총대장도 때를 잘못 만났으며, 저를 세상에 보낸 것도 허사라 하였다'면서 집을 떠나버린다.

나라 잃은 절망의 땅에서 민중들이 갈망하는 것은 선구자이다. 더욱이 현실적인 힘이 없을 때 민중들에게 유일한 희망은 신동(神童)의 기적에 의존할 수밖에 없다. 좀 더 구체적으로 말하면 당시 죽창을 든 동학군은 호남 지방에서 승승장구하여 위로 올라오다가 관·왜군 신병기의 위력에 맞닥뜨리게 되었다. 급조된 동학혁명군은 신무기 앞에서 속수무책으로 흩어질 것이 뻔했다. 이 같은 딜레마를 타개할 방법으로 지도자들이 착안한 수단은 오직 신통력뿐이었다. 실제로 지도자들은 전주성 전투 때 14세 소년장수 이복용(李福用)을 홍의(紅衣)를 입혀 내세웠고, 신례원 전투 설화에도 12대 홍의소년이 전면에 등장해서 승리로 이끌었다. 그러나 결국의 패배는 '때를 만나지 못했다'는 시운으로 돌릴 수밖에 없으며, 그 이면에는 민족의 공분과 같은 비장한 의기가 숨어있다.

3·1민족해방운동기의 동학소설은 신문화운동의 영향으로 양과 질에 있어서 풍부했고, 다양화된 전개를 보였다. 이 시대 동학소설의 특징은 더러 위축된 일면을 보이기도 하지만 투쟁과정이나 포교 방향이 좀 더

실증적으로 제시되었다. 일부 동학소설에서는 양적인 면에서도 당당히 소설의 형태를 갖추게 되었으며, 구조 면에서도 픽션의 모양새를 갖추었고 내용 면에서도 제법 소설적 흥미를 갖추었다. 내용도 이상촌 건설, 영혼구제 문제, 동학 지도자들에 대한 전기적 소설로 지도자의 우상화, 갑진개혁운동, 동학혁명의 패배에 대한 비장미 등 다양화된 특성을 지니게 되었다.

그러나 이 시기에는 천도교 내에서 민족운동의 방법을 둘러싸고 대립하는 한편 신파에서는 청년당을 중심으로 농민계몽운동에 힘을 기울이고 있을 때인데도,「궁을촌」같은 추상적 농촌계몽소설이 있을 뿐, 본격적인 농촌계몽운동의 소설은 보이지 않는다. 또 다른 한편으로 시천교 계통의 동학소설이나 포덕을 위한 동학소설들이 시대에 대한 뚜렷한 의미 구축에 실패하고 있는데, 이는 3 · 1민족해방운동 좌절에 따른 시대의 어두운 일면으로 볼 수 있다.

3) 일제 후반기의 통속화소설

일제 후반기의 시대적 조건은 1931년 만주사변과 제2차세계대전과 같은 침략전쟁으로 인한 조선반도의 병참기지화이다. 따라서 이 시기는 탄압과 수탈로 이어지는 암흑기다.

1929년 미국의 주식 공황에서 비롯된 세계공황은 위력적으로 기존의 자본주의 체제를 뒤흔들었다. 세계의 열강들은 이런 자국의 경제공황을 식민지 시장에 의존하여 타개하려는 움직임으로 나타나 식민지 민중들은 한층 가혹한 수탈에 시달리지 않으면 안 되었다. 게다가 일본은 미국이 국내의 경제정책에 몰두한 틈에 1931년 9월 만주사변을 일으켜 이듬해인 1월에 상해를 침략했고, 1937년 중일전쟁, 1941년에는 태평양전쟁으로 발전시킴으로써 한반도는 그야말로 병참기지로 편입되었다. 이

로써 한반도는 1930년대 초부터 일제의 패망에 이르기까지 온전히 침략
전쟁의 소용돌이에 휩쓸리게 되었다. 급기야 조선민중은 일제의 황국신
민화(皇國臣民化) 정책에 휘말려 민족말살의 상황에 놓이게 된 것이다.

　시기로 보면 1930년에서 1945년까지의 16년간이지만, 동학소설은 18
편에 불과해 전대보다 위축된 시대상을 읽을 수 있다.

　(1) 암울한 시대의 우화(寓話)들

　탄압이 긴 세월로 이어지면서 점차 다른 양상으로 나타나게 되는데,
같은 포덕소설의 한계 속에서도 해학과 현실적 저항이 과거 동학혁명
당시 역사의 분위기를 통해 형상화된다. 그러나 이런 해학이나 저항이
불가능할 때 오로지 포교 목적에 머물 수밖에 없다.

　「비상 먹는 귀신」, 「뇌물을 먹는 옥황상제」, 「고혼」, 「고해창생」 등
네 작품 중에서 앞의 두 작품은 정사해(丁四海, 일명 정영해)라는 천도
교인의 소설이다. 천도교인이다. 「고혼(孤魂)」, 「고해창생(苦海蒼生)」은
조정호(曹正好)의 작품인데, 역시 천도교인이며 〈천도교회월보〉 기자이
다. 앞에 두 작품 「비상 먹는 귀신」, 「뇌물을 먹는 옥황상제」는 저항도
불가능한 시대의 우울한 우화(寓話)를 보는 듯하다. 그러면서도 「뇌물
을 먹는 옥황상제」와 「고혼」은 박해받는 동학군의 모습을 형상화하고
있으며, 「고해창생」은 오로지 포교 목적에 머물 수밖에 없는 암울한 시
대의 아픔을 보여주는 동학소설이다. 작품별 특징은 다음과 같다.

　「비상 먹는 귀신」: 독실한 천도교 신자인 신호범은 대풍을 만나 이
제 삼백 원이나 되는 빚도 갚고 가족들이 먹고 살 수 있다는 기쁨에
들떠 있다가 세계적 불경기에 쌀값이 떨어져 빚은커녕 먹고 살기조차
어렵게 되었다. 십 년이 다 되어 가는 빚 독촉을 받은 신호범은 고을
종리원에 찾아가 꼬박 이틀간 기도를 올리고 죽기 위해 '비상 서돈중'

과 '술 한 식기'를 마시고 김칫독 웅덩이로 꺼꾸러졌다. 마침 채권자
이상득이 순사를 대동하고 차압인지를 붙이러 나왔다가 비상을 먹고
죽어 가는 신호범을 목격한다. 이상득은 빚을 받지 못하게 되자 화가
나서 채권표를 찢어버린다. 비상을 먹고 죽어가던 신호범은 순사가 공
의(公醫)를 불러 기적같이 살아나고, 덕분에 10년 시효가 지난 데다
채권표를 찢어 없앤 터라 빚을 갚지 않아도 되는 복(?)을 받게 된다.

　결국 신호범이 이렇게 복을 받게 된 것은 이틀간 종리원에 찾아가
올린 기도의 감응(感應)을 받았다는 내용인데, 희비극이 교차되는 해
학적인 소설이다. 이 소설에서 굳이 악인이라면 악덕채권자 이상득이
고, 대동하고 나온 순사는 도리어 공의를 불러서 신호범을 살려낸 '의
인'이다. 주인공 신호범은 빚에 시달리는 데다 가족들과 먹고살기조차
어려워 마지막으로 죽음을 선택한 처지였다. 이런 생사를 넘나드는 참
혹한 처지에서, 또 그런 현실에서 어찌 순사가 정의로운 존재가 될 수
있겠는가. 이는 전통적인 천도교 교단의 민족주의적 투쟁 단계에서의
일정한 후퇴를 의미하지만, 순사를 악인으로 그려낼 수밖에 없는 것은
당시 민중이 처한 시대적 아픔이기도 하다.

　「뇌물을 먹는 옥황상제」 : 앞의 소설과 같은 우화다. '나'는 계집과
뇌물을 좋아하는 호박이란 별명을 가진 고을 원님에게 끌려가서 "황새
로부터 지렁이와 미꾸라지 뇌물을 먹는 옥황상제"라는 우화를 들려준
다. '나'의 이야기를 듣고 있던 호박 원님은 '뇌물을 밝히는 자신을 빗
대어 한 이야기'인 줄 알고 크게 노하여 '나'를 죽이려 하자 마침 대낮
에 등불을 켜들고 빗자루를 든 미치광이 아우가 나타났다. 아우가 뇌
물 먹은 군수를 꾸짖자 군중들이 아우의 말에 호응하여 당장 군수를
처단하라고 외친다. 마침 총소리가 들리면서 천덕송(天德頌)이 울려
퍼진다. '나'는 총소리에 잠을 깨고 보니 방 안인데, 아이들의 왜 콩을
볶는 소리가 바로 꿈속에서 동학군의 총소리였던 것이다.

　말 그대로 우화다. 하지만 뇌물을 좋아하는 원을 징치하고 관아를

공격하는 모습은 동학혁명 당시의 한 장면을 환기한다. 잠깐 지나가는 꿈속에서나마 동학혁명의 아픔을 보여주려는 작가의 의도에 연민이 느껴진다.

「고혼」: 동학혁명 당시 관아를 공격하는 좀 더 진전된 인상화(印象畵) 하나가 더 있다. 관병 대장소에서는 동학군을 잡아 문초한 뒤에 흙무더기로 끌고 가서 차례로 세워놓고 총살한다. 이 접주는 매를 맞아 이미 기진해 쓰러져 있었으므로 천행으로 죽음을 면한다. 이 접주는 까마귀가 덤벼드는 바람에 깨어나 동리 노인의 도움으로 생명을 구하게 된다. 뒷날 동학혁명 때가 되자 이 접주는 진주성 공격에 선봉장이 된다.

이 소설은 탄압받는 동학군의 모습을 다소 과장되게 보여준다. "병졸들은 죽어가는 동학군을 더 좀 죽으라는 셈으로 총개머리로 함부로 찧으며……", "등가죽이 찢어지고 고기가 떨어진 사람도 있을 만큼" 등은 끔찍할 지경이지만 결코 사실적으로 느껴지지 않는다. 그러나 이같은 참혹한 처지에서도 여전히 포교 목적이 내재되어 있다. "……내 몸이 백번 죽고 만 번을 죽을지라도 우리 도(천도교)만 창명하면 고만이다"라는 식이다. 동학도의 학대를 통해 포교 목적을 성취하고자 했다. 그렇지만 작가는 사실성에는 그리 신경을 쓰지 않은 듯하다.

천도교가 동학혁명을 주도적으로 이끈 전통적인 민족종교집단이라는 사실은 언제라도 내세우고 싶었을 것이다. 그러나 현실은 여전히 동학소설의 폭을 제한했다.

「고해창생」: 현실적인 소재를 통해 오직 포덕 목적을 위해 씌어진 소설로, 이 작품 군에서는 성격을 달리하는 소설이다. 「불쌍한 소년」(제1편), 「가련한 여성」(제2편)과 같은 주제의 각기 다른 이야기이다.

「불쌍한 소년」(제1편): 하루는 김 진사 댁에 중이 와서 작은아들의 관상을 보고 팔자에 액이 끼었다고 하여 중을 따라 나선다. 중이 잔칫집에 들어가 술을 얻어먹고 곯아떨어진 틈에 도망했으나 별수 없이 거지가 된다. 형은 서울로 가서 고학을 하는데, 하루는 동생의 편지를 받고 찾아가나 동생은 벌써 굶어 죽어 있었다. 동생을 묻고 나서 형은 삶이 덧없어 한강에 투신하려 할 때 마침 천도교인이 발견하고 '천도교를 믿어 새 사람 될 것'을 권유하여 입교하게 된다.

그러면 이처럼 '불쌍한 소년'이 된 배경은 무엇인가? '갑오년 동학난리의 덕'도 '갑진년 개화의 덕'도 못 입은 '옛날대로 사는 (미개한) 동네'인 탓에 '완고하고 미개한 미신'을 믿어 어리석게도 중을 따라 갔다는 것이다. 불쌍한 신세가 된 이유가 동학의 혜택을 입지 못하고 개화하지 못한 탓이고, 낯선 땅에서 굶어죽은 비극을 맞는 결과를 초래했다는 것이다. 결국 형은 자살 직전에 '인내천'이라는 새로운 진리와 '사인여천'이라는 새로운 원리를 깨달아 마침내 '포덕사'가 된다는 내용이다. 이 소설에는 참혹한 죽음이 있고, 이런 죽음을 딛고 종교적 관념을 획득한다. 종교 안에서 생명이 이렇게 가볍게 처리되는 것도 이 시대 동학소설의 한 특징인 셈이다.

「가련한 여성」(제2편) : 봉녀는 가난 때문에 부잣집 민 참판의 병신 아들에게 시집을 가게 된다. 독감 유행으로 남편이 덜컥 죽게 되자 독살의 누명을 쓰고 검사국에 불려간다. 결국 봉녀는 증거 불충분으로 풀려나 고향으로 차를 타고 가던 중에 한 부인의 권유로 천도교 교인이 된다.

여기서도 사람의 죽음은 여전히 값없고, 죽음 또한 개연성이 부족하다. 봉녀가 '가련한 여성'으로 팔려가는 것은 온전히 한집안 식구의 생사를 관장한 지주 '민 참봉의 횡포' 때문이라는 것이다. 그리고 남편을 독살했다는 누명을 쓰고 검사국으로 넘어가지만 검사국에서 '증거 불충분'으로 풀려나게 된다는 것은 결국 혼돈과 모순투성이의 사회에서도 '오직 검사국만은 바르게 판정'하여 석방시켜 준다는 식이다. 이러한 애매한 입장은 계속된다. 마침 천도교의 여인을 만나서 "당신을 팔아먹은 당신의 부모나 당신을 재산의 힘으로 병신자식의 안해로 만든 사람이나 모다가 당신을 사람으로 대접하지 않은 것(까닭)입니다. 우리 스승은 사람은 남녀를 불문하고 다 한울이니 사람 섬기기를 한울같이 하야 조금도 업신여기지 못하게……" 하고 설득한다. 물론 봉녀는 마침내 "……캄캄하던 세상이 밝아지는 것 같고 희망 없던 몸이 큰 희망이 생깁니다……" 하는 깨달음을 통해 천도교인으로 구원을 받는다. 병신자식에게 시집을 가서 잘 사는 일은 구원이 아니라 오직 불행이라는 일방향성의 종교적 자세가 잘 나타나 있다. 말하자면 모든 사람이 평등하다는 교리 앞에 병신도 사람이라는 종교적 구원이 없다.

(2) 남편의 죽음을 비장한 죽음으로 갚은 「동학군의 아내」

동학혁명의 답사 때 가끔 참혹한 역사의 현장을 만나게 되는데, 충청도 서산·태안 지역도 그중 하나다. 동학혁명 당시 홍성전투에서 패한 동학군은 관·왜군에게 서해안 쪽으로 쫓기면서 거듭 참살당하고, 관·왜군은 유도군(儒道軍)에게 동학혁명군 토벌 임무를 넘겨주어 끝까지 토벌되었다. 특히 서산 태안의 유도군은 동학군을 잡아 작두로 참수(斬首)했다는 증언이 있을 만큼 참혹했다. 「동학군의 아내」는 작품 머리에 서산 순강 (巡講) 때 얻은 실화를 바탕으로 소설화했다고 밝히고 있다. 여기서 참혹한 장면은 '개구랑목 시체더미'에서 남편의 주검을 찾아내는 부분이다. 수많은 동학군의 시체가 버려진 채 방치되어 있었는데 이런 사실은 필자의 답사에서도 확인되었다. 먼저 줄거리를 보자.

태안군 장작리에 사는 윤 부인은 이웃집 노인에게 남편인 정씨가 동학한 죄로 읍북(邑北) 사정전(射亭前) 개구랑목에서 총살당했다는 소식을 듣게 된다. 윤 부인은 복수와 자살을 두고 번민하다가, 청수를 모셔놓고 기도를 하다가 남편의 장례나 치러주고 죽기로 작정했다. 남편의 죽음을 두고 사람들의 멸시를 받는 중에 이웃 노인이 새 시집을 가서 팔자를 고치라고 권유한다. 윤 부인은 재가를 승낙하고 먼저 남편의 시체를 찾아다 장례부터 치러 줄 것을 청한다. 다음날 밤 윤 부인은 이웃 노인과 새 남자와 함께 개구랑목에서 남편의 시체를 찾는다. 장지에서 하관한 후 윤 부인도 무덤에 뛰어 들어가 자결한다.

문학에서 한(恨)이란 억압된 현실 여건 때문에 역사 속에서 찾아 드러낼 때 그 한은 한결 처절하다. '동학군의 비참한 죽음'과 '뒤따라 죽은 비장한 여인의 죽음'을 통해 '옛적 동학도의 비참한 죽음'을 포괄적으로 보여준다. 동학소설에서는 이런 옛적 동학군의 싸움이나 비참한 죽음은 시대가 허용하는 한 기본 소재가 되었다.

(3) 동학혁명의 시작과 끝을 밝힌 「동천초월」

「동천초월」은 〈신인간〉에 7회에 걸쳐 연재되어 양에서나 형식 면에서 보다 안정된 소설 형태를 갖추었다. 가혹한 현실을 역사를 통해 보여주려는 작가의 의도가 「동천초월」을 통해 강하게 나타났다. 사건도 사실과 허구적인 사건을 조화 있게 배열한 것이 특징이지만, 인물도 역사적 인물에 허구적인 인물을 보태어 작가의 역사인식을 확장시키고 있는 점을 주목할 만하다. 먼저 줄거리를 본다.

김영진, 나치옥은 둘도 없는 친구 사이인데, 기호 대접주 안승관에게 찾아가 입도한다. 김영진은 교수로 나치옥은 집강으로 각각 첩지를 받게 된다. 또한 나치옥의 아들 나몽불은 많은 사람을 입교시켜 접주가 된다. 바야흐로 계사년(1893) 봄. 전국에서 동학당 수만 명이 보은취회에 참석코자 모여든다. 선유사 어윤중의 '뜻을 충분히 헤아려 조정에 올려 시정하겠다'는 약속으로 해산하게 된다. 다음해 갑오년 전봉준이 김개남, 손화중 등과 함께 기포하여 격문을 사방에 공포한다. 최시형도 각 포의 두령을 모으고 의암에게 통령 기를 주어 진군하게 한다. 전투 중에 기호 대접주 안승관과 대접사 김내현, 접주 나몽불 등은 체포되어 경성감옥에 갇히고 심문 후 참형을 당하는데, 나몽불은 아버지 나치옥의 뇌물로 풀려난다. '천지는 동천초월처럼 순환하는 것이니 (꼭) 뒷날 (천지개벽)이 있을 것이다.'는 여운을 남겨두었다.

전 시대의 동학소설이 동학혁명의 역사 한 변두리를 건드렸던 데 비해 이 소설은 동학혁명의 중심을 꿰뚫고 있다. 비록 요약적이기는 하지만 역사의 전 과정을 보여주는 특징을 보여준다. 특히 문체에 있어서도 고대소설 특유의 문어체와 상투적인 한문어구를 통한 유장한 가락을 바탕에 삼고 있다. 문체를 놓고 보면 아득한 시대로 거슬러 올라간 느낌이다. 예컨대, 김영진, 나치옥 두 주인공이 동학에 입도하러 가는 정경이 다분히 가사체의 형식을 취하고 있다.

ㄱ ……그때는 춘삼월 호시절이었다. 길가 푸른 버들에는 누런 꾀꼬리가 봄을 부르고 산 아래 붉은 꽃에는 흰나비가 춤을 춘다. 여기저기 왔다 갔다 하는 화류 구경하는 손은 취흥을 못 이기어 날 저무는 줄 모르더라.(〈천도교회월보〉 283호, 1936. 2, 31-32쪽)

고스란히 고대소설의 분위기를 보여주고 있다.

특히 주목할 것은 동학혁명에 대한 작가의 의식이다. 오류동(五柳洞)이란 지명만으로는 정확한 지역 배경을 알 수는 없으나 '기호 대접주 안승관'으로 미루어 수원 부근으로 짐작되며, 보은 장내리 집회와 이를 흩는 과정, 갑오년 전봉준의 기포와 전주성 함락, 최시형이 각 포 두령을 모으고 의암에게 통령 기를 주어 진군하게 하는 등 비교적 빠른 서사로 거침없이 이야기를 진행시켜 나가고 있다. 비교적 70매 내외의 짧은 소설 안에 많은 역사적인 사건이 제시되고, 이에 따른 많은 인물들이 등장한다.

뿐만 아니라 당시 항간에 떠돌던 흥선대원군 이하응과 전봉준의 관계를 사실적으로 보여주는 등 당시의 동학혁명을 둘러싸고 떠돌던 설화들까지 풍부하게 수용하고 있다.

ⓛ ……흥선대원군 이시응(李是應 : 이하응 – 필자)이 정권을 잡고자 동학을 이용하야 자기 목적을 관철코자 동학인 전봉준을 소개하니 전봉준은 시기를 엇덧다하야 법헌 선생에게 품고 함으로……(앞의 책 286호, 1936. 5. 28쪽)

이는 당시의 풍문으로 떠돌던 기록인데, 이 같은 내용은 유현종의 역사소설 「들불」에서 비중 있는 사건으로 등장한다.

이 밖에 동학혁명 시대를 전후하여 떠돌던 민중의 설화와 참요 등 다양한 세상 풍정을 담으려는 노력도 이 시기 동학소설의 성숙된 모습과 가능성이다.

ⓒ ……시참(時讖)에 이르되……임계진인출(壬癸眞人出) 오미낙당당(午未樂堂堂)이라 하며……또 동요가 있으되 아랫녘 새야 윗녘 새야 녹두밭에 앉지 마라 청포장사 눈물 난다 이러한 풍설이 많이 유행되어 세인의 이목을 현난케한다.(앞의 책 287호, 1937. 6. 33쪽)

위에 나타난 임진년(1892) 계사년(1893)은 보은집회와 같은 교조신원운동이 일어나던 해이며, 갑오년(1894) 을미년(1895)은 동학혁명이 일어나고 토벌이 자행되던 해를 가리킨다. 이는 당시 민중들의 열망을 드러낸 말로, "임진년 계사년에 진인(眞人)이 나타나서 갑오년 을미년에 즐거운 세상이 오리라"는 동학혁명에 대한 기대를 고스란히 바탕으로 삼고 있다. 또 동요는 어지러운 시대에 민중들의 열망과 아쉬움이 교차하는 아이들의 입을 빈 어른들의 노래다.

이처럼, 간략한 문장 안에 많은 민요와 풍설 참요 등의 고유정서를 풍부하게 담았다.

(4) 야망도 없고 시련만 있는 청춘 물들

이 시기에 비교적 표현이 자유로울 수 있는 것은 연애소설일 것이다. 1920년대에 단행본으로 출판되거나 신문에 연재된 장편소설은 보편적으로 통속적인 연애소설이었다. 대개 연애소설이 아니면 통속소설에 필요한 소설적 흥미를 갖출 수 없었다. 동학소설도 이런 문학 환경에서 결코 예외일 수는 없었다. 「청춘기로(靑春歧路)」, 「그 여자의 고백」같이 제목만 보아도 청춘 물로 보이게 달았고, 양에 있어서도 통속소설처럼 장편 구성으로 갔다.

「청춘기로(靑春歧路)」(1937) : 주된 내용은 청춘남녀의 애정이다. 말하자면 종교적인 감화를 전제로 쓴 애정물이 아니라, 끝에 가서야 종교적 감화를 슬쩍 끼워 넣는 식이다. 따라서 도리어 포덕소설로 보기 어려운 부분도 많다.

(줄거리) 때는 갑진운동이 지난 뒤 골마다 신학문을 배우는 학교가 속출하던 때다. 농촌에서 글방 공부만 하던 순식이는 삼백 명이 뛰어노는 학교에 들어와 '촌바위'라고 따돌림을 받는다. 그러나 여학교에 다니는 정화만은 그런 순식이를 동정했다. 정화는 골안 유수한 부모의 딸이지만 어머니가 없어 불행한 소녀다. 어느 여름 장마 때 물에 빠진 정화를 순식이 구해주어 서로 못 잊는 사이가 된다. 이번에는 순식이가 장질부사에 걸려 사경을 헤매게 되자 정화가 헌신적으로 간호하여 낫게 된다. 이런 인연으로 정이 엉킨 청춘 남녀는 천도교의 새 진리에 인연을 맺게 된다. 그런 중에 정화는 아버지와 계모의 명에 따라 전 군수 아들에게 시집을 가게 된다. 순식은 학교를 마치고 선우단 동무와 농촌에 돌아가 수운주의 세상을 건설하려 했으나 남들의 비웃음에

용기를 잃고 헌병 보조원이 되어 감독까지 되었다. 그 뒤로 순식은 도의심을 잃고 주색에 빠져 타락된 생활에 빠졌다. 그동안 정화의 남편도 타락하여 자살하고 서로 갈 곳 없는 처지가 되었을 때 두 사람이 다시 만나 새 출발을 한다.

타락한 시대에 항거할 기력조차 없어 보이는 청춘남녀의 사랑 이야기가 기나길게 이어진다. 주인공 순식이는 농촌에서 수운주의자가 되려는 야망도 너무 쉽게 포기하고 헌병 보조원이 된다든지, 의기도 나약한 꼴을 보여줌으로써 어디에서도 나라 잃은 땅의 청년답지 못하다. 군데군데 천도교의 교리를 내세워 더 이상 위태로울 것도 없는 삶을 구하느라 천도교의 교리가 구색을 위해 동원되곤 한다. 아픈 시대의 우울한 모습이다. 이 같은 청춘 물은 「며느리」라는 단편에서 더욱 극명하게 드러난다.

「며느리」 : 한 여인의 고단한 삶의 여정이 그리 뚜렷한 의미 없이 이어지고 있다. 어려서 고아가 된 입분이는 할머니와 숙부 밑에서 자랐다. 착하고 부지런하여 어린 나이에도 어른 몫의 일을 거뜬히 해내었다. 그러던 어느 날 천도교당에서 연 야학에 나가지만 그나마 집안의 반대로 그만두게 되었다. 그래도 입분이는 천도교를 믿는 집으로 시집을 갔으면 하고 바랐으나 숙부가 모 씨(某氏) 집안으로 팔아버린다. 입분이는 시집에서 갖은 학대를 받다가 이백 원 주고 다시 팔아버린다는 말을 듣고 도망칠 준비를 하다 들켜 참혹한 학대를 받는다. 모진 고문에 견디다 못한 입분이는 강에 빠져 죽었다.

이렇게 전망도 값도 없는 여인의 죽음을 통해 대체 무엇을 보여주려는 것일까. 그나마 주인공 입분이가 천도교당에서 연 야학에 나가서 무슨 감동을 받았다거나 하는 뚜렷한 계기도 없다. 굳이 이 소설에서 무슨 감동을 찾고자 한다면 글을 가르치는 야학 선생의 '사람이 한울이란 말씀', '천당이 없다는 말씀', '귀신이 없다는 말씀', '사람을 한울같이 공경해야 한다는 말씀'이 어렴풋하게 그녀의 머릿속에 새 세상이 비치어지고 있을 뿐이다.

오랜 세월로 이어지는 일제 통치에 대한 불투명한 미래가 이처럼 값도 없이 참담한 비극적 종말로 가져가게 하는 원인이 된 듯하다. 이 시기의 동학소설 「그 여자의 고백」, 「매 맞는 계집」도 이런 소설의 아류로, 마냥 맥이 빠져있다.

일제 후반기의 동학소설은 지난 시기의 포교 목적을 일정하게 유지시키면서 시대의 변화에 따라 한층 위축된 면모를 보여준다. 초기에 동학소설이 애정, 고아, 가난, 비애 등을 바탕으로 하여 포교 목적으로 진행됨으로써 일제의 예봉을 비켜가고 있지만 후반으로 넘어가면서 「동천초월」처럼 과거의 동학혁명 사건에 대한 과감한 접근이 시도되고 있다. 그러나 이도 잠깐이고, 참담한 현실에 대한 대안으로 청춘남녀의 사랑을 앞세워 이야기를 진행하고 슬그머니 교리를 끼워 넣어 구색을 맞춰가는 청춘애정 물로 변질되어 갔다. 이런 가운데 「동학군의 아내」와 「동천초월」이 동학혁명의 전 과정을 숨 가쁘게 그려내고 있다는 점에서 저항적인 측면을 보여주고 있다. 이 시기에 야뢰(夜雷) 이돈화의 「동학당」은 역사소설의 한 모습으로 등장했는데, 이는 이 시대의 큰 문학적 성과로 볼 수 있다. 필자는 이돈화의 「동학당」을 본격적인 '동학혁명을 소재로 한 역사소설'의 효시로 보아 다음 장에서 다루기로 한다.

그나마 〈신인간〉마저 폐간됨으로써 동학소설이 중단된다. 이로써 일제 강점기를 풍미했던 동학소설도 사라지는 듯했다.

3. 해방에서 4월혁명까지의 동학소설

일제로부터 해방이 된 뒤에도 우리의 역사는 민족 자주적 역량에 따라 전개되지 못하였다. 분단이라는 비극이 있었고, 한국전쟁과 같은 동족상잔의 비극이 있었다.

교단의 변화 또한 컸다. 해방 당시 7할을 차지하던 이북의 천도교인이 해방 후 혼란기를 거쳤고, 한국전쟁 때 월남하면서 교단의 주도권 싸움과 함께 교세도 아울러 위축되었다. 이 시기에 교단에서 내세우는 민족투쟁의 사건으로는 이른바 3·1재현운동이다. 이 사건으로 인하여 북쪽의 숱한 교인들이 사형당한 사실은 동학혁명의 전개과정에서 언급된 바와 같다.

대략 이 시대의 문학은 한이나 운명의 테두리에서 여전히 벗어나지 못하고 있었고, 분단문학에 있어서도 반공문학의 범주에 머물러 있었다.

해방 이후 처음 나타난 동학소설은 삼각산인(三角山人)의 「궁을기촌(弓乙旗村)」(1965)이다. 햇수로 치면 무려 30여 년 만이다. 이 같은 공백기의 원인은 교단의 주도권 다툼과 무관하지 않지만, 더 직접적으로는 천도교 기관지 〈신인간〉의 휴간에서 그 원인을 찾아야 할 것 같다. 〈신인간〉은 "일제 말기에 강제 폐간되어 8·15해방을 거쳐 6·25의 혼란기를 겪는 동안 거의 결간(缺刊) 상태를 면치 못하다가 그 후에도 교단의 어려운 실정 때문에 월간·계간·격월간 등으로 간별(刊別)을 바꾸면서 겨우 명맥을 이어오다가, 1968년 6월호부터 월간으로 복귀했다." 이 같은 사정에 따라 동학소설이 실리는 것은 1965년 6월부터 약 4편 정도다.

이 시기의 동학소설을 짧게 특징짓는다면 실록소설 중심이며, 포교성보다 교인들에게 적극적인 행동수칙을 내세울 만큼 몰락한 교세를 반영하고 있다는 것이다.

⑴ 위축된 교세 건설을 위한 「궁을기촌(弓乙旗村)」, 「신포덕대장
   (申布德隊長)」

전대와 달리 매끈한 활자를 통해 나타난 동학소설이지만 소설적 기
교는 찾을 수 없고 어설픈 포덕 구호만 살아 있는 느낌이다. 이는 전
대의 동학소설들이 일반 독자들을 포교할 목적까지 전제한 소설이라
면, 이제 위축될 대로 위축된 교세로 인하여 더 이상 일반 독자층을
기대할 수 없다는 인식 때문인 듯하다. 말하자면 '집안 식구들을 위한
소설'이라는 의도에서 씌어진 소설이라는 느낌을 떨칠 수 없다. 이런
변화는 사회문화 환경에서도 찾을 수 있을 것이다. 즉 잡지가 귀하던
전대에는 일반 독자들의 층위가 그나마 있었던 데 비해서 이제 오직
천도교 중앙총부의 대변지라는 전문성이 문학적 테두리에서 독립되어
나오게 되었을 것이다. 따라서 이 시기의 동학소설에서는 일반 독자가
전제되지 않았기 때문에 그들이 여태 지니고 있던 동학혁명이 천도교
고유의 산물이라는 자부심도 그리 중요하게 여겨지지 않은 듯하다. 따
라서 동학혁명의 적극적인 투쟁을 형상화한 작품이 나타나지 않았다.
 이 두 소설의 작가의 삼각산인(三角山人)은 익명으로, 본명은 알 길
없으나 교단의 간부쯤으로 짐작된다.
 「궁을기촌」 : 이 소설은 전 시대의 동학소설 「궁을촌」과 마찬가지로
'천도교인의 마을'이라는 상징적 의미를 지녔다. 말하자면 '천도교인의
마을'의 의미를 지닌다.
 대학을 졸업한 창호가 취직을 포기하고 행리를 수습하여 시골로 내
려온다. 어느 날 교화부장이 내려와 강연을 하자 청중들이 감화하며
천도교에 입도한다. 그래서 천도교의 기념일이 되면 집집마다 궁을기
를 다는 이상적인 마을이 되었다.
 주로 교화부장의 강론이 중심 내용인데, '자아상실병'을 고쳐야 하며,

'우리 고유 종교를 믿어야 한다'는 식이다. 이런 관념적인 구호는 오직 교단 행사 안내를 위한 공지적(公知的) 성격을 지닐 뿐이다.

「신포덕대장」 : 같은 작가의 작품이기 때문이겠지만, 사정은 이 소설에서도 크게 달라진 것이 없다. 입교한 지 3년밖에 안 되는 천도교인 전성문은 성심으로 수도하여 천도교 교리에서는 남보다 앞섰다. 전성문은 천도교 중앙총부에서 발행하는 「새인간」(〈신인간〉의 다른 이름 −필자)지에서 〈포덕과 보국안민〉이란 논문을 읽고 포덕의 중요성을 깨닫게 된다. 그리하여 오랜 친구인 박정민을 입도시키고, 교구장에게 포덕 대를 조직할 것을 건의하여 적극적인 포덕에 나선다. 이 소설에서는 당시 천도교의 두 가지 객관적인 상황이 보인다.

첫째, 교세의 위축에 대한 반영이다.

> ㉠ "천도교의 진리가 아무리 좋다고 해도 오늘날처럼 교세가 미약해 가지고는 도저히 보국안민이 될 수 없다. 가령 갑오혁명, 갑진개혁, 기미독립운동 같은 각종 운동을 일으킨 것은 모두 그만한 일을 해낼 만한 힘을 가지고 있었기 때문이다. ……보국안민을 이룩하려면 하루바삐 포덕한국이 되어야 할 것이다."(〈신인간〉 239호, 1965. 8, 39쪽)

과거의 민족투쟁의 위대한 과업에 대한 자부심마저 약화된 교세의 모습이고, 구호마저 왜소하게 느껴진다.

둘째, 포덕 방법이 훨씬 적극적이고 구체적이다. 「신포덕대장」의 경우 '천도교 포덕 대 대책'이라는 제목 아래 '제1장 총칙'에서 '제8장 부칙'에 이르기까지 조직과 임원 활동 규칙 방법 등이 제시되어 약화된 교단의 사정을 짐작할 수 있게 한다. 일찍이 동학소설은 교단의 변화와 밀접한 관련이 있어왔던 것이다.

(2) 실록소설로 접근한 동학소설

일제 때부터의 역사소설들이 '허구'나 '통속적인 흥미'에 의존하려는 경향이 강했던 데서 벗어나려는 당시의 시류 탓인지 '실록소설'이라는 이름을 달고 있다. 그렇지만 이런 명칭에 대해서는 문학사적 흐름과 별도로 동학소설 자체의 변화에서도 찾을 수 있을 것 같다. 즉 창도 주 최제우와 2대 교주 최시형에 대한 행적을 전하는 데 뭔가 시대의 '변화'에 부응해야 한다는 인식이 앞섰던 것 같다. 즉 앞에서 보여준 「궁을기촌」과 「신포덕대장」의 교단적 위기의식과 같은 맥락에서 보면, 절대자의 신이(神異)적 요소와 같은 '허구'는 이제 더 이상 설득력을 얻지 못한다고 인식했을 것이며, 어떻게든 '허구'가 아닌 '실록'임을 밝히고 싶었을 것이다.

조종오(趙鍾浯)의 「대구장대(大邱將臺)」나 「한성감옥(漢城監獄)」은 이 같은 배경에서 발표된 '실록소설'이며, 동학소설의 새로운 측면을 보여준다. 주지하다시피 동학 교주 최제우는 대구장대에서 참형(斬刑)을, 2대 교주 최시형은 한성감옥에서 교수형(絞首刑)을 당했다. 「대구장대」가 최제우의 일대기라면 「한성감옥」은 2대 교주 최시형의 행적이다. 이 두 소설은 조종오라는 한 작가에 의해 연이어 발표되었다.

이 실록소설의 작가 조종오는 교단의 간부로 알려졌다.

「대구장대」 : 창도 주의 일대기 소설은 1920년대에 이광수의 「거룩한 죽음」을 통해서도 발표되었다. 이 소설은 굳이 실록소설이라고 밝히면서도 「거룩한 죽음」이 지닌 기본 골격은 바꾸지 않았다. 박대여라는 경주 고을 동학 접주의 집을 배경으로 시작하여 최시형에게 도통을 전수하고 천명을 받아 죽음에 임하는 구조가 그렇다.

박대여의 아내 김 씨의 기도로 시작되는 이 소설은 깊은 밤에 선생(최제우)의 안전을 염려하며 초조하게 기다린다. 이때 아들 정식이 들어와 아이들로부터 동학쟁이의 자식이라고 놀림을 받고 돌아와 분해하자 이를 달랜다. 밤이 깊어가면서 박대여 내외의 정성어린 철야기도 끝에 최제우가 찾아오고 정성스레 식사를 대접한다. 식사 후 최제우의 설법이 시작된다.(이 소설 속에는 설법이 네 차례나 진행되며, 설법이 소설의 대부분을 차지한다) 최제우는 조정에서 체포하기 위해 내려온 정구룡에게 체포를 모면할 수 있으나 천명이라면서 제자들에게 설법을 마치고, 최시형에게 도통을 전수하고 도인들에게는 뒷날의 도를 당부한 뒤에 스스로 체포에 응한다. 과천까지 올라온 최제우는 철종의 승하를 미리 알고, 대구감영으로 되내려간다. 문경 새재에서 도인들이 길을 막았으나 이는 천명이라며 도인들을 설득하고 경상감영 옥에 갇힌다. 최제우는 서헌순의 심문을 받아 급기야 대구장대에서 최후를 맞는다.

이 같은 줄거리는 웬만한 동학도인이라면 누구나 알고 있는 이야기다. 그러면 '뻔히 아는 이야기'를 실감나게 전할 수 있는 방법은 뭘까. 앞에서 밝힌 것처럼 먼저 '픽션이 아닌 실록소설'이라는 주위 환기가 필요하고, 설법을 실증적으로 제시하는 것도 이 같은 맥락에서이다. 이러한 실록이라는 바탕에 창도 주 최제우의 예언적이고 신이(神異)한 능력을 일깨우면서 "오늘날 교단을 쓸고 지나간 참혹한 몰락이 다 후천 오만 년 개벽을 위해 예정된 일"임을 설득한다.

㉠ "선천 오만 년의 썩고 썩은 정치를 물리치고 후천 오만 년의 새로운 세상을 건설할 때에는 천지가 회명하고 사람과 사람이 서로 싸워 피가 강물과 같이 흐를 것이요. 저 광경을 보시오. 저 광경이 무엇인줄 알겠소?" 하며 그윽이 엄숙하고 정중한 얼굴빛으로 제자들을 바라본다.(〈신인간〉 265호, 1969. 6, 102쪽)

㉡ "만일 우리 도를 없애기 위하여 어떠한 사람을 죽인다 하더라도 한 사람을 죽이면 열 사람의 도인이 늘어날 것이요. 열 사람 죽이면 백 사람의 도인이 늘어날 것이고 백 사람을 죽이면 천 사람으로 늘어

날 것이요……"(위의 책, 103쪽)

아는 대로 갑오년 동학혁명으로 숱한 동학도인이 참살되었고, 그 후
로도 3·1민족해방운동과 갑진개혁 등으로 교인들의 참혹한 탄압과 살
상이 이어졌다. 따라서 그동안 '피가 강물처럼 흐른' 역사는 벌써 예정
된 일이었다. 자신의 죽음이 천명이듯, 동학이 장차 '오만 년을 이어갈
무극대도'임을 강조한다.

물론 내용 자체가 순도 직전에 제자들에게 도를 전수하는 때이므로
급박할 수밖에 없지만, 작품 곳곳에 드러나는 위기의식이 당시의 위축
된 교세가 반영된 듯하다. 아울러 앞에 발표되었던 「궁을기촌」과 「신
포덕대장」처럼 행동수칙과 같은 '행동강령'도 어김없이 나온다.

　　ⓒ "(첫째) 주문을 많이 외우시오. (둘째) 청수를 정성으로 모시시오.
　(셋째) 심고를 때때로 하시오. 그리하여 한울님과 나와의 사이에 끊임
　없는 연락을 취하시오."(〈신인간〉 266호, 1969. 7, 96쪽, 강조 – 필자)

앞 시대의 포교나 교리 전달에 목적을 둔 동학소설들도 '～이라더라'
와 같은 '말하기'였던 데 비해 명령형의 "외우시오", "모시시오", "하시
오", "취하시오"처럼 구체적이지 않았다. 교인들에게 직접 신앙생활의
방법을 소설 속에서 제시해 주는 일은 전에 없던 일이다. 그만큼 약화
된 교세에 대한 위기감이 반영된 것은 아닐까.

「한성감옥」 : 최시형은 35세 때 용담으로 최제우를 찾아가 동학에 입
도하여 도통을 이어받아 거듭되는 탄압을 피해 잠행 포덕으로 꺼져가는
동학의 불을 지폈다. 그리고 동학혁명이라는 역사의 중심을 지나 38년
을 떠돌다 72대에 파란만장한 삶을 마감한 인물이다. 지금까지 동학소
설에서 창도 주 최제우에 대한 소설화는 있어왔지만 최시형에 대한 소

설화는 처음이다. 「한성감옥」은 먼저 2대 교주 최시형에 대한 소설화의 시초라는 데서 의의를 찾을 수 있다. 그렇지만 문학적인 측면에서 보면 최시형의 포덕과정이나 혁명기간 중의 행적이라든지 삶의 진폭이 창도주보다 훨씬 풍부하여 문학적 소재의 가치가 더 높다. 실제로 역사소설에서는 최제우보다 최시형을 중심으로 다룬 소설이 더 많다. 무엇보다 최시형의 인상적인 행적은 최제우가 대구 장대에서 참수형을 받은 뒤부터 보따리 하나로 관의 지목을 피해 다니며 포교하는 과정이다. 그래서 실록소설 「한성감옥」의 시작은 잠행 포덕기로부터 시작된다.

이 소설은 다섯 개의 소제목으로 나뉘어 전개되고 있는데, 최시형이 최제우를 대구감옥에서 만나고 나와 관의 지목을 받아 쫓기면서 포덕하는 과정, 갑오년 동학혁명 수행의 전 과정, 손병희에게 도통을 전수하고 순도하는 과정까지 파란만장한 생애가 요약적으로 보이는 최시형의 전기적 소설이다. 최시형의 파란만장한 일대기 자체만으로도 소설적이지만, 시간 질서를 바꾸고, 때로 복선을 깔기도 하며, 시간을 뛰어넘어 요약적으로 제시하는 등 제법 다양한 소설적 기교를 드러내 보이고 있다. 그러면서도 「대구장대」가 보여주는 것처럼 소설 안에 무려 7차에 걸친 설법을 싣고 있다. 온전히 최시형의 사상을 전달하기 위한 목적이므로 「대구장대」에서 설파된 동학사상과 중복되지 않는 체계적인 교리를 설파하고 있어서 최시형의 행적을 알려주기 위해서라기보다 동학사상 전달과 수도 생활에 대한 지침으로, 실용적 기능이 한층 강화된 동학소설이다.

　　㉣ 여러분은 사람 대하기를 한울 같이 대하시오. 사람이 내 집에 오거든 사람이 왔다 말고 한울님이 오셨다 하시오. 여러분은 한 풀 한 나무라도 연고 없이 꺾지 마시오. 우리 도의 도 닦는 절차는 첫째, 한울을 공경하며 둘째, 사람을 공경하며 셋째, 물건을 공경하는 것이오……(〈신인간〉 268호, 1969. 9, 94쪽)

ⓜ 천지 만물이 모두 다 같이 한울님 것이며 나무 한 가지라도 함
부로 꺾지 마시오. ……부부화합이 우리 도의 시초로, 비록 어린이라
하더라도 귀 기울일 것이며……(앞의 책 269호, 1969. 10, 166쪽)

ⓗ 한울은 기르는 자에게 한울이 있고, 한울을 기르지 못한 자에게
는 한울이 없는 것이오. 농부가 종자를 심지 않고 어찌 곡식을 얻는
가.(앞의 책 270호, 1969. 11, 170쪽)

사상적 측면에서 보더라도 관념적이고 추상적인 최제우의 교리보다
최시형의 교리는 훨씬 생활적이고 실천적이다. 이는 결국 최시형이 투
박한 민중과 더불어 살았던 전기적 삶과도 관련이 있다. 그런 의미에
서 최시형의 마지막 설법이 의미심장하다.

ⓢ "나도 사람이니 어찌 생명을 귀중하게 할 생각이 없으리오마는
내가 만일 생명을 아껴 선생의 명령을 어기면 어찌 선생의 제자라 하며
우리 도를 어떻게 운영하였겠소. 내 또한 허수아비가 아니니 어찌 부귀
를 모르겠소. 내 이것을 행하지 아니하고 헌 신짝 버리듯 한 것은 오직
우리 도의 이치를 어길까 두려워 한 것이요. ……여러분! 여러분은 나
의 이번 체포된 것은 결코 나의 소위가 아니요 오직 천명이니 낙심하지
말고 우리 도의 장래를 위하여 또한 여러분의 앞날을 위하여 더욱 포덕
에 힘쓰며 수도에 전력을 다하시오."(앞의 책 270호, 1969. 11, 172쪽)

이 설법 끝에 최시형은 스승과 똑같은 '순도(殉道)'의 과정을 밟게
되는데, 이는 「대구장대」와 흡사한 구조다. 이 같은 소설적 구성은 창
도 주와 2대 교주를 '거룩한 모습'으로 동일시하려는 작가의 의도적 장
치로 보인다.

위 두 소설의 핵심은 각각 천명(天命)과 '순도(殉道)'다. 대구장대와
한성감옥의 두 죽음은 이 땅의 진정한 민중해방을 위한 죽음이며, 그

씨앗은 이 땅에서 썩었다. 그 열매가 바로 '후천개벽'이며 '지상천국 건설'이라는 것이다.

동학소설의 경우 실록소설은 통속적인 재미보다 역사적 진실성을 통해 도의 진리를 강조한다. 자칫 소설이 빠지기 쉬운 '꾸며낸(거짓) 성질'을 경계하면서, 이를 바탕으로 '거룩한 인물'의 행적을 드러낼 의도가 명백하게 존재하는 것이다. 이러한 문제는 교단의 사정과도 밀접한데, 이제 사회 문제와는 일정한 거리를 두고 오로지 종교 본연의 문제인 인간구원의 문제로 돌아간 뒤의 소산물인 듯하다. 이럴 때 동학소설의 문학성에 대한 전망은 한층 어둡다.

해방 후에는 동학소설이 교단의 내외적 충격으로 발표지면이 축소되는 바람에 한동안 그 모습을 보이지 못하였다. 이 같은 위기의식을 실록소설이라는 변화로 교단의 두 스승의 역사적 행적이 진실임을 호소하는 처지가 되었으며, '진리의 참됨'을 호소하거나 교단의 '강령'이나 '지침'을 드러내야 하는 입장이 되었다. 여기서 가장 큰 변화로 지적할 수 있는 것은 전 시대의 동학소설이 위태롭게나마 지니고 있던 사회사적인 운동을 선도하던 전통적 의기가 사라지고 오직 종교적인 관념으로 자리잡히게 되었다는 것이다. 실제로 교단에서 제시하는 운동에서도 북쪽에서 일어난 3·1재현운동을 마지막으로 마냥 실체도 뚜렷하지 않은 추상적인 '민족통일운동'을 내세우고 있을 뿐이다. 가까스로 맥을 이어오던 동학소설의 전통적인 투쟁성 또는 문학성도 종교적 관념에 묻혀 자취를 감추게 된 것이다.

4. 역사소설 시기의 동학소설

전 시기 교단의 극심한 분쟁에 휘말리면서 위축되었던 발표지면이 회복되면서 〈신인간〉을 중심으로 동학 소재의 역사소설 혹은 동학소설이 아연 활기를 띠기 시작했다. 특히 〈신인간〉에서는 동학혁명을 문학적으로 수용한 일반 문학작품을 싣기 시작하면서, 동학소설이 전대의 포교나 교리 전달의 단순 목적에서 벗어나 문학적으로 성숙된 모습으로 탈바꿈하여 나타났다. 무엇보다도 교단 관계자와 같은 비전문인이 아닌 작가나 시인의 작품 게재가 두드러진 변화다. 먼저 천도교기관지 〈신인간〉에서 동학혁명을 소재로 한 문학작품을 게재하기 시작한 것은 대략 신동엽의 서사시 「금강」에서 비롯되었다. 소설에서는 안도섭의 「녹두」로 동학혁명의 전개과정을 비교적 역사적 사실에 충실하면서, 동학혁명의 전개과정을 폭넓게 보여주었다. 그 후로 이용선, 안도섭 등 전문 작가의 단편소설을 적극적으로 수용했다. 이처럼 〈신인간〉이 동학혁명 소재의 문학작품을 수용하게 된 원인은 1970년대 들어 역사에 대한 해석이 본격적으로 전개되면서부터 역사를 통해 천도교의 민족 종교적 면모를 재인식시켜보려는 이해와 맞아떨어졌기 때문이다.

이 시기의 동학소설은 70년대 실록소설 「대륙의 풍운」이 발표되었고, 80년대에는 박일의 「이야기 동학」(뒤에 『동학을 이야기하자』로 개작 출판)과 강인수의 「장군의 눈물」을 시작으로 여러 단·중·장편소설이 활발하게 발표되었다. 여기서 강인수의 소설을 모두 동학소설로 분류하는 데는 다소 무리일 수도 있겠으나, 교단이나 사상에 우호적인 입장의 소설이라는 조건에서 일단 포함시키기로 한다.

⑴ 실록소설의 새로운 진실성 「대륙의 풍운」

「대륙의 풍운」은 앞 시대의 동학소설처럼 '실록소설'이라 명시하고 있지만 내용이나 양적인 면에서 판이하게 다르다. 우선 분량이 원고지 300여 매로 7회에 걸쳐 연재된 장소설의 구조가 그렇고, 제목에서 보이듯이 장쾌한 서사 구조인데다, 일제 강점기에 중국대륙을 떠돌아야 했던 나라 잃은 주인공의 분노와 야망이 사실적으로 잘 나타난 소설이다.

작가 의산(義山) 최동오(崔東旿)의 행방이 공식적으로 알려지지는 않았으나, 해방 후의 활동을 보면 남북에서 각각 서로 다른 체제의 정부를 세우려는 움직임을 보이자 김구, 김규식 등과 함께 민족 분열을 막기 위해 평양을 방문한 민족주의자로 알려졌으며, 한국전쟁 때 납북된 것으로 알려졌다.

이 작품의 작가를 최동오의 별호인 청신(靑晨)으로 밝혀놓고 있지만, 실제 작가는 교단의 인물인 청파(靑波) 최병제(崔秉濟)인 것으로 알려졌다. 최동오는 3·1운동이 일어나자 이에 적극 가담하였다. 1919년 2월 말 서울로부터 독립선언서가 도착하자 최동오는 의주교구장 최석련, 철산교구장 최안국과 상의하여 선언서를 의주 시내와 압록 강변 7개 군에 배포하고, 3월 1일을 기하여 독립만세 시위를 하도록 계획하였다. 그는 3월 2일 의주의 남대문 밖 광장에서 최안국 등과 독립운동의 취지를 연설하여 회집한 천도교인, 시민과 농민에게 독립의식을 고취하고 시위운동을 전개하였다. 더욱이 그는 기독교인과 연계하여 4월 초까지 연합 시위운동을 전개하였다. 그는 이 사건으로 일제에 구금되어 갖은 고초를 겪고 1919년 10월경 풀려났다. 출옥하자마자 그는 천도교 지도부의 밀명을 받아 상해로 망명하였다.

이 소설이 발표된 시기가 1973년이니 이는 발굴된 원고도 아니므로 당연히 실제 작가가 아닌 것이 분명하다. 그러면 왜 실명을 밝히지 않았을까. 이 소설이 발표될 당시 최동오의 아들 최덕신이 천도교 교령을 지내고 있어서 여러 가지 문제가 고려된 듯하다. 말하자면 교단 차원의 애국 인물임을 드러내는 데 초점을 맞추려 했을 것이다. 사실 내용에 있어서 의암이 의주 교구장에게 보낸 밀사에 의해 3·1민족해방운동이 추진되는 등 천도교와 밀접한 관련을 보여준다든지, 천도교가 상해 임시정부에 전교실을 차리게 되고 임정으로부터 입각 권유를 받지만 교단의 체면에 손상이 갈까봐 거절하게 되는 등 교단사적 입장을 고려한 행적을 보여준다. 이 같은 사정은 이 소설의 시점에서도 잘 나타나고 있다. 최동오의 부인(최경화)의 시점으로 씌어지기도 하다가 어느 시기에는 최동오와 아들 종호(실명을 쓸 수 없었던 것은 당시 교령을 지내고 있었기 때문이었던 듯＝필자 주)의 시점으로 종작없이 바뀌고 있는 점이 이를 뒷받침한다. 아무튼 작가가 최병제라는 사실에 대해서 큰 논란은 없을 것 같다.

이 소설의 줄거리는 크게 동학이 천도교로 개칭한 뒤 치러지는 3·1민족해방운동과 중국으로 건너가 활약한 두 줄기로 나뉜다. 먼저 이 소설의 줄거리를 살펴본다.

신혼의 최동오는 아내 최경화와 함께 천도교에서 세운 의주 산골 서당으로 들어가 아이들을 가르치다가 3·1민족해방운동을 주도한다. 최동오는 왜경에 잡혀 들어가 모진 고문을 겪다가 일제의 갑작스런 문화정책으로 풀려나게 된다. 최동오는 천도교가 상해 임시정부에 전교실을 차리게 되자 파견되어 본격적인 지사의 길을 걷게 된다. 최동오는 임정으로부터 만주 지방의 독립군 군사단체의 실태를 조사하라는 명을 받고 임무를 수행한다. 이때 김일주가 자금조달을 위해 국내로 잠입하다가 평안북도 경찰부 형사에게 붙들리게 되고, 이로 인해 교단의 중추적인 인물들이 잡혀 들어가는 등 시련을 겪게 된다. 1922년 5월 12일 손병희가 세상을 뜨자 북경에 있던 최동오는 입국하다가 부산항에서 일경에 의해 검거되지만, 손병희의 죽음으로 인한 천도교도의 사회 동요를 우려한 일경에 의해 풀려난다. 1924년 4월, 교단에 들어와 천도교 대회 의장을 맡게 되고, 함경도에서 가족이 내려와 재회하게 된다. 북경에 종리원으로 들어갔다가 국내 사정(교권 다툼)으로 재정 지원이 끊기게 되자 맏아들 종호를 고아원 학교인 향산자유원(香山慈幼院)에 남기고 최동오는 만주 길림성으로, 아내는 함경도 친정집으로 각기 흩어진다. 북경 향산자유원에 남아있던 종호는 망국의 설움을 달래며 공부를 하다가 마침내 중국 내전에 휘말려 길림성에 있는 최동오를 찾아

가 합류하게 된다. 최동오는 길림성에서 화성의숙(華成義塾)이라는 사
설학원을 만들어 만주 일대의 독립운동을 하는 청년들을 가르치고 있
었다. 그러나 만주사변이 나고 최동오는 일본군 당국에 지목되어 다시
남경으로 피신한다.

이 소설의 초반에서는 중앙총부로부터 "3·1민족해방운동을 주도하
라"는 명을 받는 등 천도교와 밀접한 관련을 맺고 있으며, 후반으로
가면서 차츰 교단과의 관계가 멀어지고 최동오의 지사적 행각을 주된
내용으로 하고 있다.

이 소설을 통해서 3·1민족해방운동의 중심이 천도교에 있었음을 보
여주는 동시에 3·1민족해방운동의 규모가 함경도에서 얼마나 맹렬하
게 전개되었는지를 잘 보여주고 있다. 특히 3·1민족해방운동의 진행
과정이나 당시의 긴박한 상황 묘사와 서술이 소설적이다.

그러나 최동오가 임정으로부터 입각 권유를 받게 되자 "교단의 체
면" 때문에 거절하는 문제는 천도교의 3·1민족해방운동 뒤의 '순 종
교단체로의 일정한 후퇴' 방침이 반영된 것으로 보인다. 최동오가 '독
립군 단체 실태 파악'과 같은 임정의 지령을 개인 자격으로 수행하는
것은 이 같은 사정을 보여주는 대목이다.

소설의 후반에서는 나라 잃은 지사가 대륙에서 겪는 역경과 의기를
중심으로 하고 있다. 이는 교단이나 종교적인 체험 문제와 무관해 보
이기도 하지만, 천도교의 전통적인 민족투쟁의 자양분으로 독립투사가
겪어가는 과정이니 이는 동학소설이 목적하는 궤도를 크게 이탈한 것
으로는 보이지 않는다. 또, 비록 천도교 교인들을 대상으로 하는 잡지
에 실린 소설이라 하더라도 전 시대 동학소설에 나타나던 관념적인 구
호가 말끔히 사라졌다. 이 같은 움직임은 더 이상 추상적인 종교적 관
념으로 교화할 수 없다는 교단의 입장인 듯하다.

그렇지만 "의암성사의 (죽음으로) 위대한 지도력을 구심점으로 뭉쳐

있던 천도교 조직이 이완……"으로 북경 종리원에 자금 줄이 끊긴 문제라든지 천도교 교단 분쟁과 같은 민감한 문제는 교묘하게 피해가고 있다. 또 중국 향산자유원의 내전에 대한 좌우익 대립에 대한 입장도 당시 반공이데올로기 문제와 관련되어 분명치 못한 입장이 역력하다. 작가의 시점이 가끔 아내(최경화)와 아들(최종호＝최덕신)의 시점으로 옮아가 다소 혼란스럽지만 대륙을 넘나드는 웅장한 서사가 사실적으로 그려져 있다.

(2) 이야기로 쉽게 접근한 『이야기 동학』

박일의 「이야기 동학」은 현대소설의 특성을 지닌 최초의 동학소설인 셈인데, 이 시기부터는 동학소설과 역사소설의 경계가 뚜렷하지 않다. 즉 교단이나 교인의 입장을 표면상으로 드러내지 않을 뿐 아니라, 포덕이나 박해소설의 성격에서 탈피하고, 동학의 종교적인 이념을 야사 중심으로 비교적 객관적인 서사 구조로 형상화하고 있다. 그러나 여전히 교단 기록을 토대로 한 교단의 역사 이해의 틀을 크게 벗어나지 못하고 있다는 약점에도 불구하고 '이야기'가 지니는 미덕을 통해 교인뿐 아니라 일반 독자에게까지 호소하려 한 것은 이 소설이 지닌 특징이다.

「이야기 동학」은 제43화로 나누어 진행되는데, 이 소설의 내용은 크게 세 갈래로 나뉘어 전개된다.

ⓐ 제1화 - 제17화 : 창도 주 최제우의 탄생에서부터 득도하고 포교 활동을 벌이다가 최시형에게 도통을 전수하고 순도할 때까지의 과정
ⓑ 제18화 - 제28화 : 2대 교주 최시형의 '보따리 포덕'의 수난과정과 교조신원운동
ⓒ 제29화 - 제43화 : 3대 교주 손병희의 활약과 동학혁명의 수행과정 및 최시형의 순도와 손병희의 도통 전수

위에서 보는 대로 이 소설의 중심 구조는 3대에 걸친 동학 교주의 행적을 이야기로 진행한다. 모두 '범상치 않은' 배경으로 태어난다. 창도주 최제우는 "오색구름이 내려와 집을 두르면서 이상한 향이 집안 가득 풍기고 구미산도 '우웅'하고 울더니(제1화)" 하여 이인다운 탄생을 보여 주며, 손병희는 "망월산에 해가 떠서 치마에 뚝 떨어져 이해를 치마에 받는 태몽"으로 잉태하여 "마당 가운데 부분에서 오색 무지개가 뜨며" 태어난다. 심지어 전봉준이 태어날 때도 '백일기도 끝에 만장봉이 무너지는 꿈'이 나타난다. 이 같은 이인(異人) 출현은 당시 어두운 세상을 사는 민중들의 희망으로 존재한다. 따라서 이들의 탄생처럼 평생의 행적도 이적으로 나타날 수밖에 없다. 결국 이 같은 이적은 민중을 위한 '현실 인식'으로 발전하게 되며, 이것들은 삼대를 거치면서 민중들에게 가까이 실천적으로 발전하며, 마침내 이 같은 인식은 다분히 혁명적으로 발전하게 되는 것이다.

그러면 이들의 이적은 어떻게 발전해 가는가. 최제우는 "집에서 종을 부리는 일", "여자인 어머니에 대한 차별"(제2화)에 눈을 뜬다. 결국 10여 년의 천하주유 끝에 "세상은 구제불능의 질병에 걸려 있고", "유교와 불교는 운이 다한 종교", "다시 개벽이 필요한 때"(제3화)라는 세 가지 인식을 하게 된다. 모두 민중들의 비참한 삶을 바탕으로 깨우치게 되며, 득도의 목적도 민중을 향하고 있다. 최제우가 열에 들떠 하늘의 소리를 듣되 "나의 영부(靈符)를 받아 사람을 질병에서 고치고 나의 주문(呪文)을 받아 사람을 가르치도록 하라"(제6화)는 결국 민중을 위한 운명을 지니게 된다. 곧 자신의 죽음으로써 열매가 맺어지는 것을 깨우치게 되는데, 이른바 "천명"이다.

이렇게 최제우의 행적이 관념적이고 추상적으로 신비화된 데 비해 최시형의 현실에 대한 행적은 비교적 행동적이고 생활적인 요소가 많다. "때와 짝하여 나가지 못하면 이는 죽은 물건과 다름없다는 이치", "다가올 오만 년은 미리 준비를 갖추고 적극적으로 때를 짓지 않으면 안 된다"(제25화) 이 같은 적극성은 그의 경전 읽기, 노끈 꼬기, 짚신 삼기 등으로 한시도 쉬지 않고 일을 하는 실천철학으로 나타난다. 가는 곳마다 나무를 심으며, 때가 되어 베를 짜는 여인을 보고 '며느리 아닌 한울님이 베를 짠다 하라'는 평등 원리(제31화) 등의 이념도 생활이며 실천이다. 가는 곳마다 나무를 심어 뒤에 오는 이들을 위한 생산 행위를 행동으로 실천하며, 제사의 머리를 자신을 향하게 하라는 향아 설위(向我設位)는 나 자신이 우주의 중심이라는 원리를 실제적으로 설명한다.

손병희의 현실 인식은 무엇인가. 손병희는 "동학에 들면 삼재팔난을 면 한다"는 말에는 끄떡없다가 "보국안민 광제창생의 도(道)"라고 했을 때 비로소 입도한다(28화). 그에게 있어서 젊은 날 불평등의 세상에 분기를 품고 울분을 품었다든지 하는 것은 불합리한 현실 타개를 위한 적극적인 행동이다. 동무인 복동이 아버지가 관가에 돈 백 냥을 축내고 죽을 지경에서 집에서 돈을 꺼내다 갚아준 일, 이복형이 청주 동헌에 돈 30냥을 전하라는 돈 심부름을 가다가 길에 얼어 죽는 사람을 주막에 데려다 뉘고 서른 냥을 주며 살려낸 일, 괴산 삼거리에서 말꼬리에 여인 머리채가 묶여 회술레를 당하자 말꼬리 잘라 벼슬아치를 혼뜨검을 내준 일, 음성 지방에 전염병이 돌아 시신이 늘자 시신을 거두어 염해 장례를 치러준 일, 약수터에서 양반의 횡포를 보고 양반을 혼내준 일 등은 손병희의 인물됨이 민중을 향한 적극적인 실천이다.

전봉준은 백성들의 탄압에 눈을 뜨고 나서 나이 들어 "병서를 열독", "무술 용병법에 몰두, 무복(巫卜), 점술법(占術法)도 익히는" 등 뒷날에 대한 준비를 한(제39화) 끝에, 마침내 "폭정에 견디다 못한 백성들은 말목장터에서 일어서자" 전봉준은 현실개혁에 뛰어든다. 자신의 현실인식에 목숨 건 실천이다.

그렇다고 이들의 능력이 쉽게 얻어지는 것이 아니다. 최제우의 득도 과정에서 '백의재상을 주어 금력과 권력으로 천하를 다스리게 하리라'

하는 하늘의 소리를 거절했고, 권모술수, 조화의 술법을 부여하겠다는 유혹을 물리치고, 오직 '무위이화(無爲而化)의 이치, 무궁한 조화'를 고집하여 마침내 동학의 도를 받는 내용이 그것이다. 손병희에게 "일곱 번 솥걸기"도 이런 고난의 시험이다.

이 소설은 그동안 교단을 중심으로 떠돌던 설화를 바탕으로 '전해오는 이야기'라는 식으로, 무거운 종교적 교리나 사상적 관념의 짐을 훌훌 털어버리고 비교적 객관적 안목으로 가볍게 풀어나가고 있다. 삼대를 중심으로 일어나는 이적들이 '이야기'라는 가벼운 형식을 전제로 능청스럽게 극복된다. 결국 이 같은 요소는 고대소설과 같은 문체적인 특성에 맞닿아 있다.

그러나 이 같은 견해는 전대 동학소설에 비해 지니는 특징적 우위이지 온전히 일반 문학적 성과까지 이른 것은 결코 아니다. 이는 어떤 면에서는 교단 기록을 한결 보기 좋게 펴놓은 형태이며, 역사소설이 갖춰야 할 요건에는 미흡한 점이 많기 때문이다. 그렇지만 이는 동학소설의 한 변형으로 가능성을 전망해 볼만한 소설이라는 점에서 보다 적극적으로 검토되어야 할 것이다.

(3) 기타 동학소설의 문제들

이 시기 〈신인간〉에 강인수의 단편소설 「장군의 눈물」, 장편소설 「하늘보고 땅보고」, 중편소설로는 「덕천강」, 「선구자」 등이 발표되었다. 앞의 언급대로 강인수의 초기 단편소설인 「장군의 눈물」(1984)은 비교인의 작품이면서 동학소설 성격이 뚜렷하여 이를 중심으로 고찰해 보기로 한다. 이런 맥락에서 보면 안도섭의 「이날치」, 이용선의 「호미」, 최기인의 「한울님의 소」는 엄밀하게 보면 동학을 소재로 한 소설에 속하는데, 동학소설이냐 아니냐 하는데 더 정밀한 검토가 요구되므로 여기서 내용

소개로 논의를 대신하기로 한다. 「이날치」는 마을에 전설적으로 내려오
는 동학도인의 이야기를 현대의 시점에서 거슬러 올라가고 있고, 이용
선의 「호미」는 집을 뜯을 때 대들보에서 나온 '호미'를 소재로 옛적에
동학도인이 살던 집을 회상하면서 최시형의 끊임없는 노동의 가치를 오
늘의 의미로 되새기고 있다. 「한울님의 소」는 급변하는 시대에 동학도
인이었던 어머니가 소를 뜯기던 삶을 회상하는 내용이다.

　① 「장군의 눈물」: 이 소설은 공주전투에서 패배한 전봉준이 거의
단신 단몸으로 패배한 뒤에 겪는 정신적 고통을 추적한 소설이다. 먼
저 여태까지 동학소설이 지니고 있던 서사 중심의 전개 방식에서 벗
어나 구체적인 정경 묘사나 심리 묘사를 사실적인 기법으로 도입했다
는 점에서 주목할 만하다. 여기서 사실적인 기법이란 종교의 관념적
인 주제를 직접 제시하는 방법을 탈피했다는 의미까지를 포함한다.

　새벽에 일어난 장군(전봉준)은 장성 용머리로 염찰을 나간 기우덕
성찰을 걱정하며 정화수를 떠놓고 강령주문으로 자신을 달래었다. 동
학군의 갈 길을 청하나 여전히 갈피를 잡지 못한다. 김개남을 만나
서울로 들어가 대원군을 만날까, 손여옥, 손화중이 잇따라 떠오른다.
이때 기우덕 성찰이 돌아와 관군이 전봉준을 뒤쫓는다는 소식과 함께
옛 부하 김경천이 피노리에 살고 있다는 소식을 가져온다. 전봉준은
다리 다친 부하를 떼놓고 김경천을 찾아간다. 잠방산 숲에 이르러, 산
아래 집에서 불이 난 것을 괴이히 여겨 염탐을 내려간 기성찰은 관군
이 불을 지르는 만행을 보고 올라오다 칼을 맞고 신음하는 주인을 만
나 함께 돌아온다. 피노리 주막에 든 일행은 옛 부하 김경천에게 약
과 도피자금 마련을 위해 심부름을 보낸다. 김경천은 한신현에게 밀
고하고, 한신현은 민보군을 모았다. 민보군은 세 겹으로 둘러싸고 들
이쳐 마침내 전봉준은 잡히고 만다.

　앞선 시대의 동학소설과 아직 이 소설에 남아 있는 공통된 인상은

고난에 부딪칠 때마다 '청수 앞에 심고'하여 '한울님의 감응'을 기다리
는 장면이다. 인물의 행동반경이 이성적이기보다는 여전히 동학(천도
교)의 절대적인 힘에 의존함으로써 행동이 극히 제한적이다. 일테면
"……입도 이후 도를 이루고 덕을 세워 나라와 백성을 위해 덕을 펴
고 널리 도탄에 빠진 창생을 구하여 이 지상에 천국을 건설하려고 창
의 깃발 높이 들고 동지들과 규합……저의 갈 길과 동학군의 갈 길을
인도해 주옵소서. 지극한 정성과 지극한 소원으로 받들어 청하오니
한울님이시여 감응하옵소서……(앞의 책 119쪽)"하고 그 한울의 감응
으로 인한 판단이 "─김개남을 만나자……(앞의 책 119쪽)"이다. 결
과적으로 그 길이 자신의 운명을 갈라놓을 김경천을 찾아가는 길이
다. 그렇다면 결국 하늘이 장군을 외면했다는 것이다. 그 길에서 동학
혁명의 전개과정이 회고된다. 네 자매를 남겨 놓고 죽은 아내, 손화중
의 감화를 받아 입도한 일, 조병갑의 탐학을 진정하다 매 맞아 죽은
선친의 얼굴, 공주에서 있었던 일진일퇴의 숨 가쁜 공방전, 금구 원평
대전의 패배……민중들과 함께 한 처절한 삶의 역경의 연속이었다.
일행은 결국 장성 갈재를 넘어 마침내 피노리 주막집에 도착한다. 장
군의 옛 부하 김경천은 "……지금 세상이 확 바뀐 판국인데, 잘못하
다간 그대로 잡혀 죽는 거다. 상금 천 냥에 일등 군수 직! 내 목숨
구하고 출세하니 마음 한번 용케 먹으면 될 것을" 하는 출세에 눈이
멀어 배반하게 되고, 마침내 장군은 붙잡히게 된다. 가마에 실려 가는
길에 오라에 묶이고 눈이 가려진 채 끌려가던 오 접주는 "시천주조화
정 영세불망만사지……" 주문을 읊조려 호된 핍박을 받지만 그래도
영혼을 구해줄 것 같아 계속 주문을 읊조려 더 심한 핍박을 받는다.
이처럼 모든 구원의 행위가 오직 주문에 의지됨으로써 결국 이 소설
이 동학소설의 범주에 놓이게 한다.

이외에 위 작가의 작품은 장편소설로 이어지는데 「하늘보고 땅 보고」
는 억쇠 김만석의 활약을 통해 최시형의 일대기를 빠르게 펼쳐나간 소
설이라면, 뒤에 발표된 「선구자」(〈신인간〉 1992. 4-1992. 7, 통권 504-507
호)는 손병희의 일대기를 소설화한 중편소설이다. 억쇠가 공주전투에서

패해 총상을 입고 계룡산 암자에 숨어 있다가 을미년 정월에 귀향하여 아들 차만과 살아가는 모습을 통해 손병희의 삶을 조명한 작품이다. 굳이 동학소설의 범주에 넣으려 한 것은 "의암 선생은 지난 여름부터 해월 선생의 비폭력 평화운동에 의한 신원운동을 되새기며 항일투쟁도 비폭력 평화운동으로 전개하는 길을 모색하고 있었다. 선생은 인일 기념일의 대성황을 보고는 자신감을 얻었다."는 식의, 다분히 작가의 서술적 태도에서 친 교단의 모습을 지니고 있기 때문이다.

중편소설 「덕천강」은 진주 하동 덕천강 유역을 중심으로 한 경상남부 지방의 동학혁명기 동학군 활동을 소설화한 작품이다. 허구적 인물인 대장장이 하길두를 주인공으로 삼아 여러 역사적 인물들이 벌여나가는 동학혁명의 과정을 형상화하였다. 그러나 덕천강을 제외한 나머지 소설들은 동학소설과 일반 역사소설과의 경계를 선뜻 그을 수 없다는 점에서 그 특성을 찾을 수 있다. 즉 등장인물을 통해 포교나 종교적 감화를 직접 드러내지 않으면서도 동학혁명의 역사적인 사건을 소재로 삼았다면 온전히 역사소설의 한 영역으로 분류될 수 있는 것들이다. 하지만 이 시기 이런 종류의 소설들을 굳이 정의한다면 위인전에서나 볼 수 있는 인물에 대한 적극적인 일방향성과 때때로 나타나는 종교 의식은 동학소설로 보이게 한다.

동학소설을 시대적 흐름 중심으로 살펴보았다. 동학소설이라는 서사 양식의 출현은 일반 문학적 현상과 크게 다르지 않아서 운문체인 동학가사가 지닌 교술적 목적에 대한 양식적인 한계 때문일 것이다. 더 직접적으로는 애국·계몽적 성격을 지닌 당대의 역사소설, 전기소설, 신소설과 같은 문학양식의 영향을 받았다. 동학소설은 이 같은 문학적 환경과 함께, 특히 사회나 교단의 변화에 민감할 수밖에 없었다. 주지하는 대로 동학혁명에서 동학혁명군은 일제에 의해 토벌되었고, 동학혁명이 패배한 자리에서도 일제의 토벌은 계속 이어졌다. 따라서 일제와 동학은 숙명적으로 공존할 수 없었으며, 비록 동학(천도교)이 순수 종교로 공인을 받고 난 뒤에도 그 적대적 과정은 꾸준히 이어졌다. 즉 동학소설이 비록 현실적으로는 교리 전달이나 포교 목적이라는 특수 목적을 지니면서도 끊임없이 동학혁명 당시 투쟁의 역사를 내세움으로써 전통적인 민족주의 이념을 꾸준히 계승시켜왔던 것이다. 특히 동학(천도교)은 동학혁명 이후 3·1민족해방운동과 엄혹한 일제 강점기와 국토분단, 한국전쟁의 역사적 소용돌이에 휩쓸리면서, 또 몇 차례의 교권 다툼에 휘말리면서 교세가 급격히 약화되는 과정을 거친다. 이 과정에서 '인간구원'이라는 보편적인 종교적 목적으로 일정하게 후퇴하면서 동학혁명 때부터 전통적으로 지녀왔던 민족주의적 입장에서 일탈된 모습을 보인 것도 사실이다. 그러나 시대의 고비 때마다 민족 고유의 것을 끌어안은 채 당대의 현실을 담아내려는 문학적 노력이 있었던 것도 사실이다.

지금까지 문학계에서는 해방 전에 동학소설의 맥이 끊겼다는 인식이 보편적이다. 이는 우리 문학사에서 동학소설이 얼마나 생소한 존재로 자리했는지를 잘 보여주는 대목이다. 그만큼 동학소설이 일반 문학에서 생소한 영역으로, 여전히 우리 문학사에서 뚜렷한 성격을 드러내지 못하고 있다는 뜻이다. 동학소설의 문학사적 의의와 한계는 다음과 같이 요약된다.

첫째, 민족·민중종교의 산물로, 일제 강점기 또는 어두운 현실에서 전통적인 민족주의 이념을 꾸준히 담아내는 독특한 양식으로 계승 발전되어 왔으며 둘째, 고대 소설의 전통적인 형식과 내용을 계승하고 있으며 셋째, 민중종교가 지닌 민중들의 개혁사상을 계승하고 있으며 넷째, 시대에 따라 일반 문학의 형식과 내용을 일정하게 수용함으로써 민족문학의 한 형태를 간직하고 있다는 점을 들 수 있으며, 다섯째 1990년대부터 나타난 동학소설은 나름대로 일반 독자들에게 모습을 보이면서 영역을 넓혔다는 점은 동학소설의 또 다른 가능성일 것이다.

반면에 동학소설의 한계를 지적한다면 교단의 존폐 상황에서 포교와 교리 전달이라는 이념적 한계 때문에 문학적 영토를 넓히지 못한다는 점과, 동학소설이 교단 지도자들이라는 비전문적인 작가들에 의해 교주를 중심으로, 또는 교단 중심의 사건으로 제한적인 성격을 보이면서 점차 일반 문학사로 연결될 만한 근거를 획득하지 못했고, 교단의 내부적인 방침을 전하는 도구로 전락하거나, 교단 분열과 같은 사정에 따라 동학소설의 내용이 민감하게 반영되었던 점 등을 들 수 있을 것이다.

Ⅳ. 동학혁명을 소재로 한 역사소설의 전개과정

'역사란 현재와 과거 사이의 끊임없는 대화'라는 범박한 카아의 말을 상기하더라도, 지나간 역사는 결코 현재와 무관하지 않다. 이런 입장에서 보면 역사소설이 오늘의 어떤 현실을 드러내려 하느냐 하는 문제는 작가의 의식과 직결된다. 곧, 역사가 오늘의 삶에 중요한 바탕이라는 인식이 바로 '역사의식'이 되는 셈이다. 그러므로 역사소설도 특정 시대의 사회적 리얼리티를 그 글을 쓰고 있는 당시의 독특한 환경 속에서 그려내는 것을 목표로 하지 않으면 안 된다. "역사소설에서 냉철한 현실 인식에서 비롯된 역사인식을 드러내기 위해서는 역사적 등장인물이 아닌 창조적 인물 설정이 무엇보다 문제시되며", 중도적 범용한 인물을 통해서 갈등하고 대적하는 사회세력들의 움직임이 총체성을 드러내지 않으면 안 된다. 요컨대 역사소설이란 중세의 로망스와 구별되는 근대적 소설로서, 역사적 사건과 인생 속에 숨어 있는 역사적 진실을 작가의 투철한 역사의식과 상상력을 통하여 드러내야 하며, 이를 중도적 인물의 행동을 통하여 작품으로 구체화시킨 총체적인 미의 산물이라야 한다.

역사소설이란 일차적으로 모순된 현실을 드러내고자 하는 방편으로 씌어진 것이므로, 보편적인 의미로 리얼리즘 소설의 요건을 갖춘 셈이다. 이런 관점으로 규정된 리얼리즘 소설을 우리의 전통적 소설사 안에서 찾아보기로 한다.

일찍이 한국소설의 전통을 사회의식 내지 리얼리즘의 맥락에서 조망한 구중서에 따르면 한국소설사를 잇는 주류에 들어서 있는 소설로『금오신화』,『홍길동전』,『허생전』,『춘향전』 등을 사회의식의 소설로 보고 있으며, 이 소설들이 시대의 아웃사이더들에 의해 지어졌다는 특성 자체가 사회의식을 표출하는 전통성을 드러내고 있다고 보았다. 그런 점에서 한국 현대문학 시기를 연 첫 장편소설인 이광수의『무정』이나 첫 신소설 작품인『혈의 누』는 몰주체적 사회관으로 인해 "민족적 전통에 도전한 면"을 보여준다고 보았다.

이런 맥락에서 보면 우리의 동학혁명을 소재로 한 소설은 당대 현실이 1백 년 전 반봉건 반외세의 상황과 같다고 인식한 '시대의 아웃사이더'들에 의해 창작되었다는 점에서 앞서 든 역사소설과 전통적으로 맥을 같이한다고 보아야 할 것이다.

이 장에서는 동학혁명을 소재로 한 역사소설에서 역사가 어떻게 인식되고, 현재의 무엇을 형상화하려고 했는지를 드러내는 데 있다. 이를 위해서 ① 작가의 역사·철학 및 현실인식이 ② 어떤 인물을 통해서, ③ 어떤 미의식을 통해서 표현하려 하는지를 시대별, 작품별로 나누어 고찰하고자 한다.

1. 동학혁명을 다룬 역사소설 태동

1) 역사소설의 환경

한국문학에서 역사소설은 전통적으로 영웅소설에서 유래했으며, 영웅소설은 실제 또는 가상의 역사를 다루어 위기 극복을 문제로 삼았다. 예컨대 『임진록』, 『임경업전』, 『박씨전』 같은 것들은 민족사의 위기를 극복한 경험의 산물이며, 역사소설로 일컬어지기도 한다. 그러나 "근대적 의미의 역사소설은 일제 강점기인 1920년대에 생겨났는데, 그 시기에는 역사를 역사소설로 고치는 작업이 미흡하나마 다각도로 추진"되었다.

이 같은 사실을 보더라도 우리나라의 역사소설은 처음부터 작가의 예술적 창작 의욕에서 출발했다기보다는 그들이 몸담고 살아가는 시대의 역사적 요청에서 비롯되고 있다는 사실을 짐작할 수 있다. 초기의 역사소설인 홍명희의 『임꺽정(林巨正)』(1928-1940), 이광수의 『단종애사(端宗哀史)』(1928-1929), 김동인의 『대수양(大首陽)』(1941-1941)이 모두 일제 강점기에 씌어졌다는 사실만 놓고 보더라도 민족의식을 고취하겠다는 의도가 내재되어 있음을 쉽게 짐작할 수 있다. 그렇지만 이들이 본격적인 역사소설로 얼마나 확고한 역사의식을 가지고 있었느냐는 별개의 문제로, 오늘날의 안목에서 보면 많은 미흡한 점들을 노출하고 있었다. 『임꺽정』은 다양한 인물들과 풍부한 토속어를 통해 서민들의 생활상을 생생하고 풍부하게 드러내었으나 왕실이나 상층사회의 동향은 추상적으로 그려져 있어서 당대 사회를 총체적으로 그려내는 데는 미흡했다. 『단종애사』는 어린 왕 단종의 비극을 통해 나라 잃은 백성의 슬픔을 간접적으로 보여주겠다는 의도는 살 만하지만 역사적 사실에 대한 진실성 결여로 역사적 사건을 바라보는 작가의 감상적 태도 등에 얽매여 당시의 통속소설의 수준을 크게 벗어나지 못하고 있으며, 이 소설에 대한 반발로 씌어진 『대수양』 역시 앞의 소설의 문제를 극복해야겠다는 강박관념에 사로잡혀 '수양이야말로 나라를 구하고 백성을 잘 다스릴 수 있는 유능한 인물'이라는 식이어서 역사적 인물들을 작가의 임의에 따라 편파적으로 왜곡하는 우를 범하고 말았다.

그나마 우리의 역사소설은 거의 반세기에 가까운 공백 기간을 거쳐 1970년대의 시대적 분위기 – 많은 문제점을 포함한 현실과 민족분단이라는 역사적 현실에 대한 직접적인 관심에서 비롯된 많은 문학작품의 탄생으로 결실된 – 에 힘입어 뚜렷한 역사의식과 문학작품으로서의 형식미를 갖추고 새로운 모습을 드러내기 시작했다.

이처럼 역사소설들이 1970년대에 본격적인 모습을 드러냈지만 이 시기에 동학혁명이라는 역사가 우리 문학의 소재로 자유롭게 해석되고 선택될 만큼 성숙된 분위기는 아니었다. 그만큼 우리에게 있어서 동학혁명의 역사는 일제 강점기와 해방 뒤의 혼란기, 독재 시대를 거쳐 오는 동안 어느 지배세력도 '아래로부터의 개혁 요구로 행동 단결이 되었던 역사'를 용납하지 않았던 것이다. 이러한 사정으로 동학혁명의 역사는 1백여 년이 넘도록 당시 지배계층인 관에 의해 기록된 문헌을 중심으로 극히 제한적으로 연구되었을 뿐, 혁명의 주체 세력인 민중의 입장에서 보거나 현장을 통한 실증적인 연구에서는 미흡했던 것이다. 즉 동학혁명의 역사는 긴 일제 강점기, 그리고 일제의 굴레에서 벗어난 뒤 오랜 세월 동안 거슬림의 자리에 놓였던 것이다. 동학혁명 소재의 역사소설은 이런 현실적 여건을 바탕으로 이해하지 않으면 안 된다.

여기서는 동학혁명을 소재로 한 역사소설 중 동학혁명사를 작품 전체에 수용했거나 부분적으로 수용한 역사소설을 주된 연구 대상으로 삼고자 한다. 이를 시기별로 현실을 어떻게 반영하고 있는지를 살피고, 나름대로 성격을 규정하는 과정은 대체적으로 동학소설의 고찰과정과 같다. 작품이 시대의 벽을 걸치는 경우에는 독자가 최종적으로 접한 시기를 기준으로 삼았다. 왜냐하면 작품에 대한 진정한 평가는 완간으로부터 비롯되기 때문이다.

2) 일제 강점기의 역사소설 「동학당」

동학소설의 소설화 과정에서 보듯이, 일제 강점기인 1910 · 20 · 30년대에는 동학혁명의 역사를 소재로 다룬 동학소설이 활발하였다. 조상들의 반봉건 반외세에의 투쟁을 통하여 일제 강점기의 현실적 삶을 일깨우려 하기 때문이었다. 이 시기에 동학혁명을 소재로 한 역사소설로는 이돈화의 「동학당」과 오지영의 「동학사(東學史)」 두 편이 있다고 알려져 있으나 이 중 「동학사(東學史)」는 그 실재(實在)를 확인할 길 없고, 다만 "실록소설(實錄小說)"로 밝힌 점으로 미루어 당시 일제의 검열을 통과하기 위한 수단으로 자신의 역사서 「동학사」에 표지만 바꾼 것이 아닐까 추측된다. 실제로 역사서 「동학사」의 경우 서술 방식이 "당시 떠도는 이야기를 기록했다"는, 야사 중심의 기록이기 때문이다. 말하자면 역사서 「동학사」 자체가 소설적 요소가 많기 때문이다. 본고에서는 이돈화의 「동학당」을 중심으로 고찰해 보기로 한다.

「동학당」이 씌어진 시기는 원고가 탈고되어 출판을 하려던 1935년으로 보아야 할 것 같다. 이 작품이 그동안 일반 국문학계에 잘 알려지지 않은 것은 당시 단행본 출판이 일제의 검열에 걸려 수정을 거듭하다가 끝내 출판이 좌절되었다. 이 원고가 해방 후 한국전쟁을 거치면서 소실된 줄로만 알고 있었는데, 홍정식(洪晶植 · 당시 교단 관계자)씨가 보관해오다 1965년도에 공개했다. 당시 이 소설은 260자 원고지를 기준으로 其一 377매, 其二 310매, 其三 272매 총 959매(200자 원고지로는 약 1,246매) 원고로, 장편소설 한 권 정도의 분량이다. 그러나 일부가 유실(其一 377매 중 230매는 아직 발견되지 않았다고 밝히고 있다)된 상태였다. 그나마 「동학당」은 천도교 기관지인 〈신인간〉에 1965년에 2회 실렸다가 무슨 사정에서인지 모르나 게재가 중단되었다가 10년 뒤인 1975년도에 15회에 걸쳐 분재(分載)되었다. 원고가 분실되었다고 밝히는 其一의 부분을 감안하더라도 매회의 내용이 매끄럽지 못한 것으로 미루어 당시 검열과정이 얼마나 가혹했는지 저간의 사정을 짐작케 한다.

「동학당」의 구조는 전반과 후반으로 나뉜다. 전반은 역사적인 인물인 이필제를 통하여 창도 주 최제우와 2대 교주 최시형의 삶을 동시에 조명하고 있으며, 후반은 김석연이라는 허구적 인물을 통하여 최시형의 포교과정과 3대 교주 손병희를 중심으로 다루고 있다. 이 같은 구조는 이필제와 김석연이라는 두 허구적인 인물을 통하여 동학혁명의 역사는 물론 교단의 중추적인 인물 최제우, 최시형, 손병희의 영웅적 행각을 드러내 보이려는 작가의 의도를 읽을 수 있다. 일테면 교단 인물인 작가가 최제우, 최시형, 손병희 3대의 영웅적인 삶을, 이필제와 김석연 두 혁명적 삶을 통하여 드러내려는 작가의 의도를 읽을 수 있다.

「동학당」이 생산된 1935년의 문학 환경은 만주사변으로 온 나라가 병참기지가 된 암흑기였다는 점도 유의할 필요가 있겠다.

이 소설의 국문학적 가치는 동학혁명을 소재로 한 최초의 역사소설이라는 점에서도 찾을 수 있다. 작가 이돈화는 교리(敎理)나 교사(敎史)에 밝은 사람으로 『천도교창건사』(1933)의 저자이며 많은 문필 활동과 교구를 다니며 초청강연을 다닌 교단 인사로 알려져 있다. 이렇게 비전문인이 쓴 소설이면서 기왕의 동학소설은 물론 당시 역사소설의 관념적인 틀을 뛰어넘은 문학적 가치가 높은 소설이라는 점에서 의의가 있다.

먼저, 이 소설의 줄거리를 살펴볼 필요가 있겠다.

ⓐ 상주 높은 터에 사는 이문(뒤에 이필＝이필제 - 필자)은 아버지
가 상주고을 원 김상현에게 억울한 죽음을 당하고 어머니마저 죽게
되자 원수를 갚기 위해 안동 이포수를 찾아 나선다. 이 포수에게 총
쏘기와 활쏘기 재주를 익힌 이필은 마침내 아버지 원수인 상주 원 김
상현이 나주 목사로 부임 받아 간다는 말을 듣고 문경 새재에서 원수
갚음을 한다. 이필은 산 속으로 들어가 활빈당 당수가 된다.(유실 부
분인데, 뒷내용으로 미루어 이필이 산적이 되어 있을 때 천하주유 중
인 최제우를 만나 감복을 받아 새로운 삶을 산다는 구조임 - 필자)

ⓑ 동학의 창도 주 최제우는 자신에게 닥칠 화(天命 : 천명)를 예
견하고 제자들에게 장차 해월(최시형)을 중심으로 수도에 전념할 것
을 부탁한다. 이때 충청도 장천달이 이필의 편지를 최제우에게 가지
고 왔는데, "조정에서 선생님(최제우)을 지목하여 잡아 올리라는 칙
령을 내렸다"는 것이다. 그러나 최제우는 "장차 다가올 무극대도의
새 운수에는 반드시 세 가지 큰 악운이 닥치게 되는데, 바로 자신의
죽음이 첫 악운"이라면서 몸을 피하지 않는다. 최제우는 조정에서 파
견된 정구용에게 잡혀 서울로 향하지만 마침 철종의 국상으로 대구로
되내려 보내 심문하라는 칙령에 따라 내려오게 된다. 문경새재에서
이필이 거느린 동학군과 맞닥뜨리지만 최제우는 자신이 당하는 화가
천명이라며 동학군을 흩어 보낸다. 경상감사 서헌순은 최제우에게
"잘못을 참회하고 무리를 흩으면 살 수 있다"고 달래지만 최제우는
끝내 순도(殉道)의 길을 택한다. 이때 도통을 이어받은 최시형은 '멀
리 달아나 도를 보전하라'는 최제우의 뜻에 따라 잠행 길에 들어선다.

ⓒ 이필제는 오로지 포덕에 힘써서 그 아래에는 대접주만 해도 십
여 명이나 될 만큼 엄청난 교세로 확장되었다. 마침내 이필제는 스승
의 원수 갚을 것을 결심하고 최시형을 만나지만 "아직 때가 아니"라
며 반대한다. 일월산으로 돌아온 이필제는 각 고을에 통문을 내어 먼
저 영해를 치기로 한다. 영해 관아를 점령하고 구원을 나오는 군사들
을 길목에서 기다리다 물리친다. 그러나 동학군을 토벌하기 위해 관
군이 동원되자 동학군은 흩어진다. 뒤에 이필제는 추풍령 화적 두목
작박뿔이를 데리고 문경읍을 치지만 이필제는 유탄을 맞고 쓰러지며
"나는 이것으로 선생의 원수를 갚는다"는 말을 남기면서 숨을 거둔

다. 최시형은 이 사건으로 인해 더욱 심각한 관의 지목을 받아 잠행 포덕에 나서게 된다.

ⓓ 일찍이 권좌에서 물러난 대원군은 천하에 검술을 잘하는 장정들을 인재라 하여 등용하는데, 하루는 충청도 음성 살다가 용산 삼개로 이사를 한 김석연이 찾아온다. 김석연이 오백 근이나 되는 돌을 가볍게 들어 메쳤으나 대원군은 글이 짧다는 이유로 군직이로 보내버린다. 마침 군인들에게 몇 달 월급을 못 주다 그나마 썩은 쌀에 모래를 섞어 주자 군인들이 들고일어나는데, 이른바 임오군란이었다. 이 일에 앞장섰던 김석연이 쫓겨 내려오는 길에 충청도 구만리 주막거리에 들어갔다가 마침 돼지를 사러 온 젊은이들에게 술을 얻어마시게 된다. 때마침 돼지를 사러 나온 병사 댁 사람들이 돼지를 빼앗으려 하자 김석연이 나서서 병사패거리를 물리친다. 김석연은 젊은이들을 따라왔다가 배포 좋고 인물이 잘난 손응구(손병희)를 만나게 된다. 김석연은 손응구를 따라다니게 되는데, 약수터에서 서 참판 댁 하인들을 혼내는 바람에 죄인으로 쫓기는 김석연의 신분이 드러나게 된다. 김석연은 이화선이라는 동학도인의 집에 숨어 지내다가 그 집에서 동경대전이 나오는 바람에 동학도인이라는 사실이 드러나 관에 끌려간다. 마침 청주 관아에 아전으로 있던 손천민이 동경대전을 읽고 감명을 받아 이화선이 풀려나게 된다. 손천민은 서택순을 통해 동학에 입도하고 삼촌 손응구를 동학에 입도시킨다.

ⓔ 최시형을 따라나선 손응구는 돈 심부름을 다녀오다가 돈 때문에 종 신세가 될 위기에 처한 사연을 듣고 돈을 주고 돌아오는 등 인물됨을 통해 차츰 최시형의 신임을 얻는다.

전반부(ⓐ-ⓒ)는 이필제의 활약을 중심으로 최제우의 조난(遭難) 과정이 극적으로 연결되었고, 후반부(ⓓ-ⓔ)는 김석연이란 허구적 인물을 축으로 임오군란의 이야기와 함께, 손병희와 최시형의 행적을 연쇄적으로 조명하고 있다. 이필제의 주도로 이루어진 신미사변에 대해서 교단에서는 교조신원운동의 한 사건으로 보면서 이필제를 '무모한 주모자'로 보려는 경향이 지배적인데, 이를 주인공으로 내세움으로써

작가의 인식을 엿볼 수 있다. 이돈화의 역사인식은 "새 것은 새 것만
으로 커지는 법이 없고 반드시 낡은 것과 투쟁을 하게 되는 법이다.
말하자면 낡은 것은 새 것에 대해서 수화상극이 된다"라고 함으로써
역사적 진보는 '투쟁'과 '상극'으로 인식하고 있다. 『천도교창건사』를
저술할 만큼 '동학의 역사'에 해박한 작가가 교단에서 '무모한 주모자'
로 취급한 이필제를 주요 인물로 선택한 것은 작가의 중요한 역사인식
이다. 말하자면 『천도교창건사』에서는 '이필제' 부분에 대해 큰 비중을
두지 않으면서도 역사소설 『동학당』에서 중심인물로 내세운 것은 작가
의 '역사의 진전을 위한 투쟁'을 드러내려는 작가의 뚜렷한 인식을 단
적으로 드러낸 것이다. 그렇다면 역사적 기록에 나타난 이필제는 어떤
인물인가.

ⓐ 이필제는 본래 충청도 목천 사람으로 세사에 불평을 품어왔었
다. 그의 아버지가 천주학 신봉자 혐의로 상주에서 체포되어 옥사한
이후에 그 원수를 갚기 위해 안동 이 포수에게 포술을 배워 문경 화
적굴에 투신한 바 있고, 권모 주모로 수시 변성명하면서 각지에 출몰
하여 탐관오리를 상대로 분풀이를 하던 사람이었다. 대신사(최제우)
께서는 득도 이전 주유천하하던 당시에 문경 새재에서 이필제를 만나
게 되었는데, 이때 그는 대신사의 말씀과 인격에 감복하여 대신사를
따르기로 맹세하였던 것이다.
그 후 이필제는 용담 최 선생이 동학을 창명하였다는 소문을 듣고
비밀히 용담에 나아가 입도하고 문경·상주·영해·울진 등지에서 수
백호의 포덕을 하였는데 지목이 심하여 이리저리 유랑하다가 신사(최
시형)께서 영동에 은거하신다는 소문을 듣고 뜻(=최제우의 신원)을
펴기 위하여 이인언을 보냈던 것이다.
11월에 이인언이 다시 신사를 찾아뵙고 이필제의 말이라 하여 대신
사의 신원운동의 필요성을 역설하므로 신사께서 아직 시기가 아니다
하고 이를 거절하였다.(천도교사편찬위원회 편, 『천도교백년약사〈상
권〉』, 124쪽)

교단 기록을 보더라도 이필제가 결코 긍정적인 인물이 아니다. 일테면 최시형이 "아직 때가 아니다"라며 만류를 했는데 신원운동을 일으켜 수많은 교도의 목숨을 앗아간 사건을 저질렀다는 식이다. 그러나 교단의 주요 간부인 작가가 굳이 이런 부정적인 이필제를, 그나마 일반에게는 부정적인 화적 두목을 혁명적 인물로 허구화시킨 것은 뚜렷한 작가의 역사인식의 한 단면이다. 그리고 후반부에서는 김석연이라는 허구적 인물을 통해 대원군과 연관된 임오군란을, 뒷날 3세 교주 손병희의 활약상을 보여주려는 소설적 구조도 앞의 인식과 맥을 같이 한다고 볼 수 있다. 따라서 이 소설은 이필제와 김석연 두 혁명적 인물을 통해 동학의 창도 주와 2·3세 교주의 삶을 객관적으로 조명하고 있다. 특히 두 인물이 관념적 영웅이 아닌 민중적 영웅이라는 점에서, 또 이 두 인물은 동학의 창도 주와 2·3세 교주의 삶과 동일시하려는 작가의 세계가 뚜렷이 드러나 있다.

이 소설은 원수를 갚는 활극을 통해 침체되어 있던 당시 아무것도 할 기력이 없는 민중들에게 주위를 환기하려는 울분으로 보인다. 이필제나 김석연은 어떤 의미로는 '아버지의 원수'가 엄존하는 현실을 살고 있으며, 두 인물은 통쾌한 원수 갚음을 한다. 특히 마지막에는 복선들이 깔린 채 해결되지 않은 것으로 미루어 긴 구조로 계획되어 있다가 집필과정에서 좌절된 것으로 보인다. 소설의 내용 연결이 매끄럽지 못한 것이 이를 뒷받침한다.

이 소설의 또 다른 특징은 교단 중심인물인 최제우, 최시형이 도덕적 관념적으로 표현되던 동학소설과는 달리 이필제와 김석연이라는 허구적인 인물을 통해 객관적 관점에서 형상화되고 있다는 점이다. 이필제나 김석연은 동학교조 3대에 비해 개성이 잘 드러나고 있다. 특히 전반부의 주인공 이필제나 그를 둘러싼 이 포수, 박달심, 김상근, 작박뿔이(뒤에서 텁석뿔이로 나오는 인물은 착각인 듯) 등은 모두 작가의 의도에 의해 허구화된 인물인데, 개성이 뚜렷이 드러나고 있다. 상주

원이나 경상감사 서헌순도 핍박을 가하는 계층의 인물인데, 작가는 인물의 인상을 탁월하게 그려내고 있다. 그리고 산적 작빡뿔이, 이필제의 스승 격인 이 포수 등은 당 시대의 생활 풍습과 같은 현실을 충실히 드러냄으로써 사실성은 물론 당시 삶을 풍부하게 드러내고 있다.

후반부의 중심인물로 등장하는 김석연과 주변 인물인 이화선과 노름패의 생동감 있는 인물묘사와 이들과 적대 관계에 놓이는 병사 댁 하인들과 서 참판 댁 하인들은 모두 허구적 인물들인데, 개성적인 행동으로 생동감을 불러일으키고 있다.

그리고 당시 세상에 떠돌던 "복술이란 최제우의 아명에서 나왔는지 모르나, 몸에 도가 차서 북수리(독수리)가 되어 하늘을 떠다니는 이야기", "말꼬리에 여종의 머리를 묶어 회술레를 놓자 손병희가 말꼬리를 자른 일" 등 당시의 야담을 총체적으로 수용함으로써 당시 민중들의 삶을 역동적으로 구체화시킴으로써 리얼리즘 소설에서 흔히 소홀하기 쉬운 미학적 성과를 거두고 있다. 결국 이 시기의 동학소설이 한 선각자가 일방적으로 전달하던 교술적 방법을 뛰어넘는 소설이라는 점에서, 또 다른 문학적 성과다.

이 소설은 동학혁명의 역사적 전개과정 중에서 배경의 역사에 지나지 않는, 미완의 아쉬움이 남지만 어떤 면에서 보면 동학혁명을 소재로 한 역사소설에 대한 방향을 제시해준 셈이다. 요컨대 「동학당」의 문학적 성과는 무엇보다 동학소설의 종교적 관념적인 문을 열고 일반 문학으로 나아갔다는 점이다. 즉, 동학소설의 단계를 단숨에 뛰어넘은, 최초의 동학혁명 소재의 역사소설이다.

특히 「동학당」이 발표되던 시기인 30년대 중반은 소설의 한 중심을 이루고 있던 사회주의 계열의 이념소설이 퇴보하고, 청춘 물이나 농촌 계몽소설의 흐름으로 반역사적 가치로 위축되어가는 시기에 씌어졌다는 사실도 이 소설이 지닌 독특한 문학적 가치가 될 것이다.

2. 혁명체험과 역사적 진전

1970년대 문학을 심도 있게 짚어보려면 먼저 전 시대에 대한 이해가
전제되어야 한다. 우리의 진정한 현대문학의 출발을 1960년대라고 단
정한 김윤식은 그 이유를 "4월혁명을 통한 자유의식 확보"를 들면서,
1960년대를 "제2의 신문학 출범기"로 보고 있다. 이는 무엇보다도 이
승만 독재 정권의 붕괴를 통해 진정한 자유와 우리 민족의 분단이 외
세에서 비롯되었다는 자각을 체험으로 획득해낸 사건이라는 핵심을 읽
을 수 있다. 또한 주체적인 민중의 힘과 이를 계도하는 지식인의 승리
를 단적으로 보여준 사건이었기 때문이며, 무엇보다 이 땅에서도 '서양
의 혁명에 가까운 혁명'을 체험해냈다는 자부심 때문일 것이다. 대략 4
월혁명 이후 우리 사회의 진행 방향을 ① 시민혁명운동, ② 민족해방
운동, ③ 민중해방운동으로 규정하면서, 문학도 이에 엄밀히 대응해 왔
다고 보았다. 그러나 온전히 문학적 측면에서 보면 1960년대의 분단과
한국전쟁으로 이어진 비극적 상황은 작가 자신들로 하여금 현실에 대
한 비판적이고도 객관적인 성찰이 거의 불가능하도록 했다. 그만큼 자
유당 권력이 내세우는 반공이데올로기에 억눌려 과거 역사적 사실에
대한 탐구마저 자유롭지 못했던 것이다. 이 같은 사실은 4월혁명 이후
최인훈의 『광장』이 발표될 때까지 양쪽의 체제나 이데올로기 문제에
대해 객관적으로 접근한 작품이 없었다는 사실만으로도 충분히 뒷받침
된다. 심지어 한국문학은 1970년대에 이르기까지도 김동리로 대표되는
'운명'이니 '존재'니 하는 현재적인 시간성을 벗어나지 못하고, 한국적
인 정한의 세계를 다루는 작품들이 소설 창작의 주류를 이루고 있었다
는 사실로도 문학적 정체성을 짐작할 수 있다. 요컨대 "소설가들이 4
월혁명으로 인해 자유의 분위기를 맛보고, 반공이데올로기의 위협에
대해 용기 있게 맞서게 되는 1960년대까지도 현실에 대한 소설적 질문

은 대체로 실존적인 차원과 일상적 삶의 차원으로 제한되어 있었으며, 따라서 삶의 역사적 의미와 사회적 의미를 자유롭게 탐구하는 소설작품을 생산하기 어려웠던" 것이다.

1970년대의 5·16군사쿠데타 정권은 비록 고도성장이라는 신화를 만들어내기는 했지만 그 이면에는 수많은 소외계층을 만들어냈다. 전통적인 농촌사회가 해체되면서 도시 변두리 주민과 떠돌이 노동자들의 숫자가 급증했고, 그 결과 서울을 비롯한 대도시의 외곽지역은 이른바 슬럼가로 바뀌기 시작했다. 다른 한편으로, 국가권력의 비호를 받는 자본가들과 외국기업들이 부도덕한 방법으로 자본을 축적하기 시작하면서 이들로부터 열악한 노동 조건 아래에서 노동력을 착취당하던 노동자들은 아우성을 넘어서 점차 조직적인 투쟁으로 나서기 시작했다. 동시에 배운 사람과 못 배운 사람, 가진 사람과 못 가진 사람 사이의 상호 위화감이 심하게 조장되었으며, 우리 사회는 구조적으로 권력의 강력한 통제에도 불구하고 점차 걷잡을 수 없는 갈등의 장으로 바뀌기 시작했다. 차츰 이런 갈등이 집단화되면서 '힘'으로 나타나기 시작했던 것이다.

이런 상황 속에서도 분단극복에 대한 열망이 1970년대 중엽 이후 아연 활기를 띠게 되었는데, 그 중요한 이유 중의 하나가 민족문학론의 대두였다. 민족문학에서는 무엇보다도 외세와 분단극복의 문제가 중심에 놓이며 현실에서 소외된 계층을 중심에 두기 때문이다. 이런 움직임에 엄밀히 대응한 이념·전쟁·종교 등 다양한 문제를 다룬 소설이 등장하고 마침내 베스트셀러가 나타나기 시작했다. 베스트셀러 혹은 스테디셀러로 알려진 역사소설로『장길산』,『태백산맥』이 대표적인 예가 되는데, 1970년대 들어 민중의식 성장과 함께 현시대를 이해하기 위한 전제로서 과거를 탐구하려는 역사학계의 움직임이 일기 시작했던 것이다. 이런 역사학계의 열기가 각 분야에 고조 확산되는 분위기에 편승하여 종래의 역사소설적 성과를 뛰어넘는 문학작품들이 앞 다투어 씌어지기 시작했다. 이런 혁명체험으로 출발된 민중의식 성장에 편승되어 소설이 다루고자 하는 계층도 차츰 다양해져갔다. 산업화에 삶의 터전을 빼앗긴 노동자, 소시민들의 삶, 정신적으로 방황하는 지식인들의 삶을 다룬 소설들이 새로운 작품 유형으로 등장했다. 요컨대, 문학에서는 4월혁명 이후 1970년대에 들어서서야 비로소 역사적 사회적 삶의 의미에 대한 진지한 탐구가 가능했다는 뜻이다.

이러한 역사소설의 움직임에 편승하여 동학혁명을 소재로 한 역사소설이 나타났다. 먼저 최인욱의 『전봉준』(1967)이 나타났고, 이용선의 『동학』(1970), 서기원의 『혁명』(1972), 유현종의 『들불』(1976), 박연희의 『여명기』(1978)로 이어졌다.

여기서는 위의 다섯 작품을 중심으로 살펴보기로 한다.

1) 영웅을 통해 사회사적 사건으로 접근한 『전봉준』(최인욱)

어느 시대나 지배계층에서는 영웅의 도덕적 관념성이나 애국충정을 피지배계층을 순화시키기 위한 수단으로 혹은 나아가 체제 유지의 전략 가치로 유용하게 이용되곤 했다. 특히 독재정권에서는 애국심 고취라는 명분 아래 이런 도덕적이고 이념적인 영웅이 동원되었다. 특히 쿠데타 정권은 5·16쿠데타를 동학혁명과 '혁명'으로 동일시하려는 움직임에 편승되어 동학혁명의 역사에 대해 조심스럽게 접근이 허용되어 있었다. 따라서 전봉준의 경우도 사회개혁이나 선동적인 측면이 아닌 애국적으로 그려진다는 보장만 있으면 지배계층에 얼마든지 용납이 될 수 있었을 것이다. 이런 시대에 〈한국 인물 소설 제1권〉이라는 위인전 같은 기획물의 하나로 『전봉준』이 발표되었다. 최인욱의 『전봉준』에서 '전봉준'은 '어려운 때에 나라를 구하려 했던 영웅'으로 등장한 소설인 동시에 '사회개혁을 꿈꾸다 실패한 비운의 영웅'으로 제시되었다. 최인욱은 역사소설을 써온 작가로, 역사적인 인물을 다룬 소설들이 앞서

발표되었다. 『사명당』(1962)과 『임꺽정』(1965)도 관념적 영웅과 사회
사적 영웅의 경계를 교묘하게 넘나드는 소설이라고 보아야 할 것이며,
『전봉준』도 이런 맥락에서 파악될 만하다. 최인욱은 역사를 통해 오늘
의 어떤 문제를 보여줄까 무척 조심스럽게 접근한 셈이다.

   이런 조심스런 외적 접근과는 달리 최인욱의 『전봉준』은 관념적 위
인전이 지니는 영웅 소설과 달리 말목장터[馬項市場]에서 농민들이 봉
기한 사건을 먼저 도입시킴으로써 작가의 혁명적인 인식을 활달하게
드러냈다. 곧 작가의 집필 의도가 전봉준이라는 인물의 관념적 영웅성
을 드러내기 위해서가 아니라, 사회 집단을 움직인 개혁 인물로 도입
했음을 의미한다. 전봉준의 곁에 억압받는 하층민으로 기생 농월(弄
月)을 설정한 것은 이를 뒷받침한다.

   먼저, 이 소설은 전봉준의 백산기포에서 전주화약, 재기포와 공주 성
공격까지의 가장 기초적인 동학혁명 기록으로 알려진 장봉선의 「전봉
준실기」(1936)와 비슷한 전개과정을 보여주고 있다. 이는 동학혁명 전
개과정 지도에서 보여주는 일반적인 사건 전개과정과 대개 일치한다.
줄거리를 보이면 다음과 같다.

   ⓐ 갑오년 3월. 말목장터에서 "황색바탕에 먹빛도 선명한 〈보국안
   민(輔國安民)〉"의 창의의 깃발이 오른다. 주장(主將)으로 추대된 전
   봉준은 고부 관아를 치고 황토 현에 이른다. 황토 현에서 대승을 거
   둔 전봉준은 군사를 이끌고 장성에 이른다.
   ⓑ 동학군을 치기 위해 출정한 홍계훈은 기생 농월의 유혹에 빠져
   무장으로 이동하려던 계획을 바꿔 흥덕에서 진을 친다. 전봉준은 동
   학군을 이끌고 함평으로 내려가면서 군사들을 분산하여 산속에 숨기
   고 피리소리에 따라 이동을 하며, 이때마다 동학군의 수효가 늘어간
   다. 주력이 송정리에 집결하는 동안 손화중이 이끈 군대는 그대로 관
   군을 유인하여 남으로 강진까지 내려간다.
   ⓒ 관군을 따돌린 전봉준의 주력군은 곧장 전주성을 치기 위해 북

상하다가 장성 황룡강에서 관군과 맞붙는다. 그날 밤 관군 쪽에서 김 경천이 귀순하여 관군 진영에 채독을 나르는 이유를 알려주고, 관군 의 취사를 맡은 여인이 찾아와 대포에 진흙과 물을 채워 대포가 못 쓰게 될 테니 마음 놓고 공격을 하라고 하는 등 동학군은 민중의 도 움으로 연승하여 마침내 전주성으로 향한다.

ⓓ 전주성에 있던 김문현은 동학군이 홍계훈이 지휘하는 관군에 쫓 겨 내려갔다는 보고를 받고 주흥에 빠진다. 그러나 장사꾼으로 변복 하여 전주성으로 들어온 전봉준의 동학군에 의해 전주성이 일거에 함 락된다. 민포대장 박봉양의 공격에 주춤하여 40여 일을 남원성에서 웅거하던 김개남이 군사를 이끌고 전주성으로 들어와 합류한다.

ⓔ 동학군의 흉계에 빠져 강진까지 내려갔던 홍계훈은 그제야 속은 줄 알아차리고 서둘러 북상한다. 홍계훈은 '아무리 동학의 힘을 막으려 해도 불가항력일 것'이라는 기생 농월의 말이 생각나 삼례에서 새로 부임한 감사 김학진과 함께 동학군과의 화의 쪽으로 작전을 바꾼다. 마침 동학군은 청일전쟁으로 나라가 위기를 맞은 데다 정부가 동학군 의 폐정개혁안을 받아들인다는 조건을 수락하고 전주성에서 철수한다.

ⓕ 농월은 어머니와 순창으로 내려가 주막을 하고, 전봉준은 담양 에서 청나라 군사 유영경을 맞고 순창에서 왜국의 낭인배 천우협을 만나 그들의 기세를 당당하게 꺾는다.

ⓖ 청군을 국경 밖으로 몰아낸 왜는 왕궁을 침범하여 임금의 목에 칼을 들이대는 등 강제로 개혁을 요구한다. 내각의 수장으로 등장한 김홍집은 각국 사신들을 모아 놓고 팔선녀관에서 잔치를 벌여 청·왜 군 동시 철병을 요구하려 했지만 간교한 왜군이 총질하여 방해한다.

ⓗ 전봉준은 장성 기우선 집에 머물면서 강론을 하며 지내다 왜의 범궐 소식을 듣고 다시 군사를 일으킨다.

ⓘ 관·왜군의 합동으로 동학군 토벌전이 전개된다. 충주에 집결한 이두황. 성하영이 영솔한 관군은 괴산에서 동학군을 물리치고 청주로 이동하나 김개남군이 먼저 청주 성을 점거하고 있었다. 청주 성 전투 에서 회덕으로 물러난 김개남군은 세성산에 진을 치고 있는 김복용 접주의 진에 합류한다.

ⓙ 한편 조정에서는 팔선녀관에서 잔치를 벌이며 왜군에게 동학군

을 토벌해 줄 것을 요청한다.

ⓚ 마침내 공주 대회전을 앞둔 이두황은 취중에 기생 선도에게 칼을 휘두르고, 기생들은 동학군진으로 도망쳐서 동학군이 되어 있는 농월과 합류한다. 그러나 차츰 동학군의 패배로 기울어간다. 김개남이 세성산에서 패하고, 전봉준이 이끈 동학군이 공주 우금티 전투에서 패하여 금구 원평으로 물러난다. 손병희, 손천민은 교주 최시형의 호위를 위해 임실로 내려간다.

ⓛ 이두황군은 전주성에서 김개남군을 격파하고 동학군이 된 농월과 선도를 잡아 옥에 가둔다. 그러나 김개남의 명으로 옥을 깨뜨려 구해주며, 네 기생은 복흥산 아래 피노리로 들어와 전봉준과 합류한다. 농월은 전봉준에게 따뜻한 조석을 대접하나 보람도 없이 김경천의 배신으로 잡힌바 된다.

작가 최인욱은 이 소설을 쓰기 전에 "첫째 사실(史實)에 충실할 것을 기약하고 숱한 문헌들을 뒤지기에 무척 오랜 시간을 소비했다."고 밝히고 있다. 그는 이어 '교리를 밝히기 위해서', '그 시대상을 파악하기 위해서'라고 이유를 더 정밀하게 덧붙이고 있다. 작가는 역사적 사실을 강조함으로써 객관성에 충실할 것을 거듭 다짐한다. 이는 작가의 주관적인 역사나 사회사적 인식을 표면적으로 드러내지 않겠다는 뜻이기도 하다. 그러나 이 소설에서는 역설적으로 작가의 인식이 뚜렷이 드러나고 있다. 먼저, 작가는 "대원군의 쇄국정치와 민비 일파의 난정, 그 틈바구니에서 일본은 호시탐탐 날로 이 땅에 마의 손길을 뻗쳐오고, 사회는 부패할 대로 부패하여 양반계급은 타락·횡포하고, 관직은 뇌물에 팔리고 수탈을 일삼아 나라의 백성들은 병들고 시들었다(작가의 말)"고 밝힘으로써, 이 같은 사회적 모순을 개혁하기 위해 일어선 전봉준의 행적을 조명하려는 작가의 인식이 이 소설 전편을 통해 드러난다. 그래서 당시 전봉준 주위의 하층민은 허구적 인물이건 사실적 인물이건 모두 '병든 백성'들이다.

소설이 하나의 사회현상을 반영한다고 간주할 때, 소설 속에 나타난 현실은 일종의 의태현실(擬態現實)이다. 따라서 그 소설에 등장하는 주인공은 당시의 현실적 제도나 사회에 반발하는 보편적 필연성을 지닌다. 동학혁명을 주도한 전봉준도 예외는 아니어서 작가는 전봉준 개인의 영웅성을 드러내기보다는 그 사회의 집단의식을 포괄하고 있는 실체를 전봉준의 행적을 통해서 드러내고 있다. 말하자면 전봉준이 일어서지 않으면 안 되는 당시 현실을 통해 당시 쿠데타 정권 아래에서 신음하는 하층민들의 삶을 보여주려 했다는 것이다.

그러면 작가가 인식한 전봉준은 구체적으로 어떤 모습인가. 작가는 "전봉준은 그 당시 유행하던 동학을 신봉하고 있었으며, 부모에게 효도가 극진하였고, 집안이 가난했으나 농사를 지을 줄은 모르고, 동네 사람들과 잘 어울리지 않았다고 한다. 이를 토대로 추측해 보면 그는 불우하고 청빈한 서생이었을 뿐만 아니라 당시 사회현실에서 소외당하고 있는 주변 인물(작가의 말)"로 파악함으로써 "사회현실에서 소외당한 인물"로 형상화되었다고 볼 수 있다. 대부분의 문학작품에서 보이는 비극적 영웅들이 그렇듯이, 비참한 현실 상황 속에 내던져져서 참담한 자아를 발견하는 그 순간 현실을 개혁하려는 의지가 강하게 작용했을 것이다. 그래서 전봉준의 기포 목적은 단순히 탐관오리를 숙청하는 데만 그치는 것이 아니고 양반 토호 등 지배계급에 대한 반항과 나아가 국권을 위협하는 외적(外敵)의 축출까지를 포함하는 반봉건·반침략에 있었다. 이것이 비록 시골 한구석 서생이 얻은 결론이라 하더라도 그가 여태까지 허다하게 다루던 『초적』·『임꺽정』과 같은 민란의 성격과는 분명히 다른 사회적 사상적 힘이 실린 조직적인 거사임을 보여주려는 소설적인 의도로 파악할 수 있다.

이처럼 민의와 인권이 무시된 사회를 바로잡고 지배계급의 노예적 현실에서 신음하고 있는 백성을 해방시키려는 전봉준의 의지는 사회에서 소외된 변두리의 삶 속에서 뜨겁게 불붙기 시작한 것이었다. 이 같은 배경은 일종의 현실 영웅적 세계관이며, 이는 여태까지 지배세력이 전형적으로 내세우던 도덕적 관념적인 영웅관과는 분명히 다른 영웅관이다. 이는 결국 작가의 동학혁명 역사에 대한 새로운 혁명적 해석으로 보아야 할 것이다. 그렇지만 이는 아직도 냉엄하기만 한 1960년대의 사회 상황과 아울러 이해되어야 한다. 즉 1960년대는 4월혁명으로 출발하여 1969년 3선 개헌 반대투쟁으로 막을 내렸다. 이 가운데 6 · 8부정선거규탄 시위가 한창이었고, 1967년 7월에 '동베를린 사건', '민족주의비교연구회 사건'으로 이념적 탄압이 가혹했던 시대였던 것이다.

『전봉준』의 소설적 구조는 말목장터 봉기에서 옛 부하 김경천에게 잡힐 때까지의 과정이 빠르게 진행되고 있다. 먼저 전봉준의 행적을 큰 줄기로 두면서 여기에 소설적 흥미를 위해 청순하고 가련한 허구적 인물 농월을 등장시켜 관군의 움직임과 전봉준의 움직임을 생동감 있게 보여준다. 허구적 인물 농월은 영광의 세도양반 이정방의 겁탈로 태어난 한 많은 여인으로, 당시 피지배계급의 전형성을 지닌 인물이다. 농월은 정읍 고을의 동학 접주 차치구를 통해 동학도인이 되어 혁명전에 앞장선다. 초토사나 감사의 주연에 뛰어들어 전봉준의 혁명을 돕는가 하면 역사적 인물인 홍계훈과 이두황의 주연에 뛰어드는 등 허구적 사건을 통하여 지배계급의 타락을 적나라하게 보여준다. 결국 이런 농월의 행위는 동학혁명의 계급투쟁을 보여주기 위해 설정된 인물이다. 작가는 농월이라는 인물을 통해 작가가 드러내고자 하는 세계를 확장시키고 있는데, 특히 한 많은 여인의 삶을 통해 당시 하층민의 질곡의 삶과 아울러 전봉준의 영웅적이고 혁명적인 삶을 조망하는 동시에 양반 지배계급의 타락상을 보여주고 있다.

요컨대 이 소설의 중심 구조는 피지배계급의 전형으로 '함분축원'한 전봉준과 '기구한 신세'인 농월로 대표되며, 틈만 나면 수탈과 주연을 일삼는 서울에서 내려온 관군 주장 홍계훈, 이두황, 김문현 감사와 조정의 김홍집 내각 관료들은 당시 지배계급의 전형으로 상하층 두 계급의 대립으로 이원화되어 있다. 이런 지배와 피지배라는 이원적 대립은 당시의 엄혹한 현실과 무관하지 않을 것이다.

그리고 빠른 사건 전개와 농월의 활약은 다분히 삼국지나 수호지가 지니는 긴장감이 있다. 이와 동시에 리얼리즘 소설적 성과를 획득해내고 있는데, 이는 '영웅 전봉준'을 통해 보여주려는 사회 집단화된 힘 때문이다. 따라서 개혁을 향한 하층민들의 집단행동은 아직 추상적인데, 이는 전봉준과 농월의 한이 운명적 수준에 머물러 있다는 것에서도 그 일차적인 이유를 들 수 있을 것이다. 일테면 지배계급의 수탈로 하층민들은 원민이 될 수밖에 없다는 사회사적 배경이 구체적으로 제시되지 않은 채 막연하게 '원민들'이 형성되었다. 이렇게 보면 동학군의 봉기도 추상적이며, '구슬픈 피리 소리 군호'만으로도 원민들이 늘어간다는 설정도 다분히 감상적이다. 장성전투에서 관군의 대포에 물과 흙을 넣은 여인도 농월의 어머니로, '개인의 한'을 가졌다. 물론 이는 개인의 한이 이미 사회 집단화로 표출되었다고 볼 수 있지만, 이들이 원민이 된 경위가 매우 추상적이어서 집단적 이념으로 제시되지 못했다는 한계를 드러내는 것이다. 이 같은 추상성은 사상에서도 잘 드러난다.

　㉠ ……동학은 지금부터 삼십여 년 전에 최제우(崔濟愚)라고 하시는 분이 비로소 창도(創道)하신 것인데, 도의 이치는 하느님의 마음을 내 자신의 마음속에 받아들여서 자신의 행동을 하느님의 조화와 동일하게 하는 것이 위주인데, 이 세상 사람들이 그 후 그와 같이 하느님의 조화와 합일(合一)하면 이 세상이 곧 천국(天國)이 되는 것이라고 하였다. (『전봉준』, 23쪽)

　㉡ 그날 밤에 전봉준은 백오(百五) 염주를 손에 들고 교도들과 동석하여 삼칠(三七) 성주(聖呪)를 구송하고 인내천(人乃天)의 동학 정신을 설교하여 이번 동학의 거사가 사인여천(事人如天)주의에 입각한

만민평등의 새 나라를 건설코자 하는 것임을 강조하니, 교도와 인민
들의 사기는 한결 더 높아졌다.(앞의 책, 64쪽)

ⓒ 「교주님께서도 말씀하시기를 아이들은 천주와 같이 대하라고 하
였습니다. 아이들을 때리면 그것은 천주를 때리는 것이나 다름이 없
다고 하셨지요.」
한동안 동학의 대군을 거느리고 관군들을 대항해서 싸우면서 용맹
을 떨치던 전봉준도 아이들을 대하는 태도만은 그지없이 인자하였
다.(앞의 책, 114쪽)

빠른 사건의 흐름 안에 놓이기 때문이기도 하겠지만 ⓐ에서 보는 것
처럼 동학사상은 추상적으로 제시될 뿐이다. ⓑ의 경우 인민이나 교도
들의 사기가 높아진 결과만 제시될 뿐 원인에 대해서는 진지하게 제시
해 주지 못하고 있다. ⓒ의 경우도 창도 주 최제우가 아니라 사상을
보다 구체적이고 실천적으로 제시한 2대 교주 최시형이 폈던 교리이
다. 전봉준은 '오만 년 수운대의(受運大義)' 깃발이 있어서 혁명에 대
한 낙관이 있고, 농월에게도 '동학의 힘을 막을 수 없는 운수'와, '반드
시 의(義)가 승리한다'는 식의 낭만적인 믿음이 있을 뿐이다.
최인욱은 또 다른 역사소설 『초적』, 『사명당』, 『임꺽정』 등 주로 역
사소설을 집필해온 작가다. "『전봉준』이 사실에 충실할 것을 기약과
함께, 숱한 문헌들을 뒤지기에 무척 오랜 시간을 허비한 그 인고의 결
정이 한 인간(전봉준)에게 투영되었다"는 작가 자신의 말에도 불구하
고 역사적 사실에 충실하지는 못하였다. 물론 이는 당시의 역사적 탐
구 과정이 극히 초보 단계에 있었다는 사실을 아울러 보여주는 대목이
기도 하다.
첫째, 김개남의 역사적 행적이다. 김개남은 9월 기포 때 남원에 웅거
하다가 전봉준이 거의 공주전투에서 패배할 무렵에 청주 성으로 이동
했다가 청주 성 전투에서 관·왜군에 패해 후퇴했다는 사실은 이미 널

리 알려진 사실이다. 따라서 일찌감치 청주 성을 차지하고 있었다가 패하여 목천 세성산 전투까지 참가했다는 설정은 사실과 다른 것이다. 또 김개남의 경우 동학혁명의 역사에서 중요한 비중을 차지하는 인물임에도 불구하고 단순한 '힘에 의한 활약'이 있을 뿐, 어떤 역사적 인식도 보여주지 못하고 있다.

둘째, 조정의 움직임이 사실과 다르다. ⑧에서는 김홍집 내각이 철병을 요구한다고 하지만 미처 그런 힘이나 의지를 지닐 만큼 자주적인 내각이 아니었을 뿐만 아니라, 조정에서 왜군에게 동학군 토벌을 요청한 것이 아니라, 청군을 몰아내고 난 왜군이 동학군 토벌을 위한 작전계획을 먼저 세웠던 것이다.

셋째, ⓕ의 내용처럼, 전봉준이 "청나라 군사를 만나고 일제의 낭인 집단인 천우협을 만나 긴밀한 내용이 오간 것"으로 되어 있지만 이는 그리 실증적으로 알려진 사실이 아니다. 다만 전봉준의 주체적인 영웅적 행적을 위한 의도로 보인다.

그리고 사건들이 다분히 비현실적이다.

ⓡ 을미적 을미적 / 병신 되면 못 간다. / (중략)…… / 이 노래는 남·북접의 조절을 책임지고 약 두 달 전에 충청도로 돌아온 전봉준의 사자가 만들어 낸 것이다.(앞의 책, 199쪽)

알려진 대로 9월 재기포는 동학혁명의 전환기적 사건인데, 민중들의 참요가 사자의 의도로 해결되었다는 구조는 다분히 비현실적이다. 뿐만 아니라 통속소설들이 지니는 '영웅'과 '청순가련한 미녀'의 애틋한 정이 있다. 따라서 이런 통속성을 통해서 드러나는 사상이나 이념 또한 추상적일 수밖에 없다는 한계로 이어진다.

작가는 『전봉준』이라는 한 권의 장편에 동학혁명의 전 과정을 담았다. 그러나 동학혁명이라는 역사의 총체적 의미를 담기에는 전봉준이라는 인물 중심의 전기적 구조로는 한계가 있음을 보여주었다. 그는 대하소설의 작가지만 이들의 총체적 삶을 드러내기에는 당대의 현실이 그만큼 엄혹했음을 시사해주는 대목이기도 하다. 이 소설이 발표된 시기는 5·16쿠데타 정권이 국내의 통제기구를 다지고 외세의 지원을 보장받게 되자 여세를 몰아 장기 집권의 포석을 깔기 시작할 때였다.

그렇지만 작가의 '전봉준'에 대한 애정은 각별하다.

⑪ 두 늙은이가 묶여 있는 소나무 앞마을 길에 교자가 지나간다. 교자에 탄 사람은 전봉준이었다. 교자를 멘 사람들은 관아의 사령이었다. 앞뒤에는 검은색 신사복을 입은, 그리고 허리에 일본식 환도를 찬 관군이 호위에 따르고 있었다.

그들이 지나간 후, 관군들은 소나무에 결박한 두 늙은이의 앞에 총을 겨누었다. 총살을 집행하려는 것이다.

두 늙은이의 은빛 수염이 바람에 흩날렸다. 두 사람은 눈을 감았다. 눈을 감은 두 늙은이는 마치 기도를 드리는 자세와도 같이 경건하고 엄숙했다.

이윽고 몇 발의 총성이 산과 마을을 뒤흔들었다.(앞의 책, 311쪽)

영웅의 죽음을 민초를 통해 상징화되어 제시되었다. 그러면 민초의 영웅 전봉준의 죽음을 전면에 내세우지 못하는 것은 시대적 아픔인가, 아니면 작가의 전봉준에 대한 인식이나 세계의 문제인가. 작가가 차마 영웅의 죽음을 보여주지 않고 민초의 죽음으로 상징화한 것은 차츰 숨통을 죄어오는 유신정권의 탄압의 현실에서 찾아야 할 것 같다.

2) 동학혁명을 총체적 안목으로 보려는 한 『동학』(이용선)

『동학』은 경향신문사가 주최한 장편소설 공모에 당선된 소설이다.

이 소설의 구조는 창도 주 최제우의 일대기와 2대 교주 최시형의 동학창도와 포교과정, 전봉준의 창의와 동학혁명의 전 과정을 상·하 두 권의 소설로 보여주고 있다. 먼저 구조나 분량에 있어서부터 동학혁명이라는 역사를 폭넓게 담은 문학작품이다. 말하자면 동학혁명의 과정을 배경에서부터 이해하려 했다는 점부터 다른 소설과 다른 점이다.

이 소설을 당선작으로 뽑는 이유로 '동학혁명에 대한 해박한 지식'과 '소설적 흥미'를 들고 있으며, 이런 소설적 흥미는 '당시 하층민들의 폭넓은 삶에서 나오는 해학과 민중들의 생활 풍속에서 비롯되었다'는 점을 들어 당시 민중들의 삶을 풍부하게 그려냈다는 평을 받았고, 당선 이유로 들었다.

제목 앞에 "실록대하소설"이라고 밝힘으로써 역사적 사실에 충실했다는 의도를 밝히고 있는데, 먼저 이 소설의 구조를 이해할 필요가 있겠다. 먼저 상권은 '뼈다귀가 운다', '상놈의 열병(熱病)'과 같은 내용을 통해 최제우가 동학을 창도하지 않으면 안 될 타락한 봉건사회 배경과 최제우의 순교과정을 보여주고 있으며, 도통을 전수받은 2대 교주 최시형의 포교과정과 이필제의 교조신원운동인 '신미사변'(1871)을 다루고 있다. 신미사변 실패 뒤로 동학에 대한 탄압은 한층 강화되며 최시형은 잠행 포덕(일명 보따리 포덕)에 나서게 된다.

하권은 동학혁명이 일어나지 않으면 안 될 정치 사회적 배경으로, '민 씨 과(閔氏科)도 있다네', '개땅이 곪네'와 같은 봉건정부의 타락과 '왜양(倭洋)은 가라', '농기(農旗)'와 같은 불안한 사회 상황을 타개하기 위한 동학혁명군의 움직임을 사건 중심으로 사실적으로 보여준다. 마침내 '전봉준이 일어서다'로 동학혁명이 전개되며, 초기에 승승장구

하지만 '왜까마귀 되까마귀'와 같은 청일전쟁 때문에 '전주화약'을 맺고
물러설 수밖에 없는 시대적 아픔을 보여주고 있다. 그러나 청일전쟁에
서 승리한 왜가 국권을 유린하게 되자 '상투장이 십육만 군(十六萬軍)'
남·북접 연합군이 재기포하여 공주성에서 일대 혈전을 치른다. 그러
나 일제의 신병기 앞에서 패하고, 한 많은 영웅 전봉준은 '새야 새야
파랑새야' 같은 동요를 남기고 형장의 이슬로 사라진다.

이 소설의 구조적인 특징은 기왕의 전봉준이라는 인물 중심에서 탈피
하여 동학혁명의 과정을 폭넓게 보여주고 있다는 점이다. 말하자면 창
도 주 최제우의 삶과 2대 교주 최시형의 동학창도 배경과 탄압과정을
보다 사실적으로 보여줌으로써 동학혁명을 전봉준 중심으로 보려는 기
존의 시각을 탈피했다고 볼 수 있다. 이는 창도 주 최제우와 2대 교주
최시형의 종교적 관념적 행적에서, 그리고 전봉준이라는 국난 극복의
영웅과 같은 관념적 인식에서 탈피하여 사회사적 사건으로 보려는 동학
혁명에 대한 인식 변화의 일면으로 볼 수 있다. 즉 전봉준의 영웅적 행
적보다 최제우와 최시형을 통한 '투쟁적 인물상'을 제시함으로써, 그리
고 민중과 더불어 실천적 삶을 산 최시형의 행적을 통해 '민중의 삶'을
생생하게 보여주려 한 것은 앞 시대의 역사소설과 변별적 요소이다.
　작가는 서문에서 "어느 시기에 가서 근본적으로 역량 있는 위대한
한국 작가가 더 큰 야심을 가지고 손을 대어 진짜 동학을 내놓아 주기
를 간절히 바라고 쓴", 자신은 진정한 작가가 아닌 입장에서 이 소설
을 썼다고 밝히면서 기성 작가들의 동학에 대한 관심을 촉구하고 있
다. 이를 통해서 당시 문단의 '동학혁명에 대한 인식'을 짐작할 수 있
다. 즉, "동학이 처음에 자신이 알고 접근한 역사적 사실보다 더 큰 사
실이 도사리고 있다는 사실을 깨닫게 되었으며, 혁명적 역사에 대한
감동과 함께 '야심을 가진 능력 있는 작가의 작품'을 기대한다"라고 여
운을 남김으로써 당시 동학혁명의 역사가 문학이나 사학계에 주목을

받지 못하고 있다는 사실을 짐작케 하는 말이다. 이 같은 작가의 동학 혁명에 대한 외경감(畏敬感)에 가까운 인식을 엿볼 수 있다.

ㄱ "내가 처음 작품을 쓸 때는 동학이 가지고 있는 갑오란(甲午亂), 즉 역사적인 사건에 주안(主眼)을 두고 시작했다. 나 자신 어려서부터 녹두장군 동요를 뜻도 모르고 불러왔고 마을 촌로들로부터 동학란 이야기를 심심찮게 들어 왔었다. 그래서 흥미를 느꼈다."(『동학』, 14쪽)

위를 토대로 보면 '역사적 사실' 무게를 두면서도 '어려서 들은 촌로들의 동학 난 이야기'를 바탕에 삼겠다는 작가의 소설화 동기가 뚜렷이 드러난 셈이다. 앞의 『전봉준』이 그랬던 것처럼, 역사소설이란 전 시대의 소설적 흥미를 위해 지나치게 비현실적인 허구에 의존하던 역사소설들과는 달리 사실을 넘어 허구적 진실까지를 드러내겠다는 작가의 인식을 보여주고 있다.

작가가 지닌 또 하나의 특징은 '동학혁명'이라는 역사인식이다.

ㄴ ……우리는 동학이 걸어온 기구한 길을 생각 안할 수가 없다. 동학은 창도되던 이조 말 당시는 물론, 일제, 해방 후에도 상당한 기간 동안 제대로 제 목청을 내어 소리를 치지 못하고 살아왔다. 때로는 일제의 이용물이 되어 사분오열, 때로는 위험시당하는 사상으로 오인되어 어쩔 수 없이 그늘에서만 겨우 명맥을 유지해온 것으로 안다. 10년이면 강산도 변한다는데 1세기가 훨씬 넘도록 그늘에서 살아온 '동학'이었다는 입장을 우선 이해해야 할 것이다.(앞의 책, 15쪽)

ㄷ 그런데 『동학』을 쓰면서 나는 깜짝 놀랐다. 불란서 혁명이나 그 시민권운동, 인권선언이나 독립선언문 사상보다 훨씬 뚜렷한 동학의 인내천사상이나 혁명운동을, 부끄러운 이야기지만 그제야 알았다.(앞의 책, 15쪽)

작가는 ⓛ의 말처럼 동학이 오랫동안 그늘에서 살아왔다는 사실을, ⓒ에서는 사상적인 뒷받침이 된 '혁명'이라는 인식을 뚜렷이 보여주고 있다. 비록 '5·16쿠데타 정권'이 동학혁명을 '쿠데타 정권'과 동반하여 '혁명'으로 미화시키던 때이긴 하지만, 당시에 '동학란'을 '자주적인 혁명'으로 인식하고 썼다는 것은 동학혁명 소재의 역사소설이 지니는 인식의 변화로 꼽을 수 있다.

이 같은 인식은 작가의 또 다른 견해에서도 찾을 수 있다. "왜 우리는 인내천사상을 우리의 교과서 속에 넣어서 진작 학생들에게 가르치지 못했는가. 아니 그보다는 이 시간 현재까지도 동학사상이 곧 한국사상이라는 점을 똑똑한 지성인, 예술인들까지 왜 인식하고 체득하지를 못하고 있는가."라고 한탄한 것처럼, 동학이 우리 민족의 고유 사상임을 밝히려는 작가의 인식을 주목하지 않으면 안 된다.

> ⓡ "나는 『동학』을 쓰면서 2대 교주 해월선생의 행적에서 깊은 감명을 받았다. 몇 번씩 붓을 놓고 눈시울이 뜨거워졌던 일이 있었다. (……) 그 트고 갈라진 손으로 동학의 씨알을 말리지 않고 살려낸 흙손. 무식했던 교주. 수십 년 동안 쫓기고 도망 다니는 몸으로 스승님은 동학을 어떻게 가꾸어 가셨는가. (……) 아마 세계 어느 종교사를 뒤져보아도 종교를 당신의 생활로 몸소 실천하시면서 많은 사람에게 눈물과 감명을 일으키게 한 해월 스승님 같은 분은 찾아볼 수 없을 것 같다.(위의 책, 16쪽)

이 같은 작가의 인식은 이 소설의 중심인물을 통해서도 확인이 되는 셈인데, 동학혁명의 사건과 사상 정서 등을 포괄할 수 있는 인물로 최시형을 선택하고 있다. 요컨대 작가의 '동학혁명'에 대한 인식이 '한국적 혁명'이고 '한국적 사상'이다. 다른 동학혁명 소재의 역사소설들이 전봉준을 중심으로 하는 남접 중심의 투쟁적 행적에 초점이 맞추어진데 비해 북접의 온건지도자의 전형으로 알려진 최시형을 혁명적으로 수용한 것이다.

　그러면 2대 교주 최시형의 역사적 행적은 어떤가. 최시형은 최제우로부터 동학의 도통을 전수 받아 38년간 잠행하면서 동학의 교세를 확장한 장본인이고, 전 동학혁명 기간 동안 역사의 중심에 있었다. 그렇지만 대부분의 동학혁명을 소재로 한 역사소설들에 의해 북접 인물들은 남접 전봉준의 혁명에 걸림돌이 되거나 심지어 실패의 원인으로 폄하하는 것이 일반적이다. 이렇게 최시형에 대한 왜곡 부분은 다음 장에서 구체적으로 논의하겠지만, 『동학』에서는 최시형의 역사적 행적에 대해 새로운 평가를 내리고 있는 셈이다. 이는 동학혁명에 대한 역사를 보다 구조적으로 접근하는 셈이다. 왜냐하면 전봉준 대신 최시형을 주인공으로 삼은 구조는 창도 주 최제우의 도통 전수과정이나 포교과정, 동학혁명의 수행과정, 그리고 혁명 뒤의 탄압과정 등 동학혁명의 역사를 총체적으로 보여줄 수밖에 없기 때문이다.

　『동학』이 지닌 또 다른 특징은 고유의 문체다. 소설의 소제목 "뼈다귀가 싸운다", "나랏님 치마폭에", "호구 속에 살 구멍", "개땅이 곰네", "똥물 먹는 사또", "이놈의 망아지, 너도 동학당이냐?", "왜까마귀 되까마귀" 등 해학적인 제목에서 보여지 듯, 하층민들의 진솔한 삶에서 나오는 생활 풍속과 설화 민속 등이 유장한 '이야기 문체'를 통해 풍부하게 그려져, 문학적 진폭을 넓히고 있다.

　3) 어설픈 감상으로 선택된 『혁명』(서기원)

　서기원은 주로 역사소설을 써 온 작가인데 그중 동학혁명을 소재로 한 역사소설 『혁명』은 그의 초기 작품이다. 먼저 제목만 놓고 보더라도 동학혁명의 역사를 '혁명'으로 인식하고 접근했다는 사실부터 진보적이었다.

또, 허구적 인물인 '서울의 남촌에서 살던 헌주(憲洲)와 봉주(鳳洲)'라는 몰락한 양반을 중심축으로 전봉준의 일대기를 비교적 객관적으로 보여주고 있는데, 이것도 전대의 소설과 다른 점이다. 헌주는 모순된 사회구조에 회의를 가지고 판석이라는 종을 속량해주는 등 선각자적 모습을 보이지만 소설 전편에서 무기력하고 전망 없는 나약한 지식인의 모습을 드러내 주고 있다. 그러면 작가는 이런 회의적인 인물을 통해 무엇을 드러내려 한 것일까. 이 소설의 개요를 보면 다음과 같다.

갑오년을 전후하여 서울의 남촌에서 살던 양반가의 헌주(憲洲)와 봉주(鳳洲)네는 몰락하여 정읍으로 낙향한다. 헌주와 동갑인 종 판석은 종 신세를 한탄하는 나날을 보내다가 '동학에 들면 양반도 백정도 없다'는 말을 듣고 가슴이 설렌다. 동학혁명이 일어나자 헌주는 판석을 속량해주고 동학군이 기포한 백산으로 떠나게 한다. 판석과 헌주는 김진사 댁에 불을 놓고 전주로 도망하여 김개남 장군 휘하의 동학군으로 들어간다. 고부에서의 봉기는 급기야 전주성을 함락하고, 다시 구월봉기로 들어서자 헌주는 동학의 입장이 아니면서 싸움에 휩쓸린다. 공주 전투의 패배 뒤에 싸움에 회의를 느낀 헌주는 전봉준에게 총을 겨누다 첩자로 잡혀서 목 베임을 당한다.

1970년대의 벽두부터 터져 나온 노동자, 도시빈민, 소상인 등 기층민중의 생존권 투쟁은 1960년대 말의 좌절을 거치면서 무력감과 좌절감에 빠져 새로운 방향전환을 모색하고 있던 학생운동에 커다란 충격과 신선한 활력을 주었다. 거대한 역사의 흐름을 직접 목도한 학생들은 이제 더 이상 머뭇거릴 것 없이 민중운동과 합류할 것을 선언하는 등 역사는 한층 가파른 길을 향하고 있었다. 그렇지만 아직 표현의 자유가 전적으로 보장된 사회는 아니었다.

132

　　㉠ 4월혁명을 직접 목격한 그(작가)가 그로서는 최초의 장편소설의
주제를 동학혁명에 둔 것은 역사의 거창한 수레바퀴를 돌리고 있는
참다운 힘이 무엇인가를 투시하려는 의도에서였던 것이 아닐까. 특히
가장 두드러진 것은 『혁명』을 전형적인 한국의 역사소설로부터 갈라
놓고 있는 것은 역사의 원동력으로서의 대중의 힘을 의식하고, 대중
을 그려냈다는 데 있다.(홍사중, 〈역사와 문학의 한계〉-혁명을 통해
서 본 서기원, 〈신동아〉 1994. 1월호, 339쪽)

　　다시 말하면 작가 서기원은 역사를 바꾸어놓을 수 있는 대중의 힘을
드러내기 위한 의도로 '동학혁명의 역사'를 채택하였다는 것이다. 따라
서 이 소설이 드러내고자 한 핵심이 '대중의 힘'인데, 꼭 그런 것 같지
는 않다. 몇 가지 애매한 장치들이 이 같은 견해를 뒷받침한다.
　　먼저, 하필이면 왜 몰락한 양반가의 '회의주의자'의 눈으로 역사(4월혁
명 또는 동학혁명)를 바라보게 했느냐는 점이다. 동학혁명이 실패했다는
결과를 전제로 출발했기 때문이라면 작가의 인식에서 4월혁명에 대한 역
사인식도 분명히 패배의 역사다. 한 국가 단위에서 역사의 수레바퀴를
굴려갈 원동력이란 변혁을 추구하는 대중과 이들 편에 선 양심 지식인
세력이다. 그렇다면, 동학혁명의 역사에서 주체는 하층 농민과 이들 편에
선 지도자들일 것이고, 4월혁명에서는 핍박받는 민중을 대변하는 양심
지식인이다. 그렇다면 『혁명』에서 역사를 진전시킬 주체가 누구냐의 문
제가 분명해진다. 『혁명』에서는 마땅히 종 판석과 소외된 지식인이자 몰
락한 양반 헌주일 것이다. 이를 동학혁명이라는 역사에 대입시켜보면 핍
박받는 하층민과 이들 편에 섰던 전봉준이 될 것이다. 그런데 당시 하층
농민은 혁명에 대한 절대적인 믿음을 가지고 이상의 등불을 향해 불나방
처럼 몸을 던진 데 반해 몰락한 양반가의 헌주는 전쟁(혁명)에 대해서
회의적인 시각을 가졌다. 따라서 이 소설의 현실에 대한 인식은 혁명에
대한 뚜렷한 전망이 아니라 패배를 염두에 둔, 회의적인 시각이다.

ⓛ 군중 속의 가슴 속에서는 왜놈에 대한 증오와 복수의 불길이 타오르고 있었지만 청나라 군사가 당하지 못한 왜군을 섬멸할 수 있으리라고 믿을 수는 없었다.

그저 인력으로 항거할 수 없는 도도한 흐름 속에 몸을 떠맡기고 있는 심정이었다.

그러나 다른 한편으로 「한울님」이 보내주시는 기적을 믿고 의지하고 싶었다. '황토마루와 황룡촌의 승전의 기적'이 재현되지 말라는 법은 없을 것이다.(『혁명』, 110쪽)

ⓛ은 논산에서 합류한 십만의 남·북접 대군이 공주 대회전을 앞두고 있을 때 주인공 판석의 회의 부분이다. 이때 헌주의 고뇌는 '비이성적인 폭력의 광기와 이데올로기의 신화에 지배된 동학군 지도자'라는 부정적인 모습을 보여주기 위한 장치로 보인다. 그러나 여기서 경계해야 할 부분은, 동학혁명을 거의 신격화된 이념적 지도자 전봉준을 정점으로 피압박 농민이 단결하여 일으킨 반봉건주의 혁명운동으로만 파악해서는 안 된다는 것이다. 즉, '비이성적인 피압박의 농민'이라는 인식은 혁명 주체 세력에 대한 부정적인 바탕에서 출발된다. 또, 이 같은 견해는 작가의 동학혁명의 역사에 대한 이해 부족에서 나온 듯하다. 동학혁명의 발발은 애초부터 승패에 대한 뚜렷한 전망에서 선택된 전투가 아니라 '더 어쩔 수 없는' 생존의 절박한 상황에서 진행된 사건이었다. 이런 사정은 앞에서 동학혁명의 전개과정 속에서도 살펴본바, 정월 고부민란 때 가라앉았던 민심이 안핵사로 임명된 장흥부사 이용태의 만행으로 어쩔 수 없는 상황에 이르러 고창에서 기포를 한다. 전주성을 함락한 뒤에 청일전쟁으로 다시 해산했다가 9월 재기포로 남·북접이 함께 일어선 배경 또한 생존을 위한 '어쩔 수 없는' 선택이었지 지도자의 능력에 대한 믿음에서 비롯된 것은 아니다.

이렇게 볼 때 작가는 동학혁명과 4월혁명의 제단에 바쳐진 숱한 민중들을 연민의 눈으로 바라볼 뿐, 역사에 대한 정신적 의미는 미흡하다. 즉 결과적인 패배만 보일 뿐, '정신'은 인식하지 못한 것은 아닐까.

어차피 역사소설에서 인물은 당시 역사의 성격을 가장 잘 드러내 줄 인물로 형상화된다. 그렇다면 당시 동학혁명에서 주된 인물은 처절하게 몸을 던진 하층민과 앞에서 이들을 계도할 지식인 두 축이라고 볼 수 있다. 그러면 여기서 지식인이란 어떤 모습인가. 역사적 사회적 현실적 모순에서 비롯된 민중들의 비애와 한을 찾아 작가의 삶과 의식에서 형성된 민중의 집단의식을 대변할, 깨어있는 지식인이지 않으면 안 된다. 그런데 『혁명』에서의 지식인은 오로지 헌주와 같은 회의적인 인물에 불과하다. 이런 회의적인 지식인은 결국 역사에서 아무것도 일구어낼 수 없다는 것이다.

그러면 동학혁명 당시 지식인은 어떤가. 당시 동학 지도자들은 동학이라는 지도 이념이나 철학이 있어서 하층 원민들을 집단화시키는 데 성공할 수 있었고, 신원운동과 같은 집단화를 통해 엄청난 민중의 힘을 체험하게 되었던 것이다. 당시 민중이나 동학 지도자들은 신통력에 의존하는 바가 아주 없었던 것은 아니지만 더 확고한 믿음은 민중들의 집단화된 힘이었던 것이다. 즉, '광화문 복합상소'나 '공주집회', '삼례집회', '보은집회' 같은 대규모 집회에서 이런 '집단화된 힘'을 확인할 수 있었으며, 이런 체험이야말로 혁명의 바탕이 되었던 것이다. 그래서 당시 동학 지도자들은 집단 속에서는 강한 존재로 있다가 집단을 벗어나면 한낱 나약하게 쫓기는 처지가 되었다. 요컨대 역사소설에서 중심인물이란 당대의 현실적 모순을 대변할 수 있는 건강한 지식인이어야 한다는 뜻이다. 허약한 지식인은 역사의 수레바퀴를 굴려낼 수 없기 때문이다.

결국 『혁명』에서의 인식에서는 동학혁명이 역사의 수레바퀴를 진전시키지 못한, 민초들의 희생만 강요된 역사라는 인식에서 출발하고 있다는 것이다. 결국 이 같은 작가의 인식은 4월혁명을 실패하는 인식에서 기인된 것이라고 볼 수 있다. 이는 결국 동학혁명이나 4월혁명의 실패 원인을 교단의 지도자 또는 당시 회의적인 지식인인 셈이다. 따

라서 『혁명』에 있어서 헌주는 한낱 감상에 젖은 지식인에 지나지 않는
다. 즉 동학혁명을 이끈 지도자는 '무모하게 민중들의 희생을 강요한
부정적 인물'로 취급되며, 환멸과 불투명한 전망을 동시에 보여주고 있
다. 이는 혁명 실패의 원인을 지식인 계층에 둠으로써, 『혁명』이 씌어
진 당대 사회의 지식인을 일깨우려는 장치일 것이다.

그러나 4월혁명의 역사적 사실은 186명의 사망자와 6,026명의 부상
자가 발생했고, 4월 25일 전국 27개 대학 400여 명의 교수들이 "쓰러
진 학생의 피에 보답하라"는 구호 속에 서울에서 평화적인 가두시위를
벌임으로써 사태가 급진전된 점을 들 수 있다. 이처럼 지식인의 역할
이 위대한데도 작가의 4월혁명에 대한 인식은 지식인의 미래적 전망이
없는 패배와 비애만 있을 뿐이다. 적어도 이 『혁명』 안에서 보면 헌주
라는 지식인의 눈에 비친 동학혁명의 지식인(일테면 전봉준)은 모두
건강하지 못하다. 즉 소설 속에 등장하는 지도자들은 시종 비과학적인
신통력에 의지하려는 불합리한 인물, 무기력하고 소시민적인 인물들에
불과하다.

ⓛ "(김개남이) 설마 관군 쪽에 귀순해서 엉뚱한 음모를 꾸미기야
하겠습니까만, 제 짐작 같아서는 전라우도를 한 손에 넣어 감히 장군
(전봉준)과 겨루어 보려는 야욕인 듯합니다."
전봉준은 아무런 반응을 보이지 않았다. ……
"사람과 사람의 일이란 억지로 할 수 없는 법이야."(앞의 책, 89쪽)

ⓒ 김개남이 전주를 방비하기로 결정된 것은 그의 미묘한 위치에서
비롯된 조치이다. 총수가 될 수 없는 바엔 전봉준 밑에서 싸우기가
싫었고, 반대로 전봉준 편에서도 말을 잘 듣지 않을 김개남을 휘하에
거느리고 싶지가 않았던 것이었다.(앞의 책, 104쪽)

이 소설에 등장하는 동학 지도자들은 소시민적이고 회의적이다. 즉, 회의주의자 헌주의 눈에서는 전봉준, 김개남 같은 동학 지도자가 소영웅적이거나 희화(戱畵)될 수밖에 없다는 것이다. 헌주가 동학의 입장이 아니면서 싸움에 휩쓸린다든지, 결국 이런 '어정쩡한' 자세로 전봉준에게 총을 겨누다 첩자로 몰려 죽음을 당한다. 이런 투명하지 못한 의식은 결국 작품을 이끌어가는 시점도 질서 없이 바뀌고 갈등 또한 감상적일 수밖에 없다. 이는 헌주가 공주 전투에서 패한 뒤에 전봉준을 만난 장면에서도 확인된다.

　　ⓒ(……그처럼 당신은 생명이 소중한 것입니까. 싸움에 져도 버리지 못할 만큼, 아니 싸움터에서 내주지 못할 만큼 소중한 것입니까? 농민을 위해 그토록 당신의 생명이 소중하다는 것입니까?)
　　손가락은 계속 꿈틀거리고 있었다. 전봉준의 얼굴이 가늠쇠 안으로 들어왔다. 연기를 가늘게 피어 올리는 화약이 차츰 타내려왔다. 쏘면 안 된다. 날카로운 비명이 귓전을 때렸다.(앞의 책, 116쪽)

그러면, '쏘면 안 된다'는 비명은 '회의주의자'의 양심인가. 아니면 객관화된 양심의 깨달음인가?
요컨대 이 소설 전편에 깔려있는 주인공의 회의와 나약한 모습은 적어도 '4월혁명'에서 유추된 형상은 아닌 듯하다.

　　ⓜ 남북 양접이 호응 합세하게 되자 '항일구국'의 민중봉기는 경기, 황해, 강원 등 여러 도에 확대되었다. 동학군의 기세에 압도된 친일정부는 다급히 중앙의 정예부대를 출동케 하는 한편 일본군의 협조를 요청했다.(앞의 책, 106쪽)

역사적 사실도 그의 말만큼 사실적이지 못하다. 널리 알려진 대로 청일전쟁에서 승리한 일제는 경복궁을 침탈하여 국권을 유린하고, 충청도 동학 두령 30여 명을 포살하여 재기포하게 하고 동학군 토벌에 나섰다. 이는 국권침탈을 위한 계획이었으며, 이런 역사적 관점은 동학혁명에 대한 역사인식의 핵심이다. 친일정부가 일본군의 협조를 요청한 것도 아니고 왜는 동학토벌이 없으면 국권을 유린할 수 없었기 때문에 토벌을 '자행(自行)'했다. 이 작가는 『혁명』 이후 '역사소설가'가 되었는데도 20년이 지난 뒤에 생산된 『광화문』에서도 동학혁명에 대해서 혁명으로 수용하지 않고 지배계층의 시각인 난(亂)으로서의 기록을 여과 없이 전해주고 있다. 말하자면 『광화문』이나 『혁명』에서 '혁명'은 한낱 나약한 지성인의 감상에 불과했던 셈이다.

4) 원민을 형상화한 『들불』(유현종)

유현종은 주로 역사소설, 특히 대하소설을 중심으로 장쾌한 필치로 역사를 좇는 작가다. 『들불』은 초판(1976년) 출판에서 마지막 출판(1995)에 이르기까지 다섯 차례에 걸쳐 출판사를 바꿔가며 개작을 했지만, 약 20여 년의 공백이 온전히 동학혁명의 역사에 대한 애정으로 메워진 것 같지는 않다. 작가의 역사의식이나 구조가 초판에 발표된 소설과 크게 달라지지 않았다고 보이는데, 이는 결국 이 소설이 70년대의 소산물로 파악해야 하는 중요한 이유이기도 하다.

작가는 동학혁명에 대해 "동학란은 우리나라 최대의 민중 민권 자각 운동이며, 그것(실패)은 '지식인 계층의 외면' 때문(작가의 말)"이라고 그 원인을 밝히고 있다. 그러면 동학혁명에서 '외면한 지식인 계층'이란 구체적으로 누구인가. 당시 일부 양반 유학자 계층에게는 개혁이 그리 절실한 문제는 아니었다. 『들불』에서 지식인 계층이라면 이진악으로, 일정하게 대원군과 연관이 있다. 이를 해명하는 것이 논의의 핵심은 아니지만, 굳이 문제 삼는 것은 이른바 지식인 김병순과 이진악의 설정을 살펴보는 것이 작가의 역사의식을 규명하는 문제와 직결되기 때문이다. 이 두 지식인은 『들불』에서 진보적인 인물이며, 대원군과의 일정한 관련성을 보여주고 있다. 그런데 이 소설에서 이들의 역할이 애매하다. 개혁을 실천하려는 의지는 있으나 추상적이다.

이 소설의 주인공은 관비(官婢) 임여삼(林汝三)이라는 허구적 인물이다. 임여삼의 아버지 임호한(林浩漢)이 여진민란의 주동자로 처형되었고, 임여삼은 어머니와 누이동생과 함께 관노비가 된다. 결국 누이동생 상녀는 여진 현감 최동진의 첩이 되고, 어머니는 이런 '원한'이 병되어 죽는다. 여삼은 힘이 장사지만 아버지가 왜 동학도인이 되었는지, 그리고 아버지가 왜 민란을 일으켰는지 자각하지 못한 채 관아의 심부름을 간다. 심부름을 가는 길에 이웃집에 살던 친구 곽무출을 만나 전날의 약혼녀였던 상녀가 현감의 첩이 된 사실을 알려준다. 여삼은 조선을 수탈하는 왜상인에게 붙어서 장사를 해먹는 배 서방을 찾아갔다가 쌀을 수탈하는 왜상인의 일꾼이 되기도 한다. 곽무출이 제 약혼녀인 상녀를 차지한 현감을 죽이려고 들어갔다가 도리어 관아에 잡히자 여삼이 이를 풀어준다. 이로 인하여 여삼이가 옥에 갇히게 되고, 스스로 옥을 부수고 탈출한다. 여삼은 죽은 어머니를 매장하면서도 여전히 세상에 대해 별스런 분노를 느끼지 못한다. 이때 여삼은 고부민란 소식을 듣게 되고 전봉준 앞에서 동학에 입도를 하게 되어 동학군 싸움에 뛰어들게 된다. 한편 곽무출은 이수정을 만나 야소교 포교사가 된다. 여삼이는 김개남의 군사가 되어 전주성을 함락한다. 여기서 옥이를 만나게 되고, 집강소 설치를 반대하는 남원감사를 공격한다. 9월 기포때 다시 공주 성 전투에 뛰어든다.

이 밖에 곽무출의 활약과 이진악의 활약이 복잡하게 얽히고 있지만 전반적으로 역사적 사실보다는 작가의 낭만적 상상력에 의존하고 있으며, 그나마 개연성이 떨어지는 사건에 의해 소설이 진행된다. 특히 대원군과 동학혁명군의 관계, 그리고 일본의 낭인 집단 현양사(玄洋祉)의 활약 등은 역사적 사실보다 과장되었다.

이 소설의 큰 서사적 줄기는 백산기포에서 전주화약에 이르기까지의 전투과정과, 전봉준과 김개남의 성격 대비를 사실적으로 보여주고 있으며, 일제의 궁성침탈과 군국기무처 설립, 대원군에 대한 실망 등 다른 소설과는 달리 집권층과 피지배층의 문제를 동시에 대비적으로 다양하게 보여주는 특징을 보이고 있다. 특히 다른 동학혁명 소재의 소설과 다른 점은 하층민을 주인공으로 삼아 이들의 행동을 통해 전봉준, 김개남과 같은 역사적 인물들을 형상화하고 있다는 점이다. 또한 전봉준에 비해 김개남의 활약을 더 두드러지게 보이는 구조가 기존의 소설과 다른 특징이다.

『들불』의 큰 축은 피지배계급인 민중과 지배계급인 보수 양반의 대립이다. 그리고 이 소설의 시점은 두 계급 사이를 오가며 이들 삶의 모습을 각기 다른 시각에서 보여줌으로써 민중들의 아픔을 사실적으로 드러내는 데 초점이 맞추어져 있다. 그중에서도 이 소설은 임여삼의 행적과 그의 친구인 곽무출의 행적과 김병순 대감이 내려 보낸 이진악의 행적으로 주목하여 볼 수 있는데, 이들의 만남은 모두 산적의 소굴에 끌려가 만나게 되거나 어수선한 공간 이동을 통해 비현실적인 함정에 빠져들곤 한다. 대원군이 한낱 산적 두목이자 지선교(地仙敎) 교주인 김개팔과 관련을 맺어 국권을 재건하려 한다던지, 임여삼이 하루 4백 리를 걷는다거나 관아 옥(獄)의 기둥을 뽑아내는 일 등 주인공의 초능력을 보여준다던지, 공주 결전 전날 염탐을 들어갔다가 현감의 첩이었다가 하루아침에 ㅎㅎ창녀가 된 누이동생 상녀를 만나게 된다던지, 조선 침략에 앞장선 민간 낭인 단체 현양사의 중심인물인 내전양평(內田良平)이 칼을 뽑아들고 임시 창녀촌에서 활극을 벌이는 일 등은 모두 역사소설이 지녀야 할 최소한의 사실성도 무시한 구조이다. 무엇보다도 주인공 여삼의 행동을 문제 삼을 수 있겠다. 끝없는 지배자의 핍박으로 한

이 거듭되어 '석탄백탄' 탈 만한 한이 가슴에 남아 있는데도 마냥 인식이 없다. 흔히 리얼리즘 소설에서 민중의 전형이란 삶의 조건을 억압하는 사회현실적 모순에 대해 차츰 의식이 깨어가는 과정으로 드러나기 일쑤다. 그런데 이 소설에서는 여삼을 비롯한 하층민의 현실 인식은 끝까지 어둡다. 리얼리즘 소설에서 민중이란 현실적 모순에 눈뜨고 두꺼운 모순의 껍질을 깨고 비상하는 건강한 민중이어야 한다.

또 소설 곳곳에 나타나는 독자들에 대한 어설픈 계몽 계도의 태도도 석연치 않다. 가볍게 넘겨도 좋을 만한 동학의 유래와 사상을 걸맞지 않게 길게 늘어놓기도 하고, 역사적 고증을 제대로 밝히지 못한 일본 민간단체인 〈현양사〉 활동을 일본 명치유신(明治維新)의 내력과 관련지어서 기나길게 늘어놓은 것 등은 그 소설적 의도가 애매하다. 독자들에게 동학혁명의 역사적 사실을 전달하겠다는 의욕은 앞섰으나, 작가가 해박한 역사를 바탕으로 접근한 것 같지는 않다. 모처럼만에 해빙 무드를 타고 나타난 소설치고는 민중들을 통해 제시된 현실적 꿈은 없다.

5) 허구적 원민으로 접근한 『여명기』(박연희)

『여명기』역시 앞의 소설처럼 하층 원민을 주인공으로 삼아 현실 인식과정을 보여줌으로써 보다 한층 건강한 민중을 보여주고 있다. 박연희는 주로 역사소설을 써 온 작가로, "유신체제가 굳어지고 군사독재 정권이 나치즘을 닮아갈 무렵"에 『민란시대』를 쓴 작가다. 그는 "표현의 자유가 동결되어 공포에 싸여 이를 극복하려 안간힘을 썼던" 시절에도 굴하지 않고 역사를 통한 현실을 고발하려 한 작가다.

> ㉠ ……역사소설을 쓰는데 두 가지 유형을 볼 수 있겠다. 하나는 역사에 충실하여 그때의 사건만을 중심으로 서술하는 경우와, 사건을

중심으로 하되 허구적인 인물과 사건을 설정하여 그 인물(주인공)로 하여금 작품 전체를 이끌어 가는 간접적인 서술방법이다. 나는 후자를 택했다. 왜냐하면 부정부패한 정권에 가담한 인물이란 붕당관계로 사소한 권력투쟁은 (더욱이 조선왕조)할 수 있으나 백성 전체를 위한다는 혁명성은 갖지 못하기 때문이다.(박연희, 『민란시대』 작가의 말, 문학사상사, 1988, 18쪽)

여기서, 진정한 '인간해방'을 위한 거대한 세계를 바꿀 수 있는 주체가 민중이라는 작가의 인식을 읽을 수 있다. 작가의 이런 소설쓰기에 대한 인식은 이 시기에 이미 확립되어 있었음을 확인할 수 있다.

비록 허구적 인물을 통해서이지만 역사적 인물과 사건을 통해 보다 사실적으로 형상화함으로써 앞의 소설들보다 한결 성숙된 모습을 보여주고 있다.

홍주 고을 호 첨지의 머슴 육손이 김 진사에게 억울하게 땅을 빼앗긴다. 그 바람에 아버지도 죽고 뒤이어 어머니마저 죽자, 부모의 원수를 갚고 전봉준이 사는 전라도로 내려가 동학혁명을 치르는 내용이다. 상권에서는 육손이 전봉준에게 가서 함께 백산기포를 일으키는 과정을, 중권에서는 호남의 동학군과 관군의 전투과정과 전주성 함락까지를, 하권에서는 공주 싸움까지를 다루어 동학혁명의 전 과정을 비교적 섬세하게 쫓고 있다.

첫째, 이 소설의 구조적 특징은 김 첨지에게 원수를 갚고 쫓기는 육손이의 행적이 주된 흐름인데, 온전히 민중의 시각에서 접근하고 있다는 점이다. 자못 낫으로 아버지의 원수 김 진사를 처단하는 장면은 전에 없는 사실적 기법으로 작품 전체에 걸쳐 서슬이 퍼렇다.

둘째, 동학혁명을 다룬 역사소설들이 대개 전라도와 전봉준 중심으로 씌어진 데 비해 『여명기』는 남·북접에 대한 독특한 시각을 지니고 있다.

㉠ ……이 사람은 바로 황하일이다. 동학 남접의 거두요, 숱한 수령 가운데서도 투철히 뛰어난 서장옥(徐章玉)의 부하일 뿐만 아니라, 훈장 (訓長) 전봉준을 동학에 끌어넣은 장본인이다. 그래서 서장옥은 집강이 나 그렇게 궁핍한 편이 아니었다. 머슴을 두고 농사를 하여 식량은 떨어지지 않았다. 늘 딱한 것은 훈장 전봉준이었다. ……그래서 황하일은 첫눈에 육손이를 보자 전봉준의 생각을 했다. 상투를 틀어 올렸으나 앳되고 옷이 남루한 것으로 보아 육손이가 이 고장이 고향이 아니라는 것과, 더군다나 양반의 자식이 아닌 줄을 대뜸 눈치 채어 전봉준네 머슴으로 삼으려는 생각을 먹어 보았던 것이다.(『여명기』, 상권 74쪽)

㉡ ……서장옥은 푸 소리를 내어 숨을 내뿜었다.
"어찌하나……우선 남·북접의 의사소통이 이루어져야 하오.", "물론……" 김개남은 천천히 머리를 끄덕여 보았다. "한데……누가 교조의 신원운동을 반대하겠소. 그러니까, 우리는 좀 더 정세를 보아 호남 교도들을 뭉쳐놓고 봅시다.", "바로 그 일입니다. 우리가 북접이 하는 일을 앉아 비방하자는 것이 아니라 북은 북대로 남은 남대로 힘 키우는 일이오." 전봉준은 수긋하여 말했다.(위의 책, 124쪽)

㉠에서 주인공 육손은 원수 갚음을 하고 전라도로 숨어드는데, 공간적 배경이 충청도 홍주 고을로부터 시작되어 전라도로 옮겨진 셈이다. ㉠의 인물 황하일과 서장옥은 각각 충청도 보은과 청주를 근거지로 삼는 두령들이며, ㉡에서 보는 것처럼 남·북접은 대립 차원이 아니라 각기 다른 영역에서 '힘을 키우는 일'이라 함으로써 고유의 방침이 있다고 보았다.

따라서 이 소설의 큰 흐름은 육손의 행적을 통해 민중의 인식이 차츰 깨어가는 과정과 동학의 '후천개벽'과 같은 건전한 전망을 위해 투쟁해 나가는 과정을 보여주고 있다.

세 권이라는 분량은 전대의 소설들과 달리 동학혁명의 전개과정을 충실하게 기술해 나가는 바탕이 되었다. 결국 이는 지배계급의 부도덕성을 당시 상층민들의 생활상을 통해 사실적으로 보여주고 있으며, 하층민들의 삶과 지도자들의 삶이 비교적 충실하게 묘사되었다.

3. 민족의식의 각성

1980년대 문학의 대표적인 변화는 한국전쟁이나 4월혁명의 한(恨) 중심의 체험이 80년 광주민중항쟁의 체험으로 바뀐다는 것이다. 이와 함께 노동현장을 다룬 소설이 급증했다는 것과 인간 내면의 문제를 다룬 작품이 늘어났다는 특징을 들 수 있다. 특히 이 같은 현실인식 문제는 민족문학적 과제와 긴밀하게 대응되면서 분단 문제에서 민족의 동질성 회복을 겨냥한 문학작품들이 생산되었다.

이런 활발한 문학계의 소설적 흐름과 달리 동학혁명을 소재로 한 문학작품들은 크게 눈에 띄지 않는다. 이는 현실 문제에 대한 해결 과제가 눈앞에 놓여 있어서인가, 아니면 굳이 먼 동학혁명의 역사까지 거슬러 올라갈 필요가 없었기 때문일까. 아무튼 이 시기에는 동학혁명을 소재로 한 문학작품이 별로 많지 않았다. 안도섭의 『녹두』(1988)와 문순태의 『타오르는 강』(1988) 두 편이 보일 뿐이다. 여기다 박태원의 『갑오농민전쟁』(1988)을 함께 다룬다. 『갑오농민전쟁』은 북에서 씌어진 동학혁명 소재의 소설인데, 때마침 북한문학이 널리 소개되는 해빙기를 맞아 남쪽의 독자들에게 널리 읽힌 소설이라는 점에서, 특히 북에서는 동학혁명의 역사를 어떻게 형상화하고 있는지 살펴보기 위해, 또 우리 문학의 소설적 성과를 종합한다는 의미에서 논의 범주에 넣는다.

1) 동학혁명의 역사를 폭넓게 제시한 대하소설 『녹두』(안도섭)

『녹두』의 구조적인 특징을 대략 몇 가지로 요약할 수 있는데, 첫째 80년대 초반의 산물이면서 천도교 교인들을 상대로 씌어진 측면이 강했다. 뒤에 출판을 위해 개작되면서 보다 투쟁적인 내용으로 옮겨졌다. 일테면 소제목을 보면, '녹두와 백구시'가 '암탉이 울면'으로 바뀌어, 새로이 개작된 과정에서 나타난 "암탉이 울면(세상이 망한다)"은, 교단 입장의 이해보다 사회사의 입장으로 제목이 한층 투쟁적으로 바뀌었음을 보여주는 대목이다. 말하자면 작가의 보다 적극적인 사회개혁 인식이 깔려 있는 것이다.

둘째, 앞 시대에 나온 동학혁명 소재의 소설보다 역사적 전개과정을 폭넓게 보여주고 있다. 제1권 백산기포, 제2권 청일전쟁, 제3권 항일의 기로 등 동학혁명의 전 과정은 물론 민비시해나 의병 전까지를 다루고 있다. 앞선 시대의 소설들이 분노 서린 원민이 중심이었다면 사회사적 모순을 드러내려 함으로써 역사의 전개과정이 보다 객관적 실증적으로 제시되고 있다.

셋째, 동학혁명 과정에서 조정이나 보수 지배층의 인물들의 움직임을 낱낱이 보여준다는 점도 특징으로 들 수 있다. 그래서 이 소설은 각 사건 단위마다 대응하는 인물이나 배경이 다양화되어 입체적으로 보여준다.

내용을 보면 다음과 같다.

1권 〈백산기포〉에서는, 탐관오리의 갖은 탐학에 떨쳐나선 고부 농민 봉기와, 점차 혁명의 기운이 싹트는 정세 아래 조직적인 투쟁으로 승리를 쟁취하고, 전주화약 이후 새 시대를 여는 집강소 농민 통치 시기가 전개된다.

2권의 〈청일전쟁〉은, 톈진조약을 빌미로 청국 군이 조선에 원병 오는 기회를 놓칠세라 불법 상륙한 일본군은 궁성을 짓밟고 대원군을 앞세워 괴뢰정부를 세우기가 바쁘게 청일전쟁을 도발한다. 전주화약 후 전라도 53군현에 집강소를 두고 농민통치에 주력하던 전봉준은 항일 구국의 기를 내걸고 항전의 길로 나선다. 이때 남·북접 대립의 과정을 거쳐 전국이 혁명전에 휩쓸리게 된다.

3권의 〈항일의 기〉는, 동학농민군의 피어린 항전이 온 조선에 번지지만 일본군의 신무기 앞에는 속수무책으로 패전의 쓰라린 과정을 겪게 된다. 청일전쟁에 승리한 일본은 청국과 강화(講和)를 맺고 농민군을 체포 학살한 다음 옥호루를 짓밟아 민비를 시해하고 이어 단발령을 내린다. 조선의 민중들은 의병 전에 나선다.

먼저 소제목을 통해서 표면적으로 드러난 작가의 인식을 엿볼 수 있다. 일테면 '외병을 부르옵서', '새 시대를 여는 집강소', '대원군의 장군 민비의 명군' 등은 작가의 지배계급에 대한 풍자인데, 부패한 봉건정부의 외세에 대한 의존을, 이에 대응한 동학혁명군의 구국적인 움직임을, 대원군과 민비의 극단적인 대립을 통한 위기의 현실을 보여주고 있다.

이 소설 속에 나타난 동학혁명의 중심인물은 대략 세 부류로 나누어 볼 수 있다. 먼저 하층 피지배 세력, 또 이들 편에 서서 혁명전을 치러가는 전봉준을 비롯하여 김개남, 손화중, 최시형, 손병희 등 동학혁명군 측 지도세력, 그리고 이들을 조직적으로 와해하려는 봉건 수구세력인 왕가·조정대신들과 중심 외세인 청국의 원세개와 이홍장·일본의 무츠·오오토리·이노우에·오까모도를 들 수 있다. 인물들의 특성은 대개 사건에 대처하는 행동을 통하여 전형적으로 제시된다. 일테면 지배계급은 쉼 없는 탄압으로 일관하며 조선 침략을 위한 음모를, 피지배계급은 탄압을 견디다 못해 일어나 투쟁을 전형적으로 제시한다. 이런 개성화되지 못한 전형은 현실 투쟁의 문제에서 보면 전 시대의 소설보다 도리어 퇴보된 듯한 느낌을 떨칠 수 없다.

2) 한과 집단운동의 여울, 『타오르는 강』(문순태)

『타오르는 강』은 영산강을 공간 배경으로 동학혁명을 전후한 시기에서부터 일제 강점기까지의 역사를 다룬 전 7권의 대하역사장편소설이다. 여기서는 노비세습제가 폐지된 1886년부터 갑오년 동학혁명까지 9년여의 과정인 1·2·3권을 주된 논의 대상으로 한다.

노비세습제가 폐지되었다지만 실제로는 여전히 양 진사네 세습 종으로 매인 몸인 웅보가 밤에 쌀분이와 도망가다 붙잡히는 이야기에서 시작되는 이 소설은 한 많은 하층민들의 생존 투쟁을 그려 보이고 있다. 종문서보다 땅문서가 더 필요한 이들은 땅을 찾아 떠난다. 이들은 큰 물 때문에 버려져 있던 영산강 주변의 황무지를 일구어 새로운 삶의 터전을 마련한다. 땅에 대한 애착으로 수마(水魔)와 싸우며 일궈낸 생명과 같은 땅을 이번에는 3년간 계속된 가뭄으로 버려둘 수밖에 없었다. 그러나 이번에는 3년간 세금을 내지 않았다는 이유로 관에 궁토(宮土)로 몰수당한다. 생존권을 박탈당하자 농민들은 항의하지만 도리어 감금된다. 이들은 마침 동학군과 합세하여 나주 성을 공격하지만 실패하고, 동학군은 그곳을 떠나버린다. 이들은 야음을 틈타 갇힌 자들을 구해내고 관군을 습격한 뒤에 마을로 돌아오지만 이제 더 이상 이곳 새끼내에서 살 수 없게 되자 세상에 태어나 처음으로 가져본 토지와 집을 버리고 마을에 불을 지른 후 떠나버린다.

이 소설은 고통 받는 사람들의 한의 문제와 투쟁과정을 그리고 있지만 저 심연의 밑바닥에서 샘물처럼 솟는 신선한 서정성이 특징이다. 자칫 살벌해지거나 피 비린내가 날 만한 소재를 다루고 있음에도 불구하고, 이 소설은 비극적 사건들의 충격이 영산강이라는 자연 깊숙이 스며들기도 하고, 그것을 겪은 사람들의 마음속에 깊이 파고 들어가

'한'으로 자리잡혀가는 과정을 섬세한 필치로 보여준다. 이러한 것들은 주로 주인공 웅보를 통해 보여주게 되는데, 참아내기 어려운 현실적인 고통으로 잠 못 이루는 밤이면 강으로 나가 옛날에 그의 할아버지가 그랬던 것처럼 영산강의 숨소리를 들으며 들끓는 현실의 고통을 차분히 가라앉히고 대신 새로운 생명을 담아 돌아온다. 대자연과 더불어 살아온 조상들의 서정적 삶을 보여주고 있는 것이다.

이런 짙은 서정 너머에 작가의식이 있다. 이들은 한을 서서히 마음 밑바닥에 차곡차곡 쌓아오다가 때로 이를 투쟁으로 풀어간다. 그러나 한은 다 풀지 못한 채 참혹한 패배, 죽음으로 끝나기도 하고 또는 새로운 한으로 자리잡기도 한다.

⊙ 웅보의 소망은 종에서 풀려나는 것이었다. 단 하루라도 자기 뜻대로 살고 싶었다. 하늘을 나는 새처럼 하늘만큼 넓은 세상을 훌훌 돌아다니며 그가 땀을 쏟은 땅을 찾고 싶었다. 그 땅에 웅보의 집을 짓고, 웅보의 나무를 심고, 상전에 얽매이지 않는 웅보의 자식들을 낳고 싶었다. 그는 지금껏 아무도 모르게 그런 그의 생각을 소중히 실꾸리 감듯 키워왔다. (『타오르는 강 1권』, 105쪽)

ⓛ 참 어이가 없는 일이었다. 큰물이 무서워 강변 묵정밭에 둑을 쌓고 기경(起耕)을 하려는 것까지도 박초시네 하인들이 몰려와 훼방을 놓으니 어디 가서 하소연을 할 수 있단 말인가. 웅보는 팁석부리한테 떠밀려 냇물에 빠진 채 우두커니 하늘만 쳐다보았다.(위의 책, 1권 115쪽)

ⓒ 밤이 가고 다시 아침이 와도 비는 멎지 않았다. 영산강물은 온 세상을 휩쓸어 가버릴 것처럼 으르렁거렸다. 무서운 물 떼였다. 개산에 물 피신을 간 개태, 부르뫼 사람들은 가족과 집, 농토를 삼켜버린 붉덩물을 겁에 질린 눈으로 내려다보며 긴 한숨이 명치에 닿도록 이를 깨물었다.(위의 책, 1권 178쪽)

148

ⓔ 병이 생긴 지 나흘 만에 성황에서 두 노인이 죽고 닷새째가 되자 개태, 부르뫼에까지 병이 옮아왔다. 병자가 생긴 집은 금줄을 치고 소금을 뿌렸으며, 아무도 접근을 못하게 하였다. 그러나 병은 봄바람에 들불 번지듯 계속 인근 마을로 퍼졌다.(위의 책, 1권 277쪽)

ⓜ 가난한 농민들은 세금 대신 딸을 바치는 경우도 있었고, 관기안(官妓案)에도 팔고, 심지어는 죄를 지은 아버지가 죄를 면하기 위해 수령의 비녀나 천천으로 바치는 경우도 있었다.
"생구가 소원이라면 네 여편네를 팔게 그려."(위의 책, 1권, 121쪽)

ⓗ "글타고 그만둘 수도 없지 않우. (……) 그리고 박초시가 소작료를 달란다고 그냥 줄 수는 없지 않우." / "안주고 어떻게 배겨." / "싸워야죠." / "싸워?" / "형님은 죽는 한이 있어도 우리 땅을 갖겠다고 했잖었수. 그 각오로 싸워야죠. 죽을 각오로 우리 땅을 가진 다음에는 그 땅을 지켜야지요." 웅보는 대불이의 말을 듣고 나니 한결 용기가 생겼다. 되레 동생한테 부끄럽기까지 하였다.(위의 책, 1권, 120쪽)

ⓢ "박 초시 집으로 쳐들어가자!"
누구인가 소리를 치자 여기저기서 함성이 터졌다. 원한에 사무친 울부짖음이었다. 손에 농기구를 든 그들은 서로 밀치며 우르르 박 초시 문간으로 내달았다.(……)(위의 책, 3권 194쪽)

당시 민중들의 고통은 다양하다. ⓐ처럼 종살이의 고통과 사람답게 살고 싶은 욕망이 나타나기도 하고, 가까스로 속량이 되지만 ⓑ처럼 먹고 살 땅을 일구는 것도 여의치 않아서 기득권자들과 투쟁을 벌여야 한다. ⓒ, ⓔ처럼 천재지변에 의해 민중들의 삶은 무참하게 짓밟힌다. ⓜ처럼 그나마 소출이 있으면 관리들에게 세금으로 뜯겨 삶은 황폐화되고 비참한 지경에 이르게 되며, ⓗ, ⓢ처럼 민중들은 투쟁에 나서지 않으면 안 된다. 이렇게 민중들이 차츰 눈 떠가는 과정을 드러내려는 의도가 작가 인식의 핵심이다.

이외에도 매관매직의 세태(1권 188-189쪽), 외세의 침투(1권 190-192쪽), 고부 익산을 비롯한 전라도 전역의 민란이나, 창의문을 내거는 동학군(3권 188-189쪽), 동학군과 농민군의 나주 성 공격(3권 220-224) 등 역사적 투쟁과정을 보여준다. 이는 더 견딜 수 없는 처지에서 들고 일어나지 않으면 안 되는 하층민의 삶을 통하여 동학혁명의 당위성을 제시한다. 즉 작가는 이런 구체적인 민중들의 역동적인 삶의 과정을 통하여 이 땅 민중들의 한풀이의 전형으로 동학혁명의 역사를 이해하고 있는 것이다.

그러나 작가는 새끼내 사람들을 동학과 일정한 거리를 두게 하고 있다. 즉 새끼내 사람들의 삶이 집단저항으로까지 발전되고 있지만, 그들이 몸담고 살아가는 사회는 동학이 들불처럼 번져서 동학의 그 도담(道談)을 듣기만 하면 불쑥 입도하는 여타의 소설과 다른 점이다. 더구나 지역적으로 보더라도 동학혁명의 중심 지역인데도 새끼내 사람들은 철저하게 동학과 벽을 쌓고 있다. 결국 역사 상황과 긴밀한 교섭이 없는 폐쇄적인 집단인 셈인데, 다만 주인공 웅보만은 스승인 홍 거사와 그의 친구 양 의원을 접촉하여 새끼내 사람들에게 바깥세상에서 일어나고 있는 역사적 사건이나 의미를 일깨워 주고 있다. 이외에 바깥세상의 변화를 전해주는 선구적인 인물은 등장하지 않는다. 그나마 홍 거사는 역사에서 소외된 지식인 또는 은자의 모습으로 나타나고 있으며, 역시 당시 세상에 유행하던 동학과 무관한 사람이다. 오직 관계가 있다면 웅보의 동생 대불이가 마을에서 도망갔다가 우연히 동학에 가담하게 된다거나, 새끼내 사람들과 동학군이 합세하여 나주 성을 공격하는 이야기가 나오고 있는데 이는 단지 외적 상황일 뿐이다. 말하자면 동학군과 함께 싸움을 벌이고도 동학과는 어떤 이념적 연결고리도 맺지 못한다. 새끼내 사람들은 빼앗겨버린 토지를 찾으려다 나주 관아에 억울하게 갇혀 있는 동료들을 구하기 위해 나주 동헌을 습격하지만, 그 일로 인해 그들은 천신만고 끝에 얻은 땅을 등질 수밖에 없는 처지에도 작가는 이들에게 안식처나 목표도 이념도 제공해 주지 않는다.

그러면 이들을 끝까지 동학으로부터 일정하게 거리를 두게 한 까닭은 동학의 종교적 이념의 무게에 짓눌려 투쟁에 걸림돌이 된다고 믿었던 것일까. 결국 이 소설은 이들에게는 정처 없이 떠나는 비극만을 보여 줄 뿐이다. 이런 비극은 새끼내 사람들이 무에서 유의 역사를 창조했듯이 미래의 역사도 스스로 창조해 나갈 수 있는 사람들이라고 설정했을 것이다. 주인공이 역사의 현장을 떠나는 대목으로 끝맺고 있는 이유에 대해 황광수는 "작가 자신의 역사 이해에 대한 한계에서 비롯되는 것"이라고 보았다. 그러나 다른 동학혁명을 소재로 한 역사소설들이 동학의 조직을 통해 삶의 질곡에서 벗어나려는 움직임을 보여주는 데 비해 『타오르는 강』에서는 다만 '한으로 뭉쳐진 집단'일 뿐이다. 이는 역사과정에서 동학혁명 전대에 유행하던 민란과 흡사하지만, 다른 것이 있다면 '동학군이 존재하는 시대'라는 외적 상황만을 중시하고 있을 따름이다.

결국 '새끼내를 떠나는 참담한 날'에 웅보가 이들 집단에게 '꿈을 제시할 시기'에도 지극히 개인적인 한의 세계로 침잠해버리고 만다. 즉, 웅보가 "할아버지, 죄송해요. 우리가 영산강으로 다시 돌아올 수 있게 도와 주셔요"라고 빌 뿐이다. 이 문제를 심층적으로 분석한 황광수가 이들을 "역사의 미아"로 보고 있지만 이는 역사적 사실에 충실한 작가의 의도로 보아야 한다. 역사적으로 이 지역의 동학군들의 투쟁은 실패한 곳이기 때문이다. 그렇지만 이는 작가가 보여주려는 민중들의 한과 이에 대한 집단적인 저항이 손상된 모습으로 보이지는 않는다.

새끼내 사람들이 이 마을을 떠나는 1894년은 우리 역사에 나타난 가장 뜻 깊은 민중운동의 해인 동시에 민중들에게는 새로운 역사적 방황의 시점이다. 작가는 이 소설이 씌어지던 1980년대에도 민중들의 방황은 끝나지 않았다고 보았을 것이고, 결국 이들의 정착을 위해 이 소설이 자리하고 있는 셈이다.

3) 북쪽에서 본 동학혁명, 『갑오농민전쟁』(박태원)

북한문학은 7·80년대부터 북한문학이 한창 소개되었는데, 호기심 차원에서 한동안 관심을 보이다가 이질적인 체제에 따른 이질적인 정서 탓인지 얼마 아니 가서 그 열기가 식어버리고 말았다. 여전히 북한문학은 우리에게 생소한 영역에 놓인 셈인데, 해외 동포문학과 묶어서 '제3세계 문학'이라 명명해버리고 마는 것이 이를 뒷받침한다.

박태원의 『갑오농민전쟁』은 이런 흐름 속에서 80년대 후반에 남쪽의 독자들에게 선을 보였던, 동학혁명 과정을 형상화한 작품이다. 먼저 이들에게 진정한 의미의 혁명은 '사회주의 혁명'이라는 전제를 염두에 둘 필요가 있다. 이를 바탕으로 작가 박태원의 행적과 작품의 형상화 과정을 살펴보기로 한다.

1930년대 후반기 세태소설에서 빼어난 기량을 인정받았던 박태원은 여러 단계에 걸친 작품세계의 변모를 보인 작가다. 특히 구인회 동인 활동을 통해 여러 가지 새로운 기법을 소설 창작에 적극 수용함으로써 소설의 깊이와 폭을 넓히는 데 성공하였으며, 문학 자체의 자율성과 예술성을 강조함으로써 1930년대 모더니즘 소설 전개에 크게 공헌하였다. 1940년을 전후하여 일본이 대동아전쟁을 일으키고 우리나라에 국책문학을 강요하며 탄압의 강도를 높여갈 때에도 박태원은 중국의 역사소설 번역물에 매달리면서 붓을 꺾지 않은, 작가로서의 투철한 전문성을 드러내기도 하였다. 해방이 되자 그는 새로운 창작으로 나아가지 않고 좌익 민족주의 노선인 조선문학가동맹에 참가하며, 『홍길동전』, 『임진왜란』, 『군상』 등 역사소설 창작에 몰두하다가 1949년 6월부터 1950년 2월까지 조선일보에 연재했던 『군상』을 미완으로 끝맺은 채 한국전쟁을 전후하여 월북하였다. 박태원의 월북 후 주요 행적을 보면 이태준의 후원 아래 국립고전 예술극장의 전속작가가 되어 창극의 대본을 썼으며, 이태준의 비호로 평양전문대학의 교수로 재직하기도 하였다. 1955년 박태원은 학창시절부터 절친했던 정인택의 미망인 권영희와 재혼했다. 역사를 위조하라는 당의 명을 거역하였다는 죄과로 함북 강제수용소에 수용되어 작품활동을 금지당하기도 하였지만, 1960년에 다시 작가로 복귀하였다. 그 후 1963년에서 64년까지, '혁명적 대창작 그루빠'의 통제 아래 역사소설 『계명산천은 밝아오느냐』를 집필했는데, 이 작품에다 『갑오농민전쟁 전편』이란 부제를 붙인 그는 갑오농민전쟁 전후의 시대상을 폭넓게 형상화하려는 의욕을 지녔으나 건강상의 장애로 고전하다가 『갑오농민전쟁』 1부는 1977년에, 2부는 1980년에 집필하였고, 3부는 건강이 극도로 악화된 그를 대신하여 창작 경험이 전혀 없는 그의 부인 권영희가 완결하여 1985년에 출간한 것으로 전한다. 1986년 『갑오농민전쟁』(3부 6권)을 끝으로 타계한 그가 북에서 남긴 작품은 『삼국지연의』, 『조국의 품』, 『조국의 깃발』, 『임진조국전쟁』, 『리순신장군』, 『계명산천은 밝아오느냐』 등으로 알려졌다.

그러면, 북에서 강제수용소 수용 경험이 있는 박태원은 어떤 소설을 쓸 수 있는가. 먼저, 작품의 바탕이 된 사회주의 리얼리즘에 대해서 살펴볼 필요가 있겠다. 사회주의 리얼리즘은 구체적으로 작가들에게 몇 가지 임무를 부과한다. 첫째, 무산계급 투쟁사를 예술 창작에 반영하여 사회주의 건설에 적극 참여하여야 한다. 둘째, 노동자·농민을 비롯한 광대한 범위의 민중들에게 문학을 철저히 보급하고, 이들로부터 역량 있는 신인 작가를 발굴해야 한다. 셋째, 작가 상호간에 경쟁과 협조를 촉진시켜야 한다. 넷째, 각 국가 간에도 창작에 관한 조직적 협조를 이룩한다. 다섯째, 소련 사회주의 승리의 의미를 널리 인식시키고 작가의 국제적 교류 확산을 강화한다. 여섯째, 과학적 방법으로 창작을 연구하고 작품을 분석한다. 일곱째, 공산당의 지혜와 영웅주의를 반영하는 위대한 작품의 생산을 촉진한다.

이 소설의 모든 소설적 장치는 주체사상을 형상화하는 데 초점이 맞추어져 있다. 이재선은 〈사회주의 역사소설과 그 한계〉에서 『갑오농민전쟁』의 문학적 특질과 그 의미를 "작품이 역사적 변혁기의 중심 세력인 민중의 결집을 형상화하고 있는 점에 주목하면서 민중의 각성이나 사회적 저항운동을 계급투쟁의 프롤레타리아혁명으로 받아들임으로써 과거의 역사적 사실을 계급주의 세계관에 짜 맞춘 한계를 지니고 있음"을 해설적 차원에서 지적하고 있다.

작가 박태원이나 『갑오농민전쟁』의 이 같은 특성을 바탕으로, 『갑오농민전쟁』의 구조적 특성과 인물, 역사의식, 동학사상 등으로 나누어 고찰하기로 한다.

⑴ 구조적 특성

이 작품의 배경은 1892년 전라도 고부들에서 시작된다. 그러니까 동학혁명의 해와는 2년여의 시간적 거리를 둔 셈인데, 이는 동학농민혁명에 대한 사건적 필연성을 제시할 배경사로서의 의의를 가진다. 줄거리는 다음과 같다.

제 1 부는 주인공 오상민의 일가를 비롯한 고부 양교리 농민들이 군수로 내려온 조병갑에게 가혹한 수탈을 당하는 이야기로부터 시작된다. 민비로부터 7만 냥에 군수자리를 산 조병갑은 갖은 악랄한 방법을 다하여 농민들을 착취한다. 더는 살 수 없게 된 양교리 마을 농민들은 전봉준의 아버지 전창혁을 비롯한 농민대표들을 고부 관청에 보내 강하게 항의한다. 그러나 악독한 조병갑은 농민들의 절박한 요구를 들어주는 대신 이들을 '란민'으로 몰아 전창혁 노인을 학살한다. 이에 고부 농민들은 총궐기한다.

제 2 부는 고부에서 일어난 농민폭동이 전국을 뒤흔드는 대규모의 농민전쟁으로 확대되는 과정, 거족적인 투쟁의 불길 속에서 성장하고 단련되는 주인공 오상민과 전봉준 등 인물들의 활약을 그리고 있다. 관청을 습격하여 노비문서를 불태우고 관리와 토호들을 처단하는 투쟁으로부터 시작된 고부농민폭동은 태인, 금구, 정읍, 부안 등 전라도 각지로 급속히 파급되었다. 이에 당황한 봉건 정부는 양호초토사 홍계훈을 파견하여 관군으로 하여금 농민군을 포위 공격하도록 한다. 그러나 놈들의 기도를 간파한 농민군은 백산전투와 황토현전투에 이어 장성에서 관군을 격파하고 전라도 봉건통치의 아성이며 이씨 왕조의 본관지인 전주성을 단숨에 함락한다.

제3부는 전국 각지로 급속히 파급되는 농민전쟁에 질겁한 왕이 청나라에 청병(請兵)하는 것으로 시작한다. 이에 질세라 일본 침략자들은 이를 구실삼아 조선에 출병한다. 청일전쟁이 일어나자 동학군과 봉건 정부 관료는 전주화의, 집강소 설치와 폐정개혁, 그리고 위기에 처한 국권 바로잡기를 약속한다. 그러나 일군의 침략 야욕으로 농민군은 재기한다. 드디어 공주 대격전을 치르고 그 실패와 농민군 지도자 전봉준의 체포 등 역사적 사실과 함께 오상민 일가의 활약상을 보여주고 있다.

이 소설은 민중들의 모순된 현실에 대한 의식화 과정과 투쟁을 사실적으로 보여준다. 주인공 오상민이 농민봉기의 주동자인 전봉준에 의해 영향을 받음으로써 모순된 현실에 대한 각성과 사회적 성장이 이루어지는 의식화 과정을 상세하게 보여주고 있다. 이렇게 의식화된 주인공이 농민전쟁 발발 전야의 각박한 정황, 사회모순의 첨예한 대립이 전체적인 전쟁과정에서 잘 드러난다. 이런 의식화된 개인이 고부 농민봉기에서는 집단화되어 나타나게 되는데, 이런 힘은 결국 '황토재 싸움', '장성 싸움' 등에서 확인되며 마침내 '전주성 함락'에서 절정을 이룬다. 그렇지만 이런 민중들의 승리는 관·왜군의 치밀한 농민군 섬멸과정을 거쳐 전봉준의 최후로 막을 내린다.

이 소설의 구조는 크게 세 세력의 긴장구조로 요약된다. ① 국왕과 왕비, 그의 척족으로부터 아래로는 수령과 양반지주에 이르는 지배세력의 수탈적 행위, ② 이들에 의해 억압과 수탈을 당하면서 지배세력에 맞서 농민봉기를 수행하여 나아가는 민중세력, ③ 그 시대의 특징으로 청·일을 비롯하여 미·영·러시아 등 열강 제국들이 교활한 외교술에 의한 정치 경제적 침략 등이다. 집권세력의 횡포는 먼저 소제목에서도 선명하게 드러난다. '밤새워 샹데리아 휘황한 전각에서', '고부 군수 칠만 냥에 팔리다', '설마에 나라가 망한다', '궁중에서는 밤새워 경 읽기를 한다', '왕은 삼일포로 유람을 가다'와 같은 장면들은 봉건 지배 세력들의 밤을 지새우는 잔치를 통해서 봉건적 모순에 직면하여 권력을 유지하기 위해서는 매판성을 띨 수밖에 없는 고종과 민비, 또 그들을 둘러싼 봉건관료들의 무능과 타락상, 특히 외세와의 관련 속에서 농민들의 궁핍상과 대비시켜 묘사함으로써 당대 모순된 사회의 구조를 원인과 결과를 극명하게 드러내 보이고 있다.

'콩잎 팥잎이 겨울 날 량식', '점순이 쌀 꾸러 가서 아이를 보아주다', '깊은 밤에 천득이 안해의 뒤를 밟다' 등에서는 하층민의 고통스런 삶의 과정을 핵심적으로 보여주고 있다.

'왕은 외국군대를 부르겠단다', '척화비', 「병인양요」, 「신미양요」 우리는 잘 싸워 이겼다', '외놈들은 사특하다' 등에서는 외세와의 긴장을 보여준다.

마침내 민중들은 각성되어 투쟁 준비를 거치는데 '우리도 단단히 차려야 한다', '전 선생에게서 상민이 '익산란민'들의 최후를 듣다', '상민이 산에서 '칼 노래'를 듣고 마을에 내려와 솔발소리를 듣다'와 같이 필연적인 '싸움'을 준비한다. 마침내 민중들은 봉기한다. 서문이 "주인 아씨'에게 신짝을 내 던진다', '문 서방 한밤중에 리 진사네 집을 나오다', '고부 백성들은 다들 일어나라', '리 진사 낮에 찍히다' 등에서는 민중들의 투쟁과정을 역동적으로 보여준다.

(2) 인물의 특성

『갑오농민전쟁』에 나오는 인물은 선악의 구별이 뚜렷하다. 여기는 사회주의 리얼리즘의 전형적 인물과 반동에 놓이는 인물의 구별이 뚜렷하여 종교적인 인물에 대한 비중이 약화되거나 가능한 등장시키지 않는다. 처음에 제시된 인물도 '사회주의적 행동이나 사고'라는 큰 틀에서 바뀌는 일이 거의 없는데 이는 '사회주의적 전형적 인물'인 셈이다. 그래서 이런 사회주의 문학에는 정밀한 내적 정서보다 오직 목표를 향한 투쟁만 강조된다. 겨우 주인공 오상민의 애인(영아)이 정서적인 인물로 등장하여 투쟁과정에서 낭만적 행각이 드러나는데, 이는 어디까지나 사회주의 이념을 드러내기 위한 장치일 뿐이다. 결국 계급투쟁에 충실한 내조자, 또는 '싸움(혁명)'의 주체로 나서기도 한다.

이런 정황으로 볼 때, 주인공 오상민은 사회주의 교시를 위한 전형적 인물이다. 즉 오상민은 『갑오농민전쟁』의 영웅이면서 사회주의 영웅이다. 곧 사회주의 입장에서 보면 사회주의 사상으로 투철하게 무장된 전형적인 인물인 것이다.

그렇다면 『갑오농민전쟁』에서 주인공 및 그의 추종자들은 동학혁명이라는 역사적 사실을 어떻게 수용하고 있는가. 이에 대해서 우선 북한 평론가의 해설을 참조해볼 필요가 있다. "작품의 주제·사상적 과제를 안고 있는 오상민을 비롯한 애국적 인민들의 형상에는 지난날의 계급투쟁을 옳게 그려 오늘 우리 근로자들을 계급의식으로 튼튼히 무장시킨 데 대한 당의 요구가 반영되어 있으며, 외래 침략자들과 봉건 통치 버릇에 반대하여 일어난 우리 선조들의 슬기롭고 용감한 투쟁에 대한 찬양과 우리 인민의 반침략·반봉건 투쟁에 대한 높은 긍지가……"처럼, 소설에 등장하는 인물은 사회주의 이념에 투철해 있다는 것이다. 이 같은 인물은 주인공 오상민과 전봉준을 비롯한 서로 다른

계급과 계층 인물들의 운명선을 통해 참다운 역사의 주체는 인민대중
이며, '인민이야말로 가장 훌륭한 애국자들'이라는 사회주의적 전형성
을 바탕으로 인물이 설정된다.

(3) 역사인식

박태원은 월북 전인 1947년에 3월에 『협동』에 글의 형태나 내용을
확인할 길은 없으나 "고부민란"이라는 글을 게재한 것으로 알려져, 나
름대로 동학혁명의 역사에 대해 이미 해박한 지식을 갖춘 것 같다. 그
렇지만 박태원의 북한에서의 행적은 앞에서 살펴본 바와 같이 당명에
불복했다는 이유로 수용소에 수용된 전력이 있다. 그러므로 박태원이
알고 있는 역사적 사실과는 별개로, 『갑오농민전쟁』에서는 당의 역사
방침에 충실할 수밖에 없었다는 점을 전제로 고찰해야 할 것 같다. 사
회주의 리얼리즘은 보통의 리얼리즘 문학의 공식과는 반대로 관념론의
토대 위에서 성립되었을 뿐 아니라, 혁명의 정서적 체험이나 정신적
긴장에서 생겨났다고도 볼 수 있다. 따라서 사회주의 리얼리즘의 창조
적 근원은 그 리얼리즘적인 주제나 형식의 밑바탕에 어쩔 수 없이 로
맨틱한 흐름을 지니게 된다. 사회주의 리얼리즘은 형식적 로맨티시즘
과 조금도 모순되지 않을 뿐더러 합리적인 관계라고 주장하는 학자까
지 있을 정도이다.
그러면 혁명적 로맨티시즘은 역사를 어떻게 수용하는가. 북한의 한
국사 서술은 철저한 민족주의로 일관하고 있다. 우리 민족의 고유성과
위대성을 기본 흐름으로 삼았으며, 특히 다른 민족과의 투쟁을 크게
부각시켰다. 가령 우리 민족의 형성에 대해서는 구석기 시대 이래의
고유성과 연속성을 강조했다. 그런가 하면 임진왜란(조국 전쟁)을 '원
쑤놈들에 대한 영용한 인민의 위대한 승리'로 부각시키고 있으며, 명나

라 군대의 파견은 아예 언급조차 하지 않았다. 문화 교류에 관해서도 중국 문화의 수입은 적게 취급하고 우리 문화의 일본 전파는 크게 취급했다. 그래서 소설 속에서 이러한 역사적 바탕은 하나의 교훈적인 가치로 회상되거나 제시된다. 이런 배타적 민족주의적 경향은 이른바 주체사상의 바탕이며, 북한의 현 체제를 지탱하는 지주로 볼 수 있다. 그러면 주체사상에서는 어떤 역사가 값진가. '강화도 척화비'와 '진주·익산민란'처럼, 민중들의 전통적인 저항을 제시한다. 즉『갑오농민전쟁』이 강화도 싸움이나 조선 말기의 민란과 같은 역사의 연장선상에서 일어난 자생적이고 주체적인 사건임을 강조한다. 이런 역사적 관점은 오상민, 오수동 부자와 같은 허구적인 인물을 설정하여 익산민란과 강화도에서 있었던 내부의 모순 및 외세에 대한 항쟁을 겪도록 함으로써 일정 부분 허구화 또는 왜곡의 과정을 거친다. 그러나 이 같은 정치적 목적 때문에 역사를 왜곡하는 것은 결코 정당화될 수 없으며, 계급투쟁의 강조 같은 시각의 차이와는 전혀 다른 차원의 문제이다. 하지만 이런 식의 왜곡된 역사 서술은 세계사적 맥락에서는 설 자리가 없다. 이 점이 북한의 역사 서술이 내포하고 있는 커다란 약점이다.

(4) 동학사상

북한의 천도교는 시천주(侍天主)를 바탕으로 인내천주의를 사회적으로 실현하기 위한 지도 이념이었다. 이런 지도 이념을 내세우고 대중침투에 힘을 기울였는데, 특히 민족 자주정신에 입각하여 민족의 완전독립, 즉 민족해방을 강조하는 동시에 민주경제의 건설, 즉 사회해방을 강조하면서 '친미반소와 친소반미적 경향'을 비판하였다. 민족해방과 계급해방을 실현하는 지도 이념에 교리의 초점이 맞춰졌으며, 이를 위해 북한지역의 천도교 조직은 일정한 탄압과정을 거쳐 「천도교 북조선

연원회」, 「천도교 북조선 종무원」, 「북조선 천도교 청우당」 등 3개 조
직체가 설치되었는데, 이 과정에서 290만여 신도가 약 170만 명(1947
년 기준)으로 축소된 것으로 알려졌다. 현재의 북한 천도교는 민족해
방과 계급해방의 전위단체로 존재한 것으로 알려졌다.

『갑오농민전쟁』에서는 동학 및 천도교의 교리가 사회주의 체제에 걸
러져 주체적 관념적으로 추상화되었다.

> ㉠ 슬프다. 그의 나이 마흔한 살……인내천, 광제창생, 보국안민의
> 원대한 포부를 실현하지 못한 채 그 뜻을 안고 교수대의 이슬로 그는
> 사라져 갔다.(『갑오농민전쟁』, 제 1 부 하권, 209쪽)

㉠ 위의 예문처럼 추상화된 사상이나 구호가 직접적으로 사용되고
있다. 당시 농민 봉기자들이 내세운 '인내천', '광제창생', '보국안민'과
같은 원대한 포부와 '척왜척양', '축멸왜양', '진멸권귀' 등 반침략, 반봉
건 구호들을 그대로 살려 씀으로써 역사적 인물들의 성격과 아울러 모
든 사상을 투쟁적인 것으로 일반화시켜간다.

전주화약 직전 전봉준이 손화중에게 "우리가 애초에 역성혁명을 일
으키려고 일어선 것이 아니다.(제 1 부, 상, 121-122쪽)"라고 하며 조
정이 내정쇄신의 요구조건을 수락하는 것은 근왕의식이 남아 있는 혁
명사상이다. "동학에서 말하는 것들은 모두 지도자들이 지어낸 말이
다.(2부, 하권, 90쪽)" 이는 오수동이 아들 상민에게 가르치는 말인데,
이를 통해서 보면 동학사상이나 종교적인 측면에서는 외면하고 있다는
사실을 짐작할 수 있다. 이렇게 동학의 사상이나 포접 조직의 역할이
무시되는 대신 이 소설에서는 오히려 충의계, 일심계, 활빈당과 같은
허구적 인물들이 활약하는 조직의 역할이 강하게 나타난다. 대신 남쪽
과 마찬가지로 최제우의 칼 노래(검결)가 사회주의 혁명사상의 전형으
로 제시된다.

ⓛ 문득 총각은 입을 열어,
룡천검 드는 칼을
아니 쓰고 어이 하리······
서늘한 목청으로 노래를 부르며 노래에 맞추어 칼을 쓰기 시작한다.
무수장삼(춤을 출 때 입는 긴소매가 달린 옷) 떨쳐입고
이 칼 저 칼 넌짓 들어
호호망망 너른 천지
한몸으로 비켜서서······(위의 책, 제 1 부, 상, 140)

역사소설에서 검결을 수용하는 남과 북의 차이는 일차적으로 각각의 문학적 토대에서 찾을 수 있다. 남쪽이 다양한 이념수용을 바탕으로 씌어지는 데 비해 북은 말 그대로 '공산당의 문학'이다. 따라서 동학사상의 해석조차 다르다. 동학혁명은 사회주의 이념이 들어오기 전에 있었던 역사적인 사건인데, 각기 다른 토양에서 자라는 두 식물을 보듯이 커다란 차이를 보이고 있다. 예컨대 '척왜양창의(斥倭洋倡義)'를 다루면서, 또 내부의 적이 봉건주의적인 부르주아를 향하면서도 지향하는 세계는 주체사상이나 계급해방에 초점이 맞춰져 있다. 다만 검결도 양기(陽氣)의 목적으로 소용되었다는 사실은 잘 알려져 있는데, 사회주의에서는 계급해방의 선동적 수단으로 수용된다. 동학사상이 사회주의적 교시로 응용되는 셈이다.

4. 소설로 형상화된 민중의 힘

베를린 장벽의 붕괴(1989)를 계기로 급속도로 진행된 동구혁명은 우리의 민족분단의 결과를 한 산물로 남겨둔 채, 20세기 사회주의 실험이 마침내 종언을 고했다. 이런 세계사의 변화와 민감하게 대응하면서 출발한 우리의 1990년대의 복판 1994년의 문화계에는 문민정부가 벌여

준 동학혁명1백주년이 있었다. 특히 이 시기에는 역사적 의미를 되새김하는 계기가 되었다는 점에서 주목할 필요가 있겠는데, 한국 사회의 변화는 90년대 중반으로 접어들면서 여러 가지 전환기적 양상을 드러내고 있었다. 이는 일시적인 현상이 아니라 사회구조 전반에 걸쳐 있다는 점에서 더욱 문제적인 의미를 지닌다. 강력하게 추진된 산업화의 과정 자체가 경제 자체의 논리에 의해 구조적인 조정 단계에 들어서고 있는 가운데, 사회문화의 영역에서는 탈이념화의 경향이 현저하게 드러나게 되었다. 특히 체제와 반체제의 대응논리로 갈등을 거듭해온 사회세력이 민주화의 과정에서 보수와 진보라는 새로운 이념을 중심으로 재편되는 등 매우 중요한 변화를 보이게 되었다. 그래서인지 이해에 쏟아져 나온 동학혁명 소재의 소설들은 크게 주목받지 못하였다. 아무튼 이해에는 많은 관심을 받아오던 박경리의 『토지』가 25년 만에 완간되어 찬사가 쏟아졌지만 동학혁명1백주년의 문제와는 별 의미 연결이 없었던 것 같다.

동학혁명1백주년을 전후하여 발표된 동학혁명을 소재로 한 역사소설로는 강인수의 『낙동강』(1992), 채길순의 『소설 동학』(1993), 한승원의 『동학제』(1994), 박경리의 『토지』(부분·1994), 송기숙의 『녹두장군』(1994), 강인수의 『최보따리』(1994), 이병천의 『마지막 조선검 은명기』(1994), 채길순의 『흰옷 이야기』(부분·1997) 등을 들 수 있다. 여기서는 『녹두장군』과 『토지』, 『동학제』 세 작품을 중심으로 고찰하기로 한다. 나머지 작품을 논외로 한 이유는 강인수의 『낙동강』과 『최보따리』는 앞 장에서 밝힌 대로 동학소설의 성격도 아울러 지니고 있기 때문이며, 이병천의 『마지막 조선검 은명기』는 동학혁명의 역사를 소재로 한 소설이라기보다 동학혁명 후 패배와 분노의 바탕에서 왜무사와 호쾌하게 진검승부를 벌이는 내용의 소설로 역사적 사실에 충실하기보다는 많은 부분이 상상력에 의존한 소설이기 때문이다. 그리고 졸저 『소설 동학』은 아직 미완으로 전체적인 평을 내리기 어렵고 『흰옷 이야기』는 1권이 동학혁명을 소재로 한 역사소설인데, 충청도 동학 활동을 주된 초점으로 동학혁명의 역사과정을 간접적으로 보여주는 소설이다. 졸저에 대해서는 객관적인 평을 위해 논외로 둔다.

1) 동학혁명 역사의 총체적 구조물 『녹두장군』(송기숙)

『녹두장군』은 19세기의 평범한 농민들을 중심으로 하여 농촌사회의 기본적 생산관계 속에서 봉건 말기의 사회경제적 모순을 포착해내고, 그 모순을 극복하려는 농민들의 투쟁을 투철한 역사관과 풍부한 역사적 자료를 바탕으로 형상화한 작품이다. 특히 풍부한 풍속 묘사를 생생한 형상으로 펼쳐 보이는 데 성공하고 있는 셈이다. 이는 작가가 농민적 정서와 체험이 풍부할 뿐더러, 1980년 광주민중항쟁이라는 '대중적 역사체험'을 통해 역사와 변혁운동에 대한 사회과학적인 인식을 획득할 수 있게 된 작가의 시대적 정신적 진전을 보여주는 수작으로 평가되기 때문이다.

『녹두장군』에 대해, 작가의 역사와 현실에 대한 인식과 구조적 특징, 인물, 사상 등으로 나누어 살펴보기로 한다.

(줄거리)

제 1 부(1, 2권) : 조선 말기 봉건제의 모순이 심화되면서 민중 민족 종교 동학이 등장한다. 1864년 최제우가 '사도난정(邪道亂正)'으로 처형된 후 동학도들은 동학도라는 이유로 봉건권력으로부터 한층 더 심한 가렴주구에 시달렸다. 1892년 11월 삼례에서 교조신원운동이 열리게 되기까지의 시대 분위기와 대중 집회를 다루고 있다. 1892년 8월 선운사 도솔암 미륵 비결(秘訣)을 놓고 손화중이 동학 접주들과 상의하여 민중들의 기대에 부응하는 방식으로 그 비결을 꺼낼 것을 논의하는 데서부터 출발한다. 당시가 변혁을 열망하던 시기이고, 농민군 지도자들은 그 열망과 동학사상 및 조직을 연결시킬 능력을 가진 인물들이

등장한다. 1892년 11월에는 삼례에 수천 명의 동학교도가 모여 동학을 공인하고 동학교도에 대한 부당한 가렴주구를 중지할 것을 요구한다.

제 2 부(3, 4권) : 1893년 2월 서울에서의 복합상소와 3월의 보은집회를 거치면서 동학 상층부와 하층 농민들의 기대 차이가 드러난다. 이때 고부 군수 조병갑이 강제 부역으로 쌓은 만석보의 물세를 강제로 거둬들이자 전봉준을 중심으로 고부군 농민들은 봉기를 결정한다. 서울에는 '척왜양(斥倭洋)'을 주장하는 방문들이 나붙고, 전주에서는 민회가 열린다. 그러나 복합상소는 성과 없이 끝나고 수령들의 수탈은 심해만 갔다. 전봉준이 살고 있던 고부 군에서는 군수 조병갑이 세미를 강제로 거두고 농민들을 만석보 부역에 동원하여 원성을 사고 있었으며, 전봉준의 아버지 진창혁이 이에 항의하여 소(訴)를 올렸다가 곤장을 맞아 그 후유증으로 죽게 된다. 3월 11일부터 4월 2일까지 보은에서는 북접의 최시형과 서병학이 지도하는 교조신원운동이 열리고, 동시에 전라도 금구현 원평에서는 전봉준·서장옥을 중심으로 만여 명이 별도의 집회를 가졌다. 그러나 보은에서 어윤중의 회유로 최시형·서병학 등 교단 지도부가 도망함으로써 지도부는 하층 농민과 멀어지게 되었다.

제3부(5, 6, 7권) : 고부민란을 다루고 있다. 조병갑이 다시 재임되어 고부로 오게 되자, 1894년 1월 10일 천여 명의 농민이 고부 관아를 습격했다. 비록 조병갑을 놓쳤지만 물세를 돌려받고 아전들을 징치하는 등 자치활동을 하면서 '대동(大同) 세상'을 이룩한다. 2월 29일 신임 군수 박원명이 와서 민란의 요구 조건이 일부 관철되자 고부 농민들은 일단 해산을 하였다. 그러나 해산 다음날 안핵사 이용태가 역졸들을 끌고 와서 농민군을 색출한다며 온 동네를 휩쓸고 다니며 약탈·강간·방화 등 만행을 저지른다.

제4부(8, 9, 10권) : 1894년 3월의 1차 봉기에서 4월의 전주입성과 전주화약(全州和約)을 다루고 있다. 역졸들의 만행에 분노한 고부 농민과 농민전쟁을 준비해오던 무장 등 여러 고을 농민들이 3월 23일 고부로

진군한다. 농민전쟁의 단계로 들어간 것이다. 4월 6일에는 야습으로 황토재 전투에서 승리하고, 4월 22일 황룡강전투에서도 승리를 거두어 여세를 몰아 4월 27일 마침내 전주에 입성한다. 그러나 5월 초 청(淸)과 일본 군대가 출동한다는 소식이 들리고 보리 걷이와 모내기철이라 농민군이 동요하는 가운데 신임 전라감사 김학진과 전주화약을 맺고 각 고을마다 집강소(執綱所)를 두어 농민전쟁의 목표를 차례로 실천해나간다.

제5부(11, 12권) : 농민정권인 집강소 기간과 10월의 2차 봉기에서 11월 초의 패배를 다룬다. 전주화약을 맺고 집강소를 설치하는 과정에서 곧장 서울로의 진격을 주장한 김개남과 전봉준 사이에 불화가 드러난다. 급기야 청일전쟁이 터지고 일본에 의해 강제로 실시된 갑오개혁은 내용상 농민군의 요구를 상당히 반영한 것이었지만 개혁의 후퇴를 보면서 10월에 2차 봉기를 한다. 1차 봉기 때와 달리 거의 전국적인 지역에서 신식 무기를 갖춘 일본군과 관군의 막강한 화력 앞에서 맨몸으로 싸울 수밖에 없었다. 농민군은 우금티 고개에서 패배함으로써 더 이상 재기하지 못하고 농민군의 중요 지도자들은 대부분 체포되고 사형 당한다. 그리고 농민전쟁에 가담한 사람들은 관군과 지주에게 참혹하게 짓밟히게 된다.

⑴ 작가의 역사현실 인식과 구조적 특징

1980년 광주민중항쟁의 '대중적 역사체험'을 바탕에 둔 작가 송기숙 자신의 말처럼, '험난한 현실을 역사의 맥락에서 느끼고 생각할 수 있었기' 때문이고, '민중이 자발적인 합의에 이르면 엄청난 힘이 분출한다는 사실'에 대한 굳건한 믿음이 작가의 인식이다. 따라서 녹두장군 전봉준이란 영웅은 작가의 이런 민중사관에 대한 낙관론의 소산이며, 작가는 이를 민족의 저력이라고 여긴다. 의식 있는 작가란 이런 민중의 잠재력을 끌어내는 사람이며, 새 시대에 필요한 인물에 대한 갈망일 것이다. 이처럼 『녹두장군』의 기본 축은 '변혁의 수레바퀴를 굴리는 민중'이다. 즉 역사의 물줄기는 민중에 의해 돌릴 수 있다는 민중들의 잠재된 힘에 대한 확신으로부터 비롯되었다. 따라서 『녹두장군』은 동학혁명의 주된 힘이 바로 민중이라는 역사인식에서 비롯되었고, 동학혁명을 전후한 진주민란, 임오군란, 문경민란 등의 역사적 사건들은 서로 유기적인 관련을 맺고 있는 사건으로서, 민중들의 소중한 체험으로 선택되고 있다.

무위영 훈련도감 군졸로 임오군란에 가담했던 경력이 있는 임군한은 장성 갈재의 화적패 두목이다. 서울로 가는 뇌물이나 부잣집을 털어 전봉준에게 자금을 대면서 농민전쟁이 일어났을 때는 화적패들을 끌고 전봉준의 호위를 맡는 인물이다. 임진한은 진주민란에 가담했다가 산에 박혀 포수들을 거느려 왔다. 임문한은 이필제의 난이 실패한 후 문경민란을 재차 도모했다가 지금은 대둔산 화적패를 이끄는 임문한과 함께 '녹림삼걸'로 불린다. 이들은 19세기에 숱하게 출몰했던 화적(火賊)인 셈인데, 우리는 소설에서 전개되는 이들의 활동에서 19세기 후반의 생산자인 농민의 집단항쟁인 민란과 토지에서 유리된 농민의 최후 생존수단으로 선택될 수밖에 없었던 화적조직의 상호 연관성을 보여준다. 그리고 이들이 동학혁명군의 무장전투조직으로 변화해 가는 역사적 과정을 의미 있게 조망해 볼 수 있다. 따라서 19세기 말에 있어온 일련의 사건들이 모두 갑오년 동학혁명을 향해 물줄기를 대고, 이런 물줄기가 어떻게 역사를 바꾸는지를 보여주고 있는 셈이다. 이런 과정은 작가의 구체적인 역사와 관련된 현실 인식으로 '광주체험'과 밀접한 관련이 있어 보인다. 따라서 작가는 동학혁명을 중심으로 전후의 역사가 모두 정신사적 맥을 잇고 있다는 역사인식으로 비롯되었다고 볼 수 있다.

(2) 다양하게 개성화된 인물

『녹두장군』에 등장하는 인물은 역사적 인물을 비롯하여 허구적 인물에 이르기까지 다양하다. 이들은 당대의 인물이기도 하지만 엄격하게는 오늘의 현실과 맞닿아 있을 뿐만 아니라, 어떤 점에서는 미래적 인물이기도 하다.

동학혁명의 지도자 녹두장군 전봉준, 동학 북접 쪽의 손병희·서병학·손천민·김연국, 남접 쪽의 서장옥·손화중·이방언·김덕명·최경선·김개남·송희옥·손여옥, 공주 우금티 사건 뒤에 전봉준을 발고하는 김경천, 유생 출신으로 농민군에 가담한 이유상·김원식 등이 등장한다. 대체적으로 이들과 대립하는 인물로는 고부 군수 조병갑으로부터 전라감사 김문현, 금송아지 대감 민영준, 민영준과 대립관계에 있던 좌의정 조병세, 영의정 심순택, 무당 진령군, 민비, 고종, 대원군에 이르기까지 많은 인물이 등장한다. 이 밖에 봉기 이후 조병갑과 교체되어 유화책을 폈던 고부 군수 박원명, 농민군과 전주화약을 맺고 선화당을 전봉준에게 내주어 고루한 유생들로부터 '도인감사'란 비난을 받은 전라감사 김학진, 고부민란을 농민전쟁으로 발전시키는 직접적 계기를 제공하게 된 안핵사 이용태, 청일전쟁을 일으키는 원세개와 이홍장, 오오토리와 이또오 히로부미까지 그 시기 역사의 흐름 속에 있었던 다양한 역사적 인물들의 성격이 생생하게 살아 있다.

작가에 의해 창조된 허구적 인물로 전봉준의 영향권 안에 있는 고부군 하학동 사람들, 조소리 사람들, 임군한이 거느리는 장성 갈재의 화적패들은 실제로 소설을 이끌어 가는 중심 집단이다. 결국 이들이 역사의 주인공이었던 것처럼 실제 『녹두장군』을 이끌고 가는 중심인물들이다. 그리고 이들과 직접 대립되는 이들로 조병갑이나 아전 삼흉(三兇) 같은 자들 외에 지주인 하학동의 이주호를 위시하여 이주호보다 훨씬 부자이면서 더 지독한 진선리 정 참봉, 토색질하는 밤실의 김 진사, 소작인의 딸들을 데려다 제 첩으로 삼는 진산의 부자 방필만은 모두 허구적 인물로, 당대의 시대상이 잘 드러나는, 그러면서 핍박과 피압박의 현실과 무관하지 않은 개성적 인물이다.

『녹두장군』의 중심인물인 고부군 하학동의 청년 김달주는 아버지가 장두(狀頭)로 나섰다가 관의 곤장을 맞아 죽은 뒤 전봉준을 만나 새로운 현실에 눈을 뜬다. 달주는 김덕호와 임군한을 만나 그들의 심부름을 다니면서 좀 더 구체적인 행동을 위한 집단의식에 차츰 눈을 뜨게 된다.

김덕호는 인천에서 개항장 객주로 있다가 아편을 밀매하는 일본인을 죽이고 도망하여 전라도에서 물상객주로 어음 교환, 무기 밀매 등을 하면서 그 재력으로 사방에 연줄을 늘어놓아 후견인으로 전봉준에게 자금을 대면서 모든 정보를 제공하는 인물이다. 임군한은 임오군란 때 주도적인 인물이고, 임진한은 진주민란, 임문한은 문경민란 때의 인물로 일찌감치 시대정신에 눈을 뜬 인물들이다. 이처럼, 역사적인 인물보다는 작가의 세계를 드러내기 위해 창조된 인물이 훨씬 더 개성이 뚜렷하게 드러나며, 행동의 폭 또한 넓다. 이들은 당대의 모순된 현실 앞에 분노와 아우성, 익살과 청승 등 다양한 삶으로 대처해 나게 되며, 결국 이들의 진솔한 삶은 민족문학의 정서를 풍부하게 드러내준다.

(3) 다양한 삶의 방식에 반영된 사상

작가 송기숙은 『녹두장군』에서 당시의 동학사상을 현실적으로 재해석하며, 현재화된 인물을 통해 다양하게 형상화한다.

① 인내천사상 : 동학 교단이나 지도자들이 내세우는 인내천을 교단의 종교적 해석을 거부하고 인간 중심 사상으로 치환시켜 놓는다. "하늘의 일은 한울의 주인인 한울님이 해야 하고, 인간 세상의 일은

인간 세상의 한울님인 인간이 해야 한다"고 하여 사회개혁 논리를 작가 나름대로 체계화시켜 소설에도 이 같은 논리가 적용되었다. 그래서 기존의 작가들이 사상문제만큼은 혁명 당시를 추상적으로 원용하는 데 비해 송기숙은 이를 재해석하여 수용한다. 예컨대, 『녹두장군』에서 전봉준은 그들의 계원들에게 "너무 한울을 강조하지 말라"고 주의를 준다. 한울을 강조함으로써 신비주의에 빠질 위험을 경계한 것이다. 이는 오늘날 종교적 신비주의 관점이 문학적 바탕은 될지언정 형상화에 직접 드러나지는 않기 때문이다. 현실적인 모순을 혁신하는데 있어서 신비주의는 투항적 요소라는 사실을 작가는 현실적 안목으로 꿰뚫어 보고 있는 셈이다. 여기서 현실적 안목은 당시 그들이 지녔음직한 신비주의를 의도적으로 배제시킨다. 즉 종교적 이념에 충실한 것은 흔히 개혁의 반대의 자리에 놓일 수 있기 때문이다. 작가의 다음과 말이 이를 뒷받침한다. "교단이 표면적으로는 동학이 유·불·선 삼교의 통합이라고 주장하지만, 그것은 탄압에 대응하는 소리이고, 동학은 그 당시 신분제뿐만 아니라 지주 소작제이며 삼정의 문란 등 모든 모순을 극복할 사회개혁의 이념적 지도 원리로 제시된 것이며, 특히 동학의 핵심인 인내천 사상은 주자학을 정면으로 부정한 사상"이라는 것이다. 논리 전개에 표면적으로는 하늘을 매개하고 있지만, 그 하늘은 종교적인 신비주의의 대상이 아니라 바로 인간을 하늘이라고 하여 하늘을 인간과 합치시킴으로써 실제로는 오히려 신비주의를 지양하고 있다는 것이다.

② 개혁사상 : 『녹두장군』에서 작가는 동학사상을 온전히 개혁이라는 안목에서 살핀다. 이는 작가의 말에서도 확인된다. "동학은 신을 내세우지 않는 인간 중심의 사상이고, 내세관이 없으며, 이 세상을 개혁하여 새로운 세상을 만들어야 한다는 것이므로 유교처럼 일반 종교와는 크게 구별해서 보아야 할 것"이라 함으로써 오직 인간 중심의 개혁이다. 그렇다고 종교적인 선행의식이 전혀 없는 것은 아니지만 사회·정치·사상적인 면이 훨씬 강하다. 즉, 온전히 사회·정치 개혁 사상이라는 것이다. 이 같은 동학의 인간 중심 사상은 인내천의 평등 사상으로 구체화되어 지금의 세상을 선천세계로, 그 평등사상에 의해서 후천세계로 개벽을 해야 한다는 것이다. 이런 변화과정을 묶어서

개벽이라는 혁명적 용어로 표현하고 있다. 비록 선천이니 후천이니 하는 종교적 표현을 쓰고 있지만, 후천개벽의 구체적인 내용은 반상과 빈부 등 현세의 모든 사회적 질곡을 포괄하고 있다. 이는 사회를 변혁하지 않으면 안 된다는 획기적인 개혁사상이었다.

③ 평등사상 : 종도 사람이니 하늘이고 양반도 사람이니 하늘이고 임금도 사람이니 하늘이라는 것이다. 겉으로는 모든 인간의 존엄성만을 내세우고 있는 것 같지만, 모두가 하늘이라고 함으로써 모두가 하늘인 상태에서 평등하다는 것이다. 최제우는 두 사람의 여종을 하나는 며느리로 삼고 하나는 수양딸로 삼았으며, 최시형은 대가족제도 속에서 가장 열악한 위치에 있는 며느리에 특별한 관심을 갖는 등 평등사상을 한층 실천적으로 제시하였다. 종을 천대하는 것은 하늘을 천대하는 것이며, 남이 먹는 밥을 빼앗는 것은 하늘이 먹을 밥을 빼앗는 것이므로 하늘에 죄를 짓는 것이고, 심지어 다른 사람이 굶는데 자기만 먹는 것은 하늘이 굶는 것을 보면서도 자기만 배불리 한다는 죄로 파악한다.

④ 인간 중심 사상 : 동학의 인간 중심 사상은 최시형의 제례의식에서 가장 잘 나타난다. 이른바 "향아설위(向我設位)"라 하여 "제사상을 차릴 때 젯밥을 귀신 쪽으로 놓지 말고 하늘인 사람 앞으로 놓아라"했다. 이것은 우리의 인류학적으로도 획기적인 발상이다. 전통적인 제례의식까지 이렇게 고쳤다고 하는 사실에서 최시형의 사상적 깊이를 짐작할 수 있다. '인내천'은 최시형의 시대보다 손병희 때 와서 정면으로 표방되었다. 다만 최시형은 '인내천'을 구체적으로 표방하지 않았지만 이를 적극적으로 실천했던 것으로 알려졌다. 신분제도 등 불평등사상은 주자학의 이념적 기초 위에서 이루어진 것이다. 당시에 '인내천'을 내놓고 표방한다는 것은 주자학에 대한 구체적인 도전이 되기 때문일 것이다. 그렇지 않아도 동학이 이단으로 탄압받고 있는 당시로서는 인내천을 큰 소리로 내세울 수는 없었던 것이다. 칼 노래를 동경대전에서 제외시킨 것이나 창도 주에 대한 신원의 상소문을 유교적인 내용으로 위장했던 사실에서도 이런 사정을 짐작할 수 있다.

⑤ 민족주의 : 조선왕조 말기에 나타났던 신흥종교는 거의가 현세적이며 민족주의적 요소를 지니고 있으며, 미륵사상에 바탕을 둔 개

혁사상을 담고 있다. 일제의 침략에 대응하는 인물들의 활약은 모두 민족주의 사상을 작품 속에 담아내고 있다.

『녹두장군』에서는 인물의 행동 혹은 사건을 대체적으로 봉건과 반봉 건, 보수와 진보의 갈등으로 설정하고 이에 대한 투쟁을 통하여 사상 을 받아들인다.

⑷ 이야기와 노래 등 구전물이 지닌 민족정서

『녹두장군』의 고유 문학적 정서의 폭을 넓혀주는 것은 다양한 등장 인물들이 벌이는 입담이나 행동, 심지어 설화나 참요와 같은 구전물들 이다. 선운사 미륵불 배꼽에 숨겨진 비결을 꺼내는 이야기는 이 소설 의 고유 정서를 드러내주는 중요한 축을 형성하고 있다. 이외에 소설 을 한층 풍부하게 하는 설화적 요소들이 많은데, 대표적으로 충청도 신례원 전투에서 활약했다고 알려진 소년장수 이야기라든지, 동학 농 민군을 진압하러 내려온 관군의 대포구멍에서 물이 나왔다는 이야기, 충청도 회덕의 노비들이 양반들의 불알을 깐 이야기, 예산 군수가 도 망가면서 당나귀를 거꾸로 타고 간 이야기 등의 삽화가 구수한 입담에 실려 전해진다. 또, 전봉준의 체포와 관련하여 '경천(敬天)'을 조심하라 는 점괘이야기, 전봉준이 부하들로 하여금 총을 쏘게 하였으나 가슴에 서 탄알 껍질을 툭툭 털면서 아무렇지도 아니한 모습을 보여줌으로써 농민군들의 사기를 진작시켰다는 이야기, 장성 황룡촌 전투의 승리와 관련된 장태 이야기 등 다양한 이야기들이 채록되고 있으며, 『녹두장 군』 속에 형상화되고 있다. 이 같은 동학혁명과 관련된 이야기들은 이 미 갑오년을 전후하여 민중들 사이에 전승되기 시작했으며 '파랑새요' 와 '가보세 가보세'가 대표적인 구전 민요들이다.

이상과 같이 『녹두장군』의 특징을 여러 측면에서 살펴보았다. 『녹두장군』은 동학혁명을 소재로 다룬 다른 소설보다 많은 장점을 지닌 소설로 보인다. 이런 『녹두장군』이 거둔 문학적 성과에 비해 문제점도 몇 가지 지적된다. 작가 자신이 후기(後記)에서 밝힌 것처럼, 소설의 바탕이 되었다는 많은 사학자들의 연구자료 탓인지 역사적 사실에 너무 충실한 나머지 소설적 발걸음을 무겁게 하지 않았나 싶다. 인물의 관계도 너무 정밀하여서 도리어 소설의 흐름을 늦추게도 하지 않았나 싶다.

2) 역사의 불행한 씨앗이 된 '동학', 『토지』(박경리)

우리 문학에서 대하소설의 대명사라 할 『토지』는 1890년대 평사리 최 참판 댁을 배경으로, 최 참판을 중심으로 소작인과 노복들, 그리고 농민들 사이에 벌어지는 파란만장한 삶을 파노라마식으로 전개해 나가고 있다. 그동안 『토지』에 대한 문학적 성과에 대해서는 많은 논의가 진행되어 왔으며, 우리 문학에 큰 업적을 남겼다는 찬사가 지배적이다. 필자도 이 같은 견해에 대해 공감하지만, 본고에서는 특히 역사인식과 인물 부분에 대해서만 논의하기로 한다. 먼저, 『토지』와 동학혁명과의 연관 관계를 살피기 위해 1부의 줄거리를 살펴본다.

『토지』(1부) : 최 참판 댁의 최치수는 조선시대의 전형적인 양반 선비형으로, 그는 선대에서 물려받은 만석의 부를 누리며 청상과부인 어머니 윤씨, 그리고 외동딸 서희와 함께 살고 있다. 그런데 어머니 윤씨는 일찍이 동학당의 장수인 김개주에게 욕을 당해 환(일명 구천)이라는 자식을 낳은 비극을 안고 있는 여인이다. 이런 비극적 삶을 안고 태어난 환이는 뛰어난 재능에도 불구하고 천역으로 풀려 마침내는 최 참판 댁 노복으로 흘러 들어온다. 환이는 별당 아씨와 눈이 맞아 불륜의 도피 행각을 감행하기에 이른다. 이에 최치수는 오직 보복의 일념으로 살아간다. 마침내 최치수가 구천이 산속에 숨어 있는 것을 알고 추격하나 실패하고 만다.

한편 최 참판 댁의 계집종 귀녀는 제 신분을 초월할 야심으로 최치수에게 접근하며, 마침내 김평산과 공모하여 칠성의 씨를 받은 후 최치수를 교살하기에 이른다. 그러나 윤 씨 부인의 심문에 걸려 일당은 관아에 끌려가 죽음에 처해진다. 평사리에는 호열자가 창궐하여 최 참판 댁에는 윤 씨를 비롯하여 수삼인의 노복이 하루아침에 시체로 변하고 마을에서도 줄줄이 초상을 치르는 비극을 맞는다. 이어 한·일 합방이라는 참담한 소식이 평사리 마을까지 흘러들어오고, 흉년까지 겹친다. 이때 최 참판 댁에 먼 외가뻘 되는 조준구가 나타난다. 조준구는 아내 홍 씨와 병신자식 병수를 데리고 와서 최 참판 댁의 주인 행세를 한다. 더구나 조준구는 친일파의 앞잡이 노릇까지 하며 재산을 노려 음모와 계략은 더욱 교활해진다.

드디어 반기를 든 농민들은 윤보의 지휘 아래 조준구를 습격하지만 그를 찾지 못하고 곡식과 재물만을 탈취하여 의병에 가담한다. 그러나 윤보의 죽음으로 의병마저 뿔뿔이 흩어지게 되고, 김 훈장·용이·영만·길상·임이네 등은 서희와 함께 평사리를 떠나 간도로 들어간다.

작가는 굳이 『토지』가 역사소설이 아니라고 밝힌다. 이는 '작품을 쓸 때 미리 어떤 역사적인 사실을 전제해 두고 거기에 개인을 끼워 맞추어 넣지는 않기' 때문이라는 것이다. 이는 박경리 문학의 근본을 엿볼 수 있는 대단히 중요한 의미를 지니는데, 결론적으로 박경리 문학이 인간의 삶의 배경인 역사와 사회현실, 또는 양자의 상호 관련 양상이 아니라 그것들을 초월하여 존재하는 인간의 본성 또는 인간존재의 초월적 일반성을 탐구하여 드러내는 것이다. 말하자면 "때로는 돈이 지배하는 냉혹한 현실 논리로, 또는 거칠고 야비한 사내들의 짐승 같은 욕정으로, 또는 운명처럼 거역할 수 없는 무형의 힘으로 변주되는 외부세계의 폭력 아래 드러나는 인간의 본성 또는 이를 통해 알 수 있는 인간존재의 일반성이 중요한 관심사"이기 때문이라는 것이다. 여기서 작가의 동학혁명에 대한 역사인식의 단면을 엿볼 수 있는데, 동학혁명이라는 역사는 단지 '한낱 폭력적이고, 평탄한 패러다임을 깬 사건'으로의 인식이다. 그 증거로 동학혁명이 숱한 민중들의 '피 값으로 얻은 생산적인 의미'가 아닌 '최 참판 댁 몰락'의 단초가 되는 사건으로 채택되었다는 설정이 그것이다. 이후 『토지』의 소설적 진행이 '몰락한 최 참판 댁의 복구'에 있다면 더욱 그렇다.

이 소설에서 최초로 일어나는 충격적인 사건은 구천과 별당 아씨의 신분을 초월한 애정결합이고, 광에 갇혔다가 도망치는 사건이다. 구천은 윤 씨 부인이 연곡사에 불공을 드리러 갔다가 우관 스님의 친동생이자 동학군 장수인 김개주에게 겁탈을 당해서 낳은 사생아다. 구천은 이 소설에서 아주 중요한 역할을 하는 인물인데, 동학도가 됨으로써 시대적 상징성을 지닌다. 이 소설에 의하면 최 참판 댁의 몰락은 '동학군'으로 비롯되었다.

또, 1부 끝에 행동이 구체화되는 윤보의 행적이다. 동학혁명에 대해서는 윤보 자신의 직업인 대목(목수)의 속성처럼 '집을 짓고 나서 연장 챙겨들고 훌쩍 뜨는' 방관자적 입장이고, (동학혁명에 대해서는) 옳고 그름에 대한 어떤 인식도 보여주지 못한다. 아울러 역사인식도 매우 추상적이다. 이에 비해 윤보의 의병 활동은 꽤 구체적이다. 실제로 봉건층으로부터 어떤 혜택도 받지 못한 천민의 신분이면서도 직접 군사를 일으켜 의병싸움에 참가하여 활동하다가 죽는다. 그나마 최 참판 댁을 파탄으로 몰고 간 조준구를 주된 적으로 삼는다는 설정으로, 결코 진보적인 전망을 지닌 인물이 아니다. 우리의 역사에서 동학혁명과 의병사 중 어떤 역사적 사건에 무게를 두느냐 하는 문제는 작가의 역사의식의 단면을 짐작하기에 충분하다. 일반적으로 동학혁명이 반봉건적 이름 없는 프롤레타리아 계급에 의해 수행된 전쟁이라면, 의병은 외세에 대항했다고는 하지만 전 시대에는 동학혁명군을 토벌했던 유도군(儒道軍)에 뿌리를 둔 조선 오백년을 이어온 영화를 지속하려는 봉건적 부르주와지 중심의 '지각 의병'이다. 『토지』에서는 동학혁명을 '비극의 씨앗'으로 수용하고, 후자인 의병에 대해서는 '몸을 던져서 싸울 만한 가치가 있는 싸움'으로 보았다. 동학혁명 시기에 전개된 왜군의 동학혁명군 토벌전이 조선 침략의 발판이었다는 사실은 동학혁명군만 알고 유림이 몰랐다는 사실은 있을 수 없다. 요컨대, 반봉건적 구국적 발로에서 시작된 민중·민족적 역사인 동학혁명이 『토지』에서는 한낱 '최 참판 댁 몰락과 재건'이라는 큰 서사 구조물에서 불행의 씨가 된 것이다.

그러면 우리 민족에게 '토지'가 지니는 상징적인 의미는 무엇인가. 민중들의 '밥' 혹은 '생명'의 개념으로, 봉건사회에서 지배계급의 끊임없는 착취 대상이 되었고, 민중들은 이를 투쟁으로 지켜왔던 것이다. 이 같은 긴장이 더는 견딜 수 없는 한계 상황으로 치달아왔던 것이 조선 말기이며, 이는 동시에 『토지』의 역사적 배경이다. 이렇게 우리 역사에서 자생적으로 자라온 민중 변혁의 열망이 성공하느냐 실패하느냐 하는 동학혁명 당시의 숨 가쁜 상황에 대해 원인이나 과정에 대한 고찰도 없이 오직 추상적으로 제시되었다가 '최 참판 댁의 몰락'의 결과를 남기고 막을 내린다. 그러면 최 참판 댁의 몰락을 가져온 동학혁명이란 역사에 대해 작가의 인식은 무엇인가. 이런 바탕에 『토지』의 새로운 이데올로기가 등장한다. 즉 서희를 축으로 하여 조준구에게 빼앗긴 최 씨 집안의 농토를 되찾기 위한 한이 서린 집념이라는 소아적 이데올로기와 『토지』에 등장하는 인물들이 총망라되는 강점당한 조국의 주권상실을 회복하려는 독립 쟁취라는 대아적 이데올로기로 요약되는데, 이런 이데올로기 설정이 애매하다는 것이다.

다시 본질의 문제로 돌아가, 윤 씨 부인을 겁탈한 동학군 장수 김개주는 역사적 인물인가 아니면 허구적인 인물인가. 지극히 정결하고 도덕적인 최 참판 댁 윤 씨와 윤 씨를 겁탈한 동학군의 용장 김개주에 대해 더 깊이 고찰할 필요가 있다.

　㉠ ……동학군을 도와주었다는 소문도 얼핏 지나갔고 그것은 아마 동학군이 휩쓸고 지나가면서 숱한 인명을 살상하고 파괴·방화를 했으며 읍내에서만도 강변 솔밭에서 토호, 아전, 군교들과 결탁한 향반들을 처형했음에도 최 참판 댁에서는 도망치려는 하인들이 몇 명 붙잡혀 매를 맞았을 뿐 별 피해가 없었던 실정에서 나온 말인 성 싶었다.(『토지』, 제 1 부 제1권, 128쪽)

　㉡ ……죄의 씨를 뿌렸던 당사자 김개주도 이제는 이 세상의 사람이 아니다. 폭풍 같고 불덩어리 같고 그런가 하면 냉혹하기가 얼음 같았던 야망의 화신, 동학의 한패를 이끌고 피에 주린 이리떼같이 양반에 대하여 추호의 용서가 없었던 사나이는 죽어 흙 속에 썩고 있는 것이다.(『토지』 제 1 부 제2권, 258쪽)

　㉠을 보면 작가의 동학에 대한 이해가 모호하다. 살인·방화와 같은 아주 포악한 동학군이지만 최 참판 댁은 그나마 김개주 때문에 무사했다는 뜻으로 보인다. ㉡의 내용에 따르면, 김개주는 아들을 얻기 위해 절로 들어온 윤 씨 부인을 겁탈하고, 이의 결과로 환이가 탄생한다. 그러면 이 같은 폭력은 김개주 개인에 국한된 것인가, 아니면 동학군의 일반적인 속성인가. 아무튼 『토지』에서는 동학혁명에 대한 인식이 모호하다.

　뒷날, 윤 씨는 동학군 대장 김개주가 전주 감영에서 효수되었다는 말을 들었을 때 한 줄기 뜨거운 눈물을 흘린다. 그러면 ㉡에 나타나는 피에 주린 이리떼 같은 김개주는 누구인가. 초기 행적이 추상적으로 알려진 동학혁명의 거두 김개남은 한낱 천민이고, 잔악한 장수여서 체포된 뒤에 후환이 두려워 전주감영에서 즉결 처분한 것으로 알려졌다. 이런 김개남의 포악한 이미지는 당시 민중들의 인상에 강하게 남아있어서 김개주는 김개남과 유사한 이미지다. 역사연구가 본격화되기 전까지 김개남은 한낱 천민이고, 포악한 장수로 알려졌었다.

이 땅의 토지나 역사를 걸게 가꾸어 나가는 주체는 건강한 민중이다. 이런 개혁 지향적인 김개주라는 인물을 겨우 아녀자나 겁탈하는 욕망의 화신으로 드러냄으로써 건강하지 못하다. 새로운 세상을 위해 일어선 동학혁명군을 표상하는 김개주의 겁탈행위를 두고 '봉건사회의 지배 가치와 비인간화 현상에 대한 도전과 반역으로서의 역사의 변혁 원리'라지만, 왜 하필 건강하지 못한 민중에 의한 변혁의 원리인가. 또 겁탈의 산물인 환이에 대해 '새로운 사회 탄생을 혁명적으로 수용한다'거나 '역사적인 생산가치'라고 애써 의미를 부여한다. 그렇지만 환이의 삶은 청순한 아녀자와 애정 행각을 벌이는 건강하지 못한 인물로 설정되었을 뿐이다. 그러면 민중들에게 건강한 변혁은 기대될 수 없다는 것인가.

3) 역사도 한도 아닌 낭만적 상상물, 『동학제』(한승원)

일부 논자들이 역사소설에 대해 강한 회의를 드러내곤 하는데, 그 이유를 역사소설이 역사 자료나 국사학계의 연구 성과를 근거로 삼기보다는 작가의 상상력에 의존함으로써 실제와 동떨어진 내용을 담고 있다는 지적이다. 역사적인 배경이 되는 시대의 현실과 인물에 대한 정보의 부족은 상상력의 과잉 현상을 불러 역사적 진실성으로부터 멀어지게 되며, 무협지나 할리우드 영화처럼 빠른 장면 전환, 영웅적인 주인공의 고난과 타개의 연속, 폭력과 섹스가 적절히 섞인 사건들의 복잡한 연쇄……대략 이는 역사소설에 대한 비판의 핵심이다.

한승원의 『동학제』는 여러 가지 측면에서 자칫 위의 우려를 내포한 소설이다. "동학 년의 바다 공간을 어쩌면 태어나면서부터 바다와 깊이 인연한 나보고 쓰라고 남겨놓았는지도 모른다는 운명적인 소명감"

으로 소설에 매달렸을 뿐, 애초부터 어떤 역사적인 사실을 바탕으로 출발되지는 않은 것 같다. 이렇게 역사적 토대 없이 시작된 소설은 "바다 주변의 끈끈하고 질퍽한 애욕의 갈등에서 시작하여 고부와 전주와 공주 우금티까지 뻗어갔다가 그 바다로 되돌아오게 되는" 총 7권의 방대한 분량의 소설이다.

(1) 역사에 대한 안이한 인식

동학혁명은 더는 참을 수 없는 참혹한 상황에서 일어난 아래로부터의 개혁을 요구하며 일어난 사건이다. 거기에는 주된 출신 신분이 농민이지만 이른바 하층 원민이 총망라되었다. 물론 여기에 어민도 끼어 있었겠지만, 작가의 소설화 동기처럼 "삼면이 바다로 둘러싸인 나라에 동학년을 다룬 소설들 속에 등장하는 사람들도 한결같이 농민들뿐 어민의 투쟁이 없다"는 희귀한 소재 발상으로 소설화가 시작되었다.

　　㉠ ……동학년의 시공 속에서 수군들은 대관절 무얼 하고 있었을까. 당시에 수사나 만호들이 관직을 사느라고 바친 돈을 그 몇 배로 벌충하기 위해 대관절 어떤 방법을 썼으며 누구를 못살게 하였을까. (『동학제』, 작가의 말)

　　㉡ ……따지고 보면 우리들의 역사라는 것, 사회의 변혁이라는 것, 우리들의 우주라는 것도 사실은 사랑 그 자체로부터 비롯된 것일 터이다. 나는 사랑 이야기를 가장 큰 축으로 해서 이 소설을 썼다.(앞의 책, 작가의 말)

㉠에 따르면 희귀한 소재라는 점에서 소설이 출발되었고, ㉡에 의하면 사랑이야기를 큰 축으로 삼겠다는 사실을 밝히고 있다.

　작가는 처음부터 "나는 이 소설 속에 역사가 하나의 소설적인 현실로 살아 있고 작가인 나도 살아 있기를 꿈꾸고 희망한다"라고 밝혀 애초에 역사적인 사실에는 비중을 두지 않겠다는 의도를 보인다. 물론 작가가 역사적인 사실을 너무 잘 알다보면 자칫 역사적인 사실 속에 함몰되어 소설이 지닌 일정한 몫을 잃는 경우가 있고, 이와 반대로 역사를 모르고 너무 재미와 상상에만 의존하다보면 앞의 비판대로 '역사라는 외피만 쓴 역사소설'이 될 수도 있다. 그러면 여기서 말하는 '재미와 상상'은 애정 물로 옮겨질 수밖에 없다는 뜻이다.

　이 같은 "동학혁명 때에 농민이 수탈을 당했으니 마땅히 어민도 수탈을 당했을 것"이라는 추상적인 발상에서 출발했기 때문에 수사나 만호들에게 받는 핍박이 낭만적일 뿐 사실적으로 와 닿지도 않거니와 '역사인식'도 추상적일 수밖에 없다. 그래서 어민들은 만호의 수군들에게 고기 잡은 것을 빼앗기고 나서 "아이고 나으리들, 그렇게 고기를 다 가져가 버리면 우리는 어떻게 합니까? 오늘 들어가서 새끼들하고 끓여 먹을 것은 있어야지요" 해서, 원민이 되는 과정도 추상적이다. 이런 원민들은 핍박에 대한 한이 모여서 '집단의 힘'이 되는 것도 아니고, 겨우 '회령진 만호의 집 쪽으로 놓고 디딜방아를 찧어대는 것'이 전부다. 따라서 "그쪽 섬 지방에서는 만호나 참봉한테 피를 많이 빨리고 산다고 들었습니다. 그리고 역졸들까지 들락거린다면서요? 벽사역이 보통으로 억센 역이 아니랍니다." 그래서 "벽사역 가까이 사는 사람들은 다른 고장에 사는 백성들보다 두 곱으로 뜯기고 살며, 두 마리 호랑이 밑에서 사니 더 참혹하다"는 식이다. 그래서 원민들은 "디딜방아를 회령진 만호의 집 쪽으로 놓고 찧어대다가" 이런 사실이 들통 난다. 그러자 관아의 사령이 아닌 수군들이 마을의 웃골목 아랫골목들을 속속들이 쑤시고 다니며 "그들은 집 뒤란이나 남새밭 뒤나 냇가 쪽의 논두렁이나 산기슭에 버려진 디딜방아들을 모두 찾아내어 불을 질러버린다. 집안에 있는 방아공이나 방아확들도 찾아내 놓았다. 디딜방아와 방아공이들을 한데 모아놓고 불을 질러버렸다.(『동학제2』 318쪽)" 그리고 그것들을 찾아낸 집 사람들을 사장 마당으로 끌어냈다. 이런 핍박을 피한 홍순서, 지억보, 이공빈이 보은으로 동학 집회에 참가한다는 식이다. 이런 안이한 민중 인식은 ㉡과 같이 '사랑 이야기'밖에는 없어서 더 어처구니없는 백성으로 그려진다. 참혹한 현실을 타개할 탈출구로 보은집회를 간 동안 집에 남은 자들은 '질퍽한' 정사를 벌인다.

㉢ 이우암은 하룻밤에 한 번씩은 이렇듯 한밤중에 도깨비나 귀신같이 발소리를 죽이면서 와 가지고 한동안 별님이가 자는 방을 멀거니 바라보다 가곤 했다. ……숨결이 가빠졌다. 보은엔 가지도 않고 거기에 간 지억보의 각시나 넘보는 나는 무엇이냐. 이우암은 혀를 깨물었다.(『동학제1』 33쪽)

㉣ (이우암과 별님이 지억보가 동학도로 끌려갔다는 소식을 듣고 나서 숲 속에서 질퍽한 정사를 벌인 뒤에) 별님이가 눈을 감은 채 말했다. "나 많이 생각을 해 보았구먼요. 지억보 그 사람이 그렇게 관아로 끌려가서 죽도록 그대로 두고 우리끼리만 어디로 갈 수는 없구만요. 내덕도로 돌아가서 홍 집강이랑 이공빈이랑 뜻 맞춰서 그 사람을 어떻게든 구해내 주고 오시오. 그렇게 해주고 오지 않으면 나 우암이 총각 따라 나서지 않을 것이오."(『동학제2』 253쪽)

역사와 삶의 이야기가 서로 동떨어진 것이 아니라고 하더라도 이 같은 인물 설정은 터무니없다. 결국 이들은 불합리한 현실을 타개하기 위해 이를 가는 원민인데, '사회적 투쟁'과 같은 대사(大事) 앞에서, 부도덕한 지배계층인 만호나 수군이 아닌 연적(戀敵)을 향해 복수의 칼을 간다.

㉤ 그들 두 사람이 그렇게 하고 있는 것을 지억보가 보고 있었다. 지억보는 댓돌 위에 엉덩이를 붙이고 아픈 다리를 쉬고 있었다. 악을 써서 노래를 부를 심사가 아니었다. 저 (간통하는-필자) 연놈들을

어떻게 쳐죽여야 할까 하고 그는 이를 갈았다. ……도인들이 두 주먹
을 치켜들었다. 그들의 노래는 다시 반복되고 있었다. ……용천검 드
는 이 칼을 아니 쓰고 무엇하리 / 무수장삼 떨쳐입고……(『동학제3』
276-277)

현실의 아픔을 뛰어넘을 수도(修道)의 수단으로 불리는 검결, 또는
현실을 타개할 혁명의 수단으로 불리는 검결이 이 소설에서는 어떤 인
식도 없이 수용되었다. 이런 안이한 인식은 역사적 사실에 대한 작가
의 상상력도 지나칠 수밖에 없다. 가령 이우암의 할아버지는 한양 왕
십리에서 세도가 김좌근의 목자(牧者) 노릇을 하다가 목자위전(牧者位
田) 2결을 받은 사람으로, 이들의 상층 계급에 대한 인식도 매우 애매
하다. 은혜를 받았다는 뜻으로 "이놈아, 아비 하는 것을 잘 봐라. 나
같이 복 많은 목자도 없다. 복은 타고나는 것이 아니다. 내가 말 양반
한테 잘한 까닭에 그 복은 나한테 떨어진 것이야. 아니 나를 거느리신
양반님 네들한테 참으로 잘 보인 때문이다. 너도 나같이 복호(復戶)를
누리고 위전(位田)을 받고 그러려면 대감님 네하고 말 양반들을 잘 모
셔야 한다."(『동학제3』 79)라고 했다가 하루아침에 말 한 마리를 잃어
버렸다고 '파김치가 되도록' 두들겨 맞는다. 그 아들 이마동은 금위영
에 들어가 장교가 되고 개화파 김옥균 거사에 참여하여 인천으로 도
망, 배를 타고 장흥의 한 섬으로 내려온 것이다. 그리고 동학도인이 된
다.(『동학제3』 필자 요약) 동학도인이 되는 동기부터가 사실적이라기
보다 온전히 상상적이다.
바닷가를 배경으로 한 옛사람들의 애욕과 한의 문제를 동학이라는
시대의 외피를 쓴 소설에 불과하다. 별님이를 가운데 놓고 이인한, 이
우암, 고이철, 지역보 무려 네 인물이 한스럽게 살아간다. 이들은 지식
인이며 동학에 공감하는 피지배계급인데 모두 상사병자들이다.
하층민들의 처절한 동학혁명이라는 역사가 이 소설에서는 어떤 역사

적 인식도 없이 가볍다.

(2) 애욕에 불타는 허구적인 인물

인물 설정이 모두 정욕에 불타는 인물들로, 모두 작위적이다. 신호순 참판 댁과 고순호 참봉은 성급한 작명으로 간신히 이름만 뒤집어 놓으면 동일인이 될 만큼 핍박을 가하는 대상이나 방법에도 별 차이가 없다. 각각 중심 악인의 2세인 신경출과 고일평이 모두 '남성에 이상이 있는' 인물이라서 노비 이갑동이와 종 평산이는 '닭 한 마리 얻어먹고' 합방하여 양반 가문 여인들의 씨받이가 된다. 남정이나 여인들은 합방에 들기만 하면 모두 흐벅진 애욕에 빠져 이성을 잃는다. 비참하게도 권력과 재물의 노예가 되어서도 수시로 치미는 애욕 속으로 빠져들어 간다. 구름녜는 이바우의 아내로 고 참봉네 집에 보리 한 가마 빚에 팔려간 아낙인데, 달섬이와 순한녜의 어머니다. 고 참봉의 선처를 기다리며 밤마다 몸을 바치며 살다가 고 참봉과 밀무역을 하려고 들어온 와타나베 히데요시의 수청까지 든다. 그런데 이런 핍박은 애욕을 보여 주기 위한 편의적 설정일 뿐, 어떤 개연성이 없다.

> ⑭ "구름녜는 불을 끄고 싶었다. 깜깜한 어둠 속에서는 상대 남자가 조선인인지 일본인인지 알 수 없게 될 터였다. 얼른 맨살이 되어 주고 싶었다. 날이 밝으면 고 참봉이 그녀에게 좋은 조처를 할 터였다. 빚이 모두 탕감되는 것이었다. 앞으로는 더 드난살이도 종살이도 아닌 이 노릇을 하지 않아도 되는 것이었다.(『동학제2』 102)

비참한 하층민의 종작없이 벌이는 정사는 하층민들 사이에서도 예외가 아니다. 이는 분명한 하층민의 비참한 삶인데 다분히 작위적이다.

ⓐ "더 솔직하게 말을 한다면 저는 처녀 시절부터 샌님의 품에 안길 날을 내내 기다리며 살았사와요. 언니 달님이를 품어주었듯이 저도 품어 주리라고 기대를 했구만요. 그렇지 않사옵니까? 저는 샌님의 가축이나 매한가지였지 않사옵니까 저는 샌님의 아기를 낳고 싶었구만요. 샌님처럼 단아하고 똑똑하고 글공부 잘하는 아들을 낳고 싶었구만요. 저는 지역보 그 사람한테 가지 않고 다시 샌님 집에서 종노릇을 하고 싶사옵니다. 저를 면천해주고 지역보한테 내쫓은 샌님이 원망스러워 죽겠구만요, 왜 언니만 집에 두고 저를 내쫓으셨사옵니까? 제가 언니보다 부족한 것이 무엇이옵니까?" 별님이는 마침내 울음을 터뜨렸다.(『동학제2』 229)

별님이가 정욕에 빠져서 마치 남의 말을 하듯이 히물히물 웃으면서 하는 말이다. 여기서 눈물은 '애욕' 때문인지 아니면 '핍박'에서 오는 눈물인지 도무지 짐작하기 어렵다. 지배계급에 대한 한이 아니라 '샌님의 품'을 서로 차지하려는 계집종들의 질투일 뿐이다.

ⓞ 지역보는 어린 시절에 어머니 곽 씨한테서 《천자문》과 《명심보감》을 배웠다는 것이고, 《소학》을 배우다가 지역보는 (어머니)곽 씨한테, 상놈이 공부를 하면 무엇을 할 것이냐고 대들었다. 어머니 곽 씨는 그의 종아리를 회초리로 때리면서 말했다.(『동학제1』 188)

당대의 하층민에게도 묵직한 글을 읽혀서, 사실적이지 못하다. 형 이바우는 투기가 심한 사람이라 "자기는 명심보감만 읽었는데 동생은 《중용》·《대학》·《논어》·《맹자》까지 읽은 것"을 시샘한다는 식이다. 이렇게 『동학제』에는 비현실적인 인물들이 역사와 사랑 사이를 종작없이 수행해 나간다.

(3) 사상도 아닌 넋두리

민중들이 가질 수 있는 사상이 지극히 단순하고 평범한 것이 사실이다. 가령 종살이에 매어 사는 한스러운 사람은 '사람은 누구나 평등하다'는 말을 듣고 동학사상을 수용하게 된다. 그런데 여기서는 동학의 사상을 다루는데, 관념적이고 감상적이다. 최해월(최시형)을 찾아가 도의 말을 듣는다. "……나무 잎사귀 하나의 뜻을 말하고, 빨래하고 길쌈하고 김매고 밭가는 아낙이나 농부들의 고귀함을 한울님으로 드높이는 최해월의 말에 그는 감복했다. 물 흐르는 소리, 개 짖는 소리, 바람소리에 한울님의 자격을 주는" 거기에 고이철은 탄복하여 고개를 숙이는 것으로 되어 있지만 무엇이 고개를 숙이게 했는지 애매하다.

㉮ "갯투성이나 농투성이들이나 괄시 받는 서얼들이 다 한울님으로 추앙 받는 세상을 불러오자는 것에 그는 다른 의견을 제시할 수 없었다. 세상의 어떠한 이(理)와 기(氣)에 대한 생각이나 논리들도 그 안에 수용될 수밖에 없는 것이었다."(『동학제2』 45)

'갯투성이'에게 무엇을 깨닫게 하려는지 알 수 없다. 이런 동학의 추상적인 도는 애욕에 넘칠 때에도 종작없이 나타난다.

㉯ "그는 동학에 미쳐 있었다. 소금장수로 가장하고 집강을 따라다니기도 하고, 여기저기에 통기를 하러 다니기도 하는 것이었다. 생각 같아서는 자기도 지역보처럼 나서 버리고 싶었다. 세상의 모든 사람들이 다 그 도를 믿게 하고 싶었다. 그 도를 믿는 사람들이 이 세상에 가득 차고 보면 그야말로 개벽 세상이 될 것이라는 집강 홍순서의 말이 사실일 것이라고 그는 믿고 있었다. 그러나 그러한 생각을 막는 게 있었다. 별님이었다.(『동학제1』 27)

　결국 사상이나 도는 정욕보다도 가볍고 값이 없다. 『동학제』에는 세상의 모순 앞에서도, 동학의 엄숙한 도 앞에서도 불타는 애욕이 있을 뿐이다.

　결국 땅에는 있었던 역사가 왜 바다에서는 없었랴 싶은 작가의 발상이 터무니없는 감상이 되고 말았다. 『동학제』에는 역사나 현실에 대한 인식도 없으니 결국 바다에서 건져 올린 것은 한도 역사도 아니다.

　이상으로 동학혁명을 소재로 한 근대적 의미의 역사소설 이돈화의 「동학당」(1935)을 시작으로 역사소설의 중흥기가 된 1970년대, 특히 동학혁명1백주년의 시기를 전후하여 나타난 1990년대까지의 역사소설을 살펴보았다. 대개의 소설들이 동학혁명이라는 변혁의 역사를 작가가 몸담고 살아가는 시대의 현실적 모순을 타개해나갈 방안으로 제시되었다는 특징을 들 수 있다.

　「동학당」은 1935년도에 씌어졌으면서도 역사적 인물의 행적을 밝히기 위해 허구적 인물을 보태거나 허구적 사건을 통하여 근대 장편 역사소설이 지녀야 할 틀을 제대로 갖추고 있으며, 특히 "싸우는 동학당"의 모습을 보여주려는 작가의 역사인식이 돋보이며, 당시 풍속이나 민속 설화 등을 풍부하게 수용하고 있었다. 그렇지만 역사적인 의미의 총체성보다 교단 인물의 행적을 드러내기 위한 구조로 한계를 드러내었다.

　1970년대는 4월혁명의 체험에서 비롯된 사회와 개인의 갈등에 대한 역사적 인식이 한층 진전을 보인 시기로, 많은 역사소설이 나타났다. 이에 맞춰 동학혁명을 소재로 한 소설들도 양적으로 풍성하게 나타났다. 초기에는 전봉준과 같은 역사적 영웅의 행적을 중심축에 두면서, 이와 대립되는 사회 상층 인물과의 사회적 갈등을 통하여 역사적 사건을 요약적으로 보여주는 방식에 머물렀다. 그러나 차츰 역사적 의미를 보다 다양하게 수용하게 되는데, 유현종의 『들불』과 박연희의 『여명기』에서는 머슴이나 종 산적 출신 등 하층 인물을 주인공으로 설정함으로써 역사의 주체가 민중임을 보여주면서, 집단 민중운동의 양상을 통해 역사적 진전을 보여주게 되었다. 그러나 상층민의 하층민에 대한 탄압과 반발이라는 단순한 계급 투쟁적 이해와 당대 역사적 사실에 대한 토대가 미약한 탓에 영웅의 초인적인 능력에 기대어 무협지가 지닌 통속성이나 '활극'의 면모를 보이기도 했다. 그나마 이용선의 『동학』이 투철한 혁명의 역사의식을 바탕으로 접근해 들어간 것이나 해학적 성과는 나름대로 문학적 성과라 할 만한다.

1980년대의 사회의 각별한 특징은 군부독재의 철권에 맞서 혈전을 벌인 역사에 대한 경험적 산물로, 한국전쟁이나 4월혁명의 한(恨) 중심의 체험이 80년 광주민중항쟁의 체험으로 바뀐다는 것이다. 노동 현장이나 현실인식 문제가 민족적 과제와 긴밀하게 대응되면서 민족의 동질성 회복을 겨냥한 문학작품들이 생산되었다. 이 시기에는 안도섭의『녹두』(1988)와 문순태의 『타오르는 강』(1988) 두 편이 보이는데 '사회 집단'의 움직임을 민족 민중적 차원에서 비로소 인간해방을 보여주려는 역사소설 고유의 특징을 들 수 있다. 이 시기에 북에서 씌어진 동학혁명 소재의 소설『갑오농민전쟁』이 남쪽 독자들에게 선보였다.

1990년대는 동학혁명1백주년을 맞아 역사의 새로운 해석을 통한 접근이 활발하게 이루어졌다. 그러나 정작 역사적인 탐구와 문학적 접근의 폭이 넓어졌고, 민중들의 힘이 다양화된 양상을 보여주고 있지만, 역사적 진실을 탐구하는 작가 의식 결여로 막연하게 '민중은 하층민이고 피지배층'이라는 피상적 인식에 머물러 성급하게 형상화된 소설들이 많았다. 이런 주류에도 불구하고 역사와 현실을 총체적으로 조망한 송기숙의 『녹두장군』이 발표된 것은 문학적 성과다.

동학혁명 소재의 역사소설들이 공통적으로 지향하는 것은 과거의 사건을 통해 당대 사회의 현실적 아픔을 보다 드러내 보이려는 의도에서 출발하고 있음을 보았고, 이런 시대를 거쳐 오는 동안 민족의 정서와

사상을 충실히 드러내어 문학사적으로도 일정한 성과를 거두고 있음을
살펴보았다.

V. 동학혁명 소설화 과정의 문제와 문학적 전망

1. 소설화 과정의 제 문제들

동학혁명1백주년 남짓한 세월 동안 동학소설과 동학혁명을 소재로 한
역사소설은 그 시대의 문제를 감당하면서 각각 다른 노정으로 발전을
해왔음을 살펴보았다. 그러나 이러한 소설화 과정에서 많은 문제점들을
드러냈다. 이 장에서는 이런 문제점들을 검토함으로써 동학혁명 소재의
역사소설이 지닌 문학적 의의를 찾는 토대를 마련하는 데 있다.

일제 강점기에 나타난 동학소설들은 역사적 사실의 토대가 허약했을
뿐만 아니라, 투쟁적 역사적 사실을 알리는 데 급급했을 뿐 사회사적
의미와 연결고리를 찾지 못한 시기의 소설이므로 주로 1970년대 이후
부터 본격적인 의미의 역사소설을 중심으로 살펴보고자 한다. 왜냐하
면 이 시기의 문제점들이 오늘날 역사소설들의 문제와 직결되어 대안
을 모색할 수 있기 때문이다.

우리 문학에서 역사소설이 본격적으로 꽃피운 1970년대의 문학적 성
과를 높이 평가하면서도 여기에 비판적인 견해도 만만치 않았다. 그
예로 서경석의 1970년대의 역사소설에 대한 평을 들 수 있겠다. 그는
"70년대의 역사소설들이 문학사적 측면에서 큰 진전을 보이지만 한 시
대 우리 사회의 상층과 하층의 토대를 함께 아우르는 총체성의 획득에
까지 도달한 작품은 아직 나오지 않았다"고 보았으며, 이의 원인으로
"작가의 이념을 앞세워 지난 역사의 객관성을 변형, 왜곡하려는 방법

론이 가장 큰 문제점으로 작용했던 것"을 지적한다. 그는 또, "더 좋은 사회 건설이라는 진보적인 열정과, 그 진보적 열정의 폭력성에 상처 입은 과거에 대한 분노가 차분하게 객관화되지 못하고 조급하게 형상화된 원인"이라고 진단하고 있다.

비록 동학혁명의 역사소설을 이르는 견해는 아니라 할지라도 시사해 주는 바가 크다. 여기서는 이러한 전제를 바탕으로 동학혁명을 소재로 한 역사소설의 소설화 과정에서 드러난 문제를 비판적 안목으로 고구하고자 한다.

1) 동학혁명의 소설화 과정의 구조적 특성

작가가 소설에서, 역사적으로 일어난 여러 사건 중 어느 사건을 중심으로 설정하고 또 어떤 인물을 중심으로 드러내려 하느냐 하는 문제는 서로 유기적으로 연결되며, 이는 결국 그 작가의 세계 문제와도 직결된다고 볼 수 있다. 예컨대 전봉준이란 인물을 중심으로 소설을 전개하면 대개 고부민란에서 공주 우금티 최후 전투과정에서 일어난 사건을 중심으로 삼을 수밖에 없으며, 최시형을 중심으로 소설을 전개하고자 하면 창도 주 최제우의 순도과정과 신원운동의 사건을 포함하고, 갑오년 동학혁명이 끝나고 진압과정의 사건까지를 한데 아우를 수밖에 없을 것이기 때문이다. 따라서 소설에서 인물과 사건의 선택 문제는 그 소설의 세계를 결정짓는 중요한 요건이 될 수밖에 없을 것이다. 소설에서 사건과 인물 두 요소를 떼어서 보는 것은 무리지만 논의 전개를 위해 이를 나누어 고찰하기로 한다.

먼저, 동학혁명이라는 역사에 대한 문학계의 입장을 좀 더 객관적인 안목으로 살펴보기 위해 사학계의 견해를 참고할 필요가 있을 것이다. 다음은 동학혁명의 역사에 대한 연구가 한창이던 동학혁명1백주년 당시에 '농민전쟁 연구의 최근 경향'을 종합한 것인데, 이는 사학계의 일반적인 견해로도 볼 수 있을 것이다.

① 농민전쟁은 고부민란, 제1차 농민전쟁, 집강소 개혁, 제2차 농민전쟁의 4단계로 진행되었는데……

② 농민전쟁은 기본적으로 농민운동사의 주류에 속하는 것이고, 남접 세력의 보국안민의 사회변혁운동이 그 흐름을 타고 있는 것이었다.

③ 동학운동을 주도한 북접교단이 1860년 동학 창도 이후 교단조직 및 교리 체계의 확립과 강화 활동, 1892년~93년 교조신원과 포교 공인을 요구하는 운동, 1894년 제2차 농민전쟁 참여, 농민전쟁 이후 개화와 친일의 방향에선 계몽운동, 1919년 3·1민족해방운동에서의 독립청원운동, 1920년대 이후 자치운동의 노선을 취했다면, 남접의 농민들은 1871년 이필제의 난에서 보이는 병란(兵亂)적 체제 부정활동, 교조신원운동에서 지방관 수탈에 대한 저항과 정부 전복 계획의 추진, 1894년 반봉건·반외세 농민전쟁의 전개, 농민전쟁 이후 동학당·영학당·활빈당을 통한 반외세 민족운동의 전개, 1900년대 후반 의병전쟁의 전개, 일제하에서 민족해방운동 전개 등의 노선을 취했다고 볼 수 있다. 농민전쟁기는 동학운동과 농민운동이 사회경제적 토대, 민족 위기하에서 상호 관련을 맺을 수 있는 조건이 형성된 시기였지만, 그 이전과 이후에는 양자가 서로 다른 길을 걸어왔고 또 다른 길로 나뉘었던 것이다.(이영호, 〈1894년 농민전쟁 연구의 방향모색〉-농민 전쟁의 최근 연구 경향, 〈창작과 비평〉 83호, 창작과 비평사, 1994년 봄)

위의 견해는 결국 이해의 역사를 '동학혁명'이 아니라 '농민운동'으로 보려는 사학계의 경향을 단적으로 보여주는 예가 될 것이다. 특히 북접인 교단 중심의 운동은 보수적인 움직임으로 파악하여 동학혁명의 역사에서 보수적인 평가를 내리고 있으며, 남접 중심의 운동만을 진보적인 움직임으로 보려는 견해가 지배적이다. 이는 모든 역사적 사건을 전봉준의 개혁운동을 중심으로 파악하고 있음을 보여준다. 말하자면 북접은 남접의 개혁적인 성향을 드러내는 데 필요한 대결 구도인데 이는 전봉준의 영웅적 투쟁성을 부각시키기 위한 구조물인 것이다.

이런 견해는 어느 시대 어느 사회에 존재하는 대결적 계급투쟁 논리로 수용되었다. 동학혁명을 억압에 대한 폭력적이 대항 논리로만 현재화되었다는 것이다.

그리고 우리에게 있어서 동학혁명의 역사는 일제 강점기는 그만두고라도 최근까지도 거스름의 자리에 놓여있었다는 점과 이에 따라 소설화 과정에서는 기초 기록 문헌에 의존할 수밖에 없었던 것이다.

이렇게 역사소설들이 전봉준의 투쟁 중심에다 초점을 맞춘 것은 우리의 서구 사회사적 이해를 바탕에 둔 문학적 풍토에서 비롯된 듯하다. 서구의 혁명에 대한 정의로, 광의로는 "사물이 어느 상태에서 다른 상태로 급격히 변화하는 것을 의미"하며, 협의로는 "비합법적인 수단으로 국체(國體) 또는 정체(政體)를 변혁하는" 일이라 규정하면서 근대국가에서 성공한 4대혁명으로, 영국의 청교도 혁명, 미국의 독립혁명, 프랑스 혁명, 러시아의 공산주의 혁명을 그 예로 들고 있다. 혁명에 대한 이해를 후자에 두면 우리의 동학혁명의 역사에서는 "전주성 함락 이후 '폐정개혁안'과 같은 제도를 받아낸 사건"에 초점을 맞출 수밖에 없게 된다. 따라서 이런 '남접의 혁명성'에 비해 '온건한 북접'은 대결 구도에 놓일 수밖에 없으며, 심지어 혁명의 실패 요인이 되기도 한다. 북접에 대해, "동학혁명을 수행한 당시 지도자들이 '봉건 왕조의 체제를 부정한' 적이 없으므로 혁명적 성향 결여"로 보고 있으며, "혁명 이념을 실천할 구체적 행동 철학이나 방안을 제시하지 못했으므로" 결코 혁명이 될 수 없다는 것이다. 그러나 이는 한낱 서구의 역사 논리에서 비롯된 것이며, 우리 전통적인 투쟁방식 안에서 찾아야 한다는 견해는 이 글의 서론에서 제시한 바와 같다.

그러면 우리의 전통문학에서 혁명상은 어떤가.『홍길동』을 보면 먼저 사회적 모순을 일거에 뒤엎고 그 토대에 새로운 사회제도를 실현하는 혁명이 아니라 다분히 이상적으로 제시된다. 박지원의 『허생전』에서 허생은 개혁이 절박한 사회라는 인식에서 개혁을 꾀하다가 결국은 한계를 절감하고 자취를 감춘다. 민중설화의 한 예인 장산곶매는 비록 천하를 얻는 데 실패했지만 민중들의 가슴에 남아 더 높은 이상으로 자리 잡는다. 즉, 개혁을 꿈꾸던 홍길동이나 허생 장산곶매는 사라짐으로써 더욱 절박한 개혁의 여운을 남기고 있다.

이런 계급투쟁의 방식은 우리의 민중극 봉산탈춤에서도 그 원형을 찾을 수 있다. 말뚝이가 양반 삼형제를 대중 앞에 세워놓고 형편없이 능욕하지만, 충돌 직전에 한 발 물러나 화합의 춤판으로 마무리한다. 이처럼 우리의 계급투쟁은 극한 대립을 교묘히 피해가면서 점진적으로 진행된다. 우리의 문학에서는 개혁이 현실적으로 절박하지만 결코 일거에 모순된 세상을 뒤엎는 속성이 아니다. 개혁의 의지는 극한투쟁 대신 화합 안에 변증법적으로 내재해왔던 것이다.

이는 김지하의 견해에서도 확인된다. 전위적 정치투쟁에 헌신해왔던 김지하는 동학혁명 당시 전봉준으로 대표되는 남접의 즉각적인 무장투쟁노선을 높이 평가하고 그에 반대했던 최시형의 북접 노선을 투항주의로 비판했던 것이 기존의 통설이었고, 그 역시 그 가운데 있었다. 그런데 김지하는 북접 노선이 후천개벽의 세상 또는 혁명을 포기한 투항주의가 아니라, 후천개벽의 역사적 성숙을 밑바닥에서부터 더욱 확장하는 현실주의 노선이라는 점을 예리하게 지적해낸다. 이런 관점에서 보면 도리어 남접의 무장투쟁이 무모한 모험주의가 되는 셈이다. 요컨대 "최시형의 생명운동은 지는 싸움이 아니라 이기는 싸움의 전략"이 되는 것이다. 말하자면 극단적인 대립은 이원론이고, 화합은 일원론으로 상생(相生) 혹은 공생(共生)의 원리인 생명운동과 연결이 된다. 결국 최제우와 최시형의 개혁사상도 이런 화합의 등식 안에서 살펴야 한다는 것이다. 이처럼, 우리의 개혁은 폭력을 통하여 일시에 계급을 뒤엎는 극단적인 이원론으로만 존재하지 않는다는 것이다.

역사소설에서의 중심 사건은 작가가 추구하고자 하는 내용과 밀접한 관련이 있다. 특히 동학혁명을 소재로 하는 역사소설에서 어떤 사건을 중심으로 다루느냐 하는 문제는 작가의 세계를 가늠하는 요건이 되기도 한다. 앞 장(Ⅱ)에서 살펴보았던 동학혁명의 전개과정은 대략 인물에 따라 중심으로 삼는 사건이 달라지는 것을 볼 수 있다. 가령 창도주 최제우를 중심으로 고찰하고자 하면 'ⓐ 창도기'를 중심으로 삼을 수밖에 없으며, 2대 교주 최시형을 중심으로 다룬 소설은 'ⓒ 교조신원운동기 ~ ⓘ 동학혁명 후기까지' 동학혁명의 전 과정을, 손병희는 'ⓔ 교세 확장과 정비에서 동학혁명의 전 과정 ~ ⓚ 애국계몽운동까지'를, 전봉준을 중심으로 놓고 보면 'ⓗ 고부민란 ~ ⓘ 동학혁명 후기'까지를 중심 사건으로 놓을 수밖에 없다.

실제로 이는 소설화 과정에서 확인된다. 즉 교단 중심인물인 최제우, 최시형을 다루는 동학소설인 『이야기 동학』은 동학혁명의 모든 역사(ⓐ-ⓛ)를 다루려는 경향이고, 전봉준의 활동을 중심으로 다룬 『녹두장군』을 비롯한 역사소설은 전봉준의 재세시(在世時) 활동기(ⓗ-ⓘ)에 초점을 맞추고 있다. 말하자면 소설화 과정으로 보면 소설이 수용하는 역사적 사건 범위가 전봉준 중심으로 집약되는 경향을 보인다. 즉 작가의 인식이 교단의 중심인물에서 전봉준처럼 혁신적인 투쟁을 드러내 주는 과정을 주목할 수 있다.

그러나 창도기를 포함한 동학혁명의 역사적인 전개과정을 구조적 안목으로 보면, 초기에는 경상도 지역 중심의 창도기를 거치면서 최시형의 포교 활동에 따라 경상도 경계를 넘어 강원 충청 지방으로 확산된다. 초기 교조신원운동이 경상도 영해에서 충청도 보은 공주로 중심이 이동되며, 전라도 삼례로 확산된다. 마침내 동학혁명운동 후기(ⓘ)에 이르면 전국적인 봉기 양상을 보이며, 동학혁명의 끝자리에서는 동학이 북쪽으로 성하여 갑자개혁운동(ⓩ)이 북쪽 지방을 중심으로 일어난 것은 운동의 중심 이동으로 파악해야 한다. 특히 일제강점기인 해방

직전에는 천도교 인구의 7할이 3·8 이북에 있었다는 사실도 이 같은 사실을 뒷받침한다. 천도교는 8·15 해방과 더불어 포교 활동에 성과를 거두어 북에서는 1950년 3월 현재 66만 6천여 교도호수와 286만 6천여 명의 교인을 조직하게 되었다.

또, 동학혁명기간에 활약한 동학 지도자 28명에 대한 분석을 보아도 동학혁명 시기에 활약한 동학 두령 28명 중 전라도 12명, 충청도 3명, 경상도 3명, 강원도 황해도 각 2명, 서울 경기 2명, 미상 1명이라고 밝히고 있어서 지금까지 전라도 중심의 사건으로의 이해가 얼마나 편협된 것인지를 알 수 있다. 이를 뒷받침하는 또 다른 예가 있다. 개국 504년(1895년·을미) 형사재판 기록에 따르면 42건 103명이 재판을 받았는데, 황해도가 가장 많은 64명으로, 이는 동학혁명 후기 들어 늦게까지 전투가 치열하게 전개되었다는 사실을 반증해준다.

이 밖에 당시 동학혁명의 역사가 지역이 아닌 전국적인 사건임을 보여주는 많은 문헌들이 발견되고 있다.

그러면 동학혁명을 소재로 한 소설화 과정에서 왜 이처럼 부분 구조가 되었는가를 지금까지 논의를 바탕으로 종합하면 다음과 같다.

첫째, 동학혁명에 대한 이해가 지배계급과 피지배계급이라는 극단적인 이원적 대결 구도로만 이해되었다는 것이다. 따라서 지배계급은 착취만을 일삼고, 피지배계급은 원민이 될 수밖에 없다는 역사 구조로 파악했던 것이다. 따라서 소설화 과정은 당대 사회 문제에서 성급하게 유추되어 성급한 원민의 분노를 앞세우는 데 급급했던 것이다.

둘째, 서구의 혁명과 대조되어 동학혁명은 진정한 혁명이 되지 못하였다. 따라서 동학혁명을 소재로 한 역사소설에서 이런 역사·문학적 관점은 '전주화약'이라는 집강소 설치와 같은 제도를 갖춘 사건을 중심으로 삼을 수밖에 없었다. 이는 사학계의 연구에서 특히 두드러지는데, 동학혁명의 발발 원인을 '호남의 곡창지대'라거나 '왜상의 침투가 빨랐고', '전운사 조필영의 수탈이 심했다' 등의 지역적 특성에서 그 원인을 찾고 있지만 이는 편견이다. 갑오년을 전후한 시기에 일어난 민란은 산악이나 평야를 가릴 것 없이, 전국적으로 성행했다.

셋째, 동학혁명의 역사에 대한 기초 기록인 오지영의『동학사』와 장봉선『전봉준실기(全琫準實記)』, 황현의『梧下記聞(오하기문)』·『梅泉野錄(매천야록)』과 같이 전라도에서 목격된 기록을 토대로 역사 연구가 시작되었고, 소설화 과정도 대부분 이에 대응되었기 때문이다. 장봉선의『전봉준실기』와 오지영의『동학사』는 당시 열악한 역사기록 풍토에서 씌어진 전라도 전봉준 중심의 행장기나 전기적인 수준에 머물고 있는 기록들이다. 아무래도 동학혁명의 원인이나 배경을 추적하는 데는 한계가 있는 기초 기록물들이었던 것이다.

결국 이는 뒤에서 논의될 인물 왜곡이나 지역 편중, 사상 왜곡 등의 요인이 되었다.

2) 인물의 허구적 한계

일제 강점기에 씌어진 동학혁명 소재의 소설은 대체적으로 창도 주 최제우와 2대 교주 최시형의 전기적 삶을 종교적 관념적으로 다루다보니 비현실적으로 보일 수밖에 없었다. 이 시기의 소설에서는 역사적 사건에 대한 진위의 문제보다 국난을 극복할 영웅적인 행적이 중심이다보니 사실성의 문제는 돌아볼 겨를도 없었던 것이다. 자연 교단 중심의 신비스러운 기록에 의존할 수밖에 없었던 것이다.『거룩한 이의 죽음』(이광수)처럼 최제우의 순도를 소설화하거나,『이야기 동학』,『하늘보고 땅보고』는 최시형을 주인공으로 동학혁명의 전 과정을 보여주고 있다. 일제 강점기에 나타난 역사소설「동학당」도 이필제와 김석연이라는 허구적 행적을 통해 교단의 창도 주 2·3대 교주의 행적을 그려 보이는 구조의 소설이다. 이로 보면 일제 강점기의 동학소설에서는 주로 교단 인물을 중심으로 소설화되었다는 특징을 들 수 있다. 그러나 동학소설의 소설화 과정만을 주목하면 최제우, 최시형의 사상 및 행동을 계승하는 전봉준의 현실 투쟁적인 인물로 형상화시켜가는 특징을 보인다.

그러나 역사소설이 사회사적 의미를 지니게 되는 1970년대부터는 전봉준을 중심으로 형상화되었다는 특징을 든다. 『혁명』(서기원)이 전봉준의 혁명적인 행적을 위해 허구화된 인물을 내세우고 있지만 궁극적으로는 전봉준의 영웅적인 행적을 드러내기 위한 구조다. 유현종과 박연희의 『들불』, 『여명기』에 이르면 핍박받는 허구화된 하층민을 주인공으로 삼지만 여전히 전봉준을 핵심적으로 드러내기 위한 장치일 뿐이다.

소설 속의 인물은 작가가 창조한 허구의 세계에서 여러 기능을 수행한다. 따라서 작가의 역사인식은 창조된 인물의 행동을 통해서 나타나므로 허구와 역사적 진실의 문제를 특히 주목하게 된다. 역사소설에서는 역사적 사실이 잘 알려진 인물일수록 작가의 상상력을 제한한다. 왜냐하면 이미 역사적으로 알려진(제한된) 사실을 바탕으로 플롯을 짜야 하기 때문이다. 따라서 역사소설에서는 비교적 극적으로 짧게 살았거나 행적이 덜 알려진 인물일수록 허구적 상상력의 폭이 넓어지는 셈이다. 최제우와 이필제, 김개남, 전봉준, 서장옥 등도 대체로 이런 예에 해당되는데, 이들은 짧으면서 극적인 삶을 살았다. 난세에 동학을 창도하고 순도한 최제우의 삶이 이광수의 「거룩한 이의 죽음」을 통해 형상화되었으며, 전봉준도 짧은 생애에 굵은 삶을 살아 동학혁명을 소재로 한 많은 소설들이 전봉준을 주인공으로 다루고 있다. 또 서장옥은 북접 인물이면서도 전봉준과 같이 개혁적인 성향을 지닌 인물이어서 전라도 동학 두령들의 정신적 지주거나 스승으로 등장하고 있으며, 김개남과 이필제 역시 강한 개성으로 짧은 생을 살아서 소설에서 비중 있는 인물이 되었다.

인물도 역사적인 사실을 바탕으로 허구화되어야 한다는 전제를 바탕으로, 여기서는 인물에 대한 편견이나 왜곡을 살피고자 한다. 먼저 창도 시기부터 포덕과 박해과정을 거쳐 동학혁명의 중심에 놓여 있다가 토벌과정을 거쳐 파란만장한 삶을 마친 최시형에 대해, 그리고 북접 인물이면서도 남접 지도자들의 스승으로 알려진 서장옥을, 전봉준과 함께 전라우도를 호령하던 김개남을 중심으로 살펴보고자 한다. 어떤 의미로는 전봉준의 삶이 다양하게 허구화되면서 그만큼 폭넓게 왜곡되었겠지만 여기서는 작가에 의해 영웅화된 인물의 행적을 아래로 내리려는 의도가 아니므로 논의에서 제외하기로 한다.

(1) 최시형에 대한 왜곡

동학혁명의 발단이 전봉준의 의식과 조병갑의 의식의 대결에서 비롯된다고 볼 때 이 두 대립은 단순한 개인이 아니라 사회 집단적 의미를 지닌다. 그러면 최시형은 이 두 의식 중 어느 곳에 속하는가. 역사적인 인물은 흔히 역사적 진실을 드러내기 위해 때로는 역사적 사실을 넘어 허구적인 세계로 확대 재생산되는데, 최시형의 경우는 역사적 행적에서 늘 축소되어 형상화되곤 했다. 일제 강점기와 독재의 사회를 지나 어느 정도 역사적 사실 접근이 가능한 시기에 이르러서도 최시형은 늘 전봉준의 혁명적 의기를 꺾어놓는 존재로 왜곡되었다. 앞에서 살펴본 대로, 역사적 사건 앞에서는 교단의 중심인물로 선택을 위해 늘 행동을 삼갈 수밖에 없었는데도, 최시형은 늘 혁명 실패의 멍에를 져야 했다.

　㉠ "나라의 법을 우습게 알고 관령을 거역하는 것이 이만저만 큰일이 아닌 줄은 그대들도 알고 있을 터인즉 다시 잘 생각해서 한시라도 빨리 흩어져 돌아가도록 하오. 그렇지 않다가는 반드시 후회가 크다."
　얼굴에는 노기가 등등했고, 말에는 역정기가 있었다.
　손병희와 손천민은 송구한 듯 서로 쳐다본다. 뜰아래방에서는 최시형의 낯빛이 변했다. 그 꼴을 본 전봉준은 한심한 모양으로 쳐다보고

있었다.(『갑오농민전쟁』 제 1 부 상. 32쪽)

ⓛ ……이때 관군보다도 당황해 하였던 것은 북접(北接)이었다.
"이 사람이 선사(禪師·최제우)의 도(道)를 망치는구나……"
최시형은 깊숙한 방에 들어앉아 전봉준을 두고 탄식을 했다.(『여명기(黎明記)』 하권 91쪽)

ⓒ 그 통문에는 다음과 같은 내용이 적혀 있었다. 도로서 란을 일으킴은 옳지 않은 일이다. 호남의 전봉준과 호서의 서장옥은 국가의 역적이요 사문의 난적이니 우리는 빨리 모여 그들을 공격하자!(『녹두장군11』, 184쪽)

ⓞ은 보은 장내리 집회를 두고, ⓛ은 고부봉기에 대한 반응을, ⓒ은 9월 기포 때 보인 최시형의 온건한 태도에 대한 비아냥거림이다. 이처럼 최시형은 동학혁명 전 기간에 걸쳐, 남과 북의 소설 속에서 언제나 왜곡되었다.
그러나 동학혁명의 전운이 감돌던 시기부터 끝날 때까지, 동학혁명의 전 시대를 거쳐 온 최시형이다. 신미사변 때는 이필제의 반동 인물이 되었고, 동학혁명기에는 혁신적인 인물 전봉준 및 남접의 반동 인물이 되었다. 이렇게 부정적으로 전형화된 최시형이 긍정적인 주인공으로 나타나는 소설로는 강인수의 『최보따리』와 박일의 『이야기 동학』, 이용선의 『동학』이 있을 뿐이다.
그러나 최시형의 일대기적 삶이 사학계에 주목을 받으면서 인물에 대한 재평가 활발하게 작업이 이루어지고 있다. 이에 따르면 신미사변 때는 이필제와 반대 인물이 아니고 어느 정도 동조한 인물로 밝혀져 지목을 받아 뒤쫓기는 것으로 알려졌고, 동학혁명 기간 중 많은 행적이 새롭게 밝혀지고 있는데, 대표적인 경우가 동학혁명 전기에도 전봉준의 기포를 어느 정도 인정하고 있다는 사실로 밝혀지고 있다.
그보다 그의 사상적인 행적 중 주목해야 할 것은 이원론적 대결 구도가 아닌 일원론이며, 앞의 논의대로 우리의 전통적 개혁은 계급혁명이 궁극적인 목표라 하더라도 최시형의 삶처럼 무위이화(無爲而化) 상생(相生) 안에 있었다. 최시형은 인간의 존엄성과 아울러 자연의 모든 만물이 유기체적 생명공동체임을 일깨워주고, 생명의 소중함과 생명공동체로서 나아가야 할 방향을 제시해 주고 있다. 요컨대, 이같이 실천에 바탕을 둔 사상은 정신개벽과 평등과 생명존중의 사상으로 계승되는 것으로, 최시형의 개혁은 투쟁보다 합리적인 때를 기다릴 줄 아는 개혁주의자였던 것이다. 최시형은 이런 인물로 소설이 밝혀야 할 핵심이다.

(2) 김개남의 왜곡

동학혁명의 지도자 중 김개남은 특히 개성이 강한 강경파로 알려졌고, 아이러니하게도 북접 교단의 방침에 일정하게 호응을 했던 인물로 알려졌다. 그동안 김개남은 소설화 과정에서 강경파에 걸맞은 성격으로 창조되느라 천민으로 그려지기도 했고, 많은 소설에서 전봉준과의 극단적인 대립 구도에 놓이면서 왜곡의 과정을 거치게 된다.

㉠ ……김개남이 전주를 방비하기로 결정된 것은 그의 미묘한 위치에서 비롯된 조치이다. 총수가 될 수 없는 바엔 전봉준 밑에 서 싸우기가 싫었고, 반대로 전봉준 편에서도 말을 잘 듣지 않을 김개남을 휘하에 거느리고 싶지가 않았을 것이었다.(서기원, 『혁명』. 104쪽)

㉡ "김개남 장군께서 내일 진격할 준비를 하고 계신답니다. 청주로 쳐들어간다는 것 같습니다."…… / "그 사람 움직이든 말든 우리하고 무슨 상관입니까?" 송희옥이가 툭 쏘았다. / "이레 제사에 여드레 병풍인가?" / 손여옥이도 픽 웃었다. 요사이 두령들은 김개남이라면 고개부터 돌렸다.(『녹두장군12』, 186쪽)

소설 속의 김개남은 성격이 강한 인물로 그려지고 있다. 그러나 김개남은 ⊙에서 보는 바와 같이 한낱 '공명심에 찬 속 좁은 인물'일 뿐이다. ⓛ에서도 전라도 동학 두령들의 따돌림을 받는 존재일 뿐이다. 이처럼 김개남은 대개 역사소설 전반에서 부정적으로 그려지고 있다.

김개남의 역사적 행적에 대해서는 불가사의한 점이 많다. 일테면 전봉준과의 관계, 도강 김씨의 향반이면서도 천민 출신으로 알려진 배경, 유난히 포악하게 굴었던 이유, 동학혁명 당시의 전투 행적 등이다.

1894년 3월 25일 백산봉기 때 농민군 총관령(總管領)으로 추대된 김개남은, 3월 봉기과정에서 농민군의 전술에 따라 자신의 독자적인 세력을 이끌며 관군의 분산을 유도하거나 협공하는 등 특별한 역할을 수행하였다. 그리고 그는 5월 전주성에서 물러난 이후부터 6월 25일 남원 점령까지 여러 군현을 차례로 점령하여 부민의 재산을 빼앗고 토호를 징치하는 등 공격적인 활동을 전개해갔다. 이는 같은 기간에 지방행정 질서를 인정하는 선에서 신변보장과 폐정개혁을 관철시키는 데 주력했던 전봉준의 노선과는 달리 자못 강경한 것이었다. 그렇지만 이 기간의 활동은 농민봉기를 지속시키는 한편 세력 근거지를 확보하는 과정에서 행해진 것으로, 그 양상은 양반 토호들의 전재수취(錢財收取)나 토호들의 처벌 차원에서 크게 벗어나지 않았다. 즉 김개남은 3월 봉기 단계에서부터 기존 질서에 대한 전면적 부정을 지향하지는 않았다는 것이다. 이는 일정하게 북접 교단의 방침을 지켜가고 있었음을 보여준다. 어쩌면 이 같은 북접에 대한 심정적 연결이 부정적으로 왜곡된 위치에 있게 했는지도 모를 일이다.

(3) 서장옥과 소설적 상상력

서장옥은 동학 포교 때인 1883년부터 최시형의 지도를 받기 시작하여 동학혁명기에 충청도 동학 두령 중 강경파에 속했고, 전라도 동학 두령들의 스승으로 알려져 있으며, 대략 동학혁명 전기 뒤로 행적이 묘연하다가 1900년 여름에 청주 부근에서 붙잡혀 처형된, 삶의 과정 중 상당 부분이 불가사의에 둘러싸인 인물이다. 그래서 소설 속의 서장옥이 신비하게 허구화되어 나타난다.

> ㉠ ……동학 남접의 거두요, 숱한 수령 가운데서도 투철히 뛰어난 서상옥(徐章玉)의 부하일 뿐만 아니라, 훈장(訓長) 전봉준(全琫準)을 동학에 끌어넣은 장본인이었다. 그래도 서장옥은 집강이니 그렇게 핍박한 편이 아니었다.(『여명기(黎明記』, 상권 74쪽)

> ㉡ 그가 중이었다는 사실과 함께 그가 13살 때 동학 교주 최제우를 만났다는 이야기가 널리 퍼져 있었다. …… / "범가는 데 바람 가고 바람 가는 데 범 가니, 저 아이가 필경 이 세상에 돌풍을 일으키리라." / ……그 얼마 뒤 최제우는 (남원의 은적암을 떠나 - 필자) 홀연히 경주를 향해 떠났다. 여기 숨어 들어올 때 무거운 걸음걸이와는 딴 판으로 바람같이 가볍게 내달렸다.(『녹두장군1』, 154쪽)

㉠은 초기 서장옥에 대한 활동 행적이 알려지지 않았을 때의 일로, 막연히 남접 두령들의 스승으로 등장한다. ㉡은 서장옥이 장차 크게 될 인물임을 암시하고 있으며, 마치 최제우의 가벼운 발걸음은 서장옥이라는 큰 인물을 얻은 기쁨으로 묘사되고 있다. 아무튼, 여기서는 서장옥이 신비스러운 인물로 설정되어 있다. 하지만 이는 전봉준에 대한 허구적인 폭을 넓힐 수 있다는 점에서 매력적인 부분이 많다. 문제는 전봉준 및 전라도 동학 지도자의 스승으로 알려진 서장옥의 역할이다.

지금까지 서장옥은 북접의 온건파들과 대립된 행동을 보인 것으로 알려졌는데, 충청도 손천민, 음선장(陰善長)과 같은 동학 지도자들과 함께 도피생활을 하다가 체포되어 교수형에 처해진 사실은 무엇인가. 여기서 특기할 만한 사실은 청주에 음선장이란 사람이 있는데 첫째 딸을 서장옥과, 둘째딸은 최시형의 장남 솔봉이와 혼인을 시켜서 한때 청주 초정리에서 살았다. 말하자면 최시형과 서장옥은 사돈관계로 인척 관계를 맺고 있었다. 서장옥은 동학혁명 전기에 간혹 행적이 기록되다가 동학혁명 후기에는 행방이 묘연하다가 "1900년에 장인 음선장과 입산 은피(入山隱避)타가" 함께 잡혀서 장인인 음선장은 태 1백대에 종신형(終身刑)을, 서장옥은 교수형(絞首刑)을 당했다. 이런 서장옥의 행적으로 미루어볼 때 과연 최시형과 극단적으로 대립되는 인물이었으며, 전라도 동학 두령들을 이끌 만큼 강한 사람이었을까. 그리고 갑오년 봄 이후 행방을 감춘 이유는 뭘까. 서장옥에 대해서는 소설적인 상상력보다 더 많은 사실들이 밝혀져야 한다.

㉠ 새야 새야 파랑새야 / 녹두 밭에 앉지 마라 / 녹두 꽃이 떨어지면 / 청포 장수 울고 간다 //······ 새야 새야 파랑새야 / 너 뭣하러 나왔느냐 / 솔잎 댓잎 프릇프릇 / 하절인 줄 알았더니 백설이 펄펄 / 엄동설한이 되었구나. -〈새야 새야 파랑새야〉부분

㉡ 가보세 가보세 / 을미적 을미적 / 병신 되면 못 가리 -〈가보세 가보세〉

㉢ 개남아 개남아 김개남아 / 억만 군사 얻다두고 / 짚둥우리 웬말이냐 -〈개남아 개남아 김개남아〉

위는 갑오년 동학혁명에 대한 민중들의 아쉬움과 열망이 교차하는 민요인데, 전봉준, 김개남과 같은 민중 영웅이 시절을 만나지 못한 아

쉬움 속에 시대를 넘어 오랜 세월 동안 민중들의 가슴에 살아 있다. 이들은 한결같이 민중의 열망을 안은 민족의 영웅이다.

3) 지역 편중의 문제들

역사적 흐름에서, 동학혁명운동 전기(ⓐ)인 고부농민봉기와 3월 봉기 이 두 시기는 전봉준을 비롯한 동학 지도자들이 황토현, 장성황룡강 등지에서 지방감영군과 중앙에서 내려온 관군을 차례로 격파하여 급기야 전주감영을 점령하고 집강소를 설치하는 시기까지이다. 이는 아래로부터의 개혁이 성공을 거두어 집강소를 설치함으로써 마침내 "제도까지 뒷받침된" 진정한 의미의 혁명 요건이 갖춰진 시기다. 그래서인지 대개의 소설들이 이 시기를 중심으로 다루고 있음은 앞에서 논한 바 있다. 그렇지만 이에 대해서는 좀 더 냉철하게 들여다 볼 필요가 있다. 승승장구하던 시기에 관아 사령 및 감영병 관군의 무기는 보잘 것 없어서 동학혁명군의 농구나 죽창과 같은 열악한 무기나 수적 우세나 의기만으로도 승리할 수 있었다. 그러나 동학혁명운동 후기(◎)인 9월 봉기 때는 사정이 달랐다. 논산에서 남·북접군이 합류함으로써 명실 공히 십만의 동학혁명군이 수적으로는 우세하였으나 청나라 군대를 물리친 일군의 우수한 병장기 지원을 받은 관·왜군과의 싸움에서는 맥없이 무너지고 말았던 것이다. 당시 조선에 파견된 일군 병력의 특성과 무기의 제원에 대해서는 아직 정확하게 밝혀진 바는 없으나, 풍도 앞바다에서 시작된 청·일전은 함포 사격으로 시작되어 청나라 군함이 침몰되었고, 성환에서 벌어진 전투는 단 한 차례의 교전으로 청군이 흩어진 것으로 알려졌다. 이 시기에 동학혁명군을 토벌하기 위해 출동한 병력은 이미 일군의 훈련을 받고 일군의 무기로 무장하고 있었다. 이 시기의 전투 기록에는 관·왜군의 토벌 기록만 보일 뿐, 동학혁명군이 승리한 싸움은 거의 없는데, 이러한 정황들은 당시 일군들이 현대화된 무기로 무장하고 있었음을 반증한다. 특히 남원에 웅거하고 있던 김개남이 이끄는 동학군이 청주 성 전투에서 크게 패했는데, 이때 당시 일군은 겨우 1개 소대 병력이 성을 지키고 있었다. 이도 역시 당시 무기의 우열을 가늠케 하는 중요한 부분이다. 승전의 역사만 역사가 아니듯, 초기에 전라도 땅에서 거둔 승리의 역사만 다루어 결국 지역색을 드러내는 결과를 초래하고 말았던 것이다. 소설 속에는 이런 지역 문제가 더 선명히 나타난다.

㉠ "도(道)로서 난(亂)을 지음은 불가한 일이다. 호남의 전봉준과 호서의 서장옥은 국가의 역적이요, 사문의 난적이다. 우리는 빨리 결속하여 그들을 방어하자"고 하여, 남접을 국가의 역적이요, 동학의 난적이라 규정하고 이와 대결할 태세였다. 이로 말미암아 호남 동학혁명군의 서울 진격이 20여 일이나 늦어 공주 영을 관군에 선점 당하는 결과를 초래하였고, 나아가서 북접 파는 동학의 창도에 오류를 초래했다. ……(오지영 『동학사』, 35쪽)

㉡ 오지영은 머리를 마구 흔들면서 소리 없이 울고 있었다. / "(호남의 전봉준은) 선사를 배반한 자요. 기름이 구정물에 어찌 화합되오" / 김연국은 문갑 속에서 격문 초안을 꺼내 오지영의 앞에다 던졌다. 『도(道)로써 난(亂)을 지음은 불가한 일이다 호남의 전봉준과 호서의 서장옥은 국가의 역적이오, 사문(師門)의 난적이다. 우리는 빨리 모여 이들을 공격하자』……(『여명기(黎明記』 하권, 98쪽)

㉢ 어쨌든 동학군으로서는 북상작전의 첫머리에서 타격을 받은 것이다. 사기는 떨어지고 도망병이 속출했다. 이틀 후, 군세를 검열하니 오천 여명이나 축이 나 있었다. 그중 혹심하게 상처를 입은 부대는 송희옥군이었고, 이에 비교하면 북접의 각 군은 멀쩡해 보였다.(서기원, 『혁명』, 110쪽)

㉠에 제시된 오지영의 역사 기록이 ㉡, ㉢에 같은 내용으로 남·북접의 갈등을 다루고 있음을 엿볼 수 있다. 즉 남접만 개혁을 추진하고 있으며, ㉢에 의하면 북접은 남접의 변혁적인 행동을 가로막거나, 전투도 건성으로 하여 멀쩡하다는 식의 남·북접의 극단적인 대립과 갈등을 보여준다. 이처럼 대개의 역사소설이 전라도 지역의 전봉준 중심으로 해석되고 있다. 그러면 남접·북접이란 어디에서 온 말인가.

　㉣ "남접·북접이란 말은 수운 선생 당시 우연히 생긴 말이다. 수운 선생이 사는 곳에서 보아 해월 선생이 사는 곳이 북쪽이 되므로 그곳을 북접이라 이름 지어 불러왔던 것이다."(오지영 『동학사』, 45쪽)

　㉤ 북접이란 남접에 대응하는 말이므로 최제우는 법통을 최시형에게 넘기되 반쪽만 넘겨준 셈인데, 그 나머지 반인 남접의 법통은 어떻게 된 것이냐는 것이었다. 그러나 이 점에는 최제우 자신도 말한 적이 없고 누구도 내가 법통을 넘겨받았노라고 말하는 사람도 없었다.(중략) 그 뒤 서장옥이 손화중, 김개범, 김덕명 같은 남접의 거두들을 거느리고 있다는 사실이 드러나자 남접의 법통 이야기가 나오면 옛날 서장옥이 13세 때 은적암에서 최제우를 만난 이야기가 오르내렸다.(『녹두장군1』, 154-156쪽)

　㉥ "저 산꼭대기는 30년 전 수운 최제우 선생이 밤중에 홀로 올라 손수 지은 칼 노래를 부르며 칼춤을 추셨던 곳이오. 그가 어째서 하필 이 전라도 땅에 와서 또 하필 칼 노래를 불렀겠는가, 그 뜻을 한번 깊이 새겨보시오. ……"(『녹두장군』 1, 158쪽)

최시형은 1863년 7월 경주 이북지역에 대한 포교 활동의 공을 인정받아 최제우로부터 '북도중주인(北道中主人)'에 임명되었다. 이는 최시형이 포교 활동을 벌인 지역이 최제우가 포교 활동을 벌였던 경주 지역에 비해 북쪽에 있었기 때문이다. 동학교단에서 널리 사용된 '북접

(北接)'이란 말은 바로 최시형이 스승 최제우로부터 직접 도통을 전수
받았다는 뜻으로, 동학의 정통성을 계승하고 있다는 뜻으로 쓰이고 있
다. 이로 보아 1880년대부터 1891·2년에 이르기까지 최시형이 줄곧
사용했던 '북접'이란 용어가 이른바 '남접'에 상대되는 용어가 아니며,
특정 지역을 가리키는 말 또한 아니다. 이는 경상도, 충청도, 전라도
등 삼남의 동학 접주(接主) 또는 육임(六任) 직이 거의 대부분 최시형
에 의해 임명되었다는 사실에서도 분명하게 밝혀지고 있다. 1894년 1
월의 고부농민봉기와 3월 백산 기포를 주도했던 전봉준조차도 최시형
에 의해 접주로 임명되었음을 보여주는 사료가 그 예다.

> ㉮ 問 : 東徒中 差出接主 是誰之爲(동학도 가운데 접주 차출은 누가
>   하는가?)
> 供 : 皆出於崔法軒(모두 최법헌이 한다.)
> 問 : 汝之爲接主 亦崔之差出乎(네가 접주가 된 것 역시 최가 차출
>   하였기 때문인가?)
> 供 : 然矣(그렇다)(『동학란기록』 하, 『전봉준공초』 4차문목(1895.
>   3. 7), 559쪽)

그러면 남·북접 대결은 어디서 온 것인가. 남·북접 대결의 부각은
대략 『동학사』를 쓴 오지영의 공명심에 의한 기록일 가능성이 높다는
것이다. 오지영에 의하면, 9월 기포 전에 남·북접이 서로 대결하고 있
었고, 자신의 활약으로 남북의 갈등이 해소되었다는 식이다. 물론 기포
시기를 놓고 촌각을 다투는 때에 이런 갈등이 전혀 없을 수는 없지만
과장되었다는 것이다. 이런 급박한 시기에 최시형의 갈등은 소설에서
보여주는 것처럼 단순했을까.
　특히 ㉤, ㉥에 의하면 남접과 북접은 이미 뚜렷하게 지역이 구별되
어 있으며, 특정 지역의 투쟁을 위해 최제우가 일찌감치 예견하여 남
겨놓았다는 식이다.

이 같은 문제는 꼭 오늘날의 지역색 문제에서 유추된 것은 아닐까. 이는 전봉준의 개혁적인 투쟁성 부각을 위해 최시형을 반대 인물로 설정한 문제와 무관치 않다.

◎ "……大神師(최시형 – 인용자)를 靑山 文岩里에 拜謁하옵고 事由를 告達한대 大神師分付內의 此亦時運이니 禁止키 難하다."(……이 또한 시운이니 금지하기 어렵다)(『金洛鳳履歷』, 筆寫本, 3쪽)

전봉준이 고부 관아를 치고 말목장터에서 장두청을 차리고 앉았을 때 최시형은 청산 문암리에서 강좌를 열고 각 지방에서 올라온 접주들에게 동경대전과 용담유사에 대한 강론을 벌이고 있었다. 전라도 부안 접주 김락철로부터 전봉준이 고부에서 봉기했다는 소식을 들었다고 확인된다. 이때 최시형은 "이 또한 시운"이라는 말로 고부 전봉준의 봉기 사정을 인정하고 있음을 엿볼 수 있다. 3월 봉기 때도 전라도 여러 지방에서 경군과 감영군을 맞아 전투를 벌이는 동안 충청도 여러 지역에서도 일어나 호응을 했고, 이때 최시형의 적극적인 대응이 주목된다.

ⓩ ……선생은 진노하는 안색으로 순 경상도 어조로 "호랑이가 물러 들어오면 가만히 앉아서 죽을까! 참나무 몽둥이라도 들고 나가서 싸우자." 즉 선생의 동원령이다.(윤병석 直解, 『백범일지』, 집문당, 1995, 33쪽)

ⓩ처럼, 전봉준의 3월 기포와 거의 같은 시기인 4월 초에 최시형이 기포령을 내렸다는 기록은 『동비토록』과 『주한일본공사관기록』 등에서도 확인된다.

그러나 여기서 동학혁명 전기인 3월 기포와 후기인 9월 기포 때 최시형이 동조를 했느냐 반대를 했느냐가 중요한 것이 아니라, 당시의 갈등 상황이다. 나라 바깥은 세계열강들이 힘을 겨루는 시기였다. 조선이 전통적으로 힘의 바탕이라고 의지하던 청나라의 서울 북경이 함락되었고, 가까이는 청일전쟁으로 일의 우수한 병기가 만천하에 공개되었다. 그리고 최시형에게는 신미사변과 같은 갖은 변란을 겪으면서 교인의 희생이 얼마나 혹독한지를 체험했고, 서구 열강을 포함한 왜의 신무기 위력을 알고 있었다. 무력봉기는 숱한 동학교도의 생명과 관련된 만큼 최시형은 신중할 수밖에 없었던 것이다. 최시형에게, 고부의 시골 방에 모여 사발통문에다 '군대를 몰아 서울로 쳐들어간다'는 우물 안 개구리 식 분노나 의기를 기대할 수는 없다. 또, 전봉준이나 최시형 어느 누가도 민족의 위기를 앞에 놓고 지역색이나 인물 간의 갈등을 드러내지는 않았을 것이다. 요컨대 최시형의 행적이 온건적이라 할 수 있지만, 이는 교단과 도인의 운명을 거머쥔 교단의 최고 지도자의 고뇌와 아울러 이해되어야 한다.

2차 기포령 뒤에 전라도로 내려온 최시형은 임실에서 은신해 있다가 공주 우금치 전투에서 패배하고 내려온 손병희의 북접군과 합류한다. 1894년 11월 말 소백산맥을 따라 장수 무주를 거쳐 북상, 보은 북실에서 일병과 상주 민보군에게 공격을 당하여 수백 명이 몰살당하였으며 12월 24일에는 충주 외서촌 되자니에서 마지막 전투를 치른 뒤에 해산했다. 이와 같은 시기에 충청도 동북부와 관동 지방에서는 동학혁명군이 살육을 당하고 있었으며, 이 시기에 황해도에서도 토벌과 전투가 진행되고 있었다. 역사와 역사소설 모두 전봉준이나 딴 지역의 역사는 주목하지 않는데 이도 일종의 지역색을 심화시키는 요소로 보아야 한다.

그동안 역사·문학계에서는 동학혁명에 대한 지도조차 변변히 만들지 못하였다. 참고로 제시하는 두 지도는 동학혁명에 대한 지역 편중의 한 단면으로, 당시 동학혁명은 전국적인 영향 아래 놓인 역사로 이해되어야 한다. 흔히 동학답사 현장에서 많은 사람들이 '동학난리'와 '6·25난리'의 비극을 주저하지 않고 드는데, 이는 동학혁명의 역사적 인식을 단적으로 보여주는 예가 될 것이다.

남북분단 시대를 살고 있으면서 오늘날 또 하나의 지방색이라는 분단 속에 살고 있다. 이런 연원(淵源)도 분명하지 않은 인습을 청산하기 위해, 또 민족문학의 저변확대를 위해서라도 동학혁명의 역사는 지역 사건이 아닌 전국에 걸쳐 일어난 한 민족의 총체적인 의미를 지닌 사건으로 재인식되어야 한다.

⑷ 사상적 수용의 편의적 수용

동학사상은 대개 소설화 과정에서 창도 당시 계급해방과 같은 평등사상과 외세로부터 자주권을 지키려는 민족주체사상에서 출발되었다. 이를 좀 더 구체적으로 보면, 일제 강점기에서는 동학이 지닌 사회변혁적인 투쟁보다 종교적 관점을 중심으로 수용되었으며, 해방 후에는 사회변화에 따라 동학의 평등사상 .인간해방 등 변화를 거듭했으며, 표현이 제한된 시대에는 개혁사상을 중심으로 소설화되었다.

　㉠ "두고 보아라. 그 한 가지 일로 동학은 이 세상에 수없이 흘러다니는 참언을 모두 한 손에 뭉쳐서 거머쥐어 버렸다. 정감록, 미륵신앙, 그리고 남조선 사상, 남해진인설 그런 것을 모두 그 비결 하나로다 싸서 지금 동학도들이 주머니에 챙겨 넣었어. 바로 그것은 백성을 움직이는 요술……"(『녹두장군2』, 111쪽)

　㉡ ……갖가지 유언(流言)들이 떠돌았다. 전봉준 대장은 영웅이니 이인(異人)이니 하며, 신출귀몰의 재주가 있고 바람을 타고 구름을 타는 묘술을 갖고 있으며 총검을 맞아도 죽지를 않는다고 하였다. 또 계룡산이 도읍이 된다고들 하였고, 진인(眞人)이 바닷섬 가운데서 나온다고 하였으며, 이(利)가 궁궁(弓弓)에 있다 하여 피난의 십 승지라고 하였다.(『타오르는 강 3』, 200쪽)

㉠, ㉡은 동학사상을 포괄하고 있으며, 당시 민중들이 갈망하는 현실적 이상이 내재되어 있음을 볼 수 있다. 당시 민중들이 동학사상을 쉽고 빠르게 받아들일 수 있었던 까닭은 조상 대대로 이어 내려온 토속 신앙을 바탕에 두고 있었다던지, 민족적인 사상을 바탕에 두었기 때문일 것이다. ㉠에 따르면 비결이 '백성들을 움직이게 하는 요술'로 보고 있으며, 어떤 의미로는 동학이 추상적이고 신비스러운 존재로 이해되고 있다. ㉡은 기막힌 현실을 구원할 영웅과 이상세계를 향한 갈망이 잘 드러나 있다.

㉢ "칼 노래라는 것은 잘 아시는 바와 같이 우리 대신사 수운 선생께서 여기 전라도 남원 선국사 은적암에 머무르실 때 지으신 노래올시다. 여기 은적암에서 선사께서는 석 달을 머무르셨는데, 그 사이 도력이 더욱 왕성하시니, 그 희열을 금치 못하여 스스로 노래를 지으시어 달 밝고 바람 맑은 밤을 타서, 목검을 짚고 묘고봉상(妙高峯上)에 홀로 올라 노래를 부르며 칼춤을 추시니, 그 노래를 일러 검결 즉 칼 노래라 하였습니다."(『녹두장군2』, 215쪽)

㉣ ……문득 총각은 입을 열어,
룡천검 드는 칼을 / 아니 쓰고 어이하리……
서늘한 목청으로 노래를 부르며 노래에 맞추어 칼을 쓰기 시작했다.(『갑오농민전쟁 제 1 부 상』, 140쪽)

㉢, ㉣의 칼 노래는 수운 최제우가 동학을 창도할 때 지니고 있던 개혁 성향을 잘 드러내주는 부분이다. 민중들에게 개혁성을 일깨워 줄 의도로, 참담한 시대를 헤쳐 나갈 운동적(선동적) 기능으로 많이 인용되는 부문이다. 물론 동학이 어려운 시대를 열어갈 개벽사상을 바탕에 깔고 있기는 하지만, 방법에 있어서 폭력은 아니다. 이런 칼 노래가 최시형 때에 이르러 슬그머니 자취를 감추었다고 보는데 이는 흔히 최시

형의 온건성을 드러내는 근거로 인용되곤 한다. 그래서 소설에서는 사상적인 측면에서 최시형보다 최제우가 더 매력적인 인물로 선택되기도 한다. 즉, 최제우의 개혁사상이 최시형에 의해 도통이 전해지는 과정에서 개혁사상이 '온건하게' 후퇴한다는 것이다.

그러나 동학사상의 본질은 실천에 있었다. 당시 조선 사회 지도층이 지니고 있던 유교의 가르침은 자체에 결함이 있어가 아니고 실천에 문제가 있었던 것이다. 최제우가 두 여종을 각각 며느리와 수양딸로 삼은 일도 실천이다. 최시형은 끊임없는 탄압 속에서 개혁이란 칼날 대신 확고한 전망을 향해 더딘 걸음으로 실천하여 나아갔다. 최시형의 쉼 없는 노동 행위가 곧 그의 사상이다. 노동을 천시하던 사회에서 인간의 노동이 한울님의 거룩한 창조 활동에 동참하는 행위라 하여 참된 노동의 가치로 승화시킨다. 최시형은 가혹하게 탄압을 받는 사회에서 개혁을 생활 속에서 찾으려 했던 것이다. 가난한 농부로서, 흙 속에서 자연과 더불어 살아오면서 체득된 생명의 소중함과 신비에 대한 깨달음을 통해 최제우의 '시천주 사상'은 '사인여천양천주(事人如天 養天主) 사상'으로 계승된 것이다.

그러나 이렇게 사상과 관련된 최시형에 대한 평가는 당시의 시대 상황이 전혀 고려되지 않은 편견이다. 교주 최제우의 처형 뒤로 동학에 대한 탄압이 이어졌고, 최시형은 잠행 포교를 이어가고 있었다. 교세가 번창하자 봉건 정부를 향한 교조신원운동이 조심스럽게 시작되었다. 탄압을 넘어 종교로 공인 받기 위한 교묘한 줄타기를 할 수밖에 없었던 것이다. 이런 교조신원운동 방법을 두고 온건이냐 강경이냐의 문제를 두고 최시형과 교단은 고뇌할 수밖에 없었던 것이다. 안 그래도 동학이 이단으로 탄압을 받고 있는 당시로서는 주자학의 구체적인 도전이 되는 기존의 신분제도가 가진 불평등 사상에 대한 도전인 인내천을 큰소리로 내세울 수 없었다. 창도기의 칼 노래를 동경대전에서 제외시킨 것이나, 교조신원의 상소문을 지극히 유교적인 내용으로 위장할 수밖에 없었던 사정들이 다 이런 고뇌와 관련이 있다.

따라서 최시형은 사상을 몸소 실천하는 것으로 대신했으며, 행동으로 보여줄 수밖에 없었다. 따라서 최시형의 사상이나 행동은 이런 딜레마 안에서 해석되어야 한다. 이런 최시형의 사상은 철저하게 인간중심의 사상이었다. 조선시대와 같은 귀신 본위의 환경에서, 제사상을 차릴 때 젯밥을 귀신 쪽에 놓지 말고 한울인 사람을 향해 놓으라는 제례의식은 가히 혁명적이라 할 만하다.

아무튼 최시형은 늘 혁명적인 주인공의 사상을 드러내기 위한 반대의 자리에 놓여 왔다. 말하자면 작가에게 있어서 역사적인 사건이 임의적인 선택이었듯이, 동학사상도 작가의 해석 및 임의적으로 선택한 측면이 강하다.

> ⑩ 슬프다. 그(전봉준 – 필자)의 나이 마흔한 살……인내천, 광제창생, 보국안민의 원대한 포부를 실현하지 못한 채 그 뜻을 안고 교수대의 이슬로 그는 사라져갔다.(『갑오농민전쟁 3부 하권2』, 209쪽)

인내천은 평등과 개혁사상이다. 사회주의 국가에서 종교는 아편이다. 사회주의에서는 이처럼 봉건 세력에 대한 개혁과 함께 인내천이나 광제창생 보국안민과 같은 추상적인 사상 제시만 있을 뿐이다.

> ⑪ "들어보시오. 우리 도는 후천개벽을 하자는 것이고, 우리 인간은 모두 다시 태속에서 태어나는 것과 같은 운세를 맞고 있소. 이것은 수운 대선생의 가르침이오. 그런데 선천의 썩어빠진 문벌의 고하와 귀천이 무슨 상관이오. 수운 대선생께서는 여종 두 사람을 해방하여 한 사람은 양녀를 삼고 또 한 사람은 며느리를 삼았소. 선생의 문벌이 당신들만 못해서 그랬겠소."
> 해월은 단호하게 말하며 남계천의 지시를 받으라고 엄하게 명령했다.(『녹두장군2』, 268쪽)

먼저, 『녹두장군』의 작가 송기숙의 견해를 볼 필요가 있다. "동학은 그 당시 신분제뿐만 아니라 지주 소작제이며 삼정의 문란 등 모든 모순을 극복할 사회개혁의 이념적 지도 원리로 제시된 것이며……나는 『녹두장군』에서 전봉준은 하늘의 일은 한울의 주인인 한울님이 해야 하고, 인간 세상의 일은 인간 세상의 한울님인 인간이 해야 한다고 하여, 인내천을 기본이념으로 그 나름대로 사회개혁 논리를 체계화한 것으로 설정"함으로써, 동학의 사상이나 이념을 사회개혁의 지도 원리로 해석하고 있음을 유의해야 할 필요가 있다. 따라서 소설 속에서 전봉준은 계원들에게 "너무 한울을 강조하지 말라"는 주의를 준다. 이는 한울을 강조함으로써 신비주의에 빠질 위험을 경계하는 동시에 종교 이념이 지닌 사회개혁의 한계성을 아울러 경계하자는 것으로, 이는 다분히 현대적 해석인 셈이다. 이처럼 동학의 이념이 '사회개혁'의 원리로 해석되는 경향은 대부분의 역사소설이 지니고 있는 추세이기도 하다. 따라서 작가들의 동학사상에 대한 해석은 조선왕조 말기에 나타났던 신흥 종교가 대개 현세적 개혁사상이 핵심이고 심지어 미륵사상조차 개혁사상으로 수용되고 있다. 아울러 민족주의적 요소를 지녔다고 본다.

이외에도 당시 민중들 사이에 떠돌던 이인(異人)이나 이적(異蹟)들의 설화나 풍문-충청도 신례원 전투에서 활약했다고 알려진 소년장수 이야기라든지, 동학 혁명군을 진압하러 내려온 관군의 대포 구멍에서 물이 나왔다는 이야기, 충청도 회덕(懷德)의 노비들이 양반들의 불알을 깐 이야기, 예산 군수가 도망가면서 당나귀를 거꾸로 타고 간 이야기, 전봉준의 체포와 관련하여 '경천(敬川)'을 조심하라는 점괘 이야기, 전봉준이 부하들로 하여금 총을 쏘게 하였으나 가슴에서 탄알 껍질을 툭툭 털면서 아무렇지도 않은 모습을 보여줌으로써 혁명군들의 사기를 진작시켰다는 이야기, 장성 황룡촌 전투의 승리와 관련된 장태이야기, 그리고 당시 널리 유행했던 참요(讖謠)적 성격이 짙은 〈파랑새요〉와 〈가보세 가보세〉 등 구전 민요 등은 정감록의 풍수지리 사상과 함께 고유 민족사상으로 관련지을 수 있다. 이런 민중들의 입에 오르내리는 구전 요소들은 당시 민중들의 삶을 풍부하게 보여주는 민족사상의 총체물들이다.

그러나 전봉준의 개혁을 실천하는 소설화 과정을 좇다보니 동학사상 중 개혁사상만을 선택적으로 그나마도 서구화된 이념으로 소설화 과정을 거치게 된 것이다. 말하자면 동학사상도 서구화된 개혁 이념에 치우쳐 고유사상이 총체적으로 혼융(混融)되지 못하였다.

소설화 과정의 문제점을 종합하면 다음과 같다.

첫째, 일제 강점기나 억압의 현실을 거쳐 오는 동안 동학혁명의 투쟁성을 강조하다보니 원한에 의한 폭력이나 분노 서린 감정을 내세움으로써 '공허한 폭력적인 사건'으로 인식되었다.

둘째, 일제 강점기에 기록된 기초 기록을 바탕으로 소설화함으로써 역사적 토대가 미흡하여 많은 부분이 상상에 의존하여 많은 역사적 사실이 왜곡되었다.

셋째, 동학혁명의 역사를 서구 시민혁명의 잣대로 보는 바람에 동학혁명을 우리 민족의 총체적인 변혁의 민족사로 인식하지 못하였고, 이런 역사인식이 역사소설의 바탕이 되었다.

넷째, 이런 까닭으로 동학혁명의 배경이나 과정이 총체적으로 제시되지 못하고 집강소 설치와 같은 '서구 혁명적' 부분만 자의적으로 선택됨으로써 역사구조가 축소되어 일부 지역의 역사로 형상화되었다.

다섯째, 소설 속에서 남접의 전봉준을 서구의 투쟁 인물로 설정, 이와 대립되는 동학 지도자 김개남이나, 북접의 동학 지도자 최시형, 서장옥 같은 인물들이 역사적 사실과 달리 투항주의자로 왜곡되었다.

여섯째, 동학사상을 민족사상과 관련하여 파악하지 못하고 서구식 개혁만 강조함으로써 사상이 추상적으로 수용되었을 뿐, 민족사상으로 그 폭을 넓히지 못하였다.

Ⅵ. 동학혁명사의 문학적 생명력

한국문학에서 동학혁명은 나라 안팎의 모순에 대항한, 중대한 분수령이 되었던 변혁의 역사로 인식되어 왔으며, 역사의 전환기적 국면을 맞을 때마다 '현실적 결핍'에 대한 대안적인 문학소재로 활용되어 왔다. 이렇게 동학혁명이 시대를 넘어 오늘날까지 우리 문학의 정신적 토양이 될 수 있었던 까닭은 우리 민족사에서 오랜 세월을 두고 자생하여 자라온 주체적인 변혁사이기 때문이다. 그뿐 아니라 서구화 이전의 역사로 우리 조상들의 생활에서 우러난 속어나 육담까지 내포한 해학과 익살, 풍습, 민속, 등 우리 서민 토대의 사회성, 민중적 우애의 총체성 등 민족 정서가 풍부한 민족문학적 소재가 살아 숨 쉬는 시대의 역사이기 때문이기도 하다.

이 연구는 동학혁명의 역사가 시대를 넘어 오늘날까지 꾸준히 우리 문학의 소재로 생명력을 지니게 된 배경을 고찰하고, 동학혁명의 역사가 시대마다 어떻게 소설화되었는지 그 과정을 살펴 문학사적 의의를 밝히는 데에 목적을 두었다. 동학소설과 동학혁명을 소재로 한 역사소설의 흐름을 각각 요약하면 다음과 같다.

근현대소설기의 동학소설의 전개과정 : 지금까지 문학계에서는 해방 전에 동학소설의 맥이 끊겼다고 보았으나, 근대문학의 출발과 함께 등장한 동학소설은 1910년대에서 최근 1990년대까지 90여 편의 동학소설이 발표되어 면면히 맥을 이어오고 있었다. 대략 내용적 유형을 보면 일제 강점기라는 시대적 특수성 때문에 오직 포교 목적을 갖춘 '포덕소설', 동학교단 인물들의 박해를 다룬 '박해소설', '싸우는 동학군'의 모습을 드러내려는 '투쟁소설' 등의 유형을 보이는데, 궁극적으로는 동학의 전통적인 투쟁성을 보여주려는 데 목적을 두고 있었다. 시대별 특징은 다음과 같다.

1910년대는 가사·창가·몽유록 등 교술문학 시대 상황에 맞게 각성된 시대 의식을 나타내는 데 앞장섰으며, 신소설·신체시·신파극 등이 지닌 교술적 성격으로 종교적인 포덕을 목적으로 출발하였다. 동학소설은 이종린의 단편에서 시작되었는데, 가사의 흥이라든지, 어투, 꿈의 구조 등 전대의 고대소설이 지닌 전통적인 일면을 계승하는 모습을 보이기도 했다. 특히 오상준의 「화악산」에서는 소설적 긴장감이나 허구가 지녀야 할 형식미를 갖추었다. 3·1민족해방운동을 전후한 우울한 내용의 작품 군을 형성하기도 하고, 시천교 계통의 동학소설들은 교세를 반영하듯 시대의 어두운 분위기를 드러내기도 했다.

1920년대는 신문화 운동을 주도하는 교단의 환경에 편승되어 일시적으로 동학소설이 융성기를 맞는 듯했다. 기교면에서는 전대보다 사실적인 기법의 동학소설이 나타났고, 포덕과 박해 등 다양한 투쟁적 내용의 동학소설이 나타났다. 이 시기에 천도교 교단에서는 민족운동의 방법을 둘러싸고 신구파의 첨예한 대립을 보여주었는데, 신파에서 청년당을 중심으로 농민계몽운동을 벌일 때도 본격적인 농촌계몽운동을 내용으로 하는 동학소설은 보이지 않았다. 이는 동학소설의 한계를 보여주는 예가 된다.

일제 후반기에는 1931년 만주사변과 제2차세계대전과 같은 일제의 침략전쟁으로 한반도가 병참기지화되어 탄압과 수탈이 이어지던 암흑기였다. 이 시기에 동학소설은 참담한 현실에 대한 대안으로 청춘남녀의 사랑을 앞세우고 슬그머니 교리를 끼워 넣는 통속적인 내용으로 변질되어갔다. 이런 주된 흐름 속에서 '싸우는 동학군'의 모습을 보이려는 시도가 있었는데, 「동천초월(東天初月)」의 경우는 작가의 의식을 허구적인 인물이나 사건을 통해 확장시키려는 진전된 소설적 기교를 선보였다. 그나마 교단의 유일한 기관지 〈신인간〉이 강제 폐간당하는 바람에 동학소설도 한동안 자취를 감추었다.

해방에서 1960년대까지는 사회사적으로 해방과 남북분단의 비극이

있었고, 한국전쟁의 동족상잔의 비극과 4월혁명이 있었다. 이러한 급변
하는 사회 속에서 교세가 약화되고, 교단의 주도권 싸움 등으로 전통
적인 민족주의적 투쟁을 벌여나갈 여력도 다시 위축될 수밖에 없었다.
이 시기에 동학소설은 '실록소설'이라는 이름으로 창도 주 최제우와 2
대 교주 최시형의 전기적 삶을 중심 내용으로 하면서, 강론(講論)을
싣고 있으며, 포교보다 더 적극적인 행동수칙을 내세워 위축된 교세의
처지를 반영하고 있다. 따라서 이 시기 동학소설의 문학성은 도리어
크게 후퇴할 수밖에 없었다.

역사소설 중흥 시기에는 천도교 잡지 〈신인간〉에 동학혁명을 소재로
한 전문 작가의 일반 문학작품을 싣기 시작하면서, 이에 각성된 동학
소설이 포교나 교리 전달이라는 관념성에서 벗어나 문학적으로 한층
성숙된 모습으로 나타났다. 특히 전문 작가에 의해 집필되어가는 경향
도 그중 하나인데,「장군의 눈물」,『이야기 동학』등은 현대소설의 모
양을 갖추고 있어서 동학소설로의 큰 변화를 보여준다.

동학소설의 문학사적 의의는 다음과 같이 요약된다.

첫째, 민중·민족 종교의 산물로, 전통적인 민족주의와 사회구원의
이념을 꾸준히 담아내는 독특한 양식으로 계승 발전되어 왔으며 둘째,
고대 소설의 전통적인 형식과 내용을 일정하게 계승하고 있으며 셋째,
민중들의 개혁사상을 계승하고 있으며 넷째, 시대 변화에 따라 일반
문학의 형식과 내용을 일정하게 수용함으로써 민족문학의 한 형태를
간직하고 있다는 점을 들 수 있으며 다섯째, 1990년대부터 나타난 동
학소설이 일반 독자들에게까지 영역을 넓히게 된 것은 동학소설의 또
다른 가능성일 것이다.

동학혁명을 소재로 한 역사소설 : 일제 강점기의 역사소설은 국권회
복을 위한 전위대 성격으로 출발되었지만 그나마 검열과 같은 혹독한
탄압에 걸려 번번이 좌절되어 결국 구국 영웅의 행적을 소설화하는 통
속적인 성격으로 변질되고 만다. 동학혁명을 소재로 한 역사소설은

1935년 이돈화의 「동학당(東學黨)」으로부터 시작되었지만 일제의 검열에 걸려 출판되지 못하는 비운을 겪게 된다.

1970년대는 4월혁명의 체험과 민중들의 역사인식이 한층 진전되었던 시대로, 문학도 이에 대응되어 각성된 역사소설 시기를 맞았다. 동학혁명 소재의 소설들은 전봉준이라는 인물의 영웅성 부각으로부터 출발하여 점차 사회사적 인식의 소설로 발전해갔다. 일반 역사소설이 거둔 성과에 비해 문학적 성과는 거두지 못했는데, 성급하게 접근해 들어간 탓에 하층민에 대한 탄압이 과장되게 표현되어 당대 사회의 총체성을 획득하는 데 실패했을 뿐만 아니라 주인공의 초인적인 능력에 기대어 무협지가 지닌 통속성이나 '활극'의 면모를 보이는 데 그쳤다. 그나마 이용선의 『동학』은 혁명이라는 역사의식을 바탕으로 해학적인 측면으로 접근해 들어간 것은 이 시대의 문학적 성과라 할 만한다.

1980년대는 민중의 군부독재에 맞섰던 역사적 경험의 산물로, 역사의 주체가 민중이라는 각성과 함께 문학적 욕구가 다양화되었던 시기다. 민족문학 운동과 함께 역사의 주체인 민중이 사회 집단에 관심을 기울여 비로소 민족과 인간해방을 보여주는 역사소설들이 형상화되었다. 안도섭의 『녹두』, 문순태의 『타오르는 강』, 북에서 발표한 박태원의 『갑오농민전쟁』이 있어서 각성된 민중들의 움직임을 통하여 민족과 집단운동을 사회개혁의 차원에서 추구하고 있다.

1990년대는 동학혁명1백주년을 맞아 역사의 새로운 해석을 통한 접근이 다양하면서도 활발하게 이루어졌다. 광주민중항쟁과 같은 일대 변혁의 역사를 현재화하려는 일면이 보이는 『녹두장군』은 오랜 세월을 거쳐서 이룩한 민족의 정서와 사상의 총체 물로 그 문학적 성과를 한 단계 끌어 올렸다. 이런 진지한 작품이 있는가 하면 행사에 휩쓸려서 성급하게 쓴 소설들도 많았다.

이처럼 동학소설과 동학혁명을 소재로 한 역사소설은 그 시대마다 민중들의 삶의 모순을 극복할 대안의 소설소재로 활용되었고, 문학사적으로도 일정한 성과를 거두고 있음을 살펴보았다.

그동안 동학혁명의 소설화 과정을 종합해보면 일제 강점기나 해방 이후 혼란기를 거쳐 오는 동안 억압된 현실에서 원민들의 폭력을 앞세운 사건으로, 그나마 초기에 기록된 역사의 개요서에 가까운 취약한 역사 기록물을 토대로 씌어졌다. 뿐만 아니라 동학혁명이 서구의 혁명 정의에 의해 재단되어 '폐정개혁안'이 마련된 전주화약까지의 역사를 중심에 두어 특정 지역의 역사로 축소되었고, 전봉준 중심으로 고착되면서 반대에 놓였던 당시 많은 동학 지도자들은 투항주의의 인물로 왜곡되었다. 이에 따라 지역 편중 현상을 드러내었을 뿐만 아니라, 사상도 추상화되면서 전봉준을 내세우기 위한 개혁사상만 강조되었을 뿐만 아니라, 인내천 같은 추상적인 평등사상만이 동학사상의 전부가 되었다.

20세기 한국문학사는 대체적으로 근대성의 쟁취와 근대의 철폐라는 이중의 극단적인 과제를 해결하려는 고투의 역사였다. 더구나 오늘날은 미국 중심의 상업주의 문화가 자본의 힘에 의해 각 나라의 특성과 창조성의 벽을 허물고 획일화되어가고 있는 요즘, 잘못된 세계화에 저항하고 좀 더 바람직한 세계문학을 만들기 위해서라도 나라마다 민족문학 정립이 필요한 때다. 특히 지금 같은 분단 상황에서 민족문학이란 남북 어느 한쪽의 문학이 아니라 남북이 공유할 수 있는 시대의 문학적 소재로, 동학혁명을 소재로 한 문학이어야 할 것이다. 그러면 동학혁명을 소재로 한 민족문학이란 어떤 모습인가. 여태까지 논의를 바탕으로 이를 제시하면 다음과 같다.

첫째, 동학소설에 대한 자료 발굴이 선행되어야 한다. 해방 전의 천도교 계통의 잡지를 중심으로 이에 대한 작업이 선행되어야 한다.

둘째, 동학소설이 지닌 전통문학의 한 축이라는 이해를 바탕으로 서구화된 문학적 방법론을 배제한 민족문학의 진행 방향을 검토해야 한다.

셋째, 동학사상을 바탕으로 우리의 전통사상을 찾아 우리의 문학의 정신적 원형을 복원하여 장차 통일문학에 대비해야 한다.

넷째, 동학혁명에 대한 역사 연구도 선행되어야 한다. 예컨대, 각 지방에 흩어져 있는 동학의 현장을 발굴하고 문학은 이를 뒷받침해야 한다. 이런 바탕에서 동학혁명의 역동적인 모습이 한자리에 모아져야 한다.

끝으로, 이 연구는 근현대기의 방대한 작품을 대상으로 하여 각 작품이 지닌 미적 성과를 정밀하게 천착하지 못하였다. 특히 소설에 국한하여 시와 희곡 같은 다른 문학장르와의 연계를 통한 종합적인 고찰이 미흡하였으며 이에 대한 심도 있는 연구를 기대한다.

참고문헌

1. 기초자료

〈단행본〉

문순태, 『타오르는 강』 ①-⑦, 창작과 비평사, 1989.

박경리, 『토지』, 전 5부 16권, 솔, 1994.

박연희, 『여명기』, 동아출판, 1978.

박태원, 『갑오농민전쟁』 1·2·3부 각 상하권 총6권, 공동체, 1988.

서기원, 『혁명』, 삼중당, 1972.

송기숙, 『녹두장군』 ①-⑫, 창작과 비평사, 1994.

안도섭, 『녹두』 ①-③, 한마음사, 1988.

유현종, 『들불』 상·하, 세종출판, 1976.

이용선, 『동학』 상·하, 성문각, 1970.

최인욱, 『전봉준』, 어문각, 1967.

채길순, 『소설 동학』 ①-⑤(미완), 하늘 땅, 1993.

서기원, 『광화문』, 조선일보사, 1994.

한승원, 『동학제』 ①-⑦, 고려원, 1994.

채길순, 『흰옷이야기』 ①-③, 한국문원, 1997.

〈교단 및 관변 자료〉

220

1865, 수운행록

1879, 최선생문집도원기서

1920, 천도교회사초고

1926, 동학사

1933, 천도교창건사

1938, 동학사(간행본)

1893, 聚語

1894, 兩湖右先鋒日記(東學亂記錄)

1894, 巡撫先鋒陳謄錄(東學亂記錄)

1895~1900 東學判決文集

1898~1907 司法稟報

〈잡지〉

영인본, 〈개벽〉 23권, 오성사, 1981.

영인본, 〈농민〉 3권, 보성사, 1977.

영인본, 〈조선농민〉 3권, 보성사, 1977.

영인본, 동학사상자료집 3권, 아세아문화사, 1979.

영인본, 〈별건곤〉 14권, 경인문화사, 1977.

영인본, 〈신인간〉 3권, 천도교중앙총부, 1976.

영인본, 〈제일선〉 3권, 보성사, 1977.

영인본, 〈천도교회월보〉 26권, 천도교중앙총부, 1977.

2. 논문 및 저서

강인수, 한국문학과 동학사상, 도서출판 지평, 1989.

_____, 동학소설연구, 부산대학교 박사학위논문, 1988.

_____, 신소설 「화악산」에 대한 연구, 부산개방대학연구보고 제26집, 1984.

공광규, 「한길문학기행 : 송기숙과 녹두장군」 -참으로 거대하게 아름다운 불꽃자리에 서다-, 한길문학 6, 1990.

구중서, 〈한국소설의 전통연구〉, 중앙대 박사학위논문, 1985.

_____, 문학과 현대사상, 문학동네, 1996.

_____, 민족문학의 길, 새밭, 1979.

_____, 분단시대의 문학, 전예원, 1981.

_____, 신동엽 : 그의 삶과 문학, 온누리, 1992.

_____, 한국근대문학연구, 태학사, 1997.

_____, 한국문학과 역사의식, 창작과 비평사, 1985.

_____, 한국문학사론, 대학도서, 1979.

권영민, 한국근대문학과 시대정신, 문예출판사, 1983.

권희돈, 소설의 빈자리 채워 읽기, 양문각, 1993.

김 구, 백범일지, 교문사, 1980.

김명인, 전환기의 민족문학, 풀빛, 1987.

김병익 외, 현대학국문학의 이론, 민음사, 1972.

김열규, 우리의 전통과 오늘의 문학, 문예출판사, 1987.

김영수, 한국문학의 맥락, 일지사, 1988.

김용덕, 동학사상연구, 중앙대논문집 제9집, 1964.

김우종, 30년대작단의 문학사적 변모, 국어국문학 통권 37·38호, 1967.

김월해, 천도교사상, 천도교중앙총부출판부, 1983.

김윤식, 「이광수와 동학」, 〈신인간〉 409호, 1983.

_____, 한국근대문학의 이해, 일지사, 1973.

_____, 한국문학사, 민음사, 1973.

김응조, 천도교의 기관지 〈천도교회월보〉와 〈신인간〉 438호, 1986.

_____, 천도교의 문화운동(상, 중, 하), 〈신인간〉 410·411·412호, 1983.

김의환, 동학사상의 사회적 기반과 사상적 배경, 한국사상 총서Ⅲ, 1980.

_____, 초기 동학사상에 관한 연구, 우리나라근대화사론고, 1964.

김인환, 문학과 문학사상, 열화당, 1978.

_____, 한국인의 가치관, 문음사, 1979.

김재용, (해방 50년) 한국의 소설①, 한겨레신문사, 1995.

김중하, 개화기토론체소설연구, 백사김광용박사화갑기념논총, 1979.

김지하, 〈일하는 한울님〉, 『김지하이야기모음』 : 밥, 분도출판사, 1894. 4.

_____, 〈앵산기행 – 최해월의 밥사상의 재검토〉, 『남녘땅뱃노래』, 1985.
    8 : 『동학이야기』, 1994. 1.

김창수, 한국근대의 민족의식 연구, 동화출판공사, 1987.

김치수, 한국소설의 공간, 열화당, 1976.

김학동, 한국개화기시가연구, 시문학사, 1981.

노재찬, 한국근대문학논고, 삼영사, 1981.

노용필, 〈오지영의 인물과 저작물〉, 〈동아연구〉 19, 서강대 동아연구소,
    1989.

_____, 〈오지영의 생애와 그의 저술〉,〈오지영전집〉아세아문화사, 1992.

노태구, 동학혁명의 연구, 백산서당, 1982.

문순태, 문학에 나타난 동학사상,『동학』1, 동학선양회, 1990.

민영순, 잊히지 않는 갑진년 개회,〈신인간〉421호, 1984.

박규홍, 한국민속학개론, 형설출판사, 1994.

朴達成(春坡, 茄子峰人),「우리는 종놈이다 -동학난 중의 흥미 있는
     사실-」(〈개벽〉65, 1926. 1).

「회고 교회생활 이십유팔년」,(〈신인간〉12, 1927. 5).

「아버지를 따라 첫 개회구경-갑진 구월이야기」,(〈신인간〉27, 1928. 9).

「東學亂實話」,(〈신인간〉34, 1929. 4).

박맹수, 동학혁명의 문화사적 의미,〈문학과 사회〉25, 문학과 지성사,
     1994. 2.

_____, 최시형 연구, 한국정신문화연구원, 박사학위논문, 1996.

_____, 동학의 남·북접에 대한 비판적 검토,〈한국학논집〉, 한양대
     한국학연구소, 1994. 8.

_____, 동학의 성립과 사상적 특성,〈근현대사강좌〉5, 도서출판 한울,
     1994. 10.

_____, 동학농민전쟁의 지역성 연구,「한국근대사에 있어서의 동학과
     동학농민운동」, 한국정신문화연구원, 1994. 12.

박세명, 진보회와 일진회,〈신인간〉379호, 1980.

박응삼, 동학사상 개론, 원곡문화사, 1976.

박태순, 동학100년, 분단 50년의 사회사-소설 갑오농민전쟁·녹두장군
     에 대하여,『사회평론』11, 사회평론사, 1992. 3.

박태원, 고부민란,『協同』3, 1947.

224

배항섭, 동학농민전쟁의 배경, 『근현대사강좌』 5, 한울, 1994. 10.

백락청, 민족문학의 새단계, 창작과비평사, 1995.

백 철 외, 국문학전사, 신구문화사, 1972.

백세명, 갑진혁신운동과 동학, 한국사상 총서Ⅲ, 1980.

송근호, 다시 읽는 역사문학, 〈루카치의 『역사소설론』과 역사소설의 문제, 평민사, 1995.

송기숙, 「한국설화에 나타난 민중혁명사상 ─선운사 미륵비결설화와 동학농민전쟁의 민중적 전기─」, (『우리 시대 민중운동의 과제』, 한길사, 1986).

「장흥지역 동학 농민전쟁관계 구전조사」, (『역사와 현장』 1, 한국현대사료연구소, 1990).

_____, 동학농민 전쟁의 역사적 과제들, 『한길문학』 6, 1990.

송민호, 한국개화기소설의 사적연구, 일지사, 1975.

신경득, 한민족문학사상론, 살림터, 1996.

신경림, 판소리와 동학 고장의 민요들, 민요기행 1, 한길사, 1985. 9.

신복용, 동학사상과 갑오농민혁명, 평민사, 1985.

_____, 동학사상과 한국민족주의, 평민사, 1982.

_____, 전봉준의 생애와 사상, 양영각, 1982.

신영우, 충청도지역 동학농민전쟁의 전개과정, 「동학농민혁명의 지역적 전개와 사회변동」 새길, 1995. 4.

_____, 충청도의 동학교단과 농민전쟁, 『백제문화』 23, 공주대 백제문화연구소, 1994. 11.

신용하, 동학과 갑오농민전쟁의 민족주의, 한국학보 제47집, 1987.

_____, 한국근대사회사연구, 일지사, 1987.

_____, (편저), 한국 민중운동사 사료대계, 농민전쟁편 ①, 여강출판사,
    1994.

신일철, 동학사상의 전개, 동학사상논총 제1집, 1982.

오양호, 농민소설론, 형설출판사, 1987.

우 윤, 19세기 민중운동과 민중사상 -후천개벽·정감록·미륵신앙을
    중심으로-, 『역사비평』 2, 1988. 3

우한용, 동학혁명과 시 -『금강』의 양식적 특성-, 『표현』 16, 표현문
    학회, 1989.

윤석산, 문학에 나타난 동학, 종교와 문학, 소나무, 1991.

_____, 용담유사연구, 민족문화사, 1987.

염무웅, 민중시대의 문학, 창작과비평사, 1991.

이돈화, 신인철학, 천도교중앙총부, 1982.

이동하, 1910년대 단편소설연구, 현대문학연구 제47집, 1982.

이두현, 한국민속학개설, 학연사, 1983.

이만열, 한국근대역사학의 이해, 문학과 지성사, 1981.

이보영, 동학혁명과 소설화의 문제, 『표현』 16, 1986.

이상경, 동학농민 전쟁과 역사소설, 변혁주체와 한국문학, 역사비평사,
    1990.

이영호, 1894년 농민전쟁의 역사적 성격과 역사소설 -『갑오농민전쟁』
    과 『녹두장군』을 중심으로-, 〈창작과 비평〉 69, 1990.

이용남, 이해조와 그의 작품세계, 동성사, 1986.

_____, 한국근대문학과 작가의식, 국학자료원, 1997.

이이화, 역사를 왜곡한 김용옥의 시나리오, "개벽", 『역사비평』 15, 1991.

_____, 동학혁명의 선구 이필제, 『학원』 1, 학원사, 1995.

_____, 이필제 : 조직적 민중봉기의 지도자, 『한국근대인물의 해명』, 학민사, 1985. 12.

이재선 외, 개화기문학론, 형설출판사, 1982.

_____, 한국개화기소설연구, 일조각, 1982.

_____, 한국현대소설사, 홍성사, 1982.

이헌홍, 〈조선조송사소설연구〉, 부산대 문학박사학위논문, 1987.

이현종, 갑진개화혁신운동의 전말, 동학사상논총 제1집, 1982.

이현희, 3·1민주혁명에 관한 연구, 동학사상논총 제1집, 1982.

_____, 갑진개화혁신운동의 민중사적위치(하), 〈신인간〉 432호, 1985.

_____, 동학사상과 동학혁명, 청아출판사, 1984.

임규찬, 왔던 길, 가는 길 사이에서, 창작과비평사, 1997.

임동권, 민요에 나타난 동학혁명, 〈신인간〉 226, 1962. 3, 『표현』 16, 1989.

임승빈, 육사시의 상징연구, 청주대학교 박사학위논문, 1989.

임영택, 한국문학사의 시각, 창작과 비평사, 1984.

임종국, 친일문학론, 평화출판사, 1966.

장덕순 외, 구비문학개론, 일호각, 1982.

장효문, 『서사시 전봉준』의 문학적 공간, 『표현』 16, 1989.

_____, 서사시 전봉준, 박예원, 1982.

전광용, 신문학과 시대의식, 민음사, 1984.

정과리, 문학, 존재의 변증법, 문학과지성사, 1988.

정재호, 〈용담유사〉의 국문학적 고찰, 한국사상총서Ⅳ, 1980.

_____, 동학가사에 대한 소고, 『아세아 연구』 38, 1970. 6 : 『한국가사 문학론』 창작사, 1986년).

정종진, 한국 현대시의 이론, 태학사, 1994.

정한숙, 소설기술론, 고려대학교출판부, 1974.

조광해, 『갑오경장』을 끝내고, (『정경 연구』 77, 1971. 6).

조기간(一然), 東學史話-승주목사에게 욕 퍼부은 원인으로 죽다가 살아난 애기 접주, 〈신인간〉 70, 1933. 8

東學史話-고요한 깊은 밤이면 춤을 추고 견디는 한 다리가 긴 독신자, 〈신인간〉 71, 1933. 9.

東學史話-후천 인황씨 발견한 이가 누구런고, 〈신인간〉 74, 1933. 12.

東學史話-동학전쟁이란 혐의로 두 번씩 도적놈으로 몰리워, 〈신인간〉 76, 1934. 2.

조남현, 개화기소설과 민요, 한국학보 제41집, 1985.

_____, 소설원론, 고려원, 1988.

조동일, 최제우와 구전설화, 『인간과 경험』 2, 한양대 민족학 연구소, 1990.

_____, 동학성립과 이야기, 홍성사, 1981.

_____, 신소설의 문학사적 성격, 서울대학교출판부, 1990.

_____, 한국문학통사 1-5, 지식산업사, 1982.

_____, 한국소설의 이론, 지식산업사, 1981.

조산강(曺山江), 越訴(東學史話), 〈신인간〉 59, 1932. 9

조연현, 한국현대문학사, 성문각, 1980.

조용만 외, 일제하의 문화운동사, 민중서관, 1970.

조용일, 동학의 사상적 배경, 한국사상 총서Ⅲ, 1980.

조재훈, 〈동학가사에 나타난 궁을사상연구〉, 고려대 석사학위논문, 1982.

주종연, 황산 이종린의 단편소설, 백사 김광용박사 화갑 기념 논총, 1979.

차상찬(靑吾), 東學雜話, 〈신인간〉 1-2, 1926. 4-5

신출귀몰 동학란중의 비화,〈별건곤〉 15, 1928. 8.

한말개혁당 동학란 잡기,〈신동아〉 9, 1932. 7

洪鍾稙, 口演 朴達成記, 東學亂 實話,〈신인간〉 34, 1929. 4.

천이두, 동학혁명과 한국의 문학,『표현』 16, 1986.

채광석, 민족문학의 흐름, 한마당, 1987.

채길순, 동학기행(기행), 충청일보,1994. 3~12

최동희, 수운의 기본사상과 그 상황, 한국사상총서Ⅳ, 1980.

_____, 동학의 기본사상, 한국사상총서Ⅲ, 1980.

_____, 수운의 인간관, 동학사상논총 제1집, 1982.

최승범, 파랑새에 관한 사견, 한국사상 7, 1964 : 한국사상총서3, 1975.

최원식, 동학소설연구,『어문학』 40, 1980 :『한국근대 소설사론』, 1986.

_____, 식민지시대의 소설과 동학,『현상과 인식』 1981 봄 :『민족문
        학의 논리』, 창작과 비평사, 1992. 11

_____, 이광수와 동학,『관악어문연구』 3, 1979 :『한국근대 소설사론』,
        1986.

_____, 생산적대화를 위하여, 창작과비평사, 1997.

최창조, 한국의 풍수사상, 민음사, 1995.

최현식, 갑오동학혁명사, 신아출판사, 1994.

표영삼, 해월신사연표,〈신인간〉 427, 1985. 3 · 4.

_____, 성지순례,〈신인간〉 352, 1977. 12-357, 1978. 5.

_____, 해월신사발자취,〈신인간〉 358, 1978. 6-393, 1981. 11 · 12.

_____, 신미 교조신원운동의 분석 상 · 중 · 하, 〈신인간〉 456-458,

1988. 1-1988. 4 · 5.

한승옥, 이광수연구, 조일문화사, 1984.

한우근, 동학과 농민봉기, 일조각, 1983.

함동선, 동학사상에 나타난 근대시의 징후 －금석문을 중심으로－, 〈창론〉 7, 중앙대 예술연구소, 1988.

홍사중, 역사와 문학의 한계 혁명을 통해서 본 서기원, 신동아 16, 1965. 12.

홍정선, 역사적 삶과 비평, 문학과 지성사, 1986.

황 현(이민수 역), 동학란, 을유문화사, 1985.

황광수, 삶과 역사적 진실, 창작과 비평사, 1995.

_____, 한국문학의 현 단계, 창작과 비평사, 1982.

황패강 외, 한국문학연구입문, 지식산업사, 1993.

_____, 한국문학작가론, 형설출판사, 1995.

〈표-1〉 동학소설 목록(발표 시대순)

※ 근현대기 동학소설(1910년대)

번호	작 가	작 품 명	게재지면(발표지)	발표시기 (출판시기)	비고
1	鳳皇山人(李鍾麟)	「모란봉(牡丹峰)」	天道敎會月報 1호	1910. 8	
2	鳳皇山人(李鐘麟)	「해당화하몽천옹(海棠花下夢天翁)」	天道敎會月報 2호	1910. 9	
3	鳳皇山人(李鐘麟)	「가련홍(可憐紅)」	天道敎會月報 4호	1910. 11	
4	鳳皇山人(李鐘麟)	「감추풍별정우(感秋風別情友)」	天道敎會月報 5호	1910. 12	
5	玉泉子(吳尙俊)	「화악산(華嶽山)」	天道敎會月報 8호-16호	1911. 2-10	
6	傍觀子	「일성종(一聲鐘」	侍天敎會月報 1권 2호	1911. 3	
7	朴英秀	「금낭몽」	侍天敎會月報 1권 8호	1911. 9	
8	鳳皇山人(李鐘麟)	「일성천계(一聲天鷄)」	天道敎會月報 18호	1912. 1	
9	然然子	「진담소설」	天道敎會月報 33-34호	1913. 4.	
10	完史生	「벽운천(碧雲天)」	구악종보 2호	1914. 7	
11	작자미상	「귀진역로(歸眞歷路)」	구악종보 2호	1914. 7	
12	完史生	「몽외몽(夢外夢)」	구악종보 5호	1915. 7	
13	林元敎	「꿈가운데 꿈」	구악종보 5-7호	1915. 7- 1916. 3	
14	樂天子	「옥동춘(玉洞春)」	天道敎會月報 89-92호	1917. 12- 1918. 3	
15	樂天子	「농고자평(聾瞽自評)」	天道敎會月報 94호	1918. 5	
16	신천옹(信天翁)	「제비」	天道敎會月報 95호	1918. 7	
17	信天翁	「감선록(感善錄)」	天道敎會月報 96호	1918. 8	
18	신천옹(信天翁)	「한소리쇠북(一聲鐘)」	天道敎會月報 97호	1918. 9	
19	(信天翁)	「동천명월(東天明月)」	天道敎會月報 100호-102호	1918. 12- 1919. 2	
20	(韓炳淳)	「월하청수(月下淸水)」	天道敎會月報 98호, 99호	1918. 10-11	
21	박달성(朴達成)	「동정(同情)의 루(淚)」	天道敎會月報 103호	1919. 3	
22	(韓炳淳)	「동원춘풍(東園春風)」	天道敎會月報 103, 104호	1919. 3-4	
23	春坡生	「문제(問題)의 몸」	天道敎會月報 105호	1919. 5.	
24	何心子	「깨달았다」	天道敎會月報 109호	1919. 9	
25	何心子	「미신(迷信)」	天道敎會月報 110호	1919. 10.	
26	茄子峯人	「민과(憫過)」	天道敎會月報 111호	1919. 11.	
27	金明昊	「애(哀)의 혼(魂)」	天道敎會月報 112호	1919. 12	

※ 근현대기 동학소설(1920년대)

번호	작 가	작 품 명	게재지면(발표지)	발표시기 (출판시기)	비고
1	백악산인	「직산강생원전(稷山江生員傳)」	중앙侍天教會月報 117호	1920. 5	
2	小波(方定煥)	「애(愛)의 부활(復活)」	天道教會月報 117호	1920. 5	
3	姜英鎬	「부부(夫婦)」	天道教會月報 118호	1920. 6	
4	葉舟 張載文	「미아(迷兒)」	天道教會月報 120호	1920. 8	
5	茄子奉人 (金容淳)	「청수(淸水)를 모신 뒤의 가족담락미(家族談樂迷)」	天道教會月報 120호	1920. 10	
6	葉舟 張載文	「가을」	天道教會月報 123호	1920. 11	
7	張載文	「소년봉훈(少年奉訓)」 (「迷兒」의 속편)	天道教會月報 124호	1920. 12	
8	孤星	「찬 세계(世界)」	天道教會月報 134호	1921. 10	
9	張小流	「십오전(十五錢) 은화(銀貨)」	天道教會月報 136호	1921. 12	
10	張小流	「세파(世波)」	天道教會月報 137호	1922. 1	
11	何心子	「궁을촌(弓乙村)」	天道教會月報 139호-141호	1922. 3-5	
12	외별	「행복의마을(幸福村)」	天道教會月報146-148호	1922. 11-1923	
13	何心子	「눈물!사랑!!」	天道教會月報 148호	1923. 1	
14	孤星	「불쌍한 영」	天道教會月報 149-151호	1923. 2-4	
15	長白(李光洙)	「거룩한 죽음」	開闢 33호-34호	1923. 3-4	
16	차상찬	「동란잡화」	〈신인간〉 1호	1926. 4	
17	茄子峰人 (김용순)	「개회(開會)하든 때」	〈신인간〉 1호	1926. 4	
18	李學仁	「소녀(少女)의 죽엄」	〈신인간〉 6호	1926. 10	
19	金天友	「금패(金牌)」	〈신인간〉 6호	1926. 10	
20	金天友	「문제의 편지」	〈신인간〉 2권 1호	1927. 1	
21	李學仁	「홍의소년(紅衣少年)」	〈신인간〉 12호	1927. 5	
22	허문일	「신통한 사람」	〈신인간〉 2권 6-8호	1927. 7-9	희곡
23	九峰山人	「동천초월(東天初月)」	天道教會月報 205호	1928. 1	
24	조生	「술」	天道教會月報 207호	1928. 3	
25	조生	「건망(健忘)」	天道教會月報 208, 209, 211, 212호	1928. 4	
26	춘파	「동학란 실화」	〈신인간〉 34호	1929. 2	
27	이학인	「천도교당」	〈신인간〉 33호	1929. 3	
28	林然	「입교」	〈신인간〉 34호	1929. 4	
29	丁榮泰	「삶을 구하야」	〈신인간〉 35호	1929. 5	
30	惠星	「가면(假面)을벗고」	天道教會月報 221호, 222호, 223호	1929. 5	
31	惠星	「그가 눈뜰 때」	天道教會月報 222호, 223호	1929. 6.-7	
32	丁榮泰	「진사(進士)의 개심(改心)」	〈신인간〉 38호	1929. 8	
33	惠星	「희생자(犧牲子)」	天道教會月報 226호	1929. 10	
34	惠星	「비련(悲戀)」	天道教會月報 227, 228, 231, 232호	1929. 11	

※ 근현대기 동학소설(1930 · 40년대)

번호	작 가	작 품 명	게재지면(발표지)	발표시기 (출판시기)	비고
1	惠 星	「추억(追憶)」	天道敎會月報 229호	1930. 1	
2	丁四海	「뇌물을 먹은 옥황상제」	〈신인간〉 48호	1930. 6	
3	丁榮泰	「비상을 먹는 鬼神」	〈신인간〉 54호	1930. 12	
4	曹正好	「고혼(孤魂)」	天道敎會月報 243호	1931. 3	
5	曹山江	「동학당(東學黨)」	天道敎會月報 245호	1931. 5	
6	曹山江	「동학군(東學軍) 의 아내」	天道敎會月報 247호, 248호	1931. 7-8	
7	山江	「신(神)의 력(力)」	天道敎會月報 251호, 252호	1931. 11-12	
8	孤星	「고해창생 (苦海蒼生)」	天道敎會月報 254호, 255호	1932. 2-3	
9	許龍九	「실직(失職)」	天道敎會月報 259호, 261호	1932. 9	
10	曹川江	「방화(放火)」	〈신인간〉 69호	1933. 7	
11	金明昊	「무지무정 (無知無情)」	〈신인간〉 69호-76호	1933. 7	
12	許文日	「파탈세간지분우 (擺脫世間之紛優)」	〈신인간〉 74호	1933. 12.	
13	許文日	「인심풍속 (人心風俗)」	〈신인간〉 76-83호	1934.	
14	김명호	「며누리」	〈신인간〉 84호	1934. 9.	
15	김명호 (何心,외별)	「그여자의 고백(告白)」	〈신인간〉 89호-99호	1935. 3	
16	김명호 (何心,외별)	「매맞는 계집」	〈신인간〉 100호-101호	1935. 3	
17	九峰山人	「동천초월 (東天初月)」	天道敎會月報 283호-292호	1936. 2-12	
18	何 心	「청춘기로 (靑春岐路)」	〈신인간〉 105호-116호	1936. 8- 1937. 8	

※ 근현대기 동학소설(해방에서 1960년대까지)

번호	작 가	작 품 명	게재지면(발표지)	발표시기 (출판시기)	비고
1	三角山人	「궁을기촌 (弓乙旗村)」	〈신인간〉 238호	1965. 6	
2	三角山人	「신포덕대장 (申布德隊長)」	〈신인간〉 239호	1965. 8	
3	趙鍾浯	「대구장대(大邱將臺)」(실록소설)	〈신인간〉 265호-267호	1969. 6	
4	趙鍾浯	「한성감옥(漢城監獄)」(실록소설)	〈신인간〉 268호-271호	1969. 6	

※ 근현대기 동학소설(7·8·90년대)

번호	작 가	작 품 명	게재지면(발표지)	발표시기 (출판시기)	비고
1	청신(靑晨)	「대륙(大陸)의 풍운(風雲)」	〈신인간〉 303호-312호	1973. 1.	
2	강인수	「장군의 눈물」	〈신인간〉 422호-423호	1984. 10.	
3	이용선	「호미」	〈신인간〉 419호	1984. 6	★
4	안도섭	「이날치」	〈신인간〉 432, 433호	1985. 10	★
5	강인수	『하늘보고 땅보고』	〈신인간〉 436호-461호	1986. 2.	
6	박 일	『이야기 동학』	〈신인간〉 476호-461호	1989. 11.	
7	강인수	「덕천강」	〈신인간〉 504호	1992. 4.	
8	강인수	「선구자」	〈신인간〉 508호	1992. 9.	
9	최기인	「한울님의 소」	〈신인간〉		★

이상 동학소설 총 92편

〈표-2〉동학혁명을 소재로 한 역사소설 목록(발표 시대순 / 부분 포함)

* 강인수와 박일의 소설은 관점에 따라 다를 수 있으므로 양쪽에 실었다.

*★표는 단편소설임

번호	작 가	작 품 명	게재지면 (발표지)	발표시기 (출판시기)	비고
1	이돈화	『동학당(東學黨)』	〈신인간〉	1935	
2	최인욱	『전봉준』	어문각(평민사 에서 재출판)	1967	
3	이용선	『동학』 상·하	성문각	1970	
4	서기원	『혁명』	삼중당	1972	
5	유현종	『들불』	세종출판	1976	
6	박연희	『여명기』 상·중·하	동아출판	1978	
7	안도섭	『녹두』 ①-③	한마음사	1988	
8	박태원	『갑오농민전쟁』 1·2·3부 총6권	공동체	1988	
9	문순태	『타오르는 강』 ①-⑦(부분)	창작과 비평사	1989	
10	강인수	『낙동강』	남도	1992	
11	채길순	『소설 동학』 ①-⑤(미완)	하늘땅	1993	
12	박 일	『이야기 동학』	녹두	1994	
13	한승원	『동학제』 ①-⑦	고려원	1994	
14	강인수	『최보따리』 ①②	풀빛	1994	
15	이병천	『마지막 조선검 은명기』 ①②③	문학동네	1994	
16	박경리	『토지』 전 5부 총16권(부분)	솔 조선일보사	1994 1994	
17	서기원	『광화문』(부분)	창작과 비평사	1994	
18	송기숙	『녹두장군』 ①-⑫			
19	채길순	『흰옷 이야기』 ①-③(부분)	한국문원	1996	

〈표-3〉 동학혁명 소재 소설의 사건 수용 보기

*표는 동학소설

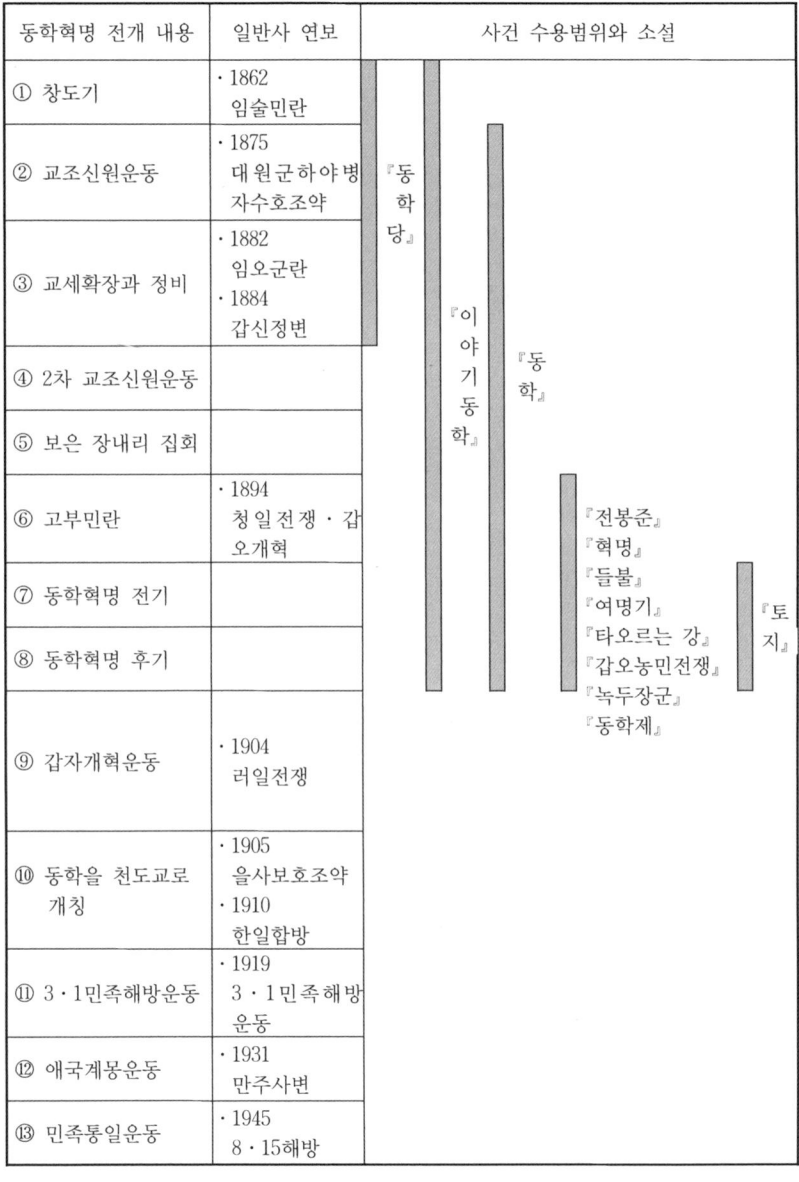

동학혁명 전개 내용	일반사 연보	사건 수용범위와 소설
① 창도기	· 1862 임술민란	
② 교조신원운동	· 1875 대원군하야병 자수호조약	『동학당』 『이야기동학』 『동학』
③ 교세확장과 정비	· 1882 임오군란 · 1884 갑신정변	
④ 2차 교조신원운동		
⑤ 보은 장내리 집회		
⑥ 고부민란	· 1894 청일전쟁 · 갑오개혁	『전봉준』 『혁명』
⑦ 동학혁명 전기		『들불』 『여명기』 『토지』
⑧ 동학혁명 후기		『타오르는 강』 『갑오농민전쟁』 『녹두장군』 『동학제』
⑨ 갑자개혁운동	· 1904 러일전쟁	
⑩ 동학을 천도교로 개칭	· 1905 을사보호조약 · 1910 한일합방	
⑪ 3 · 1민족해방운동	· 1919 3 · 1민족해방 운동	
⑫ 애국계몽운동	· 1931 만주사변	
⑬ 민족통일운동	· 1945 8 · 15해방	

제 2 부 동학혁명사와 문학

Ⅰ. 동학혁명사의 민중적 특성

1. 동학의 탄생 배경
2. 동학의 민족 민중적 특성
3. 동학의 사상체계
4. 동학혁명의 전개과정
5. 동학혁명의 역사적 생명력

1. 동학의 탄생 배경

조선 후기는 '백성'이 '민중'으로 잠을 깨어 가는 시기였다. 7년 동안 전국을 휩쓸었던 임진왜란(壬辰倭亂·1592-1597)과 2년간의 병자호란 (丙子胡亂·1637-1638)은 농촌경제에 엄청난 타격을 입혔다. 토지는 황폐해져서 경작 면적이 1/3로 감소하였으며 이농민(離農民)이 급증했다. 그러나 봉건 지배층은 양란을 치른 뒤에도 민생에 대한 대안도 제시하지 못한 채 권력투쟁에만 급급했다. 이런 절망의 시기에 전쟁의 아픈 상처를 복구하고 침체된 생산력을 높이는 데 주력한 사회계층은 직접 생산을 담당했던 민중이었다. 특히 논에다 직접 씨를 뿌리는 직파법 대신 이앙법으로 생산량을 높였는데, 이는 침체된 민중생활에 큰 활력을 불러일으켰다. 이와 함께 수공업과 광업이 발달하고, 상품화폐경제가 발달했다. 이 같은 상공업 인구 증가와 경제력 향상은 18세기 후반 계급의 구성에 커다란 변화를 가져왔다. 대부분의 양반층이 권력으로부터 멀어졌으며, 일부 특권층화된 지배층에 맞서는 새로운 계층으로 서민지주, 부농, 반실업인 빈농, 특권적 독점상인인 도고(都賈), 소상인, 수공업자 등 다양한 계층이 성장했다. 소수 특권층은 이들을 상대로 여전히 수탈을 일삼았지만 경제적으로 성장한 층이나 몰락한 층 그 어느 쪽도 문화와 종교 의식을 가지면서부터는 더 이상 봉건 지배층의 무능과 부패를 허용하려 하지 않았다. 이는 조선 후기 사회가 안고 있는 구조적 모순에 대항하는 동인(動因)이 되었고, 실제로 이런 이해와 권익을 지키려는 갖은 형태의 민란이 빈번하게 일어나는 사회가 되었다. 이는 홍33경래란(1811), 민란 형태로 전국적으로 번졌던 임술봉기(1862)에 이르기까지 조선 후기 세도정권에 항거가 계속되었다. 특히 동학이 창도된 이후인 1885년(토사현), 1889년(정선, 광양), 1893년(함흥, 청풍, 황간) 등지에서 민란이 계속되었다.

그러나 이 같은 민란은 실패를 거듭했다. 이 과정에서 민중들은 통일된 지도 이념이 없는 지도력은 지속될 수 없다는 한계를 뼈저리게 느끼게 되었다. 이렇게 사회의 불안이 가중되어 가던 조선 후기 사회에 통일된 지도 이념을 갖춘 동학이 등장하면서 민중의식은 강력한 투쟁 조직의 단계를 밟게 되었다.

이처럼 안으로 봉건 지배층의 지배질서가 강력한 민중세력의 도전에 직면해 있을 때 일본 및 서구 열강의 침략은 민중들의 삶을 한층 불안하게 하였다. 1860년 영·불군에 의해 북경이 함락되어 동양의 문호가 개방됨으로써 사방으로 열려진 한반도의 국경을 한층 압박해 왔으며, 결국 우리나라는 세계 여러 나라의 각축장이 되었다.

이런 안팎의 급박한 상황은 봉건적 지배체제를 온존시킨 채 자생적인 부르주아 계급의 성장을 방해하면서 민중들의 자주적 역량에 의한 근대화를 교묘하게 굴절시키는 방향으로 전개되어 나갔다. 대원군 정권은 이런 대내외적 위기를 내부적으로는 왕권강화 및 민중세력과의 타협으로, 그리고 대외적으로는 강력한 쇄국정책으로 해결하려 하였다. 이는 일시적으로나마 서구 열강들의 직접적인 조선 침략을 주춤하게 만들기는 했지만, 대원군도 신분제와 지주 전호제를 기초로 한 기층 민중을 수탈하는 봉건제도의 모순을 해결하지는 못하였다. 게다가 대원군의 정권을 무너뜨리고 등장한 민씨 정권은 내부적으로 훨씬 더 취약한 정권이었으며, 민중들의 내부 개혁 요구에 겁을 먹은 봉건정권은 외세를 이용해 민중들을 한층 가혹하게 탄압하기에 이르렀다.

2. 동학의 민족 민중적 특성

앞에서 살펴본 바와 같이 조선 말기 민중들의 당면한 문제는 계급적 불평등으로 인한 궁핍한 삶과 외세의 침입으로 인한 불안이었다. 민란 같은 사건에는 흔히 승려, 무당, 풍수 등이 깊이 관련되어 있으며, 그 지도자가 미륵신앙이나 정감록 등의 예언서를 이용했던 것도 불안한 사회에 나타나는 현상의 일단이다. 이 같은 사실은 사회경제적으로 억압 받는 민중들에게 지배질서의 모순에 대항할 이념적 정서적 정당성을 나름대로 부여해주는 기능이 필요했음을 의미한다. 조선 후기에 널리 전파되기 시작한 천주교 역시 이런 기능을 일정하게 수행했다고 보아야 할 것이다. 이 같은 민중들의 의존은 민중들의 요구에 부응될 만한 요소가 있었기 때문이다. 말하자면 이런 신앙이 민중들을 기아나 질병 혹은 신분의 질곡으로부터 스스로를 해방시키는 현실적 대안들을 제시했다기보다는 초월적인 힘에 의거하여 이상사회가 구현되리라는 비현실적 측면에 의존하고 있었다는 사실을 보여준다. 극도로 불안한 시대에는 이상사회 제시 자체만으로도 혼란기의 민중들에게 일정한 방향을 제시해주는 기능을 한 셈이다. 이런 현상은 향약과 같은 지배체제의 통제망에 대항할 수 있는 민중들의 조직이 나름대로 필요한 시기에 이르렀다는 점에서도 동학의 등장은 어느 정도 예견된 일이었다.

이 시기에 몰락한 양반 출신 지식인이었던 최제우가 오랜 천하주유를 거쳐 전통적인 민간신앙을 바탕으로 완성한 동학이 민중들 속으로 급속히 확산되어 나간 것도 이런 시대적 조건에 맞아떨어졌기 때문이다. 동학은 민간신앙에 도교와 불교, 그리고 천주교적 요소까지 흡수하고, 또 조선 후기 몇 차례에 걸친 민란의 실패를 통해 얻어진 현실적 요소를 보태면서 현실 변혁의 사상으로까지 발전해 나갔다. 여기에는 몰락한 지식층이나 정권으로부터 소외된 중인, 서얼 등이 참가하여 사상의 체계화에 커다란 역할을 수행했다. 곧, 조선 후기의 새로운 종교 등장은 지배질서에 대한 민중들의 불만을 총체적으로 결집하여 그것에 저항할 수 있는 이념을 제공함으로써 민중의식에 일대 전환기적 국면을 맞게 된 것이다. 예컨대 당시 지배계층에 억눌려오던 민중들에게 있어서 동학의 종지(宗旨)인 "사람이 곧 한울"이라는 평등사상은 실로 혁명적인 것으로 받아들여질 수밖에 없었다. 지배계급과 가난으로부터의 해방은 당시 민중들의 숙원이었으니 동학은 민중적 성격을 띨 수밖에 없었던 것이다. 여기에 차츰 외세침입에 대한 경계를 내세운 사회운동으로 발전해가니 민족적 저항운동이라는 명분까지 싣게 되었다.

이를 바탕으로, 먼저 '민족종교'에 대해 정리할 필요가 있겠다. 민족종교란 민중의 처지에서 우러난 생각을 표현한 종교를 이르는데, ① 한국의 자생 종교로서 ② 민족 공동체 의식을 지니고 있고 ③ 민족 고유 얼의 계발을 기도하며 ④ 고난으로부터의 해방과 민족의 영광을 약속하는 종교를 이른다.

이를 당시의 동학에 적용하면 안으로 학정에 시달리는 민중을 구제하자는 것이며, 외적으로는 날로 심화되어가는 제국주의 열강의 침략을 물리치고 지상천국을 건설하자는 것이다. 결국 동학은 민중들이 겪는 현세의 고통을 내세로 미루지 않고, 현세에서 혁신하겠다고 함으로써 당시 민중들의 전폭적인 지지를 받게 된 것이다.

이처럼 동학이 당시 민중들에게 받아들여진 원인은 동학이 새로운 사상체계를 갖춘 합리적인 종교라서가 아니라 불안한 현실 때문이었다는 것이다. 당시 민중들은 한 장의 부적만으로도 또는 한두 마디 떠도는 소문으로도 동학도인이 될 수 있었던 것이다. 교단의 교조신원운동과 같은 취회(聚會) 때 민중들이 구름같이 모여든 것은 투철한 종교적 이념 체계를 갖춰서가 아니라 불안한 현실에서 비롯되었다는 것이다.

동학의 특성은 유·불·선·샤머니즘, 그리고 후기 조선 사회에 도입된 천주교를 분리시켜 설명할 수는 없을 것이다. 이런 견해는 창도주 최제우의 말을 통해서도 확인된다.

㉠ 오도(吾道)는 원래 유도 아니며 불도 아니며 선도 아니다. 오도는 유·불·선 합일이니라. 즉 천도(天道·동학-인용자)는 유·불·선이 아니로되 유·불·선은 천도의 한 부분이다.

㉡ 무슨 진리든지 그 시대 사람에게 생혼을 넣어 줄 수 없게 되고 그 시대의 정신을 살릴 수 없게 되면 그는 죽은 송장의 도덕이지요. 이 시대는 불법이나 유법이나 기타 모든 묵은 것으로는 도저히 새 인생을 거느려 나갈 수 없는 시대이지요. 다만 요할 것은 죽은 송장의 속에서 새로 산 혼을 불러일으킬 만한 무극지도(無極之道)를 파지하고 신천 신지 신인(新天 新地 新人)을 개벽해야 하지요.

㉠에서는 동학이 우리 민족의 종교로 유·불·선이 큰 테두리로 묶였다는 사실을 확인할 수 있으며, ㉡은 최제우가 노승 송월당과의 대화에서 한 말로, 동학의 독창성과 아울러 기왕의 유·불·선은 죽어 있어서 시대를 구제할 수 없다는 말이다. 즉 유·불·선의 합일이라기보다 아이러니하게도 이들에 대한 거부를 바탕으로 새로운 구제의 원리로 "무극지도"를 내세우고 있다. 이는 당시 천주교와의 관계에서도 확인된다.

ⓒ "나는 역시 동쪽에서 나서 동쪽에서 도를 받았으니 도는 천도지
만 학은 동학이다. 더욱이 땅이 동쪽과 서쪽으로 구분되어 있는데 어찌
서쪽을 동쪽이라 하고 동쪽을 서라고 하겠는가……도는 이 땅에서 받
았으며 또 이 땅에서 펼 것이니 어찌 서학이라고 부르겠는가"(論學文)

일찍부터 우리나라에서는 서학을 경계하는 과정을 거쳤다.[9] 그러면
최제우는 당시 천주교에 대하여 어떻게 인식하고 있었을까. 그는
"……이상한 풍설이 떠돌아다니고 있어서 서양인이 오덕을 닦아 체득
함으로써 그 조화를 부리게 되어 못하는 일이 없고 그 쳐부수는 무기
에 당해내는 사람이 없어 중국이 없어져버린다(논학문)"라고 함으로써
천주교를 비종교적이며 근대 과학의 산물인 서양 무기로 인식하고 있
음을 엿볼 수 있다. 이런 측면은 여러 곳에서 확인된다. 최제우가 자신
의 종교를 교(敎)가 아닌 「동학」이라 부른 것도 당시 천주교가 「서학」
이라는 이름으로 통용되고 있었기 때문에 별 고심 없이 자연스럽게 채
택된 듯하다. 또 당시 경상감사 서헌순의 장계에서 "양학(＝서학－인
용자)은 음이오, 동학은 양이므로 양으로써 음을 제압하려고 하였다"
라고 함으로써 당시 세상에 떠돌던 불안한 요소인 동점서세(東漸西勢)
에 대항하려는 적대적 관념이나 주체의식의 일면으로 엿볼 수 있다.
이는 세상에 떠도는 풍설과 당시 조정에서 서학을 사학(邪學)으로 규
정한 배경과 밀접한 관련이 있다고 볼 수 있다. "지금 세상에서 말하
는 서학은 아버지도 없고 임금도 없다 하니 이것은 인륜을 헐어 없애
고 교화를 외면하여 스스로 되놈과 금수(禽獸)로 돌아가는 것이다."
(순조실록)라 함으로써 서학에 대한 공격을 통해 동학에 대한 당위성
을 아울러 주장하려는 의도가 깔려 있음을 엿볼 수 있다.

---

9) 영조 37년(1761)에 신후곤은 『西學辨』이라는 저서에서 교리를 비판하고, 정
   조 12년(1788) 8월에 올린 상소문에서 "서학이라고 하는 것은 진실로 크나
   큰 變怪입니다"라고 하여 이것에 물드는 것을 경계하였다. (유홍렬 『한국천
   주교회사』 17쪽)

이렇게 나라 안팎으로 어지러운 세상 풍조를 타고 나타난 동학은 포
교가 순조롭게 진행되는 듯하더니, 아이러니하게도 최제우가 부정했던
동학이 서학이라는 풍문이 돌았는데, 이는 동학 포교에 치명적인 영향
을 미치게 되었다.

다음은 최제우가 한울님의 가르침을 받는 과정인데, 여기서도 동학
의 종교적 특성을 엿볼 수 있다. 창도 주 최제우는 한울님의 말씀을
듣기 직전에 "몸이 몹시 떨리고 마음도 매우 이상(異常)한 상태(「心寒
身戰疾不得執症言不得難狀之際……」(포덕문))"에 있었다고 한다. 이는
곧 우리의 오랜 민속 신앙인 무속적인 것이라고 보아야 한다. 그리고
"한울님의 영부(靈符=靈妙한 符籍)와 주문(呪文)을 받아 이 어지러운
세상을 건져내려 하였다"는 것은 다분히 민간신앙인 주술적인 것이다.
게다가 "유도 불도 누천년에 운이 역시 다했던가(교훈가)"라 하여 유
교 불교와의 정면 대립을 보여준다.

이상에서 보는 바와 같이 동학은 밖으로부터 들어온 서학에 맞서고
지배계급이 향유하는 기존의 낡은 유교 불교에 맞서면서 민간 신앙에
바탕을 둔 민중·민족적 종교인 셈이다.

3. 동학의 사상체계

최제우가 지은 〈동경대전〉, 〈용담유사〉를 보더라도 동학은 유·불·
선 또는 천주교의 영향을 받아 독특한 종교를 창시했는데, 대체적으로
유교에서는 근본 윤리를, 불교에서는 견성을, 도교에서는 양성(養成)을,
무교(巫教)에서는 제천의식(山祭 등)을, 그리고 비록 배척을 했으면서
도 자신이 순교(殉教)를 함으로써 천주교의 영향을 받은 것으로 파악
할 수 있다.

동학의 사상체계를 정리하면 다음과 같다.

1) 평등사상

'사람이 곧 하늘'이라는 천인합일(天人合一)을 설파함으로써 평등사상을 내세우고 있다. 이는 당시의 반상(班常) 적서(嫡庶)의 차별, 남녀·빈부의 차이를 부정하는 인권의 평등사상이다. 이 같은 시천주(侍天主) 사상은 2대 교주 최시형에 이르러서는 '사람 섬기기를 하늘같이 하라(事人如天)' 하였으며, 3대 교주 손병희(孫秉熙)에 이르러 '사람은 하늘이다(人乃天)'이라 했다.

2) 후천개벽(後天開闢) 사상

말세적인 혼란의 현실을 부정하며 새로운 이상세계가 도래한다는 것이다. 당시 타락한 사회의 희망 없는 민중들에게 현실 타파와 같은 실천적인 혁명사상이다.

3) 민족주체사상

동점서세의 서학에 맞서 창도된 동학은 주체적인 종교다. 특히 보은 취회 때부터 기치로 내세워 혁명전을 치르는 동안 절실하게 다졌던 민중들의 호국적 민족주체사상이다.

4) 치병과 유문상자사상

신령스런 부적과 영부(靈符)를 통해 정신을 맑게 하며, 가난한 자를 돕고 사는 상생(相生)의 사상이다. 이는 민족의 전통적인 두레적 삶에 바탕을 두고 있다.

5) 미륵 민중사상

당시 불안한 현실에서 민족적 영웅을 기다리는 민중사상으로, 전통적으로는 미륵사상 혹은 민중 영웅 출현 기원과 연관이 있다.

4. 동학혁명의 전개과정

동학혁명의 전개과정은 여러 사건으로 나누어 볼 수 있는데, 여기서는 당시 민중들의 총체적 삶에 끼친 영향을 살필 목적이므로 동학혁명의 선후사를 함께 고찰하고자 한다.

1) 창도기

최제우가 1860년 4월 5일, 어지러운 세상을 바로잡고 도탄에 빠진 창생을 건질 동학을 창도, 경주를 중심으로 교세가 번져나갔다. 그러나 조정에서 이를 탄압, 1864년 교조가 대구장대에서 순도하자 교단의 지도자들은 지하로 잠적했다.

2) 교조신원운동기

제2대 교주 최시형에 의해 다시 교세가 일어나자 1871년에 이필제(李弼濟)가 첫 교조신원운동을 폈다. 이필제의 지휘로 영해 관아를 습격했으나 이내 흩어지고, 이로 인해 관의 혹독한 탄압을 받아 많은 희생자를 내게 된다.

3) 교세 확장과 정비

최시형은 1874년부터 강원·충청·경기·황해·전라도로 차츰 교세를 확장시켜 나갔다. 동경대전(1880)과 용담유사(1881)를 필사하는 한편 목판으로 인쇄하여 교리를 정리했다. 1886년에는 보은 장내리에 동학 본부를 두고 육임제를 만들어 교단의 조직과 운영에 새로운 전기를 마련했다.

4) 2차 교조신원운동

1892년 공주와 삼례에서 충청·전라감사에게 교조 최제우의 신원을 풀어주고 동학도인 탄압을 중지해 줄 것과 종교 활동의 자유를 요구했으나, 지방 관찰사들은 중앙 정부로 미루고 대책을 마련해 주지 않았다. 이듬해(1893) 봄에 천여 명이 광화문에 엎드려 상소했으나 역시 해결되지 않았다.

5) 보은 장내리 집회

1893년 충청도 보은 장내리에 각처에서 2만 7천여 동학교도들이 모여 보국안민(輔國安民) 척양척왜(斥洋斥倭)의 기치를 내걸고 사회운동을 전개했다. 동학의 접조직을 포(包)조직으로 확대 개편하고 대접주제(大接主制)를 도입했다.

6) 고부민란

1894년 정월, 고부 군수 조병갑의 탐학에 불만을 품은 동학농민들이 말목장터에 모여 전봉준을 장두로 삼아 고부 관아로 쳐들어갔으나 박원명의 효유로 곧 해산하게 된다.

7) 동학혁명 전기

안핵사로 들어온 장흥부사 이용태가 민란 주모자들에게 갖은 만행을 저지르자 3월 21일 전봉준 김덕명 김개남 손화중 등이 백산에서 기포(起包)했다. 동학혁명군은 황토현 황룡촌 전투에서 연이어 관군을 물리치고, 4월 27일에는 전주성을 점령했다. 그러나 조정에서는 동학혁명군을 토벌하기 위해 청국 군대를 불러들였고, 이에 맞서 일본이 군대를 이끌고 들어와 청일전쟁이 일어났다. 이에 동학혁명군은 전주화약을 맺고 53개 군·현에 집강소를 설치하는 등 폐정을 바로잡기로 하고 해산한다.

8) 동학혁명 후기

청일전쟁에서 청군을 물리친 왜가 무력으로 경복궁에 침입하였고 동학 두령들을 탄압하는 등 침략 야욕을 드러내자, 2대 교주 최시형은 9월 18일 무력봉기를 선언하고, 각처에서 교도들이 일제히 일어나 남·북접 연합군이 논산에서 합류한다. 토벌에 나선 관·왜군의 막강한 화력에 밀려 연합군은 11월 공주 우금티에서 패함으로써 동학혁명의 대세가 기울게 된다.

5. 동학혁명의 역사적 생명력

동학혁명의 역사는 여전히 외세의 영향 아래 전개되고 있는 오늘날의 사회가 안고 있는 문제를 이해하는 기본틀로 제시되곤 했다. 즉 외세의 영향은 일제를 거쳐 해방과 함께 맞이한 국토분단으로, 또 '400만여 명의 사상자를 낸 한국전쟁이라는 동족상잔의 비극'으로 이어졌다. 이런 외세의 암묵적인 영향 아래에서 진행된 우리의 역사는 여기서 그치지 않았다. 4월혁명, 5·16쿠데타, 부마항쟁, 10·26사태 및 광주민중항쟁 등 긴박한 역사적 사건들은 대부분 외세와 결부된 내부 통치권에 의해 굴절되었다. 그때마다 동학혁명을 소재로 한 소설들이 등장하여 당시 그 역사가 지닌 함축적인 의미를 일깨우려 했던 것이다. 즉 동학혁명은 외세에 대항하고 아래로부터의 개혁을 요구한 최초의 민중혁명으로 항상 역사의 맨 윗자리에 놓여진 역사의 이정표, 혹은 근원적 생명력을 지닌 문학적 소재가 되었던 것이다. 말하자면 동학혁명이 역사적 사건으로서는 '미완의 혁명'으로 존재하지만, 문학적 소재로서는 우리의 왜곡된 민족사에 끊임없이 '완성된 혁명을 위한 말 걸기'를 해오고 있다는 점이다.

Ⅱ. 충북지역의 동학혁명 전개과정과 과제

1. 들어가며
2. 충북지역의 동학혁명사 전개과정과 특징
3. 지역별 연구현황과 과제
4. 역사 저변 확대를 위한 방안
5. 나가며

1. 들어가며

동학혁명사에 대한 역사 연구나 평가는 일제 강점기와 군부독재 정권 영향 아래에서 오랜 세월 동안 제한되었다. 특히 동학혁명사가 민중의 투쟁사적 시각으로 파악되는 연구를 경계했다. 따라서 동학혁명 연구는 본질 문제에 대한 접근보다 관 기록에 의존하여 일반적이고 관념적인 역사 연구에 머물고 말았다. 예를 들면 동학혁명사가 전라도 지역 전봉준에 의해 일어난 사건이라는 제한된 범주에 머물러, 가까이 살아 있는 역사로 이해되지 못했다.

충청북도는 단양, 괴산, 보은, 청산, 영동, 황간 등 소백산맥을 중심으로 최시형이 가장 먼저 잠행 포덕한 곳이다. 뿐만 아니라 다른 지방으로 유출시키는 교두보 역할을 했다. 보은취회와 광화문 복합상소 등으로 도인들의 활동이 어떤 고을보다 활발했다. 동학혁명 시기에는 경기, 강원, 충청, 경상 지역의 북접 동학군이 보은 대도소에 집결하여 공주로 이동했으며, 전라도까지 피신했다가 올라온 동학군이 북실에서 집단학살당한, 역사 현장의 변두리가 아닌 중심지였다.

그럼에도 불구하고 지역 역사연구가 미흡할 뿐만 아니라 기념사업도 극히 미미한 수준이다. 이 글은 충북지역 동학혁명 기념사업 추진을 위한 '기초 연구의 필요성'을 위한 제안서 성격을 지닌다. 이를 위해 충북지역 동학혁명사의 특징을 지역별로 나누어 고찰하고, 연구과제 설정과 함께 기념사업 추진을 위한 역사의 저변 확대 방안을 제시하고자 한다.

2. 충북지역의 동학혁명사 전개과정과 특징

1) 충북지역과 동학혁명사 개관

1864년 3월, 최제우가 혹세무민의 죄로 대구에서 처형되자 최시형은 관에 쫓겨 단양으로 들어온다. 최시형은 소백산맥을 넘나들며 '잠행 포덕'으로 교세를 확장시켜나가게 되면서 충북지역에는 일찌감치 동학이 유입되었다. 이렇게 빠르게 교세가 확장되어 가던 1871년, 이필제에 의해 주도된 경상도 영해에서 일어난 신미사변으로 최시형은 다시 관아에 쫓기는 처지가 되고, 이필제는 이해 8월 다시 정기현 등과 거사를 모의하여 문경 관아를 습격하려다 관군에 붙잡혀 참형을 당했다. '문경 거사에 괴산의 동학도들이 호응했다'는 기록으로 보아 이미 괴산 지방에 동학이 일찍이 유입된 사실과 교세를 짐작케 한다.

최시형은 충북지역을 교두보로 경기, 충남, 전라 지역 경계를 넘어 활발한 포교 활동을 벌이게 된다. 말하자면 충북 지방은 동학이 유입되고 유출하는 중심 통로가 되었던 것이다. (〈그림 1〉 충북의 동학 포덕기의 영향관계 참조)

〈그림-1〉 충북의 동학 포덕기의 영향관계

◀━ 동학유입 경로   ◁ 동학유출 경로

 이렇게 충북이 동학포교의 중심지가 되면서 동학 지도부에 의해 '공
주집회', '삼례집회'(1892), '광화문복합상소', '보은취회'(1893)의 동학
활동이 활발하게 일어난다.

 갑오년(1894) 전라도에서 동학혁명이 일어나자 동학 지도부는 멀리
전라도 지방의 동학혁명의 흐름을 주시하면서 긴박하게 대응하고, 급
기야 9월 18일 2차 총동원령을 내리는 등 동학혁명 초기와 후기에 적
극적으로 대응하게 된다. 2차 기포 시기에는 손병희가 북접 동학군을
이끌고 전봉준과 논산에서 연합하여 공주전투에 참여하고, 참패를 당
한 북접군은 남원 새목터까지 후퇴했다가 소백산맥을 따라 올라오면서
18차례의 크고 작은 전투를 치른 뒤 보은 북실에서 대학살극의 참극을
만나게 된다. 말하자면 충북은 동학혁명의 시작과 끝이 있는 중심지였
던 것이다. (〈그림 2〉 동학혁명 초기, 후기 봉기 및 전투 지역 참조)

〈그림-2〉 동학혁명 초기 봉기지역과 후기 전투지역

●초기 봉기지역 ▶후기 기포 및 전투지역

2) 동학혁명기 충북지역의 지역별 활동

충북지역 동학혁명기의 활동을 (1) 충주·제천지역, (2) 음성·진천·괴산지역, (3) 청주·청원지역, (4) 보은·옥천·영동지역으로 나누어 고찰하기로 한다. (〈그림 3〉 충북지역의 지역별 동학 활동 참조)

〈그림-3〉 충북지역의 지역 별 동학 활동

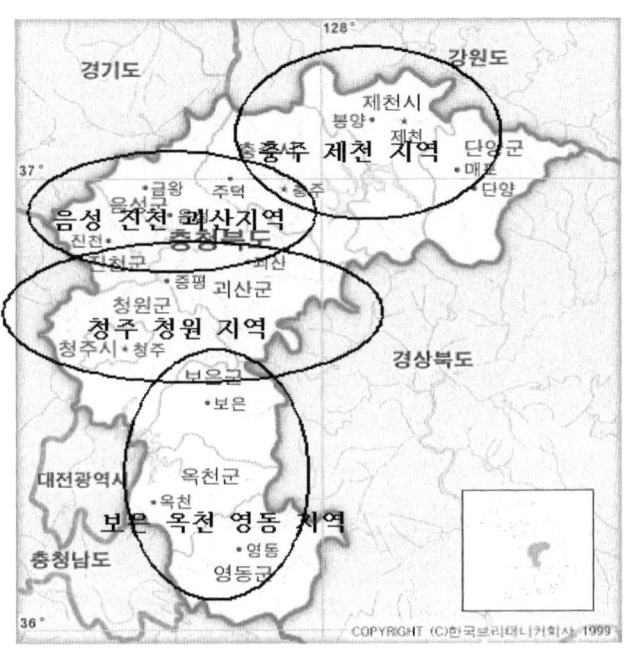

(1) 충주·제천지역

전라도 전봉준과 함께 처형된 성두한의 재판 기록에 "산사군 지방 (山四郡·청풍, 단양, 영춘, 제천 : 필자 주)에서 聚群成黨ㅎ야 官庫에 軍物을 搶奪ㅎ고……"라고 명시되어 성두한의 동학 활동지역이 자못 광범위했다는 사실을 보여준다. 그러나 성두한의 활동은 극히 제한적 으로 알려져 있을 뿐이다.

충주 : 천도교사에 의하면 1878년 충주에 교단을 총괄하는 법소를 두었을 만큼 동학 포덕의 중심지였고, 갑오년 9월에는 용수포에 북접 동학군이 집결하여 경기 충청도지역 동학군 기포의 시발지가 된다. 이 들 세력의 일부는 성두한이 이끄는 청풍(북산)으로 이동하고, 다른 세

력은 진천, 괴산, 청주를 거쳐 보은으로 이동했다.

　단양 : 단양은 최제우가 혹세무민의 죄로 대구에서 처형되자 도통을 이어받은 최시형이 탄압을 피해 소백산맥을 넘어 단양으로 들어오면서 본격적인 포덕 활동이 시작되었다. 1881년에 샘골(南泉里)에서 용담유사를 간행했다는 기록이 전해진다. 을미년 재판기록에 임재수, 권직상 등이 나오지만 그 후손이나 자세한 활동은 확인할 길 없다. 당시의 관첩정에 '갑오년 9월에 동학 접주 민사엽이 동학군을 이끌고 단양 군아에 쳐들어갔다. 군수 정의동을 축출할 계획이었으나 미리 도망쳐서 관아의 아리관속의 집을 파양했다'고 전한다.

　제천 : 을미년(1895) 3월 29일, 전봉준, 손화중, 최경선, 김덕명, 성두한 동학 거두가 왜의 주도로 처형됨으로써 동학혁명의 막을 내린다. 이 중 유일하게 성두한이 충청도 청풍 사람으로 기록되어 있으나 그에 대한 행적은 전해지지 않는다. 청풍 북노리에 살던 이면재의 〈일기〉 발굴로 성두한의 행적 일부를 추적하게 되었다. 〈일기〉에는 갑오년 봄 신당장터 집회를 시작으로, 청일전쟁 때 왜군에 쫓기는 청군의 행패, 9월에는 성두한이 장자봉(북산＝北山)에 민간 보루를 쌓았다는 기록이 보인다. 또, '(성두한이) 어리석은 백성들을 선동하여 산내 산외에 무릇 6천 군사가 모였다'는 기록과 '동학 접주 두한은 한 사람의 어리석은 백성에 지나지 않으나, 모든 백성이 다 존경하니 이 역시 천운인지 알 수 없다'라고 적어서 성두한의 활동상은 물론 인물됨까지를 짐작케 한다. 이 밖에도 〈일기〉에는 민비의 주도로 진행된 피난 궁터인 월악 궁지 공사를 생생히 기록하고 있다.

　이 밖에 청풍지역의 김영진(金榮鎭), 김용렴(金用濂 / 下吏), 황거복(黃巨卜), 영춘의 성운한(成雲漢), 성종우(成鍾禹), 단양의 임재수(林載洙), 권직상(權稙祥)과 같은 인물이 을미년 재판 기록에 전해져 자못 동학 활동이 맹렬했음을 보여준다.

⑵ 음성·진천·괴산지역

진천 : 진천 부창리(扶昌里)는 최시형이 피신하여 포덕했던 곳이다. 갑오년 9월 24일 충주 미산의 동학 대접주 신재련이 이끄는 동학농민군 1만여 명이 진천 광혜원에 집결하여 허문숙과 대치하였고, 9월 29일 진천 공형의 보고에 따르면 안성, 이천의 동학군 수만이 관아를 포위하고, 현감과 서리 등 관속들을 결박한 후 군기고의 무기를 모조리 탈취해갔다고 적고 있다. 또 덕산 구만리 장터에 동학군이 집결하는 등 활발한 움직임이 있었다. 당시 동학도 토벌 기록에 따르면 11월 25일에 "관별군 최일환이 진천으로 돌아와 동학 접주 박명숙 외 1인을 지석부락 천변 숲속에서 총살했다"고 전하고 있어서 진천 지방의 맹렬한 활동을 짐작케 한다. 답사에서 김수진, 박관희 두 동학 접주가 발굴되었는데, 이 중 후자는 박주형과 동일인임이 밝혀졌다. 또, 박명숙이란 인물은 정황으로 보아 박주형으로 보인다. 안성으로 넘어가는 신계리에는 갑오년 당시 접주 서상종, 이태흥, 정운화, 정운목 두 형제가 동학 때 포살되었다는 사실과, 진천 어댕이 골짜기에는 손천민의 묘소가 있다는 증언은 있으나 찾을 길 없었다.

음성 : 최시형의 9.18 2차 봉기 선언 직후인 9월 26일, 동학군에 의해 음성읍이 함락되었다. 금왕읍 되자니는 최시형이 1878년 육임소 박해 때 은거했던 곳이며, 보은 북실에서 패한 북접군이 마지막 전투를 벌였던 곳이다. 이 전투 뒤로 해월은 마르택 이용구집으로 피신하고, 손병희는 홍병기, 이승우, 최영구, 임학선 등과 함께 죽산 칠장사까지 갔다가 다시 관병에 쫓긴다. 이 지역 답사에서 최시형이 은거했던 용산리 집터와 이헌표 접주의 첩지, 〈이곽포원록(李郭抱冤錄)〉이 발굴되었는데, 이는 동학 이후 동학교도와 일반 주민 간의 갈등을 보여주는 값진 자료다. 후손 이기준 씨에 따르면 이헌표 접주는 주로 괴산

신당리에서 활약한 것으로 알려졌다. 이 밖에 갑오년 10월 24일 무극 사람 노백룡, 정택진, 전만철, 등이 목천 세성산 전투 뒤에 붙잡혀 포살당한 기록이 발견된다. 이로 미루어 진천, 음성, 괴산의 동학도 일부는 목천 세성산 전투에 진출했음을 뒷받침한다.

괴산 : 괴산 동학도들이 이필제의 문경 관아 습격 계획에 참여했다는 사실은 괴산 땅에 일찍이 동학이 유입되었음을 보여준다. 10월 15일, 원전 소위가 이끄는 일본군 27명은 '괴산에 도착하여 당동에 집결해 있던 동학군과 접전을 벌이지만 동학군에 패해 본대로 돌아갔다'고 기록했다. 동학 측 기록에도 음성방면에서 2만, 보은 방면에서 3만 명이 습격했다고 적었으니 북접 동학군의 위세를 짐작할 만한 엄청난 규모다. 괴산 군수 이용석의 첩정에도 "……26일 싸움에서 두령 우현관, 백창수를 잡아 처형하고, 10월 6일에는 서 접주의 13세 아들이 방화했다"고 기록하고 또, "괴산읍이 동학군에게 두 차례 습격을 받아 읍내 다섯 마을이 초토화되었다"고 전한다. 10월 11일 청안 난매리에서 음성 접주 송병권과 도인 곽영식 부자가 관군에 포살되고, 10월 26일에는 관군 이민굉이 보은, 청안 등지를 순회하다가 청안에서 접사 안무현 등 4명을 체포하여 사살했다는 기록이 전해진다.

(3) 청주 · 청원지역

청주 · 청원지역에는 내수읍 세교리 쌍다리 전투, 광화문 복합상소의 근거지였던 남일면 신송리(현 남일면 신송리), 강외면 병마산 전투 등 많은 역사유적지가 있다.

다른 지역 동학혁명사 연구자들이 '청주성 전투'와 '서장옥'에 대해 높은 관심을 가진다. 이는 남원에 웅거하던 김개남이 이끄는 호남의 정예 동학군이 청주성 전투를 마지막으로 최후를 맞게 되었기 때문이고, 전봉준, 김개남, 김덕명, 최경선과 같은 전라도 동학 지도자들의 정신적 스승으로 알려진 서장옥이 청주 사람이기 때문이다. 서장옥을 비롯한 손병희, 손천민, 서우순, 최동석, 정필수, 음선장, 정석복, 이종묵, 김자선, 권병덕, 강영휴 등 12 동학 지도자들이 북이면 금암리를 중심으로 근동에서 활동을 전개했다.

청주·청원 지역의 동학 활동을 먼저 주요 인물을 중심으로 살펴보기로 한다. 〈천도교창건사〉에 의하면 최시형이 금암리 서우순 집에 은거했고, 전봉준, 김개남, 김덕명, 최경선, 김낙철, 여규덕, 황하일, 임교선, 윤상오 등 전국 각지의 수많은 접주들이 드나들었다. 서우순은 동학혁명 당시 동학교도들을 광화문복합상소, 공주집회 삼례집회 보은집회 등 교단의 각종 집회에 교인들을 참석시켜온 지도자로 알려졌고, 1900년 청주군 산외면에서 서장옥, 손천민과 함께 피신 중 경병에 체포되었으나 서우순은 풀려나고 손천민, 서장옥은 교수형에 처해진다.

서장옥(徐章玉, 일명 徐仁周, 호 一海, 1852~1900)은 포교 초기부터 최시형의 참모였던 인물이다. 기축(1889)년에 서장옥이 관아에 체포되자 전 교단의 힘을 기울여 석방운동을 벌였을 만큼 최시형이 아꼈던 인물이며, 혈연적으로도 청주 율봉 음선장의 사위가 되면서 최시형과는 사돈 간이 된다. 서장옥은 석방된 뒤에 전라도 포교는 물론 동학혁명이 전개되는 동안 내내 강경파로 활약한다. 서장옥은 갑오년 봄에는 금산 진산 싸움을 주도한 것으로 알려졌고, 갑오년 9월 쌍다리 싸움 뒤로 행적이 끊겼다가 1900년에 경군에 체포되어 교수형에 처해진다.

손천민(孫天民, 일명 孫星烈, 1856~1900)은 대주리 사람으로, 손병희의 일곱 살이 많은 조카이다. 청주목 이방을 지내면서 동학에 입도하여 포교 활동을 했다. 손천민은 뒷날 솔뫼(송산리)로 이주하여 대접주로 활약하였다. 1893년 광화문복합상소를 주도하였고, 특히 그해 청주에서 청안으로 넘어오는 숯티에서 상인으로 가장한 왜 첩자를 타살한 사건이 일어나는데 이는 뒷날 손천민이 이끄는 송산포 동학도인들이 주도한 사건으로 알려졌다. 손천민은 여러 지역의 전투를 주도하고, 최시형이 쫓겨 다닐 때 그림자처럼 따라다녔던 인물이다.

음선장(陰善長, 본명 在貞, 1835~1900?)은 율봉역(현재 율량동) 접주이며, 첫째 딸은 서장옥과, 둘째 딸은 최시형의 둘째 아들 덕기와 혼인시켜 최시형과는 사돈 간이 된다.

손병희(孫秉熹, 1861~1992)는 청주 아전 손두흥의 서자로 태어나 반항아로 성장하여 의협심이 유달리 강한 깡패 두목이었다가 손천민의 권유로 동학에 입도하여 억압받는 민중의 지도자가 된다. 9월 18일 2차 봉기 때는 최시형으로부터 통령(統領)으로 임명받아 북접지역의 동학혁명군을 이끌고 공주전투에 참가하고, 뒷날 3대 교주로 도통을 전수받는다.

청주·청원 지역 역사 유적지를 살펴보면 다음과 같다.

남일면 신송리에는 동학 대도소(현재 교회 터)가 있어서 손천민, 서병학 등이 모여 상소문을 짓고 참가 인원을 선발하는 등 광화문 복합상소에 주도적 역할을 하였고, 마을 뒷산에는 군사훈련 터(新垈·새터)가 있다.

갑오년 9월에 북일면 세교리 쌍다리 장터 싸움과 청주성 싸움이 있었다. 기록에는 쌍다리 장터 싸움에서 패한 며칠 뒤인 10월 1일에 동학 두령 이종묵(李鍾黙), 정필수(鄭弼壽), 정석복(鄭石卜)이 무심천 변에서 군중들 앞에서 효수되었고, 더 뒷날 김자선(金子先)은 상주에서 체포되어 포살되었다. 쌍다리 전투와 청주성 전투와 관련된 관 기록은 많이 전해지지만 이 두 전투를 실증적으로 규명한 연구는 아직 없다.

강외면 병마산(조치원) 전투는 동학 두령 세 사람이 무심천변에서 효수된 이틀 뒤인 10월 3일에 일어났다. 청주영관 염도희와 대관 이종구 교장 박춘빈 등 69명의 청주영 장졸군사가 대전 방면에 집결해 있던 동학군을 진압할 목적으로 대전 지방을 순찰하고 돌아오던 중 강외면 병마산에서 동학군과 맞닥뜨렸다. 영관 염도희는 윤음(綸音·임금의 편지)을 가지고 동학군에게 접근했다가 전투가 벌어져 69명 전원이 몰사한 사건이다. 그러나 이들을 공격한 동학군이 어느 지방에서 왔는지는 알 길이 없다.

청주성 2차 전투도 치열했던 것으로 전해진다. 김개남 장군이 이끄는 동학군의 청주성 공격은 11월 13일에 시작되었다. 관 기록에 따르면 "5천여 호남 동학군이 성 밖 3리 지경까지 진격해 와서 청주 영병과 왜군이 출동하여 1백 명을 살상하는 전과를 올리면서 물리쳤다"고 전한다. 패한 동학군이 "밤고개 월오리 골짜기 등 사방으로 흩어졌다"는 증언이 있고, 김개남의 주력은 여기서 뿔뿔이 흩어지고 김개남은 홀몸으로 물러난 것으로 알려졌다.

⑷ 보은 · 옥천 · 영동 지역

보은 · 옥천 · 영동 지방에 동학이 유입된 시기는 창도기 초창기였을 것으로 짐작된다. 최제우가 선전관 정운구에게 잡혀 서울로 압송 될 당시 호송 행렬이 추풍령에 이르자 "창도 주 최제우의 탄압에 불만을 품은 동학교도들이 황간에 모여 있다는 말을 듣고 상주 쪽으로 방향을 바꾸었다"는 기록이 보인다. 결국 호송 행렬이 상주 화령을 거쳐 보은 관아로 들어왔는데 "이방(吏房 동학도인)이 최제우에게 예물을 바쳤다"는 기록이 근거다.

보은에 동학이 유입된 시기나 인물은 확인할 길이 없다. 하지만 대략 창도기에 경주에서 핍박을 받은 동학교도 상당수가 상주 왕실촌으로 피신을 했는데, 이들이 화령을 넘어와 포교했을 것으로 추정된다. 보은으로 통하는 길은 이 밖에도 상주에서 팔음산을 넘어 청산으로 통하는 길이나 추풍령을 넘어 황간 청산으로 통하는 길이 있다. 이 같은 사통팔달의 지리적 조건 때문에 보은 장내리는 최시형의 도피처인 동시에 동학교단의 중심지가 되었던 것이다. 실제로 교세는 미원, 회인, 문의, 회덕, 청주, 청산, 영동, 옥천 등지로 빠르게 뻗쳐나갔다. 당시는 여러 접주들의 연원(淵源)이 서로 지역이 얽히고설킨 상태로 동학교도 수가 많았던 것으로 짐작된다.

청주 손병희와 황간 조재벽(趙在璧) 접주의 주선으로 청산 문바위골 교도 김성원(金聖元)의 집에 최시형의 도피처가 마련되었는데, 당시 이곳은 동학교도들 사이에 작은 장안이라 불릴 만큼 비중이 컸다. 1893년 3월에는 청산 포전리 김연국의 집에서 창도 주의 조난 일을 맞아 손병희, 이관영, 권재조, 권병덕, 임정준, 이원팔과 제례를 지냈다는 기록이 있어서 당시 이 일대의 동학 교세를 가늠케 한다. 또 황간 조재벽 대접주는 황간, 청산, 옥천, 영동, 회덕, 진잠, 금산까지 넓은 지역을 관장하는 대접주로 위세를 떨친 것으로 알려졌다. 보은 장내리는 이 같은 여건에 힘입어 동학 대도소가 세워져 명실 공히 동학의 중심지가 된다.

'공주집회', '삼례집회', '광화문복합상소'를 주도해왔던 교단은 마침내 1893년 3월에는 창도 주 최제우의 조난향례 날을 즈음하여 보은취회를 결정한다. 보은 장내리에는 충청, 전라, 경상, 경기, 강원 등 각지에서 수만의 도인들이 운집하였는데, 각 포에는 대접주가 있어서 포를 통솔하였다. 당시 모인 인원이 3만여 명이었는데, 기록에 "청산 문바위에 수천의 동학군이 모여들어 말과 사람으로 이 작은 마을은 인산인해를 이루었으며, 이곳을 가리켜 작은 장안이라 불렀다"고 하여 보은취회 인원이 이웃 고을인 청산 문바위까지 뻗쳤음을 보여준다.

청산 문바위에서는 동학도인들이 보은취회 전부터 큰 바위에 이름을 새겨 기포를 결의한다. 주동자인 박회근(朴晦根), 김정섭(金定燮), 박맹호(朴孟浩), 김영규(金永圭), 김재섭(金在燮), 박창근(朴昌根), 신필우(申弼雨) 7명이 바위에 이름을 음각하여 '목숨을 건 기개'를 보여준다.

갑오년 봄, 전라도 전봉준이 이끄는 동학군이 전라도 지역을 휩쓸고 있을 때 동학도들이 청산 작은뱀골에서도 기포하여 전라도 상황을 주시하였고, 조재벽, 서장옥이 이끄는 동학군 수천 명이 금산 관아에 돌입하였다. 4월 8일에는 회덕에서 동학교도 수천 명이 관아를 습격하고, 동학군들은 옥천, 회덕, 진잠, 문의, 청산, 보은, 목천 일대에서도 무리를 지어 이동하였으며 이 중 일부는 호남 지방으로 내려가 합세했다는 기록이 보인다.

9월 18일, 최시형이 문바위골에 동학 지도자들을 모아놓고 무력봉기를 선언하자 경기도와 충북 중 북부지역의 동학군을 비롯한 각지의 3만여 동학군이 모여들어 옥녀봉 아래 천변 일대에 400여 개소의 초막을 짓고 유숙하였다. 최시형은 각 포 두령들에게 "지금은 앉아서 죽음을 당하기보다는 일어나 힘을 합하여 싸울 때"라는 유시를 내리고, 손병희를 통령(統領)으로 임명하여 "논산으로 가서 전봉준군과 합류하여 왜군을 물리치라"는 명령을 내린다. 손병희는 14일에 1만의 대진을 이끌고 논산을 향해 출발하여 호남의 전봉준군과 합류하였고, 옥천 황간 영동 동학군 1만 명은 회덕 지명 장터에서 관군과 교전한 뒤 공주 동북쪽 대교(大橋, 한다리)로 진출하여 공주를 포위 공격할 준비에 돌입했다.

주력이 보은 장내리를 떠나자 보은·옥천·영동 지방에 관군의 동학군 토벌이 잔인하게 자행되었다. 이에 맞서 11월 8일에는 양산 장터 싸움이, 11월 5일에는 청산 석성리 싸움이 벌어져 이 일대는 참혹한 전화(戰禍)에 휩쓸린다.

한편, 논산에서 전봉준이 이끄는 남접군과 합류한 연합군이 공주 우금티에서 패한 뒤 북접 동학군은 임실 새목터까지 후퇴했다가 여기서 최시형과 합류하여 소백산맥을 따라 북상한다. 장수, 무주를 거쳐 12월 9일 영동으로 들어온다. 이들이 올라오는 도중에 무려 18차례에 거쳐 관군과 싸움을 벌여 지칠 대로 지쳐 있었다. 영동으로 들어온 동학군의 일부는 황간 관아를 쳐서 무기와 양식을 보충한 뒤 수서원(水西院)을 거쳐 수석리 이판서 댁을 들이치고 용산장터로 이동하여 싸움을 벌인다. 용산장터 전투 상황을 보면, 장터 뒷산(서북쪽)에서 용산리 동남쪽까지 약 3Km까지 동학군이 포진하였으며, 동학군의 공격을 받은 관군은 20리쯤 떨어진 상주군 모서면 작두벌까지 후퇴했다.

동학군은 13일 청산으로 들어가 15일까지 머물다 관·왜군이 추격해온다는 소식을 접하고 17일 저녁에는 비극의 땅 북실로 들어갔다. 관·왜군의 습격을 받은 동학군은 대항은커녕 추위와 굶주림에 지쳐 처참하게 살육된다. 유격장 김석중이 기록한 〈토비대략〉에서는 "爲亂砲所斃者 二千二百餘人 夜戰所殺 爲三百九十三人(난포에 죽임을 당한 수가 2,200여 인이고 야간 전투에서 살해된 수는 393인)"이라 밝히고 있다. 살아남은 동학군은 구룡치와 수철령을 넘어 화양동을 거쳐 음성 되자니(道屛里)로 들어가, 여기서 12월 24일 마지막 전투를 치른다.

영동 황간 : 황간에는 조재벽이라는 강경파 접주가 있었고, 일찍이 수석리에는 고종과 사촌인 이용직이 유배 내려와 살았는데, 수탈이 심해 어찌나 인심을 잃었던지 동학도들에게 여러 차례 보복으로 공격을 받았다는 기록이 보인다. 이 밖에 동학교도 재판 기록에 손해창이 재판 받은 기록이 보이는데, 형량으로 치면 두령 급에 해당된다.

옥천 : 옥천은 영동, 황간과 더불어 동학이 꽤 성했던 곳이어서 동학군을 토벌하여 공을 세운 유도군 대장이 무려 11명이나 될 정도였다. 그러나 패자 측 동학군의 행적은 없고 관군에 의해 자행된 동학군 참살 기록과 상주 소모영 김석중의 기록이 전해질 뿐이다. 이 기록에 소모영 군사들이 청산 삼남리(순네미)에서 동학 접주 서오덕을 참살했다는 기록이 보인다.

3. 지역별 연구 현황과 과제

앞에서 고찰한 내용은 1994년 동학혁명100주년의 해에 충청일보에 연재한 내용을 발췌한 것이다. 당시 연재한 내용에 자료를 보충하여 〈충청지역 동학혁명의 전개과정(가제)〉를 출판하려고 계획했었으나 책을 내겠다는 출판사가 없어서 뜻을 이루지 못했다. 그 뒤로 충북학연구소에서 지역별로 동학 활동을 정리했으나 새롭게 발굴되기보다는 정리한 정도에 지나지 않았다.

지금까지 지역사 연구는 현장에 살아있는 생생한 기록보다는 관 기록에 의존하여 역사적 사실 확인 차원으로 진행되었다. 문헌 기록과 아울러 현장 답사의 작업이 동시에 이루어져야 역사적 사실이 입체적으로 규명될 수 있을 것이다. 왜냐하면 아전인수 격의 역사적 과장이나 편향됨이 없는 실증적인 현장 역사 연구가 이루어져야 하기 때문이다. 여기서는 더 연구되어야 할 지역별 과제와, 현재까지 진행된 기념비나 조형물에 대해서 살펴보기로 한다.

(1) 충주·제천지역

이 지역의 동학혁명사 연구는 주로 이광복의 논문[10]에서 상당한 성과를 보였으나 성두한이 진을 친 북산(장자봉; 추측)의 전투 행적과 정선에서 체포될 때까지의 행적이 알려지지 않았다. 현장답사에서 확인한 성두한은 용맹스러운 장수였고, 왜에서 가설한 부산-서울 간 연결된 전선(電線)을 끊는 등 일제에 대한 저항이 특히 맹렬했던 인물로 알려졌다. 전봉준과 함께 사형 판결을 받은 사실이 이를 뒷받침해준다. 이 밖에 갑오년 봄 신당리 집회, 을미년에 재판을 받은 6인의 행적을 찾는 것도 과제다. 그리고 샘골(남천리)에서 용담유사를 간행한 위치를 찾아야 한다. 현재 이 지역에는 동학혁명을 기념하는 표지판 하나 없다.

(2) 음성·진천·괴산지역

충주 미산 출신 신재련의 행적이나 전투 상황이 명쾌하게 정리되지

---

10) 이광복, 〈충청도 동북부 지역 동학농민전쟁의 전개과정〉, 충북대학교 석사학위논문, 1997.

않았다. 특히 진천 의 동학 접주 박명숙의 행적과 전투 상황도 정확하게 밝혀야 할 과제다.

현재 음성읍 되자니에 이헌포 접주에 대한 개인 기념비가 있는데, 그의 행적이 〈이곽포원록(李郭抱寃錄)〉에 간단하게 정리되어 있을 뿐 더 객관적인 행적은 알 길이 없다.

괴산 전투 상황도 보다 입체적으로 정리할 필요가 있다. 그리고 괴산 칠성면 부근의 동학도들이 이필제의 신미사변에 참여했다는 역사적 사실 규명과 함께 동학 유입 경로나 시기도 풀어야 할 과제다.

(3) 청주·청원지역

'청주성 전투' 상황과 '서장옥'에 대한 연구가 중심 과제다. 그리고 내수읍 세교리의 쌍다리 전투, 광화문 복합상소의 근거지였던 남일면 신송리, 강외면 병마산 전투를 심층적으로 연구할 필요가 있다.

청주·청원지역 역사의 현장에 표지판이 없다. 금암리에 손병희 생가 보존이 전부이다. 이 고을 동학교도들의 정신적인 지도자로 알려진 서우 순의 묘지석은 집안에서 마련하여 동학혁명 당시 그의 행적을 기록했다. 무엇보다 이 마을을 중심으로 활동한 12 동학 지도자들의 행적을 규명하여 현재의 손병희 생가와 연계하는 방안도 재고의 여지가 있겠다.

(4) 보은·옥천·영동지역

보은지역은 다른 지역에 비해 비교적 연구가 그나마 많이 진행되었고, 북실에 동학 기념공원까지 진행되고 있다. 그러나 기념공원 조성계획 단계에서부터 관에서 주도하여 학계나 교계 주민들의 의견이 충분히 반영되지 않은 채 진행되고 있다. 그동안 장내리는 역사유적지로 지정되지 않아서 가족 묘지까지 들어서서 이미 '보은취회 기념공원(가칭)'은 진행되기 어려울 만큼 훼손되어 버렸다. 그동안 보은 지방에서 많은 학술 세미나와 행사도 치러졌지만, 군 홈페이지에는 동학혁명 역사 유적지로 소개된 곳조차 없다.

청산 문바위골도 당시 동학교도들 사이에 작은 장안이라 불릴 만큼 역사적 비중이 큰데, 이런 역사적 사실을 새긴 표지석이 청산교 부근에 서있다. 그리고 마을 유래비에 청산 기포 사실이 전해지고 있을 뿐이다.

옥천·영동지역 역사 연구는 아직 진척이 미진하다. 청산 석성리 전투와 용산장터 싸움 상황은 아직 체계적이지 못하고, 영동 출신 손해창이 을미년에 재판을 받았으나 인물에 대해서도 알려지지 않았다.

4. 역사 저변 확대를 위한 방안

그동안 동학혁명 기념사업이 다른 지역에서 활발하게 진행되었지만 그리 만족스러운 결과물은 보지 못했다. 예컨대 공주 우금치 기념탑이 박정희 정권하에서 삐뚤어진 사관으로 접근되어 흉물이 되었고, 동학 100주년을 맞아 여기에 사업비를 들여서 덧붙이기는 했지만 흉물스러운 기념탑이 되고 말았다.

결과적으로, 후발 주자는 이들의 시행착오를 극복하고 새로운 것을 창조해 낼 수 있어 다행으로 여겼지만, 현재 북실에 진행 중인 동학공원을 지켜보면서 여전히 안타까운 심정이다. 먼저 학계의 의견이나 지역사회와 주민의 역사에 대한 공유과정이 없었다. 주민이 외면한 상태에서 관 주도로 시행자가 선정되어 공사가 진행 중이다.

이와 비슷한 사례는 또 있다. 청원군 금암리 주변의 손병희 생가를 중심으로 한 기념공원이 비교적 큰 공사로 야심차게 추진되었다. 그러나 고증은 뒷전이어서 태극문양의 정려문(旌閭門)을 세우는 해프닝을

빚고 말았다. 적어도 기념물이라면 역사적 사실을 근거로 한 전문가와 일반 대중의 공감대를 도출한 결과물로 빚어져야 한다.

더 이상 시행착오를 거치지 않기 위해서라도 역사 연구가 선행되어야 하고, 이에 대한 저변확대가 밑바탕이 되어야 한다. 그리고 기념사업은 그 바탕에서 주민들의 일정한 참여로 진행되어야 한다. 이의 모범적 사례는 포항시 북구 신광면 마북리 신광온천 앞에 세워진 〈해월신사 어록비〉(2세 교주 최시형 유허비)를 들 수 있다. 익명의 동학연구자가 마을 이장들에게 최시형이 살면서 수도한 검등골 역사를 교육하고, 그들에게 터를 선정하게 하고, 신광중학교 학생의 붓글씨로 글씨를 새겼다. 그들의 잔치로 제막하니 그들이 아끼는 유물이 되었다.

1) 역사 공유 의미와 그 방안

지금, 보은의 장내리 역사 현장 훼손을 자성의 자세로 받아들여야 한다. 사적지 지정을 못한 것이 아니고 이는 안 한 것이다. 만일 주민들이 역사적 사실을 공유했다면 이런 훼손이 불가능했을 것이다.

기념사업이 진행되려면 먼저 각 지역 역사 연구가 선행되어야 한다. 역사적 사실을 폭 넓게 연구하고 그 바탕 위에서 공청회나 세미나를 통해 역사적 의의를 규명하고 주민들과 역사를 공유해야 한다. 이런 토대위에 기념사업이 진행되어야 한다. 이 단계를 예시하면 다음과 같다.

(1) 역사 발굴 연구 및 심화 단계 : 각 지역별로 역사적 사실을 발굴하고 이를 범 도적, 전국적인 범주에서 역사적 의의를 규명해야 한다. 풀뿌리 지역 역사를 근거로 역사적 가치를 심도 있게 검토하는 이 단계는 지속적으로 이루어져야 한다.

(2) 역사의 저변 확대와 역사적 의의 공유 : 연구의 결과를 일부 학자들만 공유하는 단계를 넘어 지역 사회 주민들의 역사인식으로 침투

되어야 한다. 이는 지방자치단체 단위의 학교 교육과 지역사회의 시민
운동 2원적으로 추진되어야 한다.

(3) 기념사업 계획과 공청회 단계 : 학자와 주민들이 역사적 의의를
공유한 바탕에서 관·민 학계 공동으로 기념사업 방향을 설정하고 기
획하여 타당성 있는 사업에 대한 합의점을 찾아가야 한다.

(4) 기념사업 진행 단계 : 합의된 사업을 진행하는 단계다. 사업 수
행자는 관·민 학계의 감시를 받는다기보다 자문 관계로 인식해야 하
며, 사업이 수행되는 동안 지속적인 합의점을 확인해 가야 한다.

(5) 기념사업 평가 단계 : 관민의 합의로 만들어진 기념사업은 관심
을 지속적이고 높을 수밖에 없을 것이다.

2) 지역사의 주민 체험 학습 사례

다음은 보은·옥천 지방에서 지속적으로 진행된 행사를 통해서 저변
확대의 사례를 들어보기로 한다. 남부민예총과 보은 아사달에서 행사
를 거듭하면서 어린이에서 성인에 이르기까지 역사의 현장 답사 기행,
체험학습 등 다양한 프로그램으로 진행되었다. 비록 일부 단체의 제한
된 인원이 참여하거나 이벤트성을 지니기도 했지만 이를 통해 나름대
로 지역 역사 공유나 저변 확대에 기여했다고 본다.

여기서는 2004년 봄 남부 민예총에서 기획한 '역사기행'의 예를 든다.
이 컨셉트는 '우리 지방 역사 이해를 위한 산행'으로 기획 진행되었다.
이 여정은 옥천신문사에 집결하여, 황간면 수석리 이 대감 집으로 이
동, 여기서 출발하여 용산장터(일부는 용산면 한곡리에서 합류), 장군
재를 넘어 청산 문바우로 들어왔다. 여정 중 몇 차례에 걸쳐 간단한
역사 현장 교육이 이루어졌다. 이 역사 기행의 핵심은 동학혁명이 '전
라도에서 전봉준이 일으킨 역사'의 이해에서 '우리 가까이에 살아 숨

쉬는 역사'로의 이해일 것이다.

　필자가 다음 두 여정(旅程)을 제안했으나 주최 측은 사정에 따라 두
번째 일정을 택하고 조정했다. 이는 학교 소풍 행사로 활용해도 좋을
것이다.(〈그림 4〉 동학혁명 체험 학습의 사례)

〈그림-4〉 동학혁명 체험 학습의 체험

　첫째, 동학혁명 초기 역사 이해의 길 : 동학혁명 당시 핍박에 맞서
일어서야 했던 조상들의 아픔을 체험한다. ① 보은 장내리 대도소에서
출발하여 ② 청산의 작은 장안 문바위골로 이동하면서 당시 동학교도
들의 '보국안민(輔國安民)', '척왜양창의(斥外洋倡義)'와 같은 보은취회
의 정신을 이어받는다.

　둘째, 동학혁명 말기 역사 이해의 길 : 일제에 의해 궤멸된 동학군
들의 열망과 정신을 이어받는다. 동학군들이 공주전투에서 일제의 신

무기 앞에서 패한 뒤에 극도로 지친 몸을 이끌고 돌아오면서 18차에 걸쳐 전투를 벌였다. 역사 교육과 함께 이동하되, 여정은 다음과 같다. ① 설천면 달밭재 → ② 영동 관아 → ③ 서송원(노근리) → *④ 수석리(이판서댁 · 동학군의 공격을 받음)* → *⑤ 용산 장터(장터 싸움터 · 현 용문중학교)* → *⑥ 장군재* → *⑦ 문바위골(갯밭마을 최 부품의 묘와 동학군 훈련터, 최시형의 은거지)* → ⑧ 청산관아(9월기포 기념비) → ⑨ 보은 장안(대도소 자리와 보은 취회지) → ⑩ 보은 북실(동학군 집단 학살 매장지) *(④, ⑤, ⑥, ⑦은 실제 답사 코스임 : 필자 주)*

5. 나가며

지금으로부터 백 년 전, 이 땅의 민중은 이대로는 더 이상 살 수 없는 긴박한 상황에 내몰려 맨몸으로 투쟁하다가 산화했다. 오늘날 그 민중은 그동안 한낱 처절한 모습으로만 규명되었을 뿐, 후손으로써 그들의 정신이나 그들의 행적에서 미래적 전망을 찾지 못했다. 미래적 전망이 없는 역사는 한낱 공허한 관념일 뿐이다. 이를 위해 풀뿌리 지역 역사를 찾아내고, 지방자치 주민들과의 역사 공유과정을 통해 동학혁명사를 오늘의 의미로 우리 곁에 살아 숨 쉬도록 해야 한다. 그것은 기념사업으로 탑을 세우고 기념관을 세우는 것만으로는 해결 될 문제가 아니다. 학계는 지역 역사를 발굴 연구하고, 지방자치단체는 교육이나 체험 학습을 통해 저변을 확대해 나가면서 점차 공감대를 형성해 나가야 한다. 먼 옛날 전라도 고부 땅 전봉준의 이야기가 아니라, 둘러보면 우리 증조부 고조부가 동학군이고 전라도가 아닌 저 뒷동산에서 싸웠다는 역사적 사실로 이해해 나가는 과정이 필요하다. 기념사업은 여기서 출발해야 한다. 그리고 기념사업은 처음부터 온전히 주민들의 것이라야 한다.

Ⅲ. 문학작품에 나타난 최시형

1. 머리말

동학혁명의 역사에서 해월 최시형(海月 崔時亨, 1827~1898)은 중요한 위치를 차지한다. 최시형은 동학의 창도시기와 포교과정, 신원운동기와 동학혁명 중심시기, 또 재기과정과 처형 등 동학혁명의 전 과정에 걸쳐 직접 영향을 끼친 인물이기 때문이다. 그런데도 역사학계에서는 최시형에 대한 연구가 미흡하다보니 문학계에서조차 최시형에 대한 평가가 그리 심도 있게 다루어지지 못했다. 이는 그동안 동학연구가 전라도 전봉준 중심 사건으로 전개된 데서 그 원인을 찾을 수 있으며, 동학혁명이라는 사건이 지닌 가치나 사상을 총체적으로 아우르는 연구가 미흡했기 때문이다. 필자는 동학혁명에 대한 역사를 전라도 전봉준 중심으로 파악하려는 지금까지의 역사와 문학적 접근을 탈피하여 구조적 관점으로 접근해야 한다는 견해를 밝힌 바 있다. 문학작품에 형상화된 최시형의 모습은 동학혁명에 대한 역사 문학적 토대를 풍부하게 하는 바탕이다.

역사소설론에서, '소설은 역사적 진실이어야 한다'는 소설론을 근간으로 삼을 때 소설과 역사는 등가적 관계로 이해된다. 즉 역사소설에서 인물에 대한 바른 역사적 이해는 필수적이다. 이런 역사 문학적 관점에서 최시형의 전기적 삶의 진실을 동학혁명이라는 역사적 사건 속에서 총체적으로 규명하고, 문학작품 형상화 과정에서 왜곡된 삶의 실체를 찾아 문학이 나아갈 방향을 제시하고자 한다.

2. 최시형의 생애와 동학혁명과의 관계

동학혁명이 끝난 이듬해, 일본은 동학 두령들을 처형함으로써 사실상 조선의 국권이 정치 사회사적으로 일제 식민지 상태에 놓이게 되었다. 이어 해방의 혼란기나 독재라는 기나긴 터널 속에서 반계급 주체적 역량을 실천한 동학혁명의 역사에 대한 이해는 절실한 과제였다. 이런 환경에서 동학혁명에 대한 이해는 사건이나 인물에 대한 총체적인 안목에서라기보다는 정치 사회사적 상황에 따라 이해의 폭이 규정되어왔다. 이 같은 오랜 억압이 해금되자 민족주의 및 반제국주의적 시각에서 조급한 접근으로 또 다른 왜곡과정을 겪게 된다. 역사를 영향관계 안에서 실증적으로 고찰하기보다는 주로 《전봉준실기》와 같은 일차적인 자료를 중심으로, 전봉준이라는 인물을 중심으로 벌어지는 극적인 사건을 중심으로 픽션화하려는 경향이 짙었다. 소설 속에 나타난 최시형도 이런 바탕에서 형상화되었으며, 반개혁적 소극적인 인물로 폄하되었다. 여기서는 최시형의 전기적 사실을 통해 왜곡된 사실을 중심으로 살펴보고, 행동과 사상을 정리하고자 한다.

2.1. 전기적 사실(史實)

최시형은 경주부 동촌 황오리에서 부친 최종수와 모친 월성 배씨 사이에서 1827년 3월 21일 출생하였다. 6세 때 어머니가, 15세에 부친이 사망하여 고아가 된다. 그의 청소년기는 '머슴살이'와 '고용살이'로, 아침으로는 방아를 찧고, 저녁에는 소를 먹여야 할 만큼 고단한 성장기를 거쳐 19세에 손씨와 결혼하였다. 그 뒤에도 최시형은 화전민으로 전전하는 등 궁핍한 삶을 살았다.

그 당시는 내우외환(內憂外患)의 사회로, 밖으로는 일제 및 서구 열강의 문호 개방에 대한 압박과 안으로는 탐관오리의 수탈로 민란시대를 맞고 있었다. 이 같은 불안한 사회를 배경으로 1860년 최제우에 의해 민족·민중종교 동학(東學)이 창도되었다. 최시형은 이듬해인 1861년 7월 동학에 입도하여 매월 3~4회씩 최제우를 찾아 도를 전수받는다. 최시형은 최제우가 순교하기 직전인 1863년 7월에 '北道中主人(북도중주인)'에 임명되고, 같은 해 8월 도통을 전수받는다. 이 시기부터 최시형은 관에 지목(指目)을 받아 쫓기기 시작하여 보따리 하나로 잠행(潛行) 포덕(布德)하여 교세를 확장시켜 나갔다. 1894년 동학혁명을 치르고, 72세인 1898년 5월 29일 좌도난정율(左道亂政律)에 의해 교수형(絞首刑)에 처해져 마침내 38년의 기나긴 도피생활을 마감한다.

이처럼 기나긴 형극(荊棘)의 길을 걸어온 종교 지도자는 세계 어느 종교사에서도 그 유래가 없다.

2.2. 역사적 사건과 대응된 행동과 사상

역사학계에서, 동학혁명은 사회사적 접근보다 전봉준이라는 인물 연구로부터 비롯되었다. 전봉준의 활동무대를 중심으로 하다 보니 전봉준의 주변 인물들을 중심으로 허구화되었다. 따라서 동학혁명의 역사는 대략 전봉준이 고부 관아를 점령한 갑오년 정월에서 3월 재기포와 전주성 점령, 그리고 9월 18일 총 기포령이 내려지고 공주 우금치 전투에서 패퇴하여 전봉준이 피체되어 교수형을 당한 역사적 시기를 중심으로 다루고 있다. 이는 기초 기록인 《전봉준실기》를 중심으로 사건을 파악했으며, 실제로 동학혁명사를 다룬 소설들의 대부분이 이 시기를 중심으로 삼고 있다. 그러나 역사적 의의나 인물에 대한 평가는 당대 사회사적인 여건 속에서 총체적으로 접근되어야 한다.

최시형의 사상은 대략 위 사건을 중심으로 살펴보기로 한다. 왜냐하면 인물이 사건에 대응하는 인물의 행동이야말로 사상적 행적과 밀접하게 관련지어지기 때문이다.

다음은 최시형과 밀접한 역사적 사건과 행적을 요약한 것이다.

① 최제우의 순도와 최시형의 피신(1864, 38세) : 창도 주 최제우가 대구장대에서 처형되자 관의 지목을 피해 안동을 거쳐 일월산으로 피신

② 영해민란과 문경작변으로 충청도 피신(1871, 45세) : 영해 민란이 실패하자 충청도 단양 및 태백산 등지로 피신

③ 공주취회와 광화문복합상소 및 보은취회(1892-1893, 67세) : 본격적인 교조신원운동의 전개를 통해 교세를 과시하면서 이념을 보다 뚜렷이 드러냄.

④ 동학혁명의 발발과 전주화약, 재기포령을 내림(1894, 68세) : 전라도 고부에서 전봉준이 관아를 점령, 3월에 백산에서 기포하여 전라 감영까지 점령하자 청 왜군을 불러들여 전주화약을 맺게 된다. 청일전쟁이 끝난 뒤에 왜가 경복궁을 점령하고 국권을 장악하자 충청도 청산에서 기포령을 내리고 공주전투 패퇴한다. 북접군 보은 북실전투에서 수백 명 몰살당한 뒤 해산.

⑤ 피체되어 교수형에 처해짐(1898, 72세) : 강원도 원주에서 피체되어 급히 재판을 받아 교수형에 처해짐.

최시형은 창도 주의 순도와 포덕의 과정을 거쳐 동학혁명기를 온전히 거쳐 동학혁명이라는 역사의 중심에 놓여 있었다는 사실을 알 수 있다. 이 같은 인물을 바르게 이해하지 않고서는 역사적 이해가 온전할 수는

없다. 역사적 사건과 함께 최시형의 행동과 사상을 살펴보기로 한다.

①의 시기는 대체로 창도 주 최제우로부터 도통을 전수받고, 순교한 창도 주 최제우를 대신한 포덕 활동과 억울한 죽음을 당한 교조에 대한 신원(伸冤) 운동기로 요약된다. 창도 주의 동학사상을 바탕으로 교도들을 확장하는 한편 수도하는 시기이다. 최시형의 입도 동기는 불우한 청소년기에 '머슴 놈 머슴 놈 하면서 천대하는 것이 가슴이 멍이 들 정도로 괴로웠다'라고 토로했던 일과 무관하지 않았을 것이다. 곧 '귀천이 없고 등위가 없던'[無貴賤等威思想]평등사상이, 그리고 궁핍한 생활에서 서로 돕고 사는 [有無相資]의 경제 공통체적 생활이 최시형을 동학에 입도하는 데 결정적인 여할을 했을 것으로 보인다. 이때 최제우는 동학을 포교하면서 '열석 자 주문(十三字呪文)을 주었는데 이는 당시 민중들에게 면화(免禍)와 거병(去病), 그리고 접신(接神)의 수단으로 인식되었다. 즉 서구 열강의 침략과 같은 병화(兵禍)로부터 안전하고, 당시 유행하는 괴질로부터도 안전하며 천신(天神)이 강림(降臨)하는 신비 체험을 할 수 있는 수단으로 인식된 것이다. 최시형은 초기부터 '善道로 病을 療하며 呪文으로 神을 降한다 稱하고' 지성으로 주문을 외웠다고 고백하고 있다. 이 시기에 수신정기(修身精氣)의 수단으로 쓰였던 동학의 칼 노래와 칼춤이 이른바 '평탄한 세상에 난을 일으키려는 불순한 생각〔平世思亂〕'으로 오인되어 끝내 최제우가 처형되는 빌미가 된다. 이 시기에 최시형의 동학사상은 대략 최제우의 동학사상인 평등사상과 유불선 삼도를 겸한 민족 종교적 성격이 매우 짙은 사상을 신봉했을 것으로 보인다.

② 최시형에게 있어서 영해민란을 통해 교문을 바로 세우고 사회정의를 세워 보겠다는 동학사상의 실천으로 볼 수 있다. 영해민란은 동학사상과 동학교문이 당시 변혁 세력들과 일정하게 결합함으로써 고을 단위를 뛰어넘는 민중변혁운동의 한 사건이다. 기록에 따르면 "동학교

도 500명이 참여하였으며 이 중 200여 명이 죽거나 귀양을 갔다"고 알려져, 동학교도가 중심 세력이었다. 이는 기존의 역사에서 이필제와 최시형이 무관하게 벌인 난으로 알려져 특히 최시형에 대한 이해가 잘못되었다. 도리어 이는 1811년 홍경래의 항쟁 이래로 성장해온 민중들의 변혁의 의지가 1862년의 임술민란을 거쳐 줄기차게 이어진 전통적인 민중항쟁으로 파악된다. 그렇지만 최시형을 소극적인 가담으로 파악함으로써 비폭력의 노선으로 보려는 견해가 지배적이어서 이 시기에 최시형의 행동과 사상을 바르게 이해하는 바탕이 되어야 한다.

한편 이번 피신은 잠행 포덕기로, 지난 시기의 무분별한 폭력운동이 어떤 비극을 감수해야 하는지 체험하였고, 교세 확장과 함께 동학 교리를 형성함으로써 단일지도체제를 형성하는 시기이다. 최시형은 최제우의 가족을 돌봄으로써 제사권(祭祀權) 확보로 제사를 봉행할 때마다 최제우의 설법들을 설함으로써 교리를 형성은 물론 교리를 전파하는 데 유용한 수단으로 활용하고 있다고 보았다. 특히 이 시기는 보은 장내에 육임소를 설치함으로써 지방 조직을 육임소를 중심으로 결속시키고 교도들에 대한 교리문답, 상벌시행, 신앙생활지도 등으로 과거 '비밀결사의 지하조직'에서 '교단(敎團)을 정립'함으로써 명실상부한 동학혁명을 주도할 세력을 형성한다.

③ 공주취회는 일종의 굳건한 교세를 확인하고 교조신원운동에 다시 불을 댕기는 시기로 보아야 할 것이다. 공주취회는 당초에 알려진 것처럼 "서인주, 서병학 두 사람이 최시형의 허락 없이 전개한 것이 아니라 허락이 있는 가운데 전개된 사실"로 밝혀졌다. 그러나 이 집회에서 고무된 최시형은 10월 27일 손천민을 시켜 경통을 보내 접주들과 교도들로 하여금 삼례로 집결할 것을 지시하였다. 이듬해에 최시형은 교조신원운동을 위한 광화문 복합상소를 위한 '봉소도소'를 청주 송산리 손천민가에 설치하고, 각지 교도들과 접주들에게 일제히 모임에 참여할 것을 독려하는 통문을 보낸다. 광화문 복합상소는 그간 세간에

반대했다고 알려진 사실과 달리 "각지 교도들이 다수 모여 대신사의 신원을 위해 복합해야 한다는 뜻을 신사에게 아뢰므로 신사 비록 때가 아닌 줄은 알지만 대중들이 이미 모여 또한 스스로 해산하지 않을 것을 돌아보고 부득이 허락하였다"라고 하여 최시형이 하층 교도들의 요구를 받아들여 복합상소를 허락했음을 알려준다. 이어 열린 보은집회는 교조신원운동의 차원을 넘어 '척양척왜(斥洋斥倭)', '보국안민(輔國安民)'을 통한 자주권 수호를 위한 집단운동이 나타나는 시발점으로 보아야 한다. 이러한 일련의 사건들에 대해 최시형의 행동은 잘못 알려진 사실이 많음을 볼 수 있다. 특히 최시형의 행동에 대한 강(强) 혹은 온(溫)의 논란의 여지가 많은 부분이다.

④ 동학혁명의 발발과 실패로 동학교단의 존망의 위기 상황을 맞게 되는 시기이다. 특히 이 시기는 최시형에게 있어서 행동이나 사상에 있어서 논란의 여지가 가장 많은 시기이다.

큰 사건으로 보면 전봉준의 고부봉기, 3월기포, 9월 재기포, 공주전투패퇴 보은 북실 전투와 해산 등의 사건을 들 수 있는데, 남·북접 대립과 동학혁명 실패에 따른 책임으로 최시형 및 북접군의 온건한 행적에 맞추고 있다.

그러나 세간에 알려진 대로 전봉준의 고부봉기에 대해 "이 또한 시운이니 어쩔 수 없다"라고 하였고, 전봉준의 무장기포에 대해 최시형이 기포령을 내렸다는 기록을 통해 최시형의 온건한 행동을 보였다는 기존에 알려진 사실을 완전히 뒤엎는 새로운 사실이 밝혀졌다. 9월 재기포에 대한 견해도 남·북접 대립의 산고 끝에 이루어졌다는 역사적 사실도 온전히 전라도 동학 두령들을 추켜세우기 위한 잘못된 역사로 알려졌다. 이 시기에 대한 최시형에 대한 평가를 2세 교주로서의 고뇌를 총체적으로 접근하려 했다기보다는 현실적 개혁주의자들의 반대편에 놓인 종교적 관념에 빠진 온건주의자로 파악하고 있다. 도리어 이 역사의 핵심인 '아래로부터의 개혁'이 "20만 혹은 50만여 명의 민중이 희생"에 대한 비극성보다는 실패의 원인을 최시형에게 전가하는 데 초점을 맞추고 있다.

⑤ 동학혁명이 실패로 돌아간 뒤에 국권은 왜에 넘어가고, 황폐화된 동학교단에 힘쓰다 강원도 원주에서 피체되어 교수형에 처해진다. 이 시기에는 곳곳으로 전전하면서 동학교단 재건에 힘쓰는 한편 "향아설위(向我設位)"와 "천어(天語)"에 관한 설법을 내려 교리 이해를 도왔다. 도리어 고단한 노구(老軀)를 이끌고 쫓기면서 한층 도가 맑아지는 시기에 해당된다.

이상에서 고찰한 대로 최시형은 동학혁명기를 온몸으로 관통한 인물로 다양한 대응이 잘 나타나고 있다. 최시형의 동학사상 또한 전환기적인 사건을 맞을 때마다 새롭게 대응된다는 사실도 엿볼 수 있다. 기존에 알려진 최시형의 온건주의적인 관점이 얼마나 왜곡된 평가인지 잘 보여주고 있다. 이러한 잘못된 인물이나 사건 이해를 바탕에 둔 역사 문학적 토대야말로 허약하다는 사실은 자명하다.

3. 문학작품 속에 나타난 최시형

역사소설을 쓰려는 작가 대부분은 역사학계의 연구 성과에 근거하기보다는 작가의 상상력에 더 크게 의존함으로써 실제와는 동떨어진 내용을 담는 것이 일반적이다. 특히 배경이 되는 시대의 현실과 인물에 대한 정보의 부족은 필연적으로 상상력의 과잉 현상을 불러 역사적 진실성으로부터 멀어지게 하고, 심지어 무협지나 할리우드 영화처럼 빠른 장면 전환, 영웅적인 주인공의 고난과 타개가 중심을 이루며, 폭력과 섹스가 적절히 섞인 사건들의 복잡한 연쇄, 윤리적 교훈의 남발 등의 양상을 초래한다. 이 같은 맥락에서 인물도 역사적인 사실을 바탕으로 허구화되어야 한다는 전제를 바탕으로, 여기서는 주로 최시형이라는 인물에 대한 편견이나 왜곡을 살피고자 한다.

헤겔의 철학이 사회를 단지 자기 재생산의 의미로만 보지 않고 생성이라는 동적 개념으로 파악한다고 보면, 최시형의 세계에는 낡은 것에 대립하여 새로운 것을 얻는다는 의미를 가진다. 낡은 것에 대항하여 새로운 질서를 이루자는 의지를 보일 때 거대한 역사적 갈등이 생긴다. 이때 세계사적 개인은 분명 역사적 진보를 자각한 자임이 틀림없다. 동학혁명이라는 사건 중심의 위치에 놓여 있는 최시형은 어느 사건에서도 '운동에 대한 의식과 행동'이 미약하게 파악되지 않는다.

그런데 우리 문학에서 최시형은 빈번하게 다루어지지 않았을 뿐만 아니라 그다지 긍정적인 인물로 다루어지지 않았다. 일제시대 때 나타났던 전기적 성격의 역사소설 시기에도 최시형은 민족의 현실을 일깨운 '척왜양창의(斥倭洋倡義)'의 인물이니 금기시되는 것이 당연했고, 7·8·90년대 본격적인 역사를 소재로 한 리얼리즘 역사소설이 다투어 씌어지던 시대에는 동학혁명의 역사적 사건을 다루는 과정에서 전봉준이라는 인물에 집중되어 최시형은 보수 반동 인물 혹은 종교적 관념주의자로 다루어졌다. 동학혁명을 본격적인 소재로 다룬 역사소설은 약 19편으로, 거의 모든 소설이 전봉준을 주인공으로 다루고 있다. 이 중 최시형을 주인공으로 다룬 소설은 1970년대 이용선의 『동학』이고, 90년대에 이르러 박일에 의해 씌어진 『이야기동학』이 고작이다. 『이야기동학』은 천도교 기관지 신인간에 연재된 소설로 동학을 창도한 수운 최제우와 2세 교조 최시형의 이야기를 중심으로 다루면서 동학혁명의 역사를 총체적으로 접근하고 있지만, 일대기적 삶이나 교사(敎史) 정리 차원을 크게 넘어서지 못하고 있다. 그리고 강인수에 의해 씌어진 〈최보따리〉 역시 〈신인간〉지에 『하늘보고 땅보고』라는 제목으로 연재한 소설로, 집필 동기를 "머슴교주 해월 선생의 무한한 인간적 매력과 보따리 하나 둘러메고 관의 박해와 지목을 피해 이 강산 깊은 산골을 숨어 다니며 인간과 자연에 대한 끝없는 사랑을 온몸, 온 정신으로 실천한 인고의 37년 세월 때문"이라 밝힌 것처럼, 온전히 최시형의 일대기를 쫓는 전기적 차원이거나 '교사 정리' 차원을 크게 넘어서지 못하고 있다.

3.1 긴 생애와 반혁명적 인물

최시형의 삶이 '소설적'이지는 못했다. 동학을 창도(1860)하고 불과 5년의 삶을 살다가 38세의 나이로 순도한 최제우, 짧은 생애에 4차례나 '난(亂)'을 일으키며 혁명적인 삶을 살다 간 이필제, 38세의 나이에 혁명을 꽤하다 교수형에 처해진 한 시대의 풍운아 전봉준에 비하면 소설적이지 못하다는 뜻이다.

동학혁명의 발단이 전봉준의 의식과 조병갑의 의식의 대결에서 비롯된다고 볼 때 이 두 대립은 단순한 개인이 아니라 사회 집단적 의미를 지닌다. 그러면 최시형은 이 두 의식 중 어느 곳에 속하는가. 역사적인 인물은 흔히 역사적 진실을 드러내기 위해 때로는 역사적 사실을 넘어 허구적인 세계로 확대 재생산되는데, 최시형의 경우는 늘 축소되어 형상화되고 있다. 일제 강점기와 독재의 사회를 지나 어느 정도 사실적(史實的) 접근이 가능한 시기에 이르러서도 최시형은 늘 전봉준의 혁명적 야망을 꺾어놓는 소인으로 취급되었다. 즉, 최시형은 늘 혁명 실패의 멍에를 져야 했다.

　㉠ "……우선은 당장 대신사 조난(遭難)한 원(寃)을 폄으로 해서 천도가 정정함을 천지에 고지해야 될 것이옵니다."
　"정히 내 말을 못 알아듣고선! 또 피를 보자는 말 아닌가."

참다못해 해월이 또 언성을 높였지만 필제가 물러나지 않았다.

"작은 희생은 감내해야 되옵니다."

"작은 희생이라? 아까운 생명을 그렇게 다쳐 놓고서두……."

"그 땐(진주작변 : 필자 주) 도인들의 참여가 너무도 적었사옵니다."

"이 공……"

김 접주가 필제를 말리고 있었다. 지난해 진주작변(晉州作變)으로 화제가 미치자 필제의 심경도 더욱 날카로워진 것 같았다.

사랑의 화제가 어느새 필제에 이르렀음을 장개는 직감했다. 지난해 진주에서 거병(擧兵)코자 할 때에도 한소리로 필제의 청을 거절했던 해월이 지금에 이르러 필제를 탐탁히 대할 리 없다는 생각이었다…… (『이필제』, 최학, 행림출판, 1989. 243쪽)

ⓜ "(전라도 무장포에서)몽둥이들을 마련해 가지고들 있답니다."

"뭐 몽둥이?"

최시형이 놀라 소리쳤다.

손천민이 어이없는 듯 입을 딱 벌린다. 김덕명과 김기범은 한번 마주 쳐다보고 서병학은 그저 무심한 표정으로 천정만 쳐다본다.

"그래, 그게 사실이요?"

최시형은 손화중을 쏘아보며 물었다.

"네 사실입니다."

손화중은 심상한 태도로 말했다.

"어째서 그럴 생각이 들었소?"

"앞으로 관군이 나올지도 모르는데 우리도 준비가 있어야 할 게 아닙니까?"

"당장 치우시오!"

최시형은 노기를 띠고 단호하게 말했다.(갑오농민전쟁 제 1 부 35쪽)

ⓠ ……교주 최시형의 반대로 하여 회덕 진잠을 검거한 봉기는 사월 십일 해산되어 버렸다.

이리하여 충청도 농민들은 분산된 상태에서 고을마다 따로따로 일어나 싸울 수밖에 없었다.

그래도 잘들 싸웠다. 문의 현에서 일어나고 옥천군에서 일어나고 진잠현에서 다시 일어나고 뒤이어 청산현에서 일어나고 또 보은군 목천현에서 련달아 일어나 관가와 량반토호들의 집을 들이치고 고간을 깨뜨려 굶주리는 백성들에게 돈과 쌀을 나누어 주군 하였다.

그들 가운데는 전봉준 통솔하에 있는 농민군과 합세하여 싸우기 위해 결연히 지경을 넘어서 남도로 내려가는 사람들이 많았다.(갑오농민전쟁 제 2 부 상 162쪽)

위의 소설 속에 나타난 최시형은 각각 이필제라는 영웅적 거사에 반대한 인물, 또 보은집회에서 무장한 전라도 동학도들을 나무라는 최시형의 반개혁적인 인물을 나타나고 있다. 그러나 영해민란은 동학 교문과 관계없이, 또 최시형의 허락 없이 일으킨 신원운동으로만 알려졌으며, "동학교문과 조선 후기 변혁세력들과의 변혁적 성격에 주목하지 못하고 있다"는 새로운 사실이 밝혀짐으로써 적어도 최시형이 짊어져야 할 책임은 아니다. 그리고 보은집회는 애초 최시형의 의도가 무력시위가 아닌 교조신원의 목적을 넘어 "척왜양창의"와 같은 구호로 이미 발전되어 있음을 보여주고 있다.

㉠에서 전봉준을 영웅화하기 위한 소설적 장치를 쉽게 만날 수 있다. 이런 장치는 온전하게 최시형으로부터 비롯된다. 특히 사회주의적 관점에서는 종교적 관념이 반봉건주의자, 반동 부르주아 세력으로 쓰이고 있다는 점이다. 즉 최시형은 그 어디에서도 제 평가를 받지 못하는 셈이다.

최시형은 1861년 동학에 입도하여 최제우 순도 뒤에 보따리 하나로 잠행하여 포덕하여 동학혁명이라는 폭풍우를 온전히 살아, 72세의 나이에 교수형에 처해질 때까지 38년이란 역사적 시간은 그의 역사적 사건 속에서의 활동이 그만큼 변화무쌍하여 전기적 삶에 대한 인상이 뚜렷하지 않다. 그러나 머슴 교주 최시형의 생애는 역사의 흐름 속에서

쉴 새 없이 생성되는 민중을 향한 인간적인 삶이 역사적 이해 부족에서 비롯되었고, 관념적인 종교 지도자의 한 전형으로 전락되고 말았다. 그렇지만 최시형은 당시 사회나 민중들은 그에게 그런 삶을 살게 두지 않았다. 그의 가슴에는 "오만 년 대개벽"의 전망과 함께 끊임없는 변화 앞에 놓여 있었다. 결국 그의 마지막 "향아설위(向我設位)는 음식을 신에게 향하게 하지 말고 내 자신을 향하게 하라"와 같은 혁명적 사상을 남긴다.

3.2 온건한 종교적 관념론자 혹은 소영웅

최시형은 북접의 핵심인물로, 남접의 전봉준의 시각에서는 한낱 소영웅에 지나지 않는다. 이런 시각은 문학작품에서 잘 나타나고 있다.

ⓒ "나라의 법을 우습게 알고 관령을 거역하는 것이 이만저만 큰일이 아닌 줄은 그대들도 알고 있을 터인즉 다시 잘 생각해서 한시라도 빨리 흩어져 돌아가도록 하오. 그렇지 않다가는 반드시 후회가 크리다."
얼굴에는 노기가 등등했고, 말에는 역정 기가 있었다.
손병희와 손천민은 송구한 듯 서로 쳐다본다. 뜰아래 방에서는 최시형의 낯빛이 변했다. 그 꼴을 본 전봉준은 한심한 모양으로 쳐다보고 있었다.(『갑오농민전쟁』 제 1 부 상, 32쪽)

ⓒ ……이때 관군보다도 당황해 하였던 것은 북접(北接)이었다.
"이 사람이 선사(禪師·최제우 : 필자 주)의 도(道)를 망치는구나……"
최시형은 깊숙한 방에 들어앉아 전봉준을 두고 탄식을 했다. (『여명기(黎明記』 하권 91쪽)

ⓒ 그 통문에는 다음과 같은 내용이 적혀 있었다. 도로서 란을 일으킴은 옳지 않은 일이다. 호남의 전봉준과 호서의 서장옥은 국가의

역적이요 사문의 난적이니 우리는 빨리 모여 그들을 공격하자!(『녹두
장군11』, 184쪽)

위의 예문에서 보는 바와 같이 최시형은 한결같이 역사적 사건에 대
해 소극적인 인물로 그려지고 있다. ⓛ은 보은 장내리 집회를 두고, ⓒ
은 고부봉기에 대한 반응을, ⓔ은 9월 기포 때 보인 최시형의 온건한
태도에 대한 주인공의 비아냥거림이다. 그리고 심지어 북에서조차 ⓜ
처럼 종교적 관념론에 한계성을 드러낸 '프롤레타리아 혁명'의 반동의
인물로 그려지고 있다. 이처럼 최시형은 동학혁명 사건 속에서 한낱
교문에 집착하는 소극적이고 관념적인 인물로 그려지고 있다.

　　ⓗ "양반 놈들도 하늘 하늘 입만 벌리면 하늘 타령이고 동학 접주
　　들도 한울 한울 하늘 타령이 요란스럽다마는, 나라가 일본 놈 손에
　　들어간 다음에는 그 작자들도 그때는 진짜 하늘이 무엇인 줄 알 것이
　　다."(녹두장군 12권 제5부 하)

심지어 소위 북접 최시형이 동학 두령으로 일반화되어 현실적 변화에
대한 인식도 없는 단지 '양반 놈들'의 '관념적 하늘'과 동일시되고 있다.
그러나 널리 알려진 대로 최제우와 더불어 최시형의 사상은 관념적이
아니라 강한 현실 개혁에 있었다. 일찍이 김지하가 "자신의 우주적 생
명의 수행과 그에 따른 사회변혁의 실천의 전망을 동학에서 발견할 수
있으리라는 바람 때문"이라고 술회한 것은 기왕에 양반들이 가지고 있
었던 관념이 아닌 현실에 바탕을 둔 현실 종교이기 때문이다.
　이런 편협한 시각은 급기야 최시형의 영향 아래에 있는 북접과 전라
도 전봉준의 남접이 서로 대결하는 양상으로 나타난다.

　　ⓗ 그런데 봉기한다는 전봉준이 통문이 방으로 나붙자 사태가 손바
　　닥 뒤집히듯 바뀌고 말았다. 심한 데는 벌써 임직들을 전부 몰아 내

버리고 봉기파들이 집강소를 차지해버렸다. 북접파 집에는 돌멩이가 날아들기까지 했다.

"야, 병신들아, 주문이나 외고 자빠졌다가 일본 놈 종노릇이나 해라."

돌멩이에 장광이 박살이 나고 그런 집은 개들도 동네 아이들 발길에 꼬리를 사리고 도망칠 지경이었다.(녹두장군 11권 제5부 상 212쪽)

ⓐ 법소에서 왔다는 젊은이가 편지를 한 장 내밀었다. 남·북접 두령들이 모여 교단 일을 의논하자는 제의였다. 9월 12일 법소 두령들이 삼례로 오겠다고 했다. 남·북접 회의를 하자는 제안이었다. 12일이라면 바로 글피였다.

"허허, 백성들 성화에 못 배기겠는 모양이지요?"

송희옥이 전봉준을 보며 웃었다. 농민들 극성에 견디다 못한 법소에서 무슨 절충안을 내려는 것이 아닌가 싶었다. 그동안 각 고을 북접파 두령들이 법소로 몰려가서 아우성이라는 소문을 듣고 있었다. 이번에 일어나지 않으면 앞으로 접주 구실은커녕 맞아죽겠다고 다그쳤던 것이다. 충청도나 경기도·경상도 접주들보다 전라도 북부 지역 접주들이 더 거세게 대들고 있다는 소문이었다.(녹두장군 11권 214쪽)

ⓑ, ⓐ처럼 남·북접 대립은 결국 지역 대결 구도를 내포하고 있다. 그러면 이런 지역 대결 구도는 어디서 비롯된 것일까. 역사가 비록 현재적 해석이라면, 오늘날 우리 사회에 뿌리깊이 박혀있는 지역 대립 구도와 무관치 않다.

그러면 소설에서 말하는 남·북접은 어디서 연유된 것일까. 남·북접이란 용어는 애초부터 대립 개념으로 출발한 것이 아니다.

① 先生 卒爲發文罷接 定于七月二十三日 其時會集者 近 爲四五十人也 自接後 蔽筆書 是時 作道歌 有詩一句 龍潭水流四海源 龜岳春回一世花 慶翔 適來 久與相談 特定北道中主人(〈崔先生文集 道源記書〉, 1879, 181-182쪽)

② 大先生曰 今以崔慶翔 定北接主人(〈大先生事蹟〉, 1906, 필사본, 17쪽)

③ 大神師 以神師로 爲北接主人하시고(〈本敎歷史〉, 『天道敎會月報』
8, 1911. 14쪽)

①은 최제우가 경주를 중심으로 교세를 확장하고 있을 때 자신을 찾
아온 최시형을 '북도중주인'으로 임명한다는 내용이다. 그리고 ②, ③은
훨씬 뒤에 또 다른 의미로 쓰이게 되었다. 즉, 1880년대에 이르자 그동
안 지하 포덕을 통해 교세가 꾸준히 확장되어 마침내 강원도 산간 지
방은 물론 충청 전라도의 평야지대까지 구축하게 되었다. 이렇게 포교
활동이 활발해지게 되자 〈동경대전〉, 〈용담유사〉와 같은 경전이 간행
되었고, 늘어나는 교도들을 체계적인 관리를 위해 '통문(通文)'이 하달
되면서 비로소 '북접'이란 말이 보편적으로 나타나기 시작한다. 최시형
이 '북접'이란 접두어를 넣어서 통문을 발하고 접주와 육임들의 임명
첩을 발행하였던 까닭은 바로 자신이야말로 최제우로부터 직접 지도를
받음으로써 동학의 정통성을 계승하고 있다는 사실을 강조하고자 했기
때문으로 보인다. 그러므로 1880년대 이후 최시형이 널리 사용했던 '북
접'이란 말은 이른바 '남접'에 상대되는 대결적 용어로 씌어진 것이 아
니라 동학의 도통 또는 정통성을 상징하는 의미로 사용되었다는 사실
이 분명해진다. 따라서 초기에는 경주를 중심으로 북쪽의 접이라는 뜻
으로 쓰이기 시작하여, 교세가 확장되었을 때는 창도 주 최제우로부터
법통을 이어받았다는 상징적인 징표로 쓰이게 되었다.

3.3 동학사상에 대한 최시형의 역할 축소

최시형이 전봉준의 반동 인물로 설정되는 한 그의 사상적 역할도 축
소될 수밖에 없다.

"들어보시오. 우리 도는 후천개벽을 하자는 것이고, 우리 인간은 모두 다시 태 속에서 태어나는 것과 같은 운세를 맡고 있소. 이것은 수운 대선생의 가르침이오. 그런데 선천의 썩어빠진 문벌의 고하와 귀천이 무슨 상관이오. 수운 대선생께서 여종 두 사람을 해방하여 한 사람은 양녀를 삼고 또 한 사람은 며느리를 삼았소. 선생의 문벌이 당신들만 못해서 그랬겠소."

해월은 단호하게 말하며 남계천의 지시를 받으라고 엄하게 명령을 했다. ……각 두령들은 그것이 엄연한 동학의 본지라 그 앞에서는 아무 말도 못했지만, 남계천의 지휘에 따르기는커녕 그 곁에 가는 사람도 없었다.(녹두장군 2 268쪽)

수운의 평등사상도 최시형에 이르러서는 설득력이 없음을 단적으로 보여주고 있다. 도리어 최시형의 사상에 대한 냉소의 한 방편으로 최제우를 면모를 제시한다.

⑦ 사내는 팔을 걷어붙이며 말을 이었다. 군중들이 사내를 건너다 보고 있었다.

"칼 노래라는 것은 잘 아시는 바와 같이 우리 대신사 수운 선생께서 여기 전라도 남원 선국사 은적암에 머무르실 때 지으신 노래올시다. 여기 은적암에서 선사께서는 석 달을 머무르셨는데, 그 사이 도력이 더욱 왕성하시니, 그 희열을 금치 못하여 스스로 노래를 지으시어 달 밝고 바람 맑은 밤을 타서, 목검을 짚고 묘고봉상(妙高峯上)에 홀로 올라 노래를 부르시며 칼춤을 추시니, 그 노래를 일러 검결 즉 칼노래라 하였습니다."(녹두장군 2 215쪽)

여기저기 수없이 꽂혀 있는 창의기에는 '보국안민', '척양척왜' 말고 '오만년수운대의(五萬年受運大義)' 등 새로운 내용이 나타나기도 했다. 황토색, 붉은색, 푸른색, 검정색, 흰색 등 다섯 가지 깃발은 거기 씌어진 소리들을 그만큼 큰소리로 하늘 높이 외치듯 푸른 하늘에 꼬리를 길게 휘젓고 있었다.

어깨와 등에 글씨를 써 붙인 농민군도 있었다. '궁을(弓乙)' 혹은 '동심의맹(同心義盟)' 등이었다. '궁을'은 '이재궁궁을을'이란 비결이 나돌기 전부터 동학 부적이었다. 신령스런 부적이라 해서 영부(靈符)라 하기도……(녹두장군8 279쪽)

대개의 역사소설에서 동학의 교리가 관념적으로 추상화되고 있다.

　　㉠ 슬프다. 그의 나이 마흔한 살……인내천, 광제창생, 보국안민의 원대한 포부를 실현하지 못한 채 그 뜻을 안고 교수대의 이슬로 그는 사라져 갔다.(『갑오농민전쟁』 제 1 부 하권, 209쪽)

당시 동학군이 내세운 '인내천', '광제창생', '보국안민'과 같은 원대한 포부와 '척왜척양', '축멸왜양', '진멸권귀' 등 반침략, 반봉건 구호들을 그대로 살려 씀으로써 역사적 인물들의 성격과 아울러 모든 사상을 투쟁적인 것으로 일반화시켜간다.

전주화약 직전 전봉준이 손화중에게 "우리가 애초에 역성혁명을 일으키려고 일어선 것이 아니다.(앞의 책 제 1 부, 상, 121-122쪽)"라고 하며 조정이 내정쇄신의 요구조건을 수락하는 것은 근왕의식이 남아 있는 혁명사상이다. "동학에서 말하는 것들은 모두 지도자들이 지어낸 말이다.(앞의 책 2부, 하권, 90쪽)" 이는 오수동이 아들 상민에게 가르치는 말인데, 이를 통해서 보면 동학사상이나 종교적인 측면에서는 외면하고 있다는 사실을 짐작할 수 있다. 이렇게 동학의 사상이나 포접 조직의 역할이 무시되는 대신 이 소설에서는 오히려 충의계, 일심계, 활빈당과 같은 허구적 인물들이 활약하는 조직의 역할이 강하게 나타난다. 대신 남쪽과 마찬가지로 최제우의 칼 노래(검결)가 사회주의 혁명사상의 전형으로 제시된다.

ⓛ 문득 총각은 입을 열어,
룡천검 드는 칼을
아니 쓰고 어이 하리……
서늘한 목청으로 노래를 부르며 노래에 맞추어 칼을 쓰기 시작한다.
무수장삼(춤을 출 때 입는 긴소매가 달린 옷) 떨쳐입고
이 칼 저 칼 넌짓 들어
호호망망 너른 천지
한 몸으로 비켜서서……(앞의 책 제 1 부 상, 140)

ⓜ "저 산꼭대기는 30년 전 수운 최제우 선생이 밤중에 홀로 올라 손수 지은 칼 노래를 부르며 칼춤을 추셨던 곳이오. 그가 어째서 하필 이 전라도 땅에 와서 또 하필 칼 노래를 불렀겠는가, 그 뜻을 한 번 깊이 새겨보시오. ……"(『녹두장군』 1, 158쪽)

동학혁명은 사회주의 이념이 들어오기 전에 있었던 역사적인 사건인데, 검결이 남북 문학에서 함께 수용되고 있음을 볼 수가 있다. 둘 다 부조리한 현실에 대응할 방식으로 수용되고 있다. 그러나 검결은 종교적 관점에서 양기(陽氣)의 수단으로 씌어졌다는 사실은 널리 알려졌다.
일찍이 동학사상의 중심축인 후천개벽설에 대해 김지하는 계급 간의 대결구도가 허물어지고 새로운 이상 시대 도래를 '밥'으로 설명하고 있다. 밥 안에 만고의 진리가 있다고 보았다. 밥이 생명운동의 시발점이다. 왜 그런가. 밥은 노동의 결과이고 밥을 먹어야 육체가 보존되고 신명이 난다. 신명이 생명이다. 밥 먹고 일 춤을 추는 것이 굿이다. 그렇다면 밥이 무엇이냐? 밥을 규명하는 것이 생명운동에 있어서 가장 중요한 것이 된다.
일찍이 역사적 변화를 계급대립과 충돌에서 생성되는 서구의 변혁에 익숙해온 바탕에서는 수운의 검결(劍訣)이 제격일 것이다. 그러나 동학 혹은 최시형의 사상에 있어서 주목해야 할 것은 이원론적 대결 구

도가 아닌 일원론적 이해이며, 최시형의 사상인 무위이화(無爲而化) 상생(相生) 안에서 찾아진다. 이는 관념이 아닌 인간 중심 사상이며, 최시형의 향아설위(向我設位)로 이어진다. 이는 밥을 사람 앞으로, 민중 앞으로 되돌려 놓는 전 인류사적이고 전 생명사적인 대전환으로, 김지하는 이어 "후천개벽의 시작에 있어서 가장 중요한 고비를 매듭짓는 시간, 이른바 '카이로스(kairos)'라 규정"했다.

4. 과제와 전망

작가는 동학혁명의 역사의식 안에서 인물을 설정하고 사건을 만들어 나갈 수 있어야 한다. 사건에 대한 바른 이해와 사상의 총체적 이해로 최시형에 대한 새로운 평가가 필요하다. 민중사관에 대한 낙관론은 바로 이런 총체적인 이해에서 출발한다. 동학혁명이라는 엄청난 희생을 치르는 동안 우리 민중들은 실로 위대한 저력을 드러냈으며, 그동안 많은 지도자를 탄생시키기도 했다. 진정한 의미에서 지도자란 민중의 잠재력을 이끌어내는 사람이며, 바로 그런 힘이 지도력일 것이다. 진정한 역서소설이란 이런 지도자의 총체적 삶과 정신을 담아 낼 수 있어야 한다.

이런 최시형에 대한 역사 문학적 이해에도 불구하고 최시형을 중심으로 씌어진 문학작품으로는 이용선의 『동학』이 고작이다. 이 소설은 경향신문사가 주최한 장편소설 공모에 당선된 소설이다. 구조는 창도주 최제우의 일대기와 2대 교주 최시형의 동학창도와 포교과정, 전봉준의 창의와 동학혁명의 전 과정을 상·하 두 권의 소설로 형상화하고 있다. 먼저 구조나 분량에 있어서부터 동학혁명이라는 역사를 폭넓게 담은 문학작품이다. 말하자면 동학혁명의 과정을 배경에서부터 최시형을 중심축으로 이해하려 했다는 점이 다른 역사소설과 변별력을 지닌다. 당시

이 소설을 당선작으로 뽑은 이유로 '동학혁명에 대한 해박한 지식'과 '소설적 흥미'를 들었으며, 이 같은 소설적 흥미는 "당시 하층민들의 진솔한 삶에서 나오는 해학과 민중들의 생활 풍속"에서 비롯되었다.

제목 앞에 '실록대하소설'이라고 밝힘으로써 역사적 사실에 충실했다는 의도를 밝히고 있어 최초의 본격적인 최시형을 형상화한 소설로 이해된다. 그 뒤로 강인수의 『최보따리』 박일의 『이제 동학을 이야기하자』 두 편 정도인데, 이 작품은 주인공의 행적을 교단의 차원에서 미화함으로써 최시형이라는 인물에 대한 객관적이고도 총체적인 형상화에는 미치지 못하고 있다.

5. 맺음말

지금까지 최시형에 대한 문학적 이해의 핵심은 주로 동학혁명이라는 역사인 사건에 대한 최시형의 역할, 동학사상, 동학혁명을 주도하는 주요 인물과의 관계를 살펴볼 수 있다. 이런 관점에서 보면 동학혁명이 추구하려던 목적을 그르치게 한 소극적인 인물이거나 사건의 주변적인 인물로 그려져 왔다.

이 같은 견해는 온전히 역사소설에 적용되었는데, 최시형은 주로 전라도 중심의 전봉준이라는 주인공을 형상화하는 과정에서 남접의 개혁주의적인 전봉준에 비해 북접의 온건주의자, 따라서 동학혁명에 대한 실패의 중요 원인 제공자로 규정하고 있다. 이런 견해는 역사학계는 물론 문학계, 민족주의적 관점에서 총체적으로 조망하려는 민족문학계에서조차 최시형은 한낱 종교적 관념론자로 파악함으로써 이 같은 시각은 고착화되었다. 이는 대략 동학교문을 복구하는 과정에서 동학 지도자들에 대한 정치사회운동의 측면을 배재하고 종교적 측면만을 강조했기 때문이다. 결국 이런 최시형에 대한 소극적·비 폭력주의자에 대

한 관점은 동학혁명을 수행하는 전 시기에 영향을 미쳤다고 도식화함
으로써 역사적 역할이 왜곡되었다. 그러나 최시형은 근·현대의 전환
기적 사건인 동학혁명의 중심에 있었다는 사실(史實)만으로도 핵심 인
물이었다.

　학계에서 논의 자체가 폐쇄적이던 분위기에서 동학혁명이라는 사건
은 오로지 진보적인 시각으로 파악하는 과정을 거치게 되었다. 이런
과정에서 특정 인물에 대한 사건 사상으로 연구가 진행되면서 최시형
에 대한 연구는 소외되거나 왜곡의 과정을 거쳐 왔다. 그러나 동학혁
명의 역사적 연구가 보다 객관화되고 냉정한 관점으로 다양화되고 있
다. 이런 맥락에서 최시형이라는 인물에 대한 평도 변화를 가져오고
있다. 최시형에 대한 인물은 과거는 물론 미래에 대한 새로운 자리매
김이 필요한 시기가 되었다. 이를 바탕으로 문학작품화되어야 한다.

　그러면 최시형은 어떤 인물인가. 최시형은 인간의 존엄성과 아
울러 만물이 유기체적 생명공동체임을 일깨워주고, 생명공동체로
서 나아가야 할 방향을 제시해 주고 있다. 이같이 실천에 바탕을
둔 사상은 정신개벽과 평등과 생명존중의 사상으로, 최시형의 개
혁은 이원론적 계급투쟁에 의한 변혁이 아니라 합리적인 때를
기다릴 줄 아는 휴머니즘을 바탕에 둔 개혁주의자였던 것이다.
문학작품이 과거 사건이나 인물에 대한 현재적인 창조과정이라
면, 최시형이라는 인물에 대한 접근은 과거 역사적인 사건에 대
한 총체적인 이해를 바탕에서 시작되어야 할 핵심이다. 요컨대,
동학혁명이 우리 민족사에서 전통적인 변혁의 역사로 자리매김
될 때, 최시형은 사건의 중심에서 논의되어야 한다.

Ⅳ. 동학혁명을 소재로 한 남과 북의 역사소설 연구
-『갑오농민전쟁』과 『녹두장군』 비교를 중심으로-

1. 머리말

동학혁명은 우리 민족사에서 전환기적 사건으로 인식되어왔다. 안으로는 조선 후기 사회가 안고 있는 구조적 모순에 대한 민중들의 개혁 요구가 팽배하였고, 밖으로는 일본 및 서구 열강의 각축장이 되었다. 이런 민중들의 자주적 역량에 의해 발발한 개혁운동은 매판적 봉건세력에 의해 좌절되었다. 그러나 동학혁명이라는 역사는 지난 한 세기 동안 역사의 전환기적 국면에 맞닥뜨릴 때마다 현실 대안을 위한 문학 소재로 활용되어왔다. 특히 오늘의 사회가 탈이념화 혹은 구조조정 단계로 접어들면서 통일이라는 민족적 과제가 어느 때보다 뚜렷한 양상으로 다가오고 있다. 이런 현실을 감안할 때 동학혁명의 문학적 수용과정, 특히 남과 북 두 체제의 소설화 과정을 고찰하는 일은 의미 있는 일이다.

박태원의 『갑오농민전쟁』은 사회주의적 관점에서 씌어진 동학혁명 소재의 역사소설이다. 북쪽에서도 "폭넓은 서사시적 화폭으로 생생하

게 형상하고 있는 (중략) 문학의 최고봉"이라 평가할 만큼 내세우는
작품이기도 하다. 이에 비해 남에서는 동학혁명의 역사를 훨씬 다양한
관점에서 조망하고 있으며, 작품 수 또한 비교할 수 없을 만큼 많다.
송기숙의 『녹두장군』을 북의 『갑오농민전쟁』에 비견할 만한 작품으로
삼은 까닭은 역사와 현실과 민족의 정서를 총체적으로 형상화한 소설
로 평가받고 있기 때문이다.

　동학혁명을 소재로 한 역사소설의 큰 흐름을 고찰하고, 『갑오농민전
쟁』, 『녹두장군』 두 작품을 비교 고찰함으로써 민족문학의 과제를 진
단하고자 한다.

2. 동학혁명을 소재로 한 역사소설의 흐름

　동학혁명의 소설화 과정은 크게 '동학(오늘 날 천도교) 교단적 입장
에서 포덕 활동을 위해 씌어진 동학소설'과, '동학혁명의 역사적 사건
을 소재로 한 역사소설' 두 방향으로 나누어 볼 수 있다. 여기서는 역
사소설의 발전과정 중 시대적 환경을 중심으로 고찰하기로 한다.

　우리 문학에서 동학혁명을 소재로 한 역사소설은 약 19편이다. 최초
의 역사소설로는, 일제치하에서 우회적 응전 방식으로 역사소설이 씌
어지기 시작한 시기인 1935년 야뢰(夜雷) 이돈화(李敦化)의 「동학당
(東學黨)」으로 잡는다. 「동학당」은 당시 일제의 검열에 걸려 수정을
거듭하다가 끝내 단행본 출판이 좌절되었다. 이 원고를 홍정식(洪晶
植·당시 천도교 교단 관계자)씨가 보관해오다 1965년도에 공개했다.
원고는 200자 원고지를 기준으로 약 1,246장으로, 장편소설 한 권 분량
이다. 「동학당」은 천도교 기관지인 〈신인간〉에 1965년에 2회 실렸다가
1975년도에 다시 15회에 걸쳐 분재(盆栽)됨으로써 세상에 알려지게 되
었다.

「동학당」은 최제우, 최시형, 손병희 3대 교주들의 일대기를 큰 줄기로 삼고, 이필제, 김석연이라는 역사적 인물의 허구적 사건을 통해 이야기를 전개함으로써 사실과 허구의 조화를 꽤하고 있다. 이는 1930년대 당시의 역사소설들이 역사와 허구가 서로 다른 바퀴처럼 조화를 이루지 못하는 반면에 「동학당」은 역사와 허구가 한데 어우러져 본격적인 역사소설의 모양새를 갖추었고, 포덕 목적이 거의 배제되어 문학적 가치가 높다.

그 후로 동학혁명을 소재로 한 역사소설은 한동안 공백기를 거쳐 오다가 1960·70년대에 이르러서야 비로소 현실적 욕구를 반영한 역사소설이 본격적으로 등장한다. 특히, 1960년대는 4월혁명을 통한 자유의식 확보로 이후 사회운동의 진행 방향이 시민혁명운동, 민족해방운동, 민중해방운동 등 다양한 욕구가 팽배하였고, 문학도 여기에 엄밀하게 대응했다고 볼 수 있다. 이 시기를 진정한 현대문학의 출발시기로 보는 근거이기도 하다.

1970년대는 독재와 산업화로 양산된 많은 문제점을 포함한, 현실과 민족분단이라는 역사적 현실에 대한 직·간접적인 관심이 팽배하였고, 이에 따라 역사소설이 풍미했다. 특히 동학혁명을 소재로 한 역사소설도 이 시대에 집중되어 이 같은 분위기를 반영하고 있다.

1980년대 문학의 대표적인 변화는, 6·25의 비극이나 한(恨) 운명 중심의 체험이 광주민중항쟁의 현실 체험으로 바뀐다는 것이다. 이와 아울러 노동현장을 다룬 소설이 급증했다는 것과 인간 내면의 문제를 다룬 작품이 늘어났다는 특징을 들 수 있다. 특히 이 같은 현실에 대한 인식은 민족문학 운동과 긴밀하게 대응되면서 분단문제를 통한 민족의 동질성 회복을 겨냥한 역사소설들이 발표되었다. 이런 80년대의 문학적 흐름 속에서 동학혁명을 소재로 한 역사소설은 크게 눈에 띄지 않는다. 그러나 이 시기에 주목할 것은, 북한문학에 대한 해빙기를 맞아 박태원의 『갑오농민전쟁』이 선을 보였다는 점이다. 『갑오농민전쟁』

은 북에서 씌어진 동학혁명 소재의 소설로, 남쪽의 독자들에게도 널리
읽혀진 역사소설이다.

베를린 장벽의 붕괴(1989)를 계기로 급속도로 진행된 동구혁명으로
20세기의 사회주의는 마침내 종언을 고했다. 이런 세계사의 변화에 민
감하게 대응하면서 출발한 우리의 1990년대 문학은 이런 다양한 사회
변화를 수용하였다. 특히 1994년에는 동학혁명1백주년이 있어서 사회
여러 분야에서 다채로운 행사가 치러져 동학혁명에 대한 문제와 관심을
환기했다. 이에 역사·문학계에서는 침체되었던 동학혁명사에 대한 사
회적 관심을 일시적으로 불러일으켰지만, 역사적 사건에 대한 성격조차
확립시키지 못했다. 그러나 90년대 중반으로 접어들면서 우리 사회는
여러 가지 전환기적 양상을 드러내고 있었다. 강력하게 추진된 산업화
의 과정 자체가 경제 자체의 논리에 의해 구조적인 조정 단계에 들어서
고 있는 가운데, 사회문화의 영역에서는 탈이념화의 경향이 현저하게
드러나게 되었다. 특히 체제와 반체제의 대응논리로 갈등을 거듭해온
사회세력이 민주화의 과정에서 보수와 진보라는 새로운 이념을 중심으
로 재편되는 등 중요한 변화를 보이게 되었다. 따라서 1994년을 전후하
여 발표된 동학혁명 소재의 역사소설들은 크게 주목받지 못하였다. 여
기서 다룰 송기숙의 『녹두장군』도 이 같은 환경에서 이해되어야 한다.

3. 사회주의 체제에서 본 동학혁명, 『갑오농민전쟁』

북한문학 작품이 남쪽에 소개된 것은 대략 1980년대로, 한동안 관심
을 보이다가 이질적인 체제에서 비롯된 상이한 정서 때문인지 얼마 아
니 되어 그 열기가 식어버리고 말았다. 이는 북한문학이 남쪽 환경에
그만큼 생소한 영역에 놓여 있으며, 결국 이는 두 체제의 깊은 골을
의미하며 이에 대한 극복이 민족문학의 과제인 셈이다.

박태원의 『갑오농민전쟁』은 80년대 후반에 남쪽의 독자들에게 선을 보였다. 먼저, 이들에게 진정한 의미의 혁명은 '사회주의 혁명'이라는 전제를 염두에 둘 필요가 있다. 즉, 동학혁명을 제아무리 높이 평가해도 자신들의 체제를 구축한 소위 '사회주의 혁명'에는 미치지 못한다는 인식이다. 따라서 『갑오농민전쟁』은 이 같은 사정을 전제로 이해되지 않으면 안 된다.

작가 박태원은 1930년대 후반기 세태소설로 기량을 인정받았으며, 여러 단계에 걸쳐 작품세계의 변모를 보여 온 작가다. 특히 구인회 동인 활동을 통해 여러 가지 새로운 기법을 소설 창작에 적극 수용함으로써 소설의 깊이와 폭을 넓히는 데 성공하였으며, 문학 자체의 자율성과 예술성을 강조함으로써 1930년대 모더니즘 소설 전개에 크게 공헌하였다. 1940년을 전후하여 일본이 대동아전쟁을 일으키고 제국주의 국책 문학을 강요하며 탄압의 강도를 높여갈 때에도 박태원은 중국의 역사소설 번역물에 매달리면서 붓을 꺾지 않은 작가로서의 투철한 전문성을 드러내기도 하였다.

해방이 되자 그는 좌익 민족주의 노선인 조선문학가동맹에 참가하며, 『홍길동전』, 『임진왜란』, 『군상』 등 역사소설 창작에 몰두하다가 1949년 6월부터 1950년 2월까지 조선일보에 연재했던 『군상』을 미완으로 한 채 6·25를 전후하여 월북하였다. 박태원의 월북 후 북쪽에서의 주요 행적으로는, 이태준의 후원 아래 국립 고전 예술극장의 전속작가가 되어 창극의 대본을 썼으며, 역시 이태준의 비호로 평양전문대학의 교수로 재직하기도 하였다. 1955년 박태원은 학창시절부터 절친했던 정인택의 미망인 권영희와 재혼했다. 역사를 위조하라는 당의 명을 거역하였다는 죄과로 박태원은 함북 강제수용소에 수용되어 작품 활동을 금지당하기도 하였지만, 1960년에 다시 작가로 복귀하였다. 그 후 1963년에서 1964년까지, '혁명적 대창작 그루빠'의 통제 아래 역사소설 『계명산천은 밝아오느냐』를 집필하였는데, 이 작품에다 "갑오농민전쟁 전편"이라는 부제를 붙인 그는 동학혁명 전후의 시대상을 폭넓게 형상화하려는 의욕을 지녔으나 건강상의 장애로 고전하다가 『갑오농민전쟁』 1부는 1977년에, 2부는 1980년에 집필하였고, 3부는 건강이 극도로 악화된 그를 대신하여 창작 경험이 전혀 없는 그의 부인 권영희가 완결하여 1985년에 출간한 것으로 전한다. 1986년, 『갑오농민전쟁』 집필을 끝으로 타계한 그가 북에서 남긴 작품으로는 『삼국지연의』, 『조국의 품』, 『조국의 깃발』, 『임진조국전쟁』, 『리순신장군』, 『계명산천은 밝아오느냐』 등 왕성한 작품 활동을 한 것으로 알려졌다.

이 같은 작가 박태원에 대한 전기적(傳記的) 사실을 바탕으로 『갑오농민전쟁』의 구조적 특성과 인물, 역사의식, 동학사상 등으로 나누어 살펴보기로 한다.

3.1 구조적 특성

사회주의 리얼리즘은 작가들에게 다음 몇 가지 임무를 부과한다. 첫째, 무산계급 투쟁사를 예술 창작에 반영하여 사회주의 건설에 적극 참여하여야 한다. 둘째, 노동자·농민을 비롯한 광대한 범위의 민중들에게 문학을 철저히 보급하고, 이들로부터 역량 있는 신인 작가를 발굴해야 한다. 셋째, 작가 상호간에 경쟁과 협조를 촉진시켜야 한다. 넷째, 각 국가 간에도 창작에 관한 조직적 협조를 이룩한다. 다섯째, 소련 사회주의 승리의 의미를 널리 인식시키고 작가의 국제적 교류 확산을 강화한다. 여섯째, 과학적 방법으로 창작을 연구하고 작품을 분석한다. 일곱째, 공산당의 지혜와 영웅주의를 반영하는 위대한 작품의 생산을 촉진한다.

이들의 소설적 장치는 그들의 주체사상을 형상화하는 데 초점이 맞추어졌음을 알 수 있다. 『갑오농민전쟁』은 이런 조건 속에서 생산된 사회주의 리얼리즘 소설이 지닌 한계를 바탕으로 접근되어야 할 것이다. 이재선은『갑오농민전쟁』의 문학적 특질과 의미를 "작품이 역사적 변혁기의 중심 세력인 민중의 결집을 형상화하고 있는 점에 주목하면서, 민중의 각성이나 사회적 저항운동을 계급투쟁의 프롤레타리아혁명으로 받아들임으로써 과거의 역사적 사실을 계급주의 세계관에 짜 맞춘 한계를 지니고 있음"을 해설적 차원에서 지적하고 있다.

『갑오농민전쟁』의 배경은 1892년 전라도 고부들에서 시작된다. 동학혁명의 시기와는 2년여의 시간적 거리를 두고 있는데, 이는 동학혁명 사건에 대한 필연성을 제시할 배경사로서의 의의를 가진다. 이런 배경사는 민중들의 자주적 역량에 따른 역사적 인식으로 구조적 특성의 일면을 읽을 수 있다. 소설의 주된 시간적 배경은 3년인데, 줄거리는 다음과 같다.

제 1 부는 주인공 오상민의 일가를 비롯한 고부 양교리 농민들이 군수로 내려온 조병갑에게 가혹한 수탈을 당하는 이야기로부터 시작된다. 민비로부터 7만 냥에 군수자리를 산 조병갑은 갖은 악랄한 방법을 다하여 농민들을 착취한다. 더는 살 수 없게 된 양교리 농민들은 전봉준의 아버지 전창혁을 비롯한 농민대표들을 고부 관청에 보내 강하게 항의한다. 그러나 조병갑은 농민들의 절박한 요구를 들어주기는커녕 도리어 이들을 '난민'으로 몰아 전창혁 노인을 학살한다. 이에 고부 농민들은 총궐기한다.

제 2 부는 고부에서 일어난 농민폭동이 전국을 뒤흔드는 대규모의 농민전쟁으로 확대되는 과정으로, 투쟁과정에서 성장하고 단련되는 주인공 오상민과 전봉준 등 인물들의 활약상을 보여준다. 관청을 습격하여 노비문서를 불태우고 관리와 토호들을 처단하는 투쟁에서 시작된 고부농민폭동은 태인, 금구, 정읍, 부안 등 전라도 각지로 급속히 파급된다. 이에 당황한 봉건 정부는 양호초토사 홍계훈을 파견하여 관군으로 하여금 농민군을 진압케 한다. 그러나 농민군은 백산전투와 황토현

전투에 이어 장성에서 관군을 격파하고 전라도 봉건통치의 아성이며
이씨 왕조의 본관지인 전주성을 함락한다.

제3부는 전국 각지로 급속히 파급되는 농민전쟁에 겁을 먹은 왕과
민비가 청나라에 청병(請兵)하는 것으로 시작한다. 이에 질세라 일본
은 이를 구실 삼아 조선에 출병하여 청일전쟁의 분위기가 조성된다.
청일전쟁이 일어나자 동학군과 봉건정부 관료는 집강소 설치와 폐정개
혁, 그리고 위기에 처한 국권을 바로잡기로 약속하는 등 전주화의를
한다. 그러나 일본군의 침략 야욕으로 농민군은 다시 일어설 수밖에
없다. 드디어 공주 대격전에서 패배, 농민군 지도자 전봉준의 체포 등
역사적 사실과 함께 오상민 일가의 혁명적 활약상을 보여주고 있다.

이 소설은 민중들의 모순된 현실에 대한 의식화 과정과 투쟁과정을
사실적으로 보여주고 있다. 주인공 오상민이 농민봉기의 주동자인 전
봉준에 의해 영향을 받음으로써 모순된 현실에 대한 각성과 의식화 과
정을 상세하게 보여주고 있다. 이렇게 의식화된 오상민이 농민전쟁 발
발 전야의 각박한 정황, 사회모순에 대한 첨예한 대립이 소설의 전 과
정을 통해 잘 드러나고 있다. 이런 의식화된 개인이 고부 농민봉기에
서는 집단화되어 나타나는데, 이 같은 힘은 '황토재 싸움', '장성 싸움'
등에서 확인되며 마침내 '전주성 함락'에서 절정을 이룬다. 이런 민중
들의 승리는 우수한 병장기를 앞세운 관·왜군에 의해 잔혹하게 섬멸
됨으로써 좌절되며, 마침내 전봉준의 최후로 막을 내린다.

『갑오농민전쟁』의 긴장 구조는 크게 세 가지로 요약된다.

첫째, 국왕과 왕비, 그의 척족으로부터 아래로는 수령과 양반지주에
이르는 지배세력의 수탈 행위, 둘째, 이들에 의해 억압과 수탈을 당하
면서 지배세력에 맞서 농민봉기를 수행하여 나아가는 민중세력, 셋째,
당시의 청·일을 비롯하여 미·영·러시아 등 세계열강들의 교활한 외
교술에 의한 정치 경제적 침략 등이다.

집권세력의 횡포는 소설의 소제목에서도 잘 드러나고 있다. '밤새워

샨데리아 휘황한 전각에서', '고부 군수 칠만 냥에 팔리다', '설마에 나라가 망한다', '궁중에서는 밤새워 경읽기를 한다', '왕은 삼일포로 유람을 가다'와 같은 소제목에서 봉건 지배세력들의 봉건적 모순을 확인할 수 있다. 즉, 권력을 유지하기 위해 매판성을 띨 수밖에 없는 고종과 민비, 또 그들을 둘러싼 봉건관료들의 무능과 타락상, 특히 외세와의 관련 속에서 농민들의 궁핍상과 대비시켜 묘사함으로써 모순된 사회구조를 극명하게 보여주고 있다.

이에 대항한 민중들의 투쟁 의식은 최악의 조건 속에서 성장하게 된다. '콩잎 팥잎이 겨울 날 량식', '점순이 쌀 꾸러 가서 아이를 보아주다', '깊은 밤에 천득이 안해의 뒤를 밟다' 등에서는 하층민의 고통스런 삶의 실상을 보여주고 있다.

이 같은 계급적 억압을 감당하기에도 벅찬 민중들은 다시 외세에 맞서지 않으면 안 된다. '왕은 외국군대를 부르겠단다', '척화비', 「병인양요」, 「신미양요」 우리는 잘 싸워 이겼다', '외놈들은 사특하다' 등에서는 민중과 매판적 지주 및 외세와의 급박한 대립과 갈등을 보여준다.

위와 같은 세 갈래의 갈등과 긴장은 민중들의 각성과 투쟁과정을 통해 성숙된다. '우리도 단단히 차려야 한다', '전 선생에게서 상민이 '익산란민'들의 최후를 듣다', '상민이 산에서 '칼 노래'를 듣고 마을에 내려와 솔밭소리를 듣다'와 같이 필연적인 '투쟁'을 위한 각성과 성장을 보여주며, "주인아씨'에게 신짝을 내던지다', '문서방 한밤중에 리진사네 집을 나오다', '고부 백성들은 다들 일어나라', '리진사 낫에 찍히다' 등을 통하여 민중들의 봉기과정과 투쟁과정이 역동적으로 그려진다.

3.2 인물의 특성

『갑오농민전쟁』에 나오는 인물들은 비교적 선악의 구별이 뚜렷하다.

이는 곧 사회주의 리얼리즘의 전형적 인물과 반동에 놓이는 인물의 구별을 뜻하며, 이런 바탕에서는 종교적 인물에 대한 비중이 약화되거나 가능한 등장시키지 않는다. 인물들의 행동이 '사회주의적 행동이나 사상'이라는 큰 틀에서 제한되는 셈인데, 이는 '사회주의 전형적 인물'의 조건이 되는 셈이다. 그래서 이 같은 사회주의 문학에서는 인간 개인의 정서적 인물이라기보다는 오직 사회주의적 이상 국가 건설이라는 목표를 향한 투쟁만 강조된다. 주인공 오상민의 애인(영아)이 등장하여 투쟁과정에서 낭만적 행각을 보여주고 있지만 이는 한낱 소설적 장식일 뿐이다. 말하자면 계급투쟁에 충실한 내조자, 또는 '싸움(혁명)'의 주체로 제한된 인물인 셈이다.

결국, 주인공 오상민은 사회주의 교시를 위한 전형적인 허구적 인물이다. 오상민은 『갑오농민전쟁』의 영웅이면서 사회주의 영웅인 셈이다.

그렇다면 『갑오농민전쟁』에서 주인공 및 그의 추종자들은 동학혁명이라는 역사적 사실을 어떻게 수용하고 있는가. 이에 대해서 우선 북한 평론가의 견해를 참조할 필요가 있다. "작품의 주제·사상적 과제를 안고 있는 오상민을 비롯한 애국적 인민들의 형상에는 지난날의 계급투쟁을 옳게 그려 오늘 우리 근로자들을 계급의식으로 튼튼히 무장시킨 데 대한 당의 요구가 반영되어 있으며, 외래 침략자들과 봉건 통치에 반대하여 일어난 우리 선조들의 슬기롭고 용감한 투쟁에 대한 찬양과 우리 인민의 반침략·반봉건 투쟁에 대한 높은 긍지가……"처럼, 소설에 등장하는 인물은 모두 사회주의 이념에 투철해 있다.

3.3 역사인식

박태원은 월북 직전인 1947년 3월 〈협동〉이란 잡지에 "고부민란"이라는 글을 게재했던 것으로 알려졌다. 글의 형태나 내용에 대해서는 확인할 길 없으나, 이미 동학혁명의 역사에 대해 해박한 지식을 갖추고 있었을 것으로 추측된다. 박태원의 북한에서의 행적은 앞에서 살펴본 바와 같이 당명에 불복했다는 이유로 수용소에 수용된 전력이 있었다. 그렇지만 박태원이 지닌 역사적 사실에 대한 지식과는 별개로, 『갑오농민전쟁』에서는 당의 역사 방침에 충실할 수밖에 없었다는 점을 전제로 고찰해야 할 것 같다. 사회주의 리얼리즘은 일반 리얼리즘 문학의 공식과는 반대로 철저한 관념적 토대 위에서 성립되었을 뿐 아니라, 혁명의 정서적 체험이나 정신적 긴장에서 생겨났다고도 볼 수 있다. 따라서 사회주의 리얼리즘의 창조적 근원은 그 리얼리즘적인 주제나 형식의 밑바탕에 어쩔 수 없이 로맨틱한 흐름을 지니게 된다. 사회주의 리얼리즘은 형식적 로맨티시즘과 조금도 모순되지 않을 뿐더러 합리적인 관계라고 주장하는 학자까지 있을 정도이다.

그러면 혁명적 로맨티시즘은 역사를 어떻게 수용하는가. 북한의 한국사 서술은 철저하리만치 고루한 민족주의로 일관하고 있다. 우리 민족의 고유성과 위대성을 기본 흐름으로 삼았으며, 특히 다른 민족과의 투쟁을 크게 부각시켰다. 가령 우리 민족의 형성에 대해서는 구석기 시대 이래의 고유성과 연속성을 강조했다. 그런가 하면 임진왜란(조국 전쟁)을 '원쑤놈들에 대한 영용한 인민의 위대한 승리'로 부각시키고 있으며, 명나라 군대의 파견은 아예 언급조차 하지 않았다. 문화 교류에 관해서도 중국 문화의 수입은 적게 취급하고 우리 문화의 일본 전파는 크게 취급했다. 따라서 소설 속에서 이러한 역사적 관점은 하나의 교훈적인 가치로 제시된다. 이런 배타적 민족주의적 경향은 이른바 주체사상의 바탕이며, 북한의 현 체제를 지탱하는 지주로 이해할 수 있다. 이러한 주체사상의 관점에서는 '강화도 척화비'와 '진주·익산민란' 같은 민중들의 전통적인 저항이 부각될 수밖에 없다. 즉 『갑오농민전쟁』이 강화도 싸움이나 조선 말기의 민란과 같은 역사의 연장선상에서 일어난 자생적이고 주체적인 사건임을 강조한다. 이런 역사적 관점은 오상민, 오수동 부자와 같은 허구적인 인물을 설정하여 익산민란과 강화도에서 있었던 역사적 사건을 통해 내부 모순과 외세에 저항한다. 그러나 이 같은 정치적 목적 때문에 역사를 왜곡하는 것은 결코 정당화될 수 없으며, 이런 식의 왜곡된 역사 서술은 세계사적 맥락에서는 설 자리가 없다. 이 점이 북한의 역사 서술이 내포하고 있는 약점이며, 문학에서도 수용될 수밖에 없었을 것이다.

3.4 동학사상

북한의 천도교는 시천주(侍天主)를 바탕으로 인내천주의를 사회적으로 실현하기 위한 지도 이념이었다. 이 같은 지도 이념을 내세워 대중 침투에 힘을 기울였는데, 특히 민족 자주정신에 입각하여 민족의 완전 독립, 즉 민족해방과 사회해방을 강조하면서 친미반소와 친소반미적 경향을 동시에 비판하였다. 북한의 천도교는 민족해방과 계급해방을 실현하는 지도 이념에 교리의 초점이 맞춰졌으며, 이를 위해 북한 지역의 천도교 조직은 일정한 탄압과정을 거쳐 '천도교 북조선 연원회', '천도교 북조선 종무원', '북조선 천도교 청우당' 등 3개 조직체가 설치되었는데, 이 과정에서 290만여 신도가 약 170만 명(1947년 기준)으로 축소된 것으로 알려졌다. 현재의 북한 천도교는 민족해방과 계급해방의 전위단체로 존재하는 것으로 알려졌다.

『갑오농민전쟁』에서는 동학 및 천도교의 교리가 사회주의 체제에 걸려져 주체적 관념적으로 추상화되고 있음을 엿볼 수 있다.

> 슬프다. 그의 나이 마흔한 살……인내천, 광제창생, 보국안민의 원대한 포부를 실현하지 못한 채 그 뜻을 안고 교수대의 이슬로 그는 사라져 갔다.(『갑오농민전쟁』 제 1 부 하권, 209쪽)

위의 예문처럼 추상화된 동학사상이나 구호가 사용되고 있다. 당시 농민 봉기자들이 내세운 '인내천', '광제창생', '보국안민'과 같은 원대한 포부와 '척왜척양', '축멸왜양' 등 반침략, 반봉건 구호들을 그대로 살려 씀으로써 역사적 인물들의 성격과 아울러 모든 사상을 투쟁적인 것으로 추상화시켜간다.

"동학에서 말하는 것들은 모두 지도자들이 지어낸 말이다.(앞의 책 2부 하권, 90쪽)" 이는 오수동이 아들 상민에게 가르치는 말인데, 이를 통해서 보면 동학사상이 외면되고 있다는 사실을 반영한다.

이렇게 『갑오농민전쟁』에서는 동학의 사상이나 임의 조직의 역할이 무시되는 대신 오히려 충의계, 일심계, 활빈당과 같은 허구적 인물들이 활약하는 조직의 역할이 강하게 나타난다. 대신 최제우의 칼 노래[劍訣]가 사회주의 혁명사상의 전형으로 제시된다.

> 룡천검 드는 칼을
> 아니 쓰고 어이 하리……
> (……)
> 무수장삼(춤을 출 때 입는 긴소매가 달린 옷) 떨쳐입고
> 이 칼 저 칼 넌짓 들어
> 호호망망 너른 천지
> 한 몸으로 비켜서서……(앞의 책 제 1 부 하, 140쪽)

북에서는 말 그대로 '당의 문학'이다. 동학혁명은 사회주의 이념이 들어오기 전에 있었던 역사적인 사건인데, 각기 다른 토양에서 자라는 두 식물을 보듯이 큰 차이를 보이고 있다. 예컨대 '척왜양창의(斥倭洋倡儀)'를 다루면서, 또 내부의 적이 봉건주의적인 부르주아를 향하면서도 지향하는 세계는 주체사상이나 계급해방에 초점이 맞춰져 있다. 검결도 양기(陽氣) 목적으로 불려졌다는 사실은 잘 알려져 있는데, 사회주의에서는 계급해방을 위한 투쟁적 선동 수단으로 이용된다.

4. 역사와 현실의 총체적 구조물『녹두장군』

송기숙의『녹두장군』은 19세기의 평범한 농민들을 중심으로 하여 농촌사회의 기본적 생산관계 속에서 봉건 말기의 사회경제적 모순을 포착해내고, 그 모순을 극복하려는 농민들의 투쟁을 투철한 역사관과 풍부한 역사적 자료를 바탕으로 형상화한 작품이다. 이런 문학적 총체성 획득은 작가가 농민적 정서와 체험이 풍부할 뿐더러, 1980년 광주민중항쟁이라는 대중적 역사체험을 통해 역사와 변혁운동에 대한 사회과학적인 인식을 획득하였기 때문이다. 이 같은 소설적 성과를 작가의 역사와 현실에 대한 인식과 구조적 특징, 인물, 사상 등으로 나누어 살펴보기로 한다.

4.1 작가의 역사 현실 인식과 구조적 특징

작가 송기숙은 1980년 광주민중항쟁에서 대중적 역사체험을 했다. 그의 말대로 "험난한 현실을 역사의 맥락에서 느끼고 생각할 수 있었기 때문"이고, "민중이 자발적인 합의에 이르면 엄청난 힘이 분출된다는 사실"에 대한 굳건한 믿음이 작가의 역사 및 현실인식이다. 따라서 녹두장군 전봉준이란 영웅은 작가의 이런 민중사관에 대한 낙관론적 소산이며, 작가는 이를 민중의 저력이라고 규정하고 있다. 의식 있는 작가란 이처럼 민중의 잠재력을 끌어내는 사람이며, 새 시대에 필요한 인물에 대한 갈망을 담아낸다.

『녹두장군』의 기본 축은 '변혁의 수레바퀴를 굴리는 민중'이다. 즉 역사의 물줄기는 민중에 의해 돌릴 수 있다는 민중들의 잠재된 힘에 대한 확신에서 출발한다. 따라서『녹두장군』은 동학혁명의 주된 힘이 바로 민중이라는 역사인식을 축으로 삼고 있으며, 동학혁명을 전후한 진주민란, 임오군란, 문경민란 등의 역사적 사건들은 서로 유기적인 관련을 맺고 있는 사건이며, 민중들의 귀중한 체험으로 선택되고 있다.

무위영 훈련도감 군졸로 임오군란에 가담했던 경력이 있는 임군한은 장성 갈재의 화적패 두목이다. 서울로 가는 뇌물이나 부잣집을 털어 전봉준에게 자금을 대면서 농민전쟁이 일어났을 때는 화적패들을 끌고 전봉준의 호위를 맡는 인물이다. 임진한은 진주민란에 가담했다가 산으로 들어가 포수들을 거느려 왔다. 임문한은 이필제의 난이 실패한 후 문경민란을 재차 도모했다가 대둔산 화적패를 이끄는 임문한과 함께 '녹림삼걸'로 불린다. 이들은 19세기 말에 숱하게 출몰했던 화적(火賊)의 전형이다. 이들의 활동에서 19세기 후반의 생산자인 농민의 집단항쟁이었던 민란과, 토지에서 유리된 농민이 최후 생존 수단으로 화적 조직과 유기적으로 연계될 수밖에 없었던 당시 상황들을 역동적으로 보여준다. 그리고 이들이 동학혁명군의 무장 전투 조직으로 변화해가는 과정을 통해 작가의 역사인식을 읽을 수 있다. 19세기 말에 있었던 일련의 역사적인 사건들은 모두 갑오년 동학혁명을 향해 물줄기를 대고, 이런 물줄기가 역사를 어떻게 바꾸는지를 보여주는 셈이다. 이 같은 민중사적 과정의 이해는 작가의 '광주체험'과 밀접한 관련이 있어 보인다. 즉, 작가는 동학혁명을 중심으로 일어난 전후의 모든 역사가 정신사적 맥을 잇고 있다는 전통사적 이해를 중심으로 이해하고 있으며, 또 "싸우다 산과 들에서 죽고 논밭에서 썩어 흙이 되고 거름이 되어 역사의 굽이굽이마다 또 일어나고 또 일어나고 또 일어났다(12권, 제5부 하권, 327쪽)"라고 하여 민중사적 현실 이해를 바탕에 깔고 있음을 알 수 있다.

4.2 다양하게 개성화된 인물

『녹두장군』에 등장하는 인물은 역사적 인물에서 허구적 인물에 이르기까지 다양하다. 이들은 당시의 인물이기도 하지만 엄밀하게는 오늘의 현실과 맞닿아 있기도 하다.

동학혁명의 지도자 전봉준, 동학 북접 쪽의 손병희·서병학·손천민·김연국, 남접 쪽의 서장옥·손화중·이방언·김덕명·최경선·김개남·송희옥·손여옥, 공주 우금티 전투 패배 뒤에 전봉준을 발고하는 김경천, 유생 출신으로 농민군에 가담한 이유상·김원식 등이 등장한다. 대체적으로 이들과 대립하는 인물로는 고부 군수 조병갑으로부터 전라감사 김문현, 금송아지 대감 민영준, 민영준과 대립관계에 있던 좌의정 조병세, 영의정 심순택, 무당 진령군, 민비, 고종, 대원군에 이르기까지 각계각층의 인물이 등장한다. 이 밖에 봉기 이후 조병갑과 교체되어 유화책을 폈던 고부 군수 박원명, 농민군과 전주화약을 맺고 선화당을 전봉준에게 내주어 고루한 유생들로부터 '도인감사'란 비난을 받은 전라감사 김학진, 고부민란을 농민전쟁으로 발전시키는 직접적 계기를 제공하게 된 안핵사 이용태, 그리고 청일전쟁을 일으키는 원세개와 이홍장, 오오또리와 이또오 히로부미에 이르기까지 당시 역사의 흐름 속에 있었던 다양한 역사적 인물들의 성격이 소설 속에서 생생하게 살아 있다.

작가에 의해 창조된 허구적 인물로는 전봉준의 영향권에 있는 고부군 하학동 조소리 사람들, 임군한이 거느리는 장성 갈재의 화적패들……이들이 『녹두장군』을 이끌어 가는 중심인물들이다. 그리고 이들과 대립되는 인물들로 조병갑이나 아전 삼흉(三兇) 같은 자들 외에 지주인 하학동의 이주호를 위시하여 이주호보다 훨씬 부자이면서 더 지독한 진선리 정 참봉, 토색질하는 밤실의 김 진사, 소작인의 딸들을 데려다 제 첩으로 삼는 진산의 부자 방필만은 모두 허구적 인물로, 당대의 봉건·계급의 사회상을 드러내 주는 전형적 인물들이다.

특히 『녹두장군』의 중심인물인 고부군 하학동의 청년 김달주는 아버지가 장두(狀頭)로 나섰다가 관의 곤장을 맞아 죽은 뒤 전봉준을 만나 새로운 현실에 눈을 뜬다. 달주는 김덕호와 임군한을 만나 그들의 심부름을 다니면서 좀 더 구체적인 행동을 위한 집단의식에 눈을 뜨게 된다. 김덕호는 인천에서 개항장 객주로 있다가 아편을 밀매하는 일본인을 죽이고 도망하여 전라도에서 물상객주로 어음 교환, 무기 밀매 등을 하면서 그 재력으로 사방에 연줄을 늘어놓아 후견인으로 전봉준에게 자금을 대면서 모든 정보를 제공하는 인물이다. 임군한은 임오군란 때 활약한 인물이고, 임진한은 진주민란, 임문한은 문경민란 때의 인물로 일찌감치 시대정신에 눈을 뜬 인물들이다. 이처럼, 역사적인 인물보다는 작가의 세계를 드러내기 위해 창조된 인물이 훨씬 더 개성이 뚜렷하게 드러나며, 행동의 폭 또한 넓다. 이들은 당대의 모순된 현실 앞에 분노와 아우성, 익살과 청승 등 다양한 삶으로 대처해 나가며, 결국 이들의 진솔한 삶을 통해 민족문학적 정서를 풍부하게 보여준다.

4.3 다양한 삶의 방식에 반영된 사상

작가 송기숙은 『녹두장군』에서 당시의 동학사상을 현실적으로 재해석하며, 하층민을 통해 형상화하고 있다.

　"야, 이 병신들아, 주문이나 외고 자빠졌다가 일본 놈 종노릇이나 해라."(제11권, 제5부 상, 212쪽)

　"양반 놈들도 하늘 하늘 입만 벌리면 하늘 타령이고 동학 접주들도 한울 한울 하늘 타령이 요란스럽다마는, 나라가 일본 놈 손에 들어간 다음에는 그 작자들도 그때는 진짜 하늘이 무엇인 줄 알 것이다."(제12권, 제5부 하, 147쪽)

민중들이 지닌 동학에 대한 이해는 동학 지도자 및 양반계급의 종교 관념론적 이해를 바탕으로 하여 사뭇 부정적이다. 다음은 작가의 동학 사상에 대한 이해를 바탕으로 정리한 것이다.

① 인내천사상 : 동학 교단이나 지도자들이 내세우는 인내천을 교단의 종교적 해석을 거부하고 인간 중심 사상으로 치환시켜 놓는다. "하늘의 일은 한울의 주인인 한울님이 해야 하고, 인간 세상의 일은 인간 세상의 한울님인 인간이 해야 한다"고 하여 사회개혁 논리를 작가 나름대로 체계화시켜 소설에도 이 같은 논리가 적용되었다. 그래서 기존의 작가들이 사상문제만큼은 동학혁명 당시의 사상을 추상적으로 원용하는 데 비해 송기숙은 이를 재해석하여 수용한다. 예컨대, 전봉준은 그들의 계원들에게 "너무 한울을 강조하지 말라"고 주의를 준다. 한울을 강조함으로써 신비주의에 빠질 위험을 경계한 것이다. 현실적인 모순을 혁신하는 데 있어서 신비주의는 투항적 요소라는 사실을 작가는 현실적 안목에서 꿰뚫어 보고 있는 셈이다. 이런 안목으로 당시 그들이 지녔음직한 신비주의를 의도적으로 배제시킨다. 즉 종교적 이념에 충실한 것은 흔히 개혁의 반대 자리에 놓일 수 있기 때문이다. 이 같은 사실은 작가의 말에서 확인된다. "교단이 표면적으로는 동학이 유·불·선 삼교의 통합이라고 주장하지만, 이는 탄압에 대응하는 소리이고, 동학은 그 당시 신분제뿐만 아니라 지주 소작제이며 삼정의 문란 등 모든 모순을 극복할 사회개혁의 이념적 지도 원리로 제시된 것이며, 특히 동학의 핵심인 인내천 사상은 주자학을 정면으로 부정한 사상"이라는 것이다. 논리 전개에 있어서 표면적으로는 하늘을 매개하고 있지만, 그 하늘은 종교적인 신비주의의 대상이 아니라 바로 인간을 하늘이라 하여 하늘을 인간과 합치시킴으로써 실제로는 신비주의를 지양하고 있다는 것이다.

② 개혁사상 : 작가는 동학사상을 온전히 개혁이라는 안목에서 수용하고 있다. 작가는 "동학은 신을 내세우지 않는 인간 중심의 사상이고, 내세관이 없으며, 이 세상을 개혁하여 새로운 세상을 만들어야 한다는

것이므로 유교처럼 일반 종교와는 크게 구별해서 보아야 할 것"이라
함으로써 오직 인간 중심의 개혁임을 강조한다. 그렇다고 종교적인 선
행의식이 전혀 없는 것은 아니지만 사회 정치 사상적인 면이 훨씬 강
하다. 이 같은 동학의 인간 중심 사상은 인내천의 평등사상으로 구체
화되어 지금의 세상을 선천세계로, 그 평등사상에 의해 후천 세계로
개벽을 해야 한다는 것이다. 이런 과정을 묶어서 개벽이라는 혁명적
용어로 표현하고 있다. 비록 선천이니 후천이니 하는 종교적 표현을
쓰고 있지만, 후천 개벽의 구체적인 내용은 반상과 빈부 등 현세의 모
든 사회적 질곡을 포괄하고 있다. 이는 사회가 변혁되지 않으면 안 된
다는 획기적인 개혁사상이다.

③ 평등사상 : 종도 사람이니 하늘이고, 양반도 사람이니 하늘이고,
임금도 사람이니 하늘이라는 것이다. 겉으로는 모든 인간의 존엄성을
내세우고 있는 것 같지만, 모두가 하늘이라고 함으로써 모두가 하늘을
전제로 하여 평등하다는 것이다. 최제우는 두 사람의 여종을 며느리와
수양딸로 삼았으며, 최시형은 대가족제도 속에서 가장 열악한 위치에
있는 며느리에 특별한 관심을 갖는 등 평등사상을 실천으로 보여주었
다. 종을 천대하는 것은 하늘을 천대하는 것이며, 남이 먹는 밥을 빼앗
는 것은 하늘이 먹는 밥을 빼앗는 것이므로 하늘에 죄를 짓는 것이고,
심지어 다른 사람이 굶는데 자기만 먹는 것은 하늘이 굶는 것을 보면
서도 자기만 배불리 한다는 죄악으로 파악한다.

④ 인간 중심 사상 : 동학의 인간 중심 사상은 최시형의 제례의식에
서 가장 잘 나타난다. 이른바 "향아설위(向我設位)"라 하여 제사상을
차릴 때 젯밥을 귀신 쪽으로 놓지 말고 하늘인 사람 앞으로 놓으라고
했다. 이것은 우리의 인류학적으로도 획기적인 발상이다. 전통적인 제
례의식까지 이렇게 고쳤다고 하는 사실에서 최시형의 사상적 깊이를
짐작할 수 있다. '인내천'은 최시형의 시대보다 손병희 때 와서 정면으
로 표방되었다. 다만 최시형은 '인내천'을 구체적으로 표방하지는 않았

지만 이를 적극적으로 실천했다. 신분제도 등 불평등사상은 주자학의 이념적 기초 위에서 이루어진 것이다. 당시에 '인내천'을 내놓고 표방한다는 것은 주자학에 대한 도전이 되었기 때문일 것이다. 그렇지 않아도 동학이 이단으로 탄압받고 있는 당시로서는 인내천을 큰 소리로 내세울 수 없었던 것이다. 칼 노래를 동경대전에서 제외시킨 것이나 창도 주에 대한 신원의 상소문을 유교적인 내용으로 위장했던 사실에서도 이런 사정을 짐작할 수 있다.

⑤ 민족주의 : 조선왕조 말기에 나타났던 신흥종교는 거의가 현세적이며 민족주의적 요소를 지니고 있으며, 미륵사상에 바탕을 둔 개혁사상을 담고 있다. 일제의 침략에 대응하는 인물들의 활약은 모두 민족주의 사상을 작품 속에 수용하고 있다.

『녹두장군』에서는 인물의 행동 혹은 사건을 대체적으로 봉건과 반봉건, 보수와 진보의 갈등으로 설정하고, 모든 동학사상을 인내천 개혁 평등 인간 중심 민족주의와 같은 보편적 투쟁 수단으로 수용하고 있다.

4.4 이야기와 노래 등 구전물이 지닌 민족정서

『녹두장군』이 고유 문학적 정서의 폭을 넓혀주는 것은 다양한 등장인물들이 벌이는 입담이나 행동, 심지어 설화나 참요와 같은 구전 물을 통해서다. 선운사 미륵불 배꼽에 숨겨진 비결을 꺼내는 이야기는 이 소설의 고유 정서를 드러내주는 중요한 축을 형성하고 있다. 이외에 소설을 한층 풍부하게 하는 설화적 요소들이 많은데, 예컨대 충청도 신례원 전투에서 활약했다고 알려진 소년장수 이야기, 동학 농민군을 진압하러 내려온 관군의 대포구멍에서 물이 나왔다는 이야기, 충청도 회덕의 노비들이 양반들의 불알을 깐 이야기, 예산 군수가 도망가면서 당나귀를 거꾸로 타고

간 이야기 등의 삽화가 구수한 입담에 실려 전해진다. 또, 전봉준의 체포와 관련하여 '경천(敬天)'을 조심하라는 점괘이야기, 전봉준이 부하들로 하여금 총을 쏘게 하였으나 가슴에서 탄알 껍질을 툭툭 털면서 아무렇지도 아니한 모습을 보여줌으로써 농민군들의 사기를 진작시켰다는 이야기, 장성 황룡촌 전투의 승리와 관련된 장태 이야기 등 다양한 구전들이 『녹두장군』 속에 형상화되고 있다. 이 같은 동학혁명과 관련된 이야기들은 이미 갑오년을 전후하여 민중들 사이에 구비 전승되기 시작했으며 '파랑새요'와 '가보세 가보세'가 널리 알려진 구전 민요들이다.

이상과 같이 『녹두장군』의 특징을 여러 측면에서 살펴보았다. 그러나 『녹두장군』이 거둔 문학적 성과에 달리 몇 가지 문제점도 지적된다. 작가 자신이 후기(後記)에서 밝힌 것처럼, 역사적 사실에 너무 충실한 나머지, 또 민족의 총체성을 형상화하려는 욕구가 소설적 발걸음을 무겁게 하지 않았나 싶다.

5. 소설화 과정에 나타난 문제들

동학혁명을 소재로 한 최초의 역사소설 「동학당(東學黨)」은 분단 이전에 씌어진 역사소설이라는 의미 하나를 더 부여할 수 있다. 이 소설은 최제우, 최시형, 손병희 3대의 영웅적인 삶을 보여주고 있으며, 이필제, 김석연 두 인물을 통해 혁명적인 투쟁을 다루고 있다. 그렇지만 투쟁에만 머물지 않고 동학사상과의 조화를 이루고 있다.

그러나 해방 후 체제가 다른 환경에서 전개된 동학혁명을 소재로 한 역사소설은 시대마다 현실적 욕구를 다양하게 반영하였다. 즉 7·8·90년대의 사회적 흐름에서 대두된 문제—독재와 산업화로 양산된 소외된 민중, 동서 긴장 체제 붕괴에 따른 민족의 분단 현실 인식과 민족의 동질성 회복 – 를 다양하게 수용하였다.

특히 본고에서는 남과 북 두 체제의 대표적인 소설 『갑오농민전쟁』과 『녹두장군』을 고찰한바, 두 소설의 문제점을 들면 다음과 같다.

『갑오농민전쟁』은 사회주의적 관점에서 사회주의 건설이라는 관념적 목표 달성을 위해 오직 민중들의 투쟁을 중심으로 형상화함으로써 그들의 보편적 삶의 모습을 왜곡하고 있다. 즉 동학혁명이라는 민족 고유의 다양한 역사적 의미를 사회주의적 틀 안에서 제한, 왜곡시키고 있다.

송기숙의 『녹두장군』은 1990년대의 동학혁명1백주년을 맞아 역사의 새로운 해석을 통해 역사적인 탐구와 문학적 접근의 폭이 넓어졌고, 민중들의 힘이 다양화되어 나타나지만 역사적 진실이 오직 민중사적 측면에서만 파악하여 동학혁명을 오직 투쟁적 측면으로 형상화함으로써 역시 폭을 좁혔다. 이는 동학혁명의 역사가 자칫 '민중은 하층민이고 피지배층'이라는 피상적 인식에 주목하고 있는 것이다.

두 소설에 나타나는 인물에 대한 문제도 같은 맥락에서 살필 수 있겠는데, 역사적 인물보다는 허구적인 인물을 통해서 사회주의 전형적 인물과 고통 받는 민중의 투쟁으로 형상화되고 있다. 이때 역사적 인물, 특히 동학교단의 인물은 종교적 관념 배제에 따른 왜곡의 예가 많다.

사상적 측면에서도 혁명이나 개혁과 같은 계급대립이나 진보적 사상이나 외세에 대한 주체사상을 중심으로 수용하고 있다. 따라서 인내천이나 보국안민 광제창생 등 사상이 추상적 구호로 제시될 뿐이다. 민속이나 설화와 같은 정서 또한 삽화적 차원에서 수용하는 한계를 보여주고 있다.

요컨대, 1935년대에 씌어진 「동학당」 이후로 남과 북은 서로 다른 체제에서도 동학혁명을 소재로 한 역사소설이 씌어졌으며, 그 사회 체제가 지닌 현실적 욕구를 오직 계급투쟁의 소재로 수용함으로써 우리 고유 변혁의 역사나 사상 정서가 서구 또는 동구의 틀에 의해 왜곡되거나 간과되었다.

6. 맺음말

일찍이 동학혁명은 우리의 역사소설에서 나라 안팎의 모순에 저항한 민중·민족적 역사로 인식, 수용되었다. 전환기적 국면에 맞설 때마다 '현실적 결핍'에 대한 대안적 소재로 활용되어 온 것이다. 이렇게 동학혁명이 시대를 넘어 오늘날까지 역사소설의 토양이 될 수 있었던 까닭은 조선 후기부터 자생해온 '우리 고유의 변혁의 역사'로 인식되어 왔기 때문이다. 이런 전통적인 동학혁명의 역사가 마르크스, 니체, 프로이트, 소쉬르와 같은 서구의 텍스트에 의해 쾌도난마(快刀亂麻)되어 본질이 훼손된 채 새로운 세기를 맞은 셈이다. 이제 동학혁명의 역사가 더 이상 서구의 이원론적 계급투쟁에 의한 변혁이 아닌 상하층을 일원론으로 아우른 변혁으로 재인식되어야 한다. 일찍이 김지하가 "우주적 생명의 수행과 그에 따른 사회적 변혁의 실천의 전망을 동학에서 찾았던(『생명』, 1992, 솔, 13쪽)" 것처럼, 이런 변증법적인 변혁이야말로 동학혁명의 본질이며 민족 공동체를 총체적으로 아우를 수 있는 상생(相生) 혹은 생명론의 바탕이 될 것이다.

동서냉전 체제가 붕괴된 오늘날 우리 민족은 세계에서 유일한 분단 국가로 남아 있으며, 이제 전환기적 국면을 맞고 있다. 우리 분단사가 한 세기 전 서구 침략이라는 외세의 질곡에서 비롯되었다면, 이제 외세 이전의 역사인 동학혁명에서 민족 공생의 길 찾기로부터 시작되어야 한다. 그동안 남·북 두 체제에서 수용된 동학혁명의 역사가 남의 투쟁 논리에 의한 계급투쟁 혹은 편협한 주체사상이었다면 이제 동학혁명의 역사를 우리의 눈으로 볼 수 있어야 한다. 이런 관점에서 동학혁명을 소재로 한 역사소설은 새로운 과제 앞에 놓인 셈이다.

부 록

자료-1 동학혁명 봉기 지도(지역)

※이 지도는 관·왜군의 동학혁명군에 대한 토벌 일지를 중심으로 작성된 것으로, 사학계의 주된 연구 대상인 1차 봉기와 2차 봉기를 중심으로 작성된 지도임을 알 수 있다.

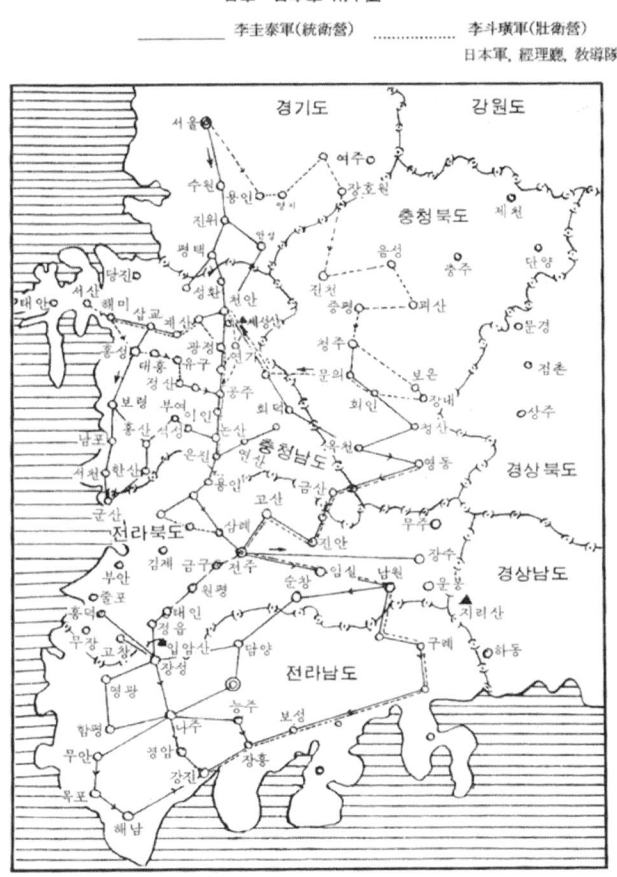

官軍·日本軍 南下圖

李圭泰軍(統衛營) .... 李斗璜軍(壯衛營)
日本軍, 經理廳, 教導隊

자료-2 동학혁명 봉기 지도 (전국)

※이 지도는 동학혁명의 전개과정을 전국적인 활동으로 규명하기 위해 필자가 작성한 지도이다.

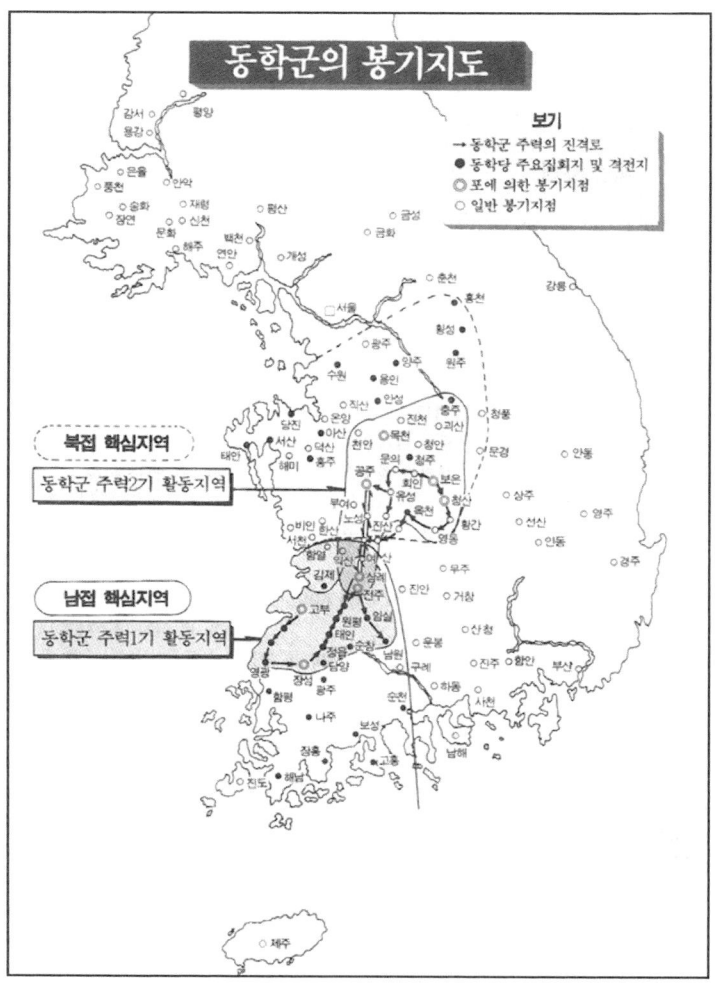

자료-3 동학혁명 전후 역사 연표

*최제우의 동학 창도에서부터 1948년 3.1재현운동까지의 사건을 논문의 이해를 위해 필자가 임의대로 정리한 것임.
*갑오년 뒤에는 양력임.

1860. 4. 5 - 최제우(崔濟愚), 동학(東學) 창도.

1863. 8. 15 - 최시형, 최제우로부터 도통을 전해 받음.

1864. 3. 10 - 최제우, 대구 장대(將臺)에서 처형됨.

1871. 3. 15 - 이필제의 '영해민란' 실패로 최시형 피신 시작.

1880-1881 - 동경대전과 용담유사 목판으로 인쇄하여 보급.

1886. - 보은 장내리에 동학본부를 세우고 육임제(六任制)를 실시.

1892. 11. 1 - 동학교도들 공주와 삼례역에 집결.

1893. 2. 11 - 동학교도, 광화문 앞에서 복합상소(伏閤上疏).

1893. 3. 10 - 동학교도 보은취회, 척양척왜(斥洋斥倭) 주장.

1894. 1. 10 - 전봉준(全琫準), 군중을 이끌고 고부 군아를 점령함.

1894. 3. 21 - 동학혁명군 백산에서 봉기함.

1894. 4. 27 - 동학혁명군 전주 입성(全州入城).

1894. 5. 7 - 전주화약성립(全州和約成立).

1894. 6. 21 - 일본군 경복궁 침입(景福宮侵入).

1894. 6. 23 - 청·일군 풍도 앞바다에서 교전, 27일 성환에서 충돌.

1894. 8. - 일군, 충주 청풍 지방에서 30여 명의 동학도인 참살함.

1894. 8. 12 - 천안, 청안에서 일본인을 타살 매장한 사건 일어남.

1894. 9. 4 - 영동 지방 동학혁명군 평창에 집결하여 강릉 부를 점령함.

1894. 9. 18 - 최시형, 무력 봉기 선언.

1894. 9. 21 - 동학혁명군 진압을 위한 순무영(巡撫營) 설치.

1894. 9. 30 - 목천 천안 전의 고을의 동학혁명군, 세성산(細城山)에 집결함.

1894. 10. 3 - 청주 영병 69명, 강외(江外) 싸움에서 동학혁명군에 몰살당함.

1894. 10. 15 - 왜군, 후비보병 독립 제19대대 용산(龍山) 출발.

1894. 10. 21 - 세성산(細城山) 싸움, 동학혁명군 관왜군에 패함.

1894. 10. 23 - 손병희 '북접군', 보은 장내리를 떠나 논산에서 전봉준의 '남접군'과 합류.

1894. 10. 25 - 효포(孝浦), 능치(陵峙) 싸움에서 패함.

1894. 11. 9 - 공주(公州) 우금치(牛金峙) 싸움에서 패함.

1894. 11. 13 - 김개남의 5천여 동학혁명군이 청주 성 진격, 패함.

1894. 11. 19 - 최시형, 손병희의 북접군과 임실에서 만나 산맥을 따라 북상을 시작함.

1894. 12. 18 - 보은 북실에서 관왜군에 패함.

1894. 12. 24 - 북접군, 충주 외서촌에서 해산.

1895. 3. 29 - 전봉준, 손화중, 김덕명, 최경선, 성두한 교수형에 처함.

1895. 8. 20 - 민비 시해 사건 일어남.

1896. 1. - 전국 각처에서 의병 봉기.

1897. 12. 24 - 손병희 도통을 전수 받음.

1898. 5. 24 - 최시형, 병정들에게 체포되어 서울로 압송됨.

1898. 7. 20 - 최시형, 육군법원에서 사형당함(음 6. 2).

1904. - 러일전쟁이 일어나자 진보회(進步會)를 조직하여 사회개혁운동 전개(18만여 교도들이 각지에 모여 상투를 자르고 흑색 옷을 입는 등 개화운동을 전개).

1905. 12. 1 - 손병희 동학을 천도교로 개칭.

1906. 12. - 서울에 중앙총부 설치, 종교기관으로 출발, 일진회 가담했던 간부들 출교 처분함.

1907. 7. 17 - 최제우와 최시형에 대해 사면 조치를 내림.

1907. 8 　　 - 이강년 신돌석 문경 부근에서 다시 거병.

1909. 10. 26 - 안중근 이또오 히로부미 암살.

1910. 3. 26 - 안중근 여순 옥에서 사형 집행.

1910. 8. 22 - 한일합방 조약 조인.

1918. 12. 15 - 손병희 등 천도교 인사 상춘원(常春園)에서 독립운동
　　　　　　　 모의.

1919. 3. 1 　 - 3·1민족해방운동 일어남.

1919. 4. 11 - 상해에서 임시정부 수립됨.

1920. 6. 7 　 - 홍범도 휘하 대한 독립군, 만주 왕청현 봉오동에서
　　　　　　　 일군 연대 병력 격파.

1920. 10. 20 - 김좌진, 이범석 등 청산리에서 일 연대 병력을 격파
　　　　　　　 (靑山里 大捷).

1921. 6. 28 - 러시아 적군(赤軍) 조선독립군을 습격(黑河事變).

1921. 9. 12 - 의열단원 김익상 총독부 청사에 투탄.

1922. 5. 19 - 손병희 사망.

1923. 1. 12 - 의열단원 김상옥 종로에서 투탄, 의열단 상해에 폭탄
　　　　　　　 제조 공장 설립.

1923. 3. 7 　 - 의열단원 김시현, 황옥 등 상해에서 폭탄을 소지하고
　　　　　　　 국내에 잠입.

1925. 4. 18 - 박헌영 등 고려공산청년회 조직.

1925. 5. 8 　 - 치안 유지법 공포.

1926. 6. 10 - 6·10만세운동 일어남.

1929. 11. 　 - 원산총파업. 광주학생사건 일어남.

1931. 9. 18 - 만주사변 일어남.

1934 　　　 - 조선독립을 위한 오심당(吾心黨)운동 일어남.

1937. 7. 　 - 중일전쟁 일어남.

1939.　　　 - 멸왜기도운동이 발각되어 천도교 간부 투옥.

1940. 2.　　 - 창씨 개명령 공포.

1941. 12.　 - 진주만 습격, 태평양 전쟁 일어남.

1941. 3.　　 - 사상범예방구금령 공포.

1943. 8.　　 - 국민강제징용제 실시.

1944. 1.　　 - 학병제 실시.

1945. 7. 24 - 부민관(府民館) 폭탄 사건 일어남.

1945. 8. 6　 - 미군, 일본 히로시마에 원자탄 투하.

1945. 8. 9　 - 소련군 두만강 도하 경흥 일대로 진격.

1945. 8. 15 - 일제 무조건 항복, 해방. '조선건국준비위원회' 발족
　　　　　　　 (위원장 여운형).

1948. 3.1　 - 3.1재현운동으로 북한천도교인 1만 7천여 간부들이
　　　　　　　 체포되고 187명이 처형됨.

• 저자 •

채길순

• 약 력 •

1955년 충북 영동에서 태어나
청주대학교 국어국문학과를 졸업하고 동 대학원에서 문학박사학위를 받았
으며 청주 세광고등학교에서 국어교사를 역임하고
현재 명지전문대학 문예창작과에서 소설창작을 지도하고 있다.
1983년 충청일보 신춘문예에 소설이 당선되었고,
1996년 한국일보 주최 광복50주년기념 1억원고료 장편소설공모에
〈흰옷이야기〉가 당선되었다.
주로 동학혁명을 소재로 한 장편소설을 쓰고 동 역사논문을 다수 발표하였다.

• 주요 저서 •

• 소설
『동트는 산맥』(장편대하소설) 1-7권
『흰옷이야기』 1-3
『어둠의 세월』 상, 하

• 논저
「동학혁명의 소설화 과정 연구」
『소설창작 여행』
『소설창작의 즐거움』

• 저자와 소통 •

http://user.chollian.net/~chea41
chea41@chollian.net

동학혁명과 소설

- 초판 인쇄   2006년 8월 20일
- 초판 발행   2006년 8월 22일

- 지 은 이   채길순
- 펴 낸 이   채종준
- 펴 낸 곳   한국학술정보㈜
           경기도 파주시 교하읍 문발리 526-2
           파주출판문화정보산업단지
           전화 031) 908-3181(대표) · 팩스 031) 908-3189
           홈페이지 http://www.kstudy.com
           e-mail(출판사업부) publish@kstudy.com
- 등   록   제일산-115호(2000. 6. 19)
- 가   격   30,000원

ISBN   89-534-5552-9 93810 (Paper Book)
       89-534-5553-7 98810 (e-Book)